Der Fall Arbogast

Das Buch

»Wir haben uns geliebt, und dann war sie plötzlich tot. Das ist die Wahrheit.« Das Schwurgericht schenkt den Worten des Angeklagten Hans Arbogast keinen Glauben. Es folgt dem Plädoyer des Oberstaatsanwalts und entscheidet auf lebenslanges Zuchthaus für den »Lustmörder«. Nur Arbogast weiß, was am ersten September 1953 wirklich geschah, als die junge Anhalterin Marie Gurth zu ihm in sein Borgward Coupé stieg.
Der Fall Arbogast läßt in eindringlichen Szenen einen der beunruhigendsten Kriminalfälle der deutschen Nachkriegsgeschichte lebendig werden. Mit sinnlicher Sprache erzählt Thomas Hettche von Liebesgeschichten, deren Kehrseite der Tod ist, von einem Vertreter für Billardtische, dem das Zuchthaus in vierzehn Jahren zur zweiten Haut wird, und von Menschen – Publizisten, Anwälten und einer Gerichtsmedizinerin –, die sich alle in den Fall Arbogast verstricken, in die bleibende Frage nach Unschuld oder Schuld.

Der Autor

Thomas Hettche wurde 1964 bei Gießen geboren und lebt in Frankfurt am Main. Er war fünf Jahre Jury-Mitglied beim Ingeborg-Bachmann-Wettbewerb in Klagenfurt und wurde unter anderem mit dem Robert-Walser-Preis ausgezeichnet.

Von Thomas Hettche sind in unserem Hause bereits erschienen:

Ludwig muß sterben
Nox

Thomas Hettche

Der Fall Arbogast

Kriminalroman

List Taschenbuch

Besuchen Sie uns im Internet:
www.list-taschenbuch.de

Umwelthinweis:
Dieses Buch wurde auf chlor- und säurefreiem Papier gedruckt.

List ist ein Verlag der Ullstein Buchverlage GmbH, Berlin.
November 2004
Lizenzausgabe mit freundlicher Genehmigung des
DuMont Literatur und Kunst Verlags
© 2001 DuMont Literatur und Kunst Verlag GmbH und Co.
Kommanditgesellschaft, Köln
Umschlagkonzept: HildenDesign, München – Stefan Hilden
Umschlaggestaltung: Hauptmann und Kampa Werbeagentur, München–Zürich
Titelabbildung: © gettyimages (Photodisc Grün)/Michael Matisse
Druck und Bindearbeiten: Clausen & Bosse, Leck
Printed in Germany
ISBN 3-548-60524-9

*Wie schon einmal du mich fandest
komm doch wieder her und hole mich*

1

Sie lachte wie über etwas, das sie gerade entdeckt hatte, und sah sich nach ihm um. Er ging auf dieses Lachen zu und ließ dabei die beiden Flügel der Schwingtür langsam über die offenen Handflächen gleiten und dann sehr vorsichtig los. Es gab nahezu kein Geräusch, als die Tür zurückschwang, er in den Dämmer des Abends hinaustrat und in ihr Lachen hinein. Immer würde er sich später an diesen Moment der Stille erinnern und wie das kühle und glatte Holz der Türblätter über seine Hand wischte, als ermunterte man ihn. Das war der Moment, als es begann. Und wenn er sich später ihr lachendes Gesicht vergegenwärtigte, wußte er noch nicht einmal zu sagen, was darin ihn so in den Bann schlug.

»*Wenn Engel reisen* ...« Sie beendete den Satz nicht, doch als er vor ihr stand, legte sie ihre rechte Hand auf seinen Unterarm und bedeutete ihm, sich nochmals umzusehen: »Schau mal dort!«

Beinahe schmerzhaft spürte er, wie ihre Berührung seiner Haut alle Spannung nahm. Er wußte, daß das Lokal ZUM ENGEL hieß, doch während er sich bereitwillig nach der gelben Neonreklame umdrehte, wußte er auch, daß sie miteinander schlafen würden. Den ganzen Tag war er sich nicht sicher gewesen, und nun betastete er die plötzliche Gewißheit mit der Zunge wie einen glatten Kiesel im Mund, spuckte ihn dann verschämt in die Hand und steckte ihn in die Hosentasche. Damals waren, zumal auf dem Land, solche Neonröhren noch selten, deren Schein sich gerade erst gegen das Ende des Sommertages durchzusetzen begann. Es fuhr kein Wagen auf der Landstraße, an der das Lokal lag, und bis auf das Sirren der Kondensatoren in den Leuchtröhren war nichts zu hören. Einen Moment lang standen sie im Glanz des gelben Lichts, und er spürte ihre Hand auf seinem Arm, ließ ihn sinken, faßte sie um die Taille und fühlte zum ersten Mal ihr widerständiges Perlonkleid. Sie glitt in seine Umarmung hinein wie in einen Mantel und war mit einemmal gar nicht mehr so forsch wie den ganzen Tag, sondern fröstelnd und jemand, der jemanden braucht, sich zu wärmen.

»... *lacht der Himmel*«, beendete er ihren Satz leise und dicht an ihrem Ohr.

Sie gingen zu seinem Wagen, als würden sie sich schon lange kennen. Er bemerkte, daß sie ihm nun, obwohl sie den ganzen Nachmittag viel erzählt und geplaudert hatte, nicht antwortete, sondern auch noch schwieg, während er ihr den Schlag öffnete und behutsam wieder schloß, als sie Platz genommen hatte. Einen kurzen Augenblick zögerte er und schaute die Straße hinab, die sie am Nachmittag gekommen waren, nachdem er am Rand von Grangat am Bahnübergang in Richtung Gottsweiher gehalten und gefragt hatte, ob er sie mitnehmen dürfe. Gern, hatte sie gesagt und erst dann gefragt, wohin er denn fahre. Er hatte eigentlich geschäftlich nach Freiburg gemußt, aber geantwortet, er fahre nur so herum. Sie sei wohl nicht von hier? Nein, aus Berlin. Ach, eine von den Flüchtlingen. Ob sie in Ringsheim wohne, im Lager? Sie hatte genickt und er sie betrachtet.

Sie mochte Anfang Zwanzig sein, doch das ließ sich, wie er fand, bei solch zierlichen Frauen schwer schätzen. Sie war höchstens einssechzig und hatte kurzgelockte rote Haare. Ihre Augen waren die ganze Zeit leicht zusammengekniffen, was am Sonnenlicht liegen mochte oder an einer Kurzsichtigkeit, von der er nichts wußte, und jedenfalls einen ebenso selbstbewußten Eindruck vermittelte wie ihr Berliner Zungenschlag, den er zum ersten Mal hörte. Sie trug keinen Petticoat. Ihr Kleid mit dem runden Ausschnitt und kurzen, angeschnittenen Ärmeln zeigte grüne Blättchen auf Eisblau. Sie trug tatsächlich weiße Pumps. Ob sie den Schwarzwald denn schon kenne? Sie hatte den Kopf geschüttelt. Dann waren sie losgefahren, und der Tag war sehr schön geworden. Nicht nur das Wetter, dachte er und erinnerte sich später genau daran, daß er sich in diesem Moment das Datum vergegenwärtigte:

Es ist der erste September 1953. Erst dann ging er um den Wagen herum, schloß auf und stieg ein. Sie sagte nichts, doch er wußte, das war egal.

Er umfaßte nicht ihr Knie, was ihm zu fordernd erschienen wäre, sondern drückte, nachdem er losgefahren war und schaltfaul den Borgward im dritten Gang ließ, zunächst nur den Handrücken leicht gegen ihren Oberschenkel, als läge seine Hand gewohnheitsmäßig und wie selbstvergessen auf dem Beifahrersitz. Sie rückte daraufhin nicht ab, erwiderte aber auch den leichten Druck zunächst nicht, während es endgültig Nacht wurde und sie schweigend weiter in Richtung Grangat fuhren. Irgendwann aber spürte er ihre Hand im Nacken und ihre Finger, die unter den Kragen seines Hemdes schlüpften und sich bis zu seiner linken Armkugel vortasteten und wieder zurück, wobei er deutlich Fingernägel spürte, dann wieder sanfte Fingerkuppen, die seine Halsschlagader hinaufstrichen bis zum linken Ohr, um schließlich wie kraftlos in sein aufgeknöpftes Hemd zu rutschen.

»Ist es noch weit?«
»Vielleicht eine Stunde.«
»Wollen wir nicht lieber noch mal irgendwo anhalten?«
»Wollen wir?«
»Ja.« Ihre Stimme so dicht an seinem Gesicht, daß er die Feuchtigkeit ihres Atems auf der Haut spürte.

Und als er vor einer kleinen Brücke zwischen Gutach und Hausach abbremste und seine Hand von ihrem Sitz nahm, um herunterzuschalten, Zwischengas gab, rückte sie nah an ihn heran, umarmte und küßte ihn. Vor der Brücke führte linker Hand ein Feldweg ins Dunkel. Ohne zu blinken, bog er hinein und rollte einen kleinen Abhang hinunter. Rechter Hand ein Flüßchen und darüber die kleine Brücke. Buschwerk nahm links den Blick zur Straße, neben dem Weg war eine Wiese, er schaltete den Motor und das Scheinwerferlicht aus.

Marie zog ihre Zigaretten aus der weißen Lacklederhandtasche und bat ihn um Feuer. Sie rauchte KURMARK, was gar nicht zu ihr paßte. *Mischungstreu, geschmackvoll und doch mild,* dachte er, schlug das Feuerzeug mit der Linken an, und während er die Flamme nah an die Spitze der Zigarette brachte, legte er beschirmend die Hand um sie. Sie dankte mit einem Kopfnicken. So jung war sie nicht mehr. Die Falten neben ihren Mundwinkeln waren es, die ihrem Lachen erst jenes Zittern gaben, das ihn so sehr anzog, während sie von sich erzählte. Vom Krieg in Berlin, von den zwei Kindern, die sie bei ihrer Mutter gelassen hatte, und von der Holzbaracke des Flüchtlingsheims, in der sie lebte. Ihren Mann erwähnte sie kaum. Er glaubte nicht, daß sie besonders viel log. Ihre Hände waren nicht mädchenhaft. Sie trug keinen Ring und, was er seltsamerweise erst jetzt bemerkte, keine Strümpfe.

Er öffnete den Aschenbecher, in der Hand noch immer das Feuerzeug mit der Flamme. Sie blies den Rauch aus und nickte dabei wieder. Er nahm ihr das Päckchen aus der Hand, zündete sich ebenfalls eine Zigarette an, steckte das Feuerzeug weg. Die Pakkung ließ er in ihren Schoß fallen, und sie, als wäre das eine Aufforderung, nahm die Handtasche weg und stellte sie auf den Boden, beugte sich dabei nach vorn, und er küßte sie. Folgte ihrem Kopf, als sie sich wieder zurücklehnte, nahm die Zigarette in die linke Hand und legte ihr die Rechte um den Nacken, während die Glut für einen Moment in der Luft zwischen dem weißen, sehr dünnen Lenkrad der ISABELLA und dem ebenso weißen Bakelit-Knauf des Radios über dem Aschenbecher schwebte. Dort hinein ließ er sie, ohne hinzusehen, fallen. Sie drückte ihren Kopf mit aller Kraft zurück in die Polster und also in seinen Arm. Dennoch hob er sie zu sich heran, und während ihr Kopf ein wenig zurücksackte, fuhr seine Zunge über ihren Gaumen und buchstabierte sich ihre Zähne.

Ihre Unterlippe zitterte dabei, doch das überraschte ihn nicht, spürte er doch selbst die Erregung unter der Haut und wie sie vom

Mund hinablief in seinen Körper hinein. Gerade, als er das registrierte, löste sie sich aus Kuß und Umarmung, und für einen Moment dachte er, das alles könnte ein Irrtum gewesen sein und nichts als Mißverständnis und Zudringlichkeit. Doch da hatte sie schon ihre Zigarette eilig im Aschenbecher gelöscht, und nun war sie es, die ihn sanft in das Polster zurückdrückte und sich über ihn beugte. Während sie ihn küßte und ihre Hände ihm wieder ins Hemd krochen, hielt er ihre Taille mit einer Hand, erspürte dort an der Seite die Druckknöpfe ihres Kleides, ließ sie aufspringen, und seine Finger glitten über den schmeichelnd weichen Unterrock aus Charmeuse und auf ihre Haut.

»Soll ich mich ausziehen?«

Er nickte und schob ihr den Stoff von den Beinen zur Hüfte hoch, als sie das Kleid mit beiden Armen nahm und sich über den Kopf zog. Der weiße Unterrock grellte hell auf, weil gerade in diesem Moment ein Wagen vorüberfuhr, dessen Scheinwerfer wie verirrt über den Unterrock hinwegschwenkten, bevor sie im Plafond des Borgward vergilbten. Im letzten Glimmen sah er, daß sie ihn ansah.

»Wollen wir hinaus? Es ist doch noch ganz warm.«

Er nickte und sie knöpfte ihm das Hemd auf, während er sich schon die Hose aufknöpfte und die Schuhe abstreifte.

»Komm jetzt«, flüsterte sie.

Dann stand sie in diesem unwirklich leuchtenden Unterrock auf der nachtschwarzen Wiese neben dem Feldweg. Wandte sich ab und ging ein paar Schritte. Ihre Pumps hatte sie im Wagen gelassen. Ihre Haut war sehr hell. Wie oft bei Rothaarigen. Jedenfalls hatte er das gelesen. Mit langsamen Schritten und gesenktem Kopf schlenderte sie durch das noch recht hohe, aber schon vertrocknete Gras. Blieb irgendwann stehen und zog mit dem Rücken zum Wagen auch das Unterkleid noch aus, BH und Schlüpfer.

Als er zu ihr kam, sie an der Schulter faßte, sich von hinten mit seinem ganzen Körper an sie preßte und sein Glied zwischen ihre Pobacken drückte, spürte er, wie naß sie war. Er flüsterte ihr ins Ohr, wie sehr er sie wolle, und wieder lachte sie. Nicht jenes laute oder helle Lachen, das er schon kannte, sondern ein nahezu tonloses, gurrendes Atmen lachte sie im Takt der Bewegungen ihrer Hüften, mit denen sie sich an ihm rieb. Er sah noch ihr Lächeln unter den geschlossenen Augen, als sie sich zu einem Kuß umwandte, dann ließen sie sich beide zugleich zwar nicht fallen, doch einander haltend auf den Boden hinab und ins Gras, wo schon ihre Unterwäsche lag.

Sie drehte sich aus seiner Umarmung hinaus und auf den Bauch. Erwartungsvoll auf beide Hände gestützt, sah sich nicht nach ihm um, er betrachtete ihren Hintern und streichelte ihn dort, wo er aufklaffte, griff sie dann an den Hüften und drehte sie sanft auf den Rücken. Zog ihre Schenkel heran und drang in sie ein. Für einen Moment meinte er, Widerwillen zu spüren, doch dann sah sie ihn an, drängte sich dicht an ihn und folgte seinen Bewegungen. Er küßte sie nicht, sah sie nur unverhohlen an und stieß zu, bis er kam. Überlegte sofort und war froh, daß sie ihm noch immer gefiel. Lag eine Weile still neben ihr im Gras, dann kniete er sich zwischen ihre Beine und im Mondlicht, an das sich seine Augen nun gewöhnt hatten, sah er sie an. Sah ihre Magerkeit zum ersten Mal und das schüttere, helle Schamhaar, ihre knochigen Hüften und Schultern. Ihre Brüste waren spitz und klein. Auch ihre Fußnägel lackiert. Tiefe Schatten unter den Augen, die er den ganzen Tag nicht bemerkt hatte. Eben noch, dachte er, habe ich sie nicht gekannt. Er strich ihr mit der flachen Hand über den Bauch. Nichts war zu hören als nur immer das unheimliche Wispern des trockenen Grases. Eigentlich war es schon empfindlich kalt. Es wird Herbst, dachte er und erschrak ein wenig dabei.

»Komm, laß uns rauchen«, sagte sie und setzte sich auf.

Er stand auf und bot ihr seine Hand. Mit der anderen griff sie, während sie sich hochziehen ließ, ihre Wäsche. Hand in Hand schlenderten sie zurück zum Wagen und setzten sich hinein. Die

Türen der ISABELLA ließen sie offen wie weit gespreizte Flügel. Er registrierte, daß sie sich ihren Schlüpfer zwischen die Beine klemmte, damit die Kunstlederbezüge nichts abbekamen. Sie warf sich den Unterrock über, und er gab ihr Feuer. Wieder sprachen sie nichts, während sie rauchten, nur strich sie, als wollte sie sich seiner vergewissern, ihm immer wieder mit der linken Hand über die Innenseite seines Oberschenkels. Küßte schließlich seinen Hals, seine Brust und warf die Zigarette aus der offenen Beifahrertür. Küßte wie atemlos und als könnte sie sich nicht mehr von ihm lösen, saugte sich an seiner Brustwarze fest, bis es weh tat und er zurückwich. Doch es bedurfte nur eines Lächelns von ihr, da beugte er sich wieder zu ihr hinüber, und diesmal biß sie ihm in den Hals, die Hand noch immer an der Innenseite seines Schenkels mit jenem seltsam keuschen Streicheln, das doch seine Lust auch ohne ihre Bisse wieder geweckt hätte.

»Ich hab noch nicht genug«, murmelte sie an seinem Hals.

»Ich auch nicht.«

Er schob den Unterrock beiseite und biß ihre rechte Brustwarze, sie krümmte sich dabei wie an einer inneren Feder, die er derart spannte, kaum hielt es sie auf dem Sitz. Sie zog die Beine an und saugte sich nun ihrerseits immer fester in seinen Hals, als hielten sie sich so. Es war, als verschränkten sich Werkzeuge ineinander, er hatte noch nie jemanden so berührt, konnte nicht davon lassen, nicht von ihr, und nur mühsam hielt er sich zurück, sie nicht wirklich zu verletzen. Erst, als er irgendwann dennoch den Geschmack von Blut im Mund hatte, ließ er erschrocken von ihr ab, und im selben Moment lösten auch ihr Mund sich und jene innere Feder, die sie verband, aus der Arretierung, und rückwärts glitt sie fast aus dem Wagen hinaus.

»Komm mit!«

Als er um den Wagen herum war, lag sie schon nahe bei dem kleinen Wasserlauf im Gras. Deutlich hörte man hier, wie das Wasser um das Fundament der Brücke rauschte, und es fächelte auch kälter als in der Nähe der Büsche herauf. Kaum war er ihr nah, drehte sie sich weg, rollte herum und lag nun wieder, wie zuvor, auf angewinkelten Ellbogen und Knien. Nie sollte er vergessen, wie warm es sich anfühlte, als er hinter ihr auf die Knie ging und mit der flachen Hand über ihr Geschlecht strich. Hielt sie mit beiden Händen, drang wieder in sie ein, und sofort entspannte sie sich, langsam sackte ihre Wirbelsäule ins Hohlkreuz, und ihr Steiß stieß gegen seinen Bauch, bis er ganz in ihr war. Sie wiegte sich gegen ihn.

»Fester!«

»Noch?«

»Viel!«

Er schloß die Augen.

»Dann halt still!«

Das tat sie nicht. Sie sah sich nach ihm um und lachte wieder ihr Lachen. Er öffnete die Augen wieder, griff nach ihrem Gesicht und faßte ihr ins kurze Haar, sie aber schnappte nach seiner Hand und saugte zwei Finger in ihren Mund, daß es ihm beinahe schon kam. An ihrem Nacken hielt er sie schließlich, für einen Moment wich sie aus, dann legte ihr Hals sich in seine große Hand. Sie umfaßte ihn zugleich mit ihrem Geschlecht, als arretierte sie so seine Lust, und es schien ihm, als könnte es niemals mehr aufhören, als würde er niemals kommen und als verstünde sie, die er kaum einen Tag kannte, seinen Körper besser als er selbst.

»Schau mich an!«

Später überlegte er oft, wieviel Zeit wohl vergangen sein mochte, bis er sie flüsternd nochmals und nochmals bat, ihn anzusehen.

»Schau mich doch an!«

Sie antwortete nicht. Erst, als er das registrierte, bemerkte er auch, daß sie schon einen unendlich langen Moment seinen Bewegungen nichts mehr entgegnete. Er erstarrte und lauschte, und da war es völlig still bis auf das zischelnde Gras. Sie hielt ihn nicht mehr. Noch immer auf Knien und Armen kauernd, sackte sie nun in sich zusammen, er glitt aus ihr heraus und sie ihm weg. Abgewandt lag sie da, die ihm eben noch so nah gewesen war, und rührte sich nicht. Und er spürte, woran er später oft denken mußte, eine ganz fremde Art von Müdigkeit, die schwer an ihm zog. Eine Müdigkeit von solcher Nachtschwärze, daß es ihn, den sonst nicht furchtsamen Mann, plötzlich ängstigte wie ein Kind. Als ginge etwas vorüber und langte ihn an. Und schnell war es auch wirklich vorüber. Schüchtern beugte er sich über sie und bat sie noch einmal, ihn anzusehen.

»Schau mich an!«

Dann drehte er sie um.

2

Der Friedhofsgärtner trug eine verblichene blaue Arbeitshose, eine ebensolche Drillichjacke und schwarze Gummistiefel. Er war längst jenseits der Pensionsgrenze und ging, als hätte er Gicht. Er sagte nichts, während er den Amtsarzt Dr. Dallmer zum Leichenschauhaus brachte, das sich auf dem Gelände des städtischen Friedhofs befand, jenseits der Bahnlinie und dicht am KLOSTER UNSERER LIEBEN FRAU. Dallmer wurde von Dr. Bärlach begleitet, einem wissenschaftlichen Assistenten am Pathologischen Institut der Universität Freiburg, den der Amtsarzt zur Autopsie hinzugezogen hatte. Es war schon später Nachmittag, denn das Leichenschauhaus wurde auch als Aufbahrungshalle und für Trauerfeiern genutzt, und so konnten sie erst jetzt zu der Leiche, die von der Polizei letzte Nacht gebracht worden war. In die Vorhalle des neogotischen Baus fiel durch bleiverglaste, bunte Scheiben diffuses, grünblaues Licht. Es roch nach Weihrauch und stark nach dem abgestandenen Wasser großer Blumenvasen, was sich noch verstärkte, als der Gärtner die Tür seitlich vom Altar aufsperrte. Denn der kleine Nebenraum stand, wie Bärlach verwundert sah, voller Zinkeimer mit unzähligen Sträußen, Lilien und Gladiolen zumeist, deren Geruch sofort an ihnen emporzusteigen begann.

Dr. Dallmer, ein älterer, beinahe kahlköpfiger und etwas gedrungener Mann, der einen großen grauen Schnauzbart trug und eine goldene Brille, schien nicht überrascht zu sein. Er öffnete sofort die schmalen Fenster, so daß frische Luft hereinkonnte und das weiche Nachmittagslicht, in dem die weißen Blütenkelche hell aufstrahlten. Bärlach sah sich ungläubig um. Auch in dem großen Waschbecken standen Blumen, auf dem kleinen Schreibtisch und dem steinernen Tisch. Dahinter auf zwei Holzböcken ein neuer Fichtensarg, dessen Deckel nur lose auflag. Schweigend verschafften die beiden Mediziner sich Platz. Dr. Dallmer wischte den Tisch trokken und öffnete die Reiseschreibmaschine, eine HERMES BABY, mit der er das Protokoll tippen würde. Bärlach, der die Autopsie vornehmen würde, hatte inzwischen einen weißen Kittel über seinen dünnen Sommeranzug gestreift, breitete das Sektionsbesteck auf einer schmalen Ablage am Waschbecken aus, knipste die schwache Deckenlampe an und säuberte gründlich den steinernen Sektionstisch von Blütenblättern und Erdresten. Er war noch sehr jung, keine dreißig, schmalgesichtig und groß in dem weißen Kittel. Nachdem der Gärtner schließlich den Sarg geöffnet und ihnen geholfen hatte, die nackte Frauenleiche herauszuheben, nickten sie ihm zu, und er ging.

Beide vermieden es, die Tote ohne Notwendigkeit anzusehen. Nur daß sie sehr schmal auf dem kalten steinernen Tisch lag, mit geschlossenen Augen und die Hände über dem Geschlecht, registrierten beide zunächst. Der Amtsarzt spannte ein Formular in die Maschine, und der Pathologe legte einen Film ein, schraubte die Leica auf das Stativ und machte erste Aufnahmen. Einen Moment lang schienen beide abzuwarten, dann beugte sich der junge Pathologe über die Leiche und begann.

»Sektionsprotokoll: Äußere Leichenschau. Es handelt sich um die Leiche einer jüngeren Frau. Das Alter wird mit Anfang Zwanzig geschätzt. Die Leiche ist kalt. Die Totenstarre in den großen und kleinen Gelenken ist gelöst.«

Bärlach machte eine Pause und sah sich nach dem Amtsarzt um, der überraschend geübt tippte. Dr. Dallmer nickte ihm zu, und der Pathologe sprach weiter.

»Man findet Totenflecken und Lagestriemen an der linken Außenseite des Körpers in schräger Verlaufsrichtung. Das Kopfhaar ist tizianrot gefärbt, ziemlich kurz. Am Haaransatz zeigt sich die ursprünglich blonde Farbe der Haare. Die Augen sind geschlossen.«

Dr. Bärlach fuhr der Toten wie zur Beruhigung sachte über den Kopf, entnahm der Brusttasche seines Kittels eine kleine Taschenlampe und beugte sich über ihr Gesicht, holte ohne hinzusehen auch noch eine Pinzette aus der Kitteltasche hervor und entfernte vorsichtig etwas aus dem einen Auge der Toten.

»Im linken Lidspalt befinden sich Mückeneier. Das linke Oberlid ist dunkelbläulich rot verfärbt. Die linke Wange erscheint etwas geschwollen. Man sieht linsengroße Durchblutungen der Haut in mäßiger Zahl. Kleinere Blutungen befinden sich auch auf der Stirn, unter dem rechten Auge und am rechten Nasenflügel. In beiden Ohren werden durchgestoßene kleine Glasknöpfe getragen, mit Silber gefaßt.«

»Silbergefaßt?« fragte der Amtsarzt nach.

»Ja.«

Dr. Bärlach nickte und öffnete der Toten währenddessen langsam den Mund.

»Die Mundöffnung ist leer. Das Gebiß ist schadhaft, es fehlt der zweite Vormahlzahn rechts unten.«

Er photographierte den Kopf der Toten, bevor er weitersprach.

»An der linken Halsseite, unter dem Kieferwinkel, findet sich eine nach oben zu aufgegabelte, blutunterlaufene Schnürmarke von acht Zentimetern Länge. Eine weitere, oberflächlich etwas abgeschürfte, blutunterlaufene Würgemarke zieht sich unter dem Kinn in Höhe des Halsansatzes fünf Zentimeter lang auf die rechte Gesichtsseite hinüber.«

»Meinen Sie, man hat sie erwürgt?« Der Amtsarzt war aufgestanden und besah sich den Hals der Toten. »Sehr deutlich ist die Schnürmarke nicht.«

»Nein, Sie haben recht. Das läßt sich so noch nicht definitiv sagen. Helfen Sie mir bitte, sie umzudrehen.«

Gemeinsam rollten die beiden Mediziner die Tote auf den Bauch, wobei Dr. Bärlach ihr vorsichtig das Kinn hielt. Dallmer setzte sich anschließend wieder an die Maschine.

»Man sieht auf der Rückenseite«, fuhr der Pathologe mit dem Diktat fort, »sowohl am Hals wie über beiden Schulterblättern oberflächliche Hautabschürfungen von unterschiedlichem Ausmaß. Einen größeren, horizontal verlaufenden blutigen Striemen von zehn Zentimetern Länge über dem rechten Schulterblatt, weitere horizontal verlaufende Kratz- und Schlagspuren mit bis zu sieben Zentimetern Länge an Hinter- und Außenseite der linken Gesäßbacke. Der Analring ist deutlich ausgeweitet, in der Öffnung des Enddarmes befindet sich flüssiges Blut. Man sieht Einrisse am Übergang vom äußeren Hautepithel in das innere Schleimhautepithel.«

»Analverkehr?«

Bärlach nickte. »Sieht so aus. Helfen Sie mir bitte noch mal?«

Der Amtsarzt kam herüber, um die Tote wieder auf den Rücken zu drehen. Nun beugte sich der Pathologe über ihren Brustkorb.

»Man findet«, diktierte er, »unter der rechten Brust in der Achsellinie eine längs verlaufende Druckstelle von etwa eineinviertel Zentimetern. Fingerkratzspuren von Zeige-, Mittel- und Ringfinger sowie vom Kleinfinger finden sich an der Außenseite beziehungsweise der Oberseite der rechten Brust, wobei der Zeigefinger offenbar abgerutscht ist. Um die linke Brustwarze finden sich drei voneinander unabhängige Bißspuren eines in Ober- und Unterkiefer lückenlosen Gebisses. Eine weitere Bißspur findet sich an der linken Bauchseite in Höhe des Nabels, wobei offenbar der Unterkiefer am Nabel nur einmal, der Oberkiefer drei Querfinger über dem Dammbeinkamm zweimal abgezeichnet ist.«

»Mein Gott, er hat sie ja überall gebissen.«

»Sieht so aus.« Dr. Bärlach nickte und trat an den kleinen Tisch des Amtsarztes.

»Ein Perverser!«

Einen Moment schien es, als wollte der Pathologe etwas erwidern, doch dann sah er Dr. Dallmer nur über die Schulter an und diktierte weiter.

»Achsel- und Schambehaarung ist von weiblichem Typ. Die Hände sind sehr gepflegt, die Fingernägel lang. Abwehrspuren sind an den Fingernägeln nicht zu erkennen.«

Er machte eine Pause.

»Das war das.«

Er sah sich nach der Toten um. Und ebenso unbedingt, wie seine berufliche Neugier ihren Körper eben noch in einen Corpus von Indizien verwandelt hatte, war es nun, als sähe er zum ersten Mal die junge Frau inmitten all der Blumen, deren weißer Glanz mit ihrer wächsernen Haut zu wetteifern schien. Die Hände waren nicht mehr über ihrem Geschlecht gekreuzt, sondern lagen beiderseits ihrer Hüften auf dem Stein, ihr Kopf war wie träumend zur Seite gesunken, und ihre Lippen standen noch immer ein wenig offen. Verloren wirkte sie und sehr jung. Der Pathologe bemerkte, daß Dr. Dallmer ihn von der Seite beobachtete.

»Wie sie wohl hieß?«

Bärlach zuckte mit den Schultern.

»Wir müssen uns beeilen«, sagte er. »Das Licht.«

»Ich weiß.«

Der Pathologe ging wortlos zum Waschbecken hinüber und nahm das Skalpell von dem Mulltuch, auf dem er seine Instrumente bereitgelegt hatte.

»Innere Leichenschau«, diktierte er.

Und als begänne er routiniert eine Partie Schach mit einer oft erprobten Eröffnung, setzte der junge Arzt ohne Zögern den großen Schnitt, mit dem jede Autopsie beginnt und der vom Schambein bis zum Ende des Sternums verläuft und sich dann an den Schultern teilt.

»Nach dem Anlegen des Hautschnittes zeigt sich das Unterhautgewebe über Brust und Bauch in einer Stärke von einem bis zwei Zentimetern. Man sieht beim Abpräparieren der Muskulatur auf dem Brustkorb in Höhe beider Brustdrüsen kleine flächenhafte Blutungen und bei der Hochpräparation der Halsmuskulatur auch im Kopfnickerbereich. Besondere Blutungen sind in der Muskulatur unter den Würgemalen am Hals zu erkennen. In der Bauchhöhle findet sich etwas gelbliche Flüssigkeit, die Darmschlingen des Dickdarms sind deutlich gebläht, gashaltig. Das Zwerchfell steht beiderseits an der fünften Rippe. Die Leber steht am Rippenbogen. Die Milz ist nicht sichtbar.«

Sorgsam legte Dr. Bärlach das Skalpell in eine Nierenschale, wusch sich das Blut von den Händen und nahm die Knorpelschere aus seinem Arztkoffer. Schweigend entfernte er das Brustbein und die Rippen.

»Nach Entnahme des Brustbeins sinken beide Lungen gut zurück. Das Herz hat etwa die Größe der Leichenfaust. Im Herzbeutel findet sich etwas gelbliche Flüssigkeit. Die Muskulatur der Herzkammern ist gehörig entwickelt. Die Kranzschlagadern des Herzens zeigen eine glatte Innenwand. In den Ästen der Luftröhre findet sich gelblicher zäher Schleim, in den Ästen der Lungenschlagader flüssiges Blut. Am Schnitt sieht man im Bereich des

Lungenunterlappens eine wesentliche Verdichtung des Gewebes, keine besonderen Herdbildungen.«

Der Pathologe legte Herz und Lunge in zwei Stahlboxen und wandte sich dem Kopf der Toten zu.

»Die Zunge zeigt keine Besonderheiten. Die Schleimhaut der Speiseröhre ist zart. In der Rachenhinterwand finden sich keine Blutungen. Man sieht am rechten Horn des Zungenbeines eine größere Blutung. In der Luftröhre findet sich eine rötliche, flüssige Schleimmasse. Größere Blutungen werden in der Nachbarschaft der Luftröhre selbst nicht gefunden.«

»Das heißt, sie wurde erwürgt?«

»Könnte sein. Vielleicht aber auch nicht«, murmelte Bärlach, während er sich den Bauchraum der Leiche vornahm.

»An der Schleimhaut des Magens werden Defekte nicht gefunden. Im Magen finden sich große Mengen von Speisebrei, bestehend aus feinen Fleischstücken, Kartoffeln und einem hellen, stark zerkleinerten Gemüse.«

»Sonntagsessen«, kommentierte der Amtsarzt.

»Ja«, antwortete Bärlach knapp. »Die Milz zeigt eine glatte Kapsel, am Schnitt ist das Gewebe rötlich blau gefärbt.«

Ebenso wie alle anderen inneren Organe hob der Pathologe nun die Milz sorgsam mit beiden Händen aus der Körperhöhle heraus und legte sie in eine Stahlbox, während er diktierte.

»Beide Nebennieren sind gehörig groß, am Schnitt sieht man das normale Bild. Auch die Leber ist gehörig groß. Die Kapsel ist glänzend glatt. In der Gallenblase findet sich wenig grünliche, fadenziehende Galle. Die Schleimhaut ist zart. Die linke Niere zeigt eine gehörige Fettkapsel, die Faserkapsel ist leicht abzuziehen, am Schnitt sind Rinde und Mark gut zu trennen, die rechte Niere zeigt denselben Befund. Die Harnblase ist leer. Der Enddarm ist stark ausgeweitet, in den unteren Abschnitten blutig, in den oberen Abschnitten mit breiigem grünlichem Kot belegt.«

Ein stechender Geruch füllte jetzt den Raum und überlagerte schnell den süßlichen Blütenduft, doch der Pathologe ließ sich davon nicht stören. Er deponierte die Gefäße auf einem Regal, das ansonsten für Gartengerät genutzt wurde, und sezierte weiter.

»In der Scheide findet sich etwas gelblicher Schleim. Der Muttermund ist geöffnet. Beide Eileiter sind weich und zart. Die Gebärmutter ist über kindsfaustgroß und von teigiger Beschaffenheit. Man sieht an der Innenwand der Gebärmutter eine Eihöhle und einen etwa fünfmarkstückgroßen Mutterkuchen.«

»O Gott! War sie etwa schwanger?« Dr. Dallmer hörte auf zu tippen und kam herüber zum Tisch.

»Nicht mehr«, antwortete der Pathologe. »Sehen Sie: kein Ei.«

»Eine Abtreibung?«

Dr. Bärlach richtete sich auf und nickte dem Amtsarzt zu. Streckte sich einen Moment, um die verspannte und schmerzende Lendenwirbelsäule ein wenig zu entlasten, dann wusch er sich wieder die Hände und machte noch einige Aufnahmen der Organe, die er auf einer der Fensterbänke im schütteren Nachmittagslicht arrangierte. Schließlich bat er Dallmer, ihm bei der Öffnung des Schädels zu assistieren.

»Die Kopfschwarte wird abgenommen«, begann er sein Diktat später, als der Amtsarzt wieder am Schreibtisch saß. »Dabei werden verschiedene Blutungen unter der Kopfschwarte festgestellt. Die harte Hirnhaut wölbt sich nach Abnahme der Schädeldecke weit vor. Der Hirnandrang ist gehörig groß, beide Mittelohren sind trocken. Das Gehirn ist von normaler Form und Größe. Man sieht eine normale Abgrenzung von grauer und weißer Substanz im Rinden- und Kerngebiet. Krankhafte Veränderungen werden weder an den Schnitten noch an der Oberfläche festgestellt.«

Der Pathologe ließ ein weiteres Skalpell klappernd in die Nierenschale fallen. »So, das war's!«

»Und das Gutachten?«

»Sofort! Erst räumen wir auf.«

Dr. Bärlach plazierte die Organe, nachdem er die Proben für die feingewebliche Untersuchung entnommen hatte, wieder in der Bauchhöhle, das Gehirn im Schädel, und nähte die Tote sorgfältig wieder zu. Erst dann begann er, während er seine Instrumente mit Alkohol reinigte, mit dem Diktat des Gutachtens.

»Vorläufiges Gutachten. Nach dem Befund der Leichenöffnung hat bei der Verstorbenen eine Schwangerschaft bestanden, deren Alter auf den ersten Schwangerschaftsmonat, höchstens Mitte des zweiten Monats beziffert wird. Der geöffnete Muttermund und das Fehlen eines Fötus spricht für eine versuchte Abtreibung. Darüber hinaus fanden sich zahlreiche Spuren äußerer Gewaltanwendung, die den Schluß zulassen, daß in einer hochgradigen sexuellen Erregung, möglicherweise in einer Perversion, vorgegangen worden ist. In diesem Sinne spricht auch der klaffende After mit den frischen Schleimhautverletzungen. Man kann daraus auf Analverkehr schließen. Zusammenfassend ist zu sagen, daß der Tod offenbar durch Herzversagen eingetreten ist, erklärlich aus der durchgemachten multiplen Mißhandlung sowie dem entkräfteten Zustand nach unvollkommener Abtreibung. Nach Abschluß der feingeweblichen Untersuchung wird endgültiges Gutachten erstattet.«

Als sie ins Freie traten, kam der Gärtner, der nahebei ein altes Grab beharkte, heran und schloß die Leichenhalle hinter ihnen ab. Im dämmernden Abend gingen Dallmer und Bärlach dann gemeinsam über den Friedhof hinüber zum Parkplatz beim Kloster unserer lieben Frau. Der Geruch der unzähligen Lilien verlor sich dabei nur langsam. Wie immer nach einer Autopsie war man still und vermied es, einander in die Augen zu sehen. Dort, wo sie einander getroffen hatten, schüttelten sie sich zum Abschied die Hand. Eine Leiche ist ein Kassiber. Geschmuggelt über die Grenzen des Todes, erzählt der Körper die Geschichte des Menschen, der eben noch lebte.

3

Hans Arbogast trat in die frische Morgenluft hinaus. An diesem kalten Morgen im Januar 1955 war es gegen sieben Uhr noch dunkel, und nur ein Scheinwerfer beleuchtete den Gefängnishof und den Bus. Am Vortag war der Prozeß gegen ihn zu Ende gegangen, und nun verließ er mit einem planmäßigen Transport das Untersuchungsgefängnis Grangat und wurde ins Zuchthaus Bruchsal überstellt. Es war Dienstag. Der Schubtag, an dem die Häftlinge zwischen den verschiedenen Untersuchungsgefängnissen, Haftanstalten und Zuchthäusern des Landes hin- und hergeschickt wurden, war immer Dienstag. Arbogast, der über einsachtzig maß und in den fast anderthalb Jahren seit seiner Verhaftung einige Kilo abgenommen hatte, wirkte in Mantel und Schal noch knöcherner als früher. Er war nun achtundzwanzig Jahre alt. Er sah zum Nachthimmel hinauf und die weiße Wolke seines Atems vor dem Mund. Seine Hände waren in Stahlfesseln geschlagen, doch noch hatte er seine eigene Kleidung. Ab jetzt würde er Sträflingskleidung tragen müssen. Er hatte Angst davor, aus Grangat weggebracht zu werden. Es ist für immer, sagte er sich wieder und wieder und vergaß darüber, was das bedeutete. Seit man ihn inhaftiert hatte, schien ihm die Zeit so sehr zu entgleiten, daß sie fast schon nicht mehr seine eigene war. Er stieg in den Bus und setzte sich zu den beiden anderen Gefangenen auf die Holzbank. Er starrte aus dem Fenster, obwohl es draußen noch völlig dunkel war. Als der Wagen auf die Autobahn fuhr, schloß er die Augen.

Rascheln ließ ihn die Augen wieder öffnen. Der Vollzugsbeamte auf der Bank ihm gegenüber entfaltete eine Zeitung. Gierig musterte Arbogast die Titelseite. Ein Photo vom Neujahrsempfang der drei Hohen Kommissare beim Bundespräsidenten. Darunter eines von Adenauers Geburtstag. Auf der letzten Seite lautete die Schlagzeile DER FALL SHEPPARD. Unter einer Anzeige, die das

Bild eines Wagens zeigte, stand: *Der Lloyd 1955 in Ganzstahl.* Als der Beamte umblätterte, las Arbogast auf der zweiten Seite, Krebs, DIE KRANKHEIT DER EPOCHE, entstehe nach Meinung des deutschen Nobelpreisträgers Otto Warburg *durch eine chronische Schädigung der Zellatmung.* Wieder wurde die Seite umgeschlagen. Der Schließer hielt sie sich hoch vor das Gesicht. Die Photographie einer Frau im Abendkleid. Arbogast gelang es, den dazugehörigen Text zu lesen. *Gloria Vanderbildt, 30, seit zehn Jahren in zweiter Ehe dritte Gattin des Symphonieorchester-Dirigenten Leopold Stokowski, 72, besuchte am Abend des Tages, an dem die Trennung von ihrem Mann vollzogen wurde, in aparter Robe eine New Yorker Operetten-Premiere.* Vor den Fenstern wurde es hell. Arbogast registrierte, daß er keine Angst mehr hatte. Er las nicht weiter. Um neun Uhr dreißig kam der Wagen im Zuchthaus Bruchsal an.

Um kurz nach zehn wurde der noch immer mit Handschellen gefesselte Gefangene unter Begleitung zweier Wachtmeister ins Kellergeschoß zum Baden geführt. Im Vorraum der Gemeinschaftsdusche händigte man ihm ein Stück Kernseife aus, die sehr unangenehm roch, und ein Handtuch. Man hieß ihn sich ausziehen. Einer der beiden Wachtmeister wartete im Gang, der andere stand in Uniform an den Armaturen neben der Tür. Als Arbogast unter einer der Duschen in dem riesigen gekachelten Raum stand, stellte der Wachtmeister das Wasser an, und wenig später stellte er es wieder ab.

»Einseifen!«

Auch die Haare, rief der Beamte noch, was Arbogast wegen des Geruchs der Seife unangenehm war, und stellte das Wasser wieder an.

»Abspülen!«

Als er fertig war und sich abgetrocknet hatte, ließ man ihn seine Kleidung nehmen und brachte ihn in die Kammer. Die persönliche

Habe, die sich in einem Pappkarton des Untersuchungsgefängnisses Grangat befand, wurde dort dem Hauptwachtmeister übergeben, der mitten in dem Keller an einem großen Tisch vor hohen Stahlregalen mit den Kleidern und Effekten saß. Kalfaktoren, Gefangene, die den Beamten zur Hand gingen, nahmen Arbogasts Privatkleider entgegen und verpackten sie zusammen mit den Gegenständen aus dem Karton in einen Papiersack. Der Hauptwachtmeister diktierte die Liste der Gegenstände, las sie nochmals vor, und Arbogast unterschrieb.

»An die Wand«, forderte er dann den neuen Gefangenen umstandslos auf, und der trat einige Schritte zurück.

Der Hauptwachtmeister kam hinter dem Tisch hervor und betrachtete Arbogast von allen Seiten, ließ ihn die Arme heben und den Kopf senken, den Mund öffnen und redete dabei von Ungeziefer und Filzläusen, forderte ihn schließlich auf, sich umzudrehen und vorzubeugen, und als Arbogast zögerte, wurde die Stimme des Hauptwachtmeisters lauter und bestimmender, er sprach von Schmuggel und sagte, während er ihn untersuchte, das sei alles schon vorgekommen. Dann hieß man Arbogast, sich wieder umzudrehen, einer reichte eine Pulverspritze, und er bekam ein weißes Insektenmittel unter die Achseln, auf Brusthaare und Scham. Anschließend erhielt er drei graue Unterhosen aus Sackleinen, drei Paar Wollsocken, drei Oberhemden, ein Paar Stiefel. Dann drei Garnituren des blauleinernen Gefangenenanzugs und zwei Handtücher. Jeder Gefangene hatte eine eigene Wäschenummer. Die entsprechenden Aufnäher wurden von einem Kalfaktor schnell angenäht, während Arbogast sich vor dem Tisch auf einer zu diesem Zweck weiß markierten Stelle anzog.

Anschließend wurde er von den beiden Wachtmeistern in seine Zelle im Flügel 2 gebracht. Auch wenn niemand mehr als die nötigsten Worte mit ihm sprach, spürte Arbogast doch die musternden Blicke auf sich. Alle, Wärter und Gefangene, sahen ihn an. Wie immer bemühte er sich, ruhig zu bleiben und sich nichts anmerken zu lassen, auch wenn er eigentlich am liebsten schreiend losgelaufen wäre, um die Blicke abzuschütteln. In der Untersuchungshaft sahen sie noch weg, wenn er beteuerte, er sei unschuldig, doch während des Prozesses waren sie, als dürften sie nun jede Rücksicht fallen lassen, immer unverschämter geworden und hatten begonnen, ihn wie geschäftige Fliegen abzutasten. Die Unterwäsche kratzte auf der Haut. Auch daran, dachte er, wirst du dich gewöhnen müssen.

Zur selben Zeit stellte sich der Oberstaatsanwalt im Landgericht Grangat noch einmal den Fragen der Presse, denn das Urteil am Vortag war sehr widersprüchlich aufgenommen worden, und in einigen Prozeßberichten der überregionalen Zeitungen hatte es Andeutungen über Verfahrensfehler gegeben. Der hagere Ferdinand Oesterle, der erst vor drei Jahren aus Karlsruhe zur hiesigen Staatsanwaltschaft gekommen war, bat um Ruhe. Wie gewöhnlich trug er auch an diesem Morgen einen jener schwarzen Anzüge, über die er vor Gericht seinen Talar warf.

Zunächst wies Oesterle jeden Zweifel an der Gründlichkeit der Beweisaufnahme im Verfahren Arbogast zurück. Gerichtsmedizin und Naturwissenschaften zählten heute zu den wirksamsten Waffen im Kampf gegen das Verbrechen. Im Fall Arbogast habe der Einsatz dieser modernen Aufklärungsmittel entscheidend zur Überführung des Angeklagten beigetragen. Insbesondere das von Professor Maul, Ordinarius des Instituts für Gerichtliche Medizin der Universität Münster, vorgelegte medizinische Gutachten habe eine einwandfreie Rekonstruktion des Tathergangs ermöglicht. Ob die Staatsanwaltschaft denn nicht zunächst vom Obduktionsbefund des Opfers ausgegangen sei, der einen natürlichen Herztod angenommen habe, fragte einer der Journalisten. Das sei zwar richtig, entgegnete Oesterle, es hätten sich aber bald schon Zweifel an dieser These ergeben, woraufhin man Professor Maul als erfahrenen Gerichtsmediziner herangezogen habe. Aber es sei doch zumindest ungewöhnlich, wie Professor Mauls Gutachten schließlich zustande gekommen sei. Nein, er habe keinerlei Zweifel an dem Gutachten Professor Mauls. Dieser habe einwandfrei festgestellt, daß das Leichenöffnungsprotokoll die für einen gewaltsamen Erstickungstod charakteristischen inneren Befunde in einem Umfang enthalte, wie es in der Praxis nur selten angetroffen werde. Aber wie man denn dann die zunächst noch offene Frage, ob der Erstickungstod durch Erwürgen oder Erdrosseln eingetreten sei, so eindeutig habe klären können. Aufgrund der Photographien des Opfers. Professor Maul habe eindeutig festgestellt, daß Frau Gurth durch einen Kälberstrick oder einen ähnlichen Gegenstand erdrosselt worden sei.

»Und wo ist dieser ominöse Kälberstrick, den niemand je gesehen hat?«

Winfried Meyer, der Verteidiger Arbogasts, rief seine Frage laut in den Saal hinunter. Er saß als einziger auf der hölzernen Empore des Sitzungssaals, und die Köpfe der Journalisten fuhren zeitgleich herum und man spähte hinauf. Oesterle, der die ganze Zeit vor der leeren Richterbank auf und ab ging, antwortete prompt.

»Daß die Mordwaffe nicht hat aufgefunden werden können, werter Kollege, ändert nichts, aber auch gar nichts an dem einwandfreien Gutachten von Professor Maul. Und außerdem wissen Sie ganz genau, daß wir vier Morde an Flüchtlingsfrauen hier im Bezirk haben. Diese Frauen sind doch Freiwild!«

Wie auch während des Prozesses überschlug sich Oesterles Stimme bereits, wenn er nur etwas lauter sprach. Er wußte das und bemühte sich immer sehr um Beherrschung, doch beim letzten Satz wurde er laut. Zwei der vier Toten der letzten Jahre hatte er gesehen. Bei keiner der Frauen hatte man einen Verdacht hinsichtlich des Täters gehabt. Manchmal träumte Ferdinand Oesterle, der Mörder trete lächelnd auf ihn zu, klopfe ihm zur Begrüßung auf den Rücken und flüstere ihm ganz leise seinen Namen ins Ohr, den Oesterle jedoch nie verstand, weil er stets vor dem unerträglichen Mundgeruch des Mannes zurückwich.

»Diese Frauen sind Freiwild!« sagte Oesterle, jetzt ruhiger, noch einmal.

Rechtsanwalt Meyer erwiderte nichts. Seit die Verhandlung hatte unterbrochen werden müssen, weil er beim Plädoyer des Staatsanwalts am Samstag einen Schwächeanfall gehabt hatte, den er auf eine nicht auskurierte Grippe schieben konnte, besserte sich sein Befinden nicht. Er fühlte sich seltsam rekonvaleszent, jedoch wie ohne wirkliche Aussicht auf Besserung. Der dreißigjährige Anwalt, der hier in Grangat schon den allerbesten Ruf genoß, musterte die Journalisten dort unten, denen sein Einwand zu neuen Fragen verholfen hatte und die wieder rege mitschrieben. Kleine karierte Stoffkoffer, Schirme und Reiseschreibmaschinen standen überall zwischen den Stuhlreihen, denn am frühen Nachmittag ging der Expreßzug nach Karlsruhe.

»Natürlich«, antwortete Oesterle auf die entsprechende Frage, »kann Hans Arbogast durchaus auch im Fall Krüger der Täter sein. Schließlich fand sich die Leiche der Marie Gurth an derselben Stelle wie ihre. Jedenfalls behält es sich die Staatsanwaltschaft auch in diesem Fall vor, weitere Ermittlungen einzuleiten und gegebenenfalls Anklage zu erheben. Möglicherweise haben wir es bei Arbogast ja mit dem Autobahnmörder zu tun, der unsere Straßen unsicher macht und all die Menschen in Angst und Schrecken versetzt, die über Land fahren müssen.«

Dabei schien der Prozeß zunächst auf ein mildes Urteil hinauszulaufen. Noch als ihn letzte Woche der junge Paul Mohr von der BADISCHEN ZEITUNG interviewt hatte, war er sich mit ihm einig gewesen, es werde im schlimmsten Fall eine Verurteilung wegen Körperverletzung mit Todesfolge geben. Und so hatte er dann ja auch plädiert, obwohl da längst alles ganz anders gekommen war.

Vielleicht begann es tatsächlich mit dem völlig aus der Luft gegriffenen Verdacht, den Oesterle vor Gericht und nun erneut geäußert hatte, bei Arbogast könne es sich möglicherweise um jenen Mörder handeln, der seit drei Jahren an den spärlich befahrenen Fernstraßen seine Opfer suchte. Nichts sprach dafür, und doch schien es mit einem Mal, als kippe die Stimmung im Saal. Die Mutter des Angeklagten, die ihre Aussage zur Sache ruhig gemacht hatte und dann dem Prozeß regungslos gefolgt war, brach in jenem Moment in lautes Weinen aus und mußte von ihrer Tochter hinausgeführt werden. Es gab Unruhe und Geflüster im Publikum, und er wußte noch genau, wie Arbogast begann, sein Gesicht hinter ihm, dem Anwalt, vor den Blicken zu verstecken.

Die alles entscheidende und völlig unerwartete Wendung aber bedeutete zweifellos das Gutachten Professor Mauls. Es begann bereits zu dämmern, aber noch hatte man die Lampen nicht eingeschaltet, als er es vortrug, und es schien Meyer, als spüre auch Maul selbst an jenem Nachmittag die veränderte Stimmung. Der Anwalt sah hinab in den Saal zu jener seitlichen Bank, wo der Gutachter mit seinen Unterlagen, Tafeln und Schaubildern Platz genommen hatte. Seine hellen, etwas dicklichen Finger bewegten sich, während er sprach, über den Photos der Toten wie die Antennen von Insekten. Zu Beginn war Meyer völlig gelassen gewesen, aber das schriftlich vorliegende Gutachten hatte nichts mit dem zu tun, was Professor Maul schließlich vortrug. Es war, als nähme er mit den sich langsam bewegenden Fingern Witterung auf und als sei es, dachte Meyer jetzt, die Zeit selbst, die er erspürt hatte. Gab es zunächst noch ungläubige Blicke über das, was Maul sagte, folgten schließlich alle den Argumenten des Pathologen. Sein Mandant spürte das, wurde immer nervöser und unterbrach den Gutachter zweimal, was ihm eine Rüge eintrug und seine Lage nicht verbesserte.

Meyer legte das Gesicht in die Hände. Immer wieder fragte sich der Anwalt, ob es ihn nervös gemacht hatte, daß der Fall weit über die Stadt hinaus Aufsehen erregte und der Andrang zu den Sitzungen um ein Vielfaches größer war als gewöhnlich, und ob vielleicht all dieser Rummel und die anwesende überregionale Presse seinen Fehler provoziert hatte, keinen zweiten Gutachter benannt zu haben. Seine Gedanken kamen ständig auf den entscheidenden Moment des Prozesses zurück, und er rief sich immer wieder ins Gedächtnis, wann er es versäumt hatte, den entsprechenden Antrag mit aller Vehemenz zu stellen und entsprechend zu begründen. Fehler, dachte er, das Gesicht in den Händen, immer wieder, und bemerkte darüber nicht, daß sich durchaus nicht alle Journalisten wieder dem Staatsanwalt zugewandt hatten. Paul Mohr sah unverwandt zu ihm herauf und registrierte verwundert, wie Meyer reglos auf der Empore des alten Landgerichtssaales ausharrte. Oesterle sprach noch immer.

»Arbogast steht mit dem Töten in näherem Verhältnis. Arbogast ist ein Sadist. Im Hintergrund schlummert bei ihm die Bestie, die das Opfer verschlingt, wenn es willfährig geworden ist.«

Ferdinand Oesterle machte nach diesen Sätzen, mit denen er auch am Freitag sein Plädoyer eingeleitet hatte, eine Pause. Gedankenverloren schien er ihnen nachzulauschen, während ihn der Anwalt nicht aus den Augen ließ. Er erinnerte sich nur zu gut an die Photos der Toten, und für einen Moment mochte er dem Staatsanwalt fast glauben, was er sagte. Als Katrin Arbogast sich damals mit der Bitte an ihn wandte, ihren Mann zu vertreten, hatte er vor allem zugesagt, weil er ein Schüler ihres Vaters gewesen war, der Mathematik am Gymnasium von Grangat unterrichtete. Er hatte wenig Erfahrung mit Strafsachen und nie zuvor Bilder einer solchen Tat gesehen. Sein erster Gedanke war: Das ist pervers. Katrin hatte er die Photographien nicht gezeigt und auch sonst niemandem. Die Familie hatte es schwer genug.

»Alles spricht dafür, daß Arbogast Marie Gurth langsam zu Tode gebracht hat, wobei er sie bestialisch mißhandelte, mißbrauchte und sich an ihren Leiden sexuell erregte. Ein solches Vorgehen entspricht der Persönlichkeit des Arbogast, denn er ist ein roher und brutaler Mensch, der zu sadistischen Handlungen neigt.«

Winfried Meyer gab sich oben auf der Empore einen Ruck und stand auf. Oesterle folgte ihm mit den Blicken. Zum ersten Mal wurde sich der Staatsanwalt bewußt, daß der Prozeß vorüber war, und ein Gefühl der Betäubung breitete sich langsam und sehr kühl in ihm aus.

Möglichst leise stieg Meyer die Holzstufen hinab und ging hinaus zu seinem Wagen. Er mußte sich beeilen, denn er hatte Hans Arbogast versprochen, heute noch nach Bruchsal zu kommen, um zu besprechen, was jetzt weiter zu tun war. Bei diesem Gedanken zauderte er und spürte jene seltsame Müdigkeit plötzlich wieder deutlicher, warf kraftlos die Aktentasche auf die Rückbank, zog den Mantel aus und fuhr los. Grangat, die alte Reichsstadt, hatte seit dem Krieg nur wenig mehr als 20.000 Einwohner, und war man einmal über die neue Murg-Brücke in Richtung Straßburg hinweg, lag die Stadtgrenze schnell hinter einem. Für ein paar Minuten durchquerte der Anwalt die Ebene, die sich zum Rhein hin öffnete, und fuhr dann auf die A5, die entlang der Weinhänge und Obstgärten der Schwarzwaldvorberge in Richtung Norden nach Karlsruhe führte und weiter nach Bruchsal. Der Hundskopf, schneebedeckter Hausberg Grangats, verlor sich im Rückspiegel.

Der Anwalt brauchte für die etwa hundert Kilometer an diesem frühen Nachmittag kaum länger als anderthalb Stunden, denn obwohl Schneeplacken von beiden Seiten weit auf das Band der Betonplatten züngelten und die wenigen Fahrzeuge lediglich eine schüttere Spur gelegt hatten, kam er gut voran. Einige hochbeinige LKWs kamen ihm entgegen und ein Mercedes, er überholte zwei Käfer und einen Vorkriegs-Opel, und nur wenig später als fernmündlich avisiert kam er am Zuchthaus Bruchsal an. Erschreckend übergroß stand ihm der Gefängniskomplex plötzlich vor Augen, als er an der ländlichen Schloßanlage vorüber war und die Stadt durch das barocke Damians-Tor gerade wieder verlassen hatte. Da ihn ganz überwiegend Zivilsachen beschäftigten, sah er zum ersten Mal die hohe Umfassungsmauer aus rohem Kalkstein mit ihren Wachtürmen und überkragenden Laufgängen. Er hielt an einem der beiden kleinen Aufseherwohnhäuser, die sich wie Torwachen ausnahmen und die kopfsteingepflasterte Rampe zum Torhaus flankierten.

Als Winfried Meyer an der Sprechanlage vor dem grau gestrichenen Stahltor seinen Namen nannte, summte prompt und antwortlos der Öffner. Er trat in ein hohes Gewölbe, und sofort schloß sich das Tor pneumatisch hinter ihm. Rechts und links führten einige Stufen zu Wachräumen hinauf, hinter deren vergitterten Fenstern Wachpersonal zu sehen war. Er wurde hinaufgewinkt, mußte sich ausweisen, seine Aktentasche öffnen und seinen Mantel abklopfen lassen. Dann wies ihn der Beamte auf ein Holztor, das dem stählernen gegenüberlag. Dort solle er schellen, man werde ihn in den Sprechraum bringen. Recht bald wurde ein Schieber betätigt, das Guckloch in dem hölzernen Tor geöffnet und ein Augenpaar musterte ihn. Er hörte einen Schlüssel, und eine kleine Pforte schwang auf. Der uniformierte Wärter verschloß sie hinter ihm wieder mit einem zweibärtigen Schlüssel an einem großen Bund, tippte schweigend mit dem Zeigefinger an das Schild seiner Uniformmütze und führte Meyer einen kurzen Gang entlang, von dem links und rechts massive Holztüren abgingen und der in etwa dreißig Metern Entfernung an einem Gittertor endete.

»Was ist da?« fragte der Anwalt und deutete geradeaus.

»Das Gefängnis«, murmelte der ältere, etwas gebückte Beamte, bemerkte aber gleich die Ungehörigkeit seiner Antwort und verbesserte sich: »Der Zentralturm der panoptischen Anlage.«

Meyer verstand nicht, was das bedeuten sollte, aber ihm fiel ein, daß man von der Rampe aus nicht hatte sehen können, welche Ge-

stalt der eigentliche Gefängnisbau hinter den Umfassungsmauern hatte. Als er gerade darüber ein Gespräch mit dem Beamten beginnen wollte, schloß dieser eine der hölzernen Türen auf und wies ihn mit der ausgestreckten Hand in das Besprechungszimmer:
»Arbogast wartet schon.«

4

Paul Mohr trug einen grauen Tweed-Anzug mit Knickerbockern und passender Schirmmütze, die er sich vor dem Ausgang des Landgerichts gerade zurechtrückte. Mantel und Gepäck hatte er noch auf dem Zimmer, denn er würde erst am Nachmittag nach Freiburg zurückfahren, und so blieb genügend Zeit, einmal noch im SILBERNEN STERN vorbeizusehen, in dem er wie viele Journalisten während der zurückliegenden Prozeßwoche die meisten Sitzungspausen und eigentlich alle Abende verbracht hatte. Doch dann sah er Gesine Hofmann mit einer Mittelformatkamera und Stativ auf der anderen Straßenseite. Aus den Negativmappen von PHOTO KODAK in der Kreuzgasse, die neben Bildern Gesines vor allem die ihres Vaters enthielten, der vor zwei Jahren gestorben war, könne man jede Stadtgeschichte Grangats seit dem ersten Weltkrieg illustrieren, hatte man ihm gesagt. Mohr überdachte seinen Plan noch einmal, überquerte die Straße und sprach die junge Photographin an. Sie hatten während des Prozesses schon miteinander zu tun gehabt, als er Bilder gebraucht hatte, und waren, beide Anfang Zwanzig, sich sofort sympathisch und an einem der Abende im SILBERNEN STERN auch schnell beim *Du* gewesen.

Er wartete, während Gesine sich immer wieder über die Kamera beugte, aufsah, wieder in den Sucher blickte und Bilder des aus dem Gericht strömenden Publikums machte. Sie müsse aber sofort entwickeln, sagte sie und nickte lächelnd, als Paul fragte, ob er mitkommen könne. Zusammen gingen sie die wenigen Meter bis zum Markt, den sie im schnellen Zick-Zack durch Buden und Verkaufsstände überquerten hin zur Kreuzgasse, die direkt vom Markt abging. Im Laden bediente die Mutter, wenn Gesine einen Termin außer Haus oder im Labor zu tun hatte, das vom Verkaufsraum nur durch einen, wenn auch doppelten, gummierten und lichtdichten Vorhang abgetrennt war. Paul Mohr nickte Frau Hofmann zu, einer weißhaarigen zierlichen Dame, die sich mit einem ebenso alten Herrn unterhielt und dabei Filmdosen auf dem gläsernen Verkaufstisch hin- und herschob. Das kleine Labor war bis zur Decke mit einer Metallkonstruktion versponnen, in die wie Fledermäuse in ihren Höhlen die unzähligen grauen Pappordner einer altertümlichen Hängeregistratur eingespannt waren. Gesine stellte die Kamera ab und zog ihren Mantel aus, streifte sich einen weißen Kittel über, löschte das Licht und knipste die kleine rote Lampe an, die draußen anzeigte, daß man nicht hereinkommen dürfe.

Paul gewöhnte sich schnell an die den chemischen Prozessen förderliche Wärme im Raum, und er benötigte nur die kurze Zeit, bis Gesine den Vergrößerer anschaltete, dessen helles Licht ihn zunächst blendete, um sich darüber klarzuwerden, daß er dabei war, sich in Gesine zu verlieben. Schweigend stand er dicht hinter ihr und sah ihr zu. Wirkliches Dunkel wurde zu hellem Licht auf den Negativen und bestrahlte ihr Gesicht. Er sah dünnen Flaum auf ihrer Wange und daß eines ihrer grünen, sehr hellen Augen wie lackiert in seiner Feuchte glänzte.

Dann musterte er, über ihre Schulter hinweg, wieder die Bilder und betrachtete den Saal des Landgerichts mit der hölzernen Schranke und den Wirtshausstühlen, auf denen die Journalisten saßen, und dahinter die anderen Zuschauer. Die leicht geschwungene und erhöhte Richterbank mit den kannellierten Säulchen, die drei Richter in ihren schwarzen Roben, je drei Geschworene rechts und links. Ein Photo zeigte hinter dem Vorsitzenden an der Wand das kleine Piedestal, auf dem nichts stand, an beiden Seiten die gepolsterten Türen. Jochen Gurth, der Mann der Toten, rauchend im Gespräch mit Mizzi Neelsen, ihrer Freundin. Natürlich Hans Arbogast, wie er von einem Polizisten nach der Urteilsverkündung abgeführt wurde, die Hand vor Augen. An der Mauer das Emailleschild BADISCHES LANDGERICHT GRANGAT. Arbogast, wie er aus dem Saal kommt, im Spalier der Zuschauer, in zweireihigem Mantel und kariertem Schal. Hinter ihm wieder der ältere Polizeibeamte in seinem schweren Mantel mit den leuchtenden Knöpfen und der Uniformmütze mit Stern und Kordel. Eine junge dunkelhaarige Frau in Trachtenjacke und Zöpfen, die ihm ungläubig nachsieht, auf demselben Bild. Ein ganz Hagerer daneben mit Armeemütze und ein Dicker mit Brillantine im Haar und Zigarrenstummel im Mund. Arbogast und Anwalt Meyer inmitten der Akten am Tisch der Verteidigung. Katrin, die Frau des Angeklagten. Hinrichs von der Freiburger Mordkommission im Gespräch mit Dr. Bärlach, der die Autopsie vorgenommen hatte. Oberstaatsanwalt Ferdinand Oesterle und Landgerichtspräsident Gützkow, der Vorsitzende des Schwurgerichts, mit Vatermörder über dem Samtkragen seines schwarzen Talars. Professor Maul vor einer Schautafel, als er sein Gutachten erläuterte.

Paul Mohr erinnerte sich noch genau an den gespenstischen Moment, als das ganze Verfahren kippte. Im Vortrag des gedrungenen Gerichtsmediziners aus Münster, der einen hervorragenden Ruf als Gutachter hatte, fiel plötzlich das Wort *Kälberstrick,* und aus einem Unfall wurde Mord. Den Journalisten schauderte es, wenn er daran dachte. Dann kam ein Bild, das die Straße vor dem Gericht zeigte, wie Gesine Hofmann sie auch gerade eben photographiert hatte, nur zu Prozeßbeginn, und er mußte lachen, als er sich selbst in der Menge entdeckte. Gesine sah sich nach ihm um. Er spürte ihren Atem, so dicht stand sie vor ihm, und für einen Moment glaubte er, sie küssen zu können, und beugte sich noch weiter ihr entgegen. Sie lächelte und wich seinem Kopf aus. Beide sahen wieder auf das Photo.

»Du bist mir gleich aufgefallen«, sagte sie leise.

Paul Mohr nickte, ohne daß er wußte, was das Nicken bedeuten sollte. An den Häusern sah man noch deutlich die Spuren des Krieges. Viele Männer trugen Hüte oder Armeemützen und lange dunkle Mäntel. Er sah einen hellen und sehr weiten Trenchcoat. Die Frauen hatten zumeist kurze Haare. Jenes Bild von Marie ging ihm nicht mehr aus dem Kopf, das Maul gezeigt hatte. Mit einem Mal wurde ihm das Labor zu eng.

»Hast du die Negative von der Toten auch noch da?«

»Ja«, antwortete Gesine knapp.

Vielleicht, um Paul spüren zu lassen, daß sie die Bilder nicht gern herzeigte, klang ihre Stimme plötzlich distanziert. Schließlich hatte sie so etwas wie eine behördliche Aufgabe übernommen, als sie sich bereit erklärte, am Fundort die Leiche zu photographieren und für den Prozeß Abzüge und Vergrößerungen anzufertigen. Vielleicht aber auch, weil es ihr vorkam, als ob er ihr mit seiner Frage nach dem Bild auswich. Doch Paul schien die Kürze ihrer Antwort zu überhören.

»Zeigst du mir noch mal, wie man sie gefunden hat?«

Wortlos zog sie die Mappe aus einem Hängeregister neben dem Entwicklertisch. Sie wußte genau, welches Bild er meinte, schob das 6 x 6-Negativ vorsichtig in den Schlitten des Vergrößerers und stellte scharf. Die Dunkelheit im Labor rückte ihnen die Umrisse im sirrenden Licht ganz nah, und Gesine und Paul waren einen Moment lang beschämt davon, Marie Gurth so zu betrachten.

Sie liegt da, als schmiege sie sich ins Laub, dachte Paul Mohr, während er sich über das Negativ beugte, das auf dem Holz des Tisches wie ein farbloses Fresko auf der rauhen Wand einer Kirche erschien, bei dem sich unerklärlicherweise hell und dunkel vertauscht hatten. Das trockene Laub rechts und oben wurde in der

Negativprojektion zum weißen Licht eines Lakens, auf das man sie gebettet hatte. Sie lag auf der linken Seite, die Augen geschlossen, den Kopf in ihr Bett geschmiegt, und die im Negativ fast schwarzen Lippen wie in einem Traum erwartungsvoll geöffnet. Der rechte Arm lag über dem Oberkörper, die Hand auf der rechten Schulter, die rechte Hand berührte ihren linken Ellbogen. Dazwischen eine ihrer Brüste, deren nachtdunkle Nacktheit die fast verschämte Haltung noch mehr betonte, mit der sie sich in das Brombeergesträuch wie in eine Decke zu verkriechen schien. Die spitzigweißen, tief geaderten Blätter bedeckten Bauchnabel und Scham, und fast sah es so aus, als wolle sie gerade ihr leicht angezogenes rechtes Bein über diese Daunen strecken.

Und einen Moment lang meinte Paul tatsächlich jenes Band um ihren Hals zu erkennen, das Professor Maul entdeckt haben wollte. Klaglos ordnete das Schwarz-Weiß sich entsprechend um. Paul zeigte darauf.

»Siehst du das?«

»Was denn?«

Paul blinzelte, und mit einem Mal sah er an jener Stelle wieder nur mehr die Musterung des Holzes, auf die der Vergrößerer das Bild projizierte. Wie ein schwarzweißes Fresko, dachte er wieder, und: Ihr scheint nichts zu fehlen. Außer daß sie friert.

»Was meinst du: War er es?«

Während Maul sein Gutachten vortrug, hatte Mohr den Angeklagten genau beobachtet. Er hatte den Eindruck, daß Arbogast sich selbst für schlau hielt und sehr beherrscht, ohne es doch zu sein. Als der Gutachter ihn beschuldigte, schien er völlig gelähmt, und in diese lähmende Stille hinein wuchs Paul Mohrs Mißtrauen gegen Arbogast. Er konnte sich nicht wirklich vorstellen, daß dieses Mädchen es gewollt haben sollte, so gewaltsam geliebt zu werden. Beim Plädoyer des Staatsanwalts hatte Arbogast geweint.

Nochmals fragte er Gesine: »Ob er es war?«

Die Photographin, die dicht neben ihm stand und das Bild ebenfalls betrachtete, als sähe sie es zum ersten Mal, zuckte nur mit den Schultern. Dann sah sie ihn an und lächelte.

»Möchtest du das Photo haben?«

Paul war überrascht. Er hatte nicht zu fragen gewagt, doch sie mußte bemerkt haben, wie sehr ihn das Bild faszinierte. Daher war ihr Lächeln, das sie noch immer lächelte, nun auch ein wenig traurig. Sie wußte, der Moment seiner Faszination für sie war vorüber, und daran war die Tote schuld und dieses Bild, das sie an jenem nebligen Morgen gemacht hatte, frierend und sehr müde, nachdem der Polizist sie aus dem Bett geholt hatte. Sie verstand, daß die Stille und Atemlosigkeit des Bildes Paul Mohr nicht mehr losließ. Unaufhörlich mußte er das Mädchen ansehen, dessen dunkles Fleisch im Negativ flirrte. Er nickte.

»Dann warte einen Moment«, sagte Gesine Hofmann leise.

Sie schaltete den Belichter aus, nahm im roten Dunkel einen Bogen Photopapier aus einem Pappkarton und legte ihn unter den Vergrößerer. Kurz flammte das weiße Licht auf, und das Nachbild glimmte noch, während Gesine das Papier schon mit einer großen Zange im Entwicklerbad schwenkte. Dann legte sie es in die Wanne mit dem Fixierer, und nach wenigen Minuten schaltete sie das Licht im Labor wieder an. In der plötzlichen Helligkeit vermieden es zunächst beide, sich anzusehen, während sie darauf warteten, daß das Fixierbad die chemische Reaktion stoppte und den Entwicklungsprozeß der Schatten beendete, aus denen sich der Körper Marie Gurths zusammensetzte.

Irgendwann holte sie das Bild aus dem Bad und ließ es abtropfen, steckte es in ein Papiertütchen und gab es ihm, schlug den gummierten doppelten Vorhang zurück, und beide waren froh, aus der verbrauchten und stickigen Laborluft für einen Moment hinauszutreten ins Freie. Sie sprachen wenig. Paul drängte Gesine, ihn in Freiburg zu besuchen, wenn sie das nächste Mal dort sein würde.

Gesine Hofmann schlang frierend die Arme um den Oberkörper, und Paul Mohr gab ihr zum Abschied die Hand. Sie erwiderte seinen Händedruck, nickte ihm lächelnd zu, und er meinte, ihren Blick im Rücken zu spüren, als er die Kreuzgasse in Richtung Bahnhof hinunterging.

Paul Mohr kannte Grangat, seit er vor zwei Jahren nach dem Abitur hier bei der BADISCHEN ZEITUNG volontiert hatte, aber seitdem war er nicht wieder hiergewesen. Nun, nach der langen Prozeßwoche, fiel ihm der Abschied beinahe schwer. Bevor er sein Gepäck holte, schaute er zum letzten Mal im SILBERNEN STERN vorbei, um zu sehen, ob noch einer der Kollegen da war, doch keiner der Journalisten saß mehr im Schankraum. Auf dem Weg zum Bahnhof schienen ihm mit einem Mal auch die Straßen leerer als die Tagen zuvor, und der starre Blick fiel ihm wieder ein, mit dem Rechtsanwalt Meyer am Vormittag die Pressekonferenz verfolgt hatte. Plötzlich war er wieder fremd hier und fühlte sich unwohl, als haftete diesem Städtchen noch etwas vom Tod Marie Gurths an. Das Bild des Mädchens glomm beständig in ihm, wie schlafend oder träumend mit dem eiskalten Laub zugedeckt im Brombeergesträuch, und er beeilte sich, zum Bahnhof zu kommen.

EINE FRAUENLEICHE AN DER BUNDESSTRASSE 15, hatte er damals getitelt. AN DER UNBEKANNTEN TOTEN WURDE EIN LUSTMORD VERÜBT. Seine Meldung vom fünften September 1953 über den Mord war die erste gewesen, die in einer Zeitung erschienen war, und es war auch der erste Text von ihm gewesen, der unter dem Kürzel PM gedruckt wurde.

pm. Kaltenweier. Am Donnerstagabend, gegen 19.20 Uhr, fand ein Jagdaufseher bei einem Pirschgang auf der Bundesstraße 15 zwischen Kaltenweier und Hohrod, bei der Abzweigung nach Duren und 86 Meter östlich des Kilometersteines 7, eine unbekleidete Frauenleiche. Die Leiche lag in einem Wassergraben und war von Dornengebüsch verdeckt. Sie wies Würgemale am Hals und am Genick auf. Das linke Auge war blutunterlaufen, und an der rechten Brustseite befanden sich Kratzwunden. Nach dem Ergebnis der Leichenöffnung liegt ein gewaltsamer Tod infolge Herzversagen vor. Es handelt sich offenbar um einen Lustmord. Die Ermordete scheint auch im Besitz einer Armbanduhr gewesen zu sein, die ebenfalls fehlt.

Den Umständen nach muß angenommen werden, daß die Leiche in einem Fahrzeug an den Fundort gebracht wurde. Allem Anschein nach dürfte dies in der Nacht zum Donnerstag der Fall gewesen sein. Etwa zwei Stunden vorher ist das Mädchen getötet worden. Von den Kleidern der Ermordeten konnte bis jetzt noch nichts gefunden werden.

Die Ermordete ist etwa zwanzig Jahre alt, 1,55 Meter groß, schlank; sie hat eine zierliche Gestalt, ein volles Gesicht mit breiten Backenknochen, wulstige Lippen und schadhafte Zähne, blaue Augen, rötliches Haar, verhältnismäßig große Ohren und schmale gepflegte Hände mit langen Fingernägeln.

Die Mordkommission der Kriminalpolizei Freiburg hat sich schon im Laufe der Nacht an den Fundort begeben und zusammen mit der örtlichen Gendarmerie nach Spuren des oder der Täter gesucht. Obwohl ein größeres Waldstück abgesucht wurde, konnten die Kleider der Toten nicht gefunden werden. Die Kriminalpolizei oder jede andere Polizeidienststelle nimmt sachdienliche Hinweise entgegen. Die Staatsanwaltschaft Grangat hat für Hinweise aus der Bevölkerung, die zur Ermittlung des Täters führen könnten, eine Belohnung von 500 Mark ausgesetzt.

5

Das erste, was Winfried Meyer bemerkte, waren die Milchglasscheiben im Besprechungszimmer. Nicht nur verweigerten sie den erwarteten Ausblick, sie enthoben den Besucher ganz seinem Umfeld, indem man sich in so etwas wie eine Arztpraxis versetzt glaubt. Gitterstäbe sah man nicht, aber Meyer nahm an, daß es sie gab. Der Beamte schloß die Tür hinter ihm, und ein anderer, der bisher auf dem Stuhl neben der Tür gesessen hatte und den er jetzt bemerkte, nickte ihm zu. Im Raum ein einfacher Holztisch mit der Schmalseite zur Tür. Hans Arbogast auf der einen Seite, ein leerer Stuhl auf der anderen. Die Lampe darüber war nicht angeschaltet, obwohl es langsam zu dunkeln begann.

Die klappernden Schlüssel und das Geräusch der Schlösser, die ständig hinter einem verschlossen wurden, hatten Meyer in eine Art hilfloser Aufgeregtheit versetzt. Er gab Hans Arbogast, der keine Handschellen trug, die Hand und setzte sich. Er lehnte die Aktentasche neben sich an ein Stuhlbein und musterte seinen Mandanten. Die Gefängniskleidung war so ungewohnt, daß er sich sehr bemühen mußte, Arbogast nicht zu sehr anzustarren. Jacke und Hose aus blauem, grobem Köper. Die Jacke mit roten Streifen an den Ärmeln. Sein Blick, dachte der Anwalt, ist ruhig. Die Anspannung der letzten Zeit, die langsam nachließ, wich offenbar auch aus Arbogast. Fast schien es Meyer, als sei er schon dabei, sich mit der Situation zu arrangieren.

»Gefällt Ihnen mein neuer Anzug? Rot ist für die Strafgefangenen. Es gibt noch Weiß für die Untersuchungshäftlinge und Gelb für diejenigen in Sicherheitsverwahrung.«

»Wie geht es Ihnen?«

Arbogast lächelte und zuckte mit den Schultern. Als ob es darauf ankäme. Katrin hatte ihm erzählt, daß die Mutter seit der Urteilsverkündung gestern nicht mehr gesprochen habe. Die ganzen anderthalb Jahre hatte sie das Wirtshaus weitergeführt und ihn jede Woche in der Untersuchungshaft besucht, als sei nichts. Obwohl keine Gäste mehr kamen, hielt sie durch. Als er einmal versuchte, ihr zu erklären, was geschehen war, hatte sie ihm das Wort abgeschnitten und gesagt, davon wolle sie nichts hören.

»Meine Frau war heute schon hier«, sagte Arbogast schließlich.

»Und?«

»Ich weiß nicht, was ich ihr jetzt sagen soll. Bisher hat sie mir geglaubt, und das war schon schlimm genug.«

»Und jetzt?«

»Jetzt weiß sie nicht mehr, was sie glauben soll. Und ich kann es ihr nicht mal übelnehmen. Mir geht es ja genauso.«

»Wie meinen Sie denn das?«

Wieder zuckte Arbogast mit den Schultern.

»Haben Sie Professor Maul noch mal gesprochen? Glauben Sie, man kann mit ihm reden wegen einer Wiederaufnahme?«

Meyer hatte tatsächlich den Gutachter gestern nach der Urteilsverkündung noch in seinem Hotel angerufen und um ein persönliches Gespräch gebeten. Dafür bestehe, hatte Maul gesagt, aus seiner Sicht eigentlich keine Notwendigkeit. Die Stimme klang am Telephon ebenso bedächtig und hart wie während des Prozesses. Schon als sie sich am ersten Tag miteinander bekannt gemacht hatten, waren ihm die Kälte der Augen und der kleine, schmallippige Mund aufgefallen. Doch erst als Professor Maul sich an jenem dämmrigen Nachmittag an dem Bild der Marie Gurth festzuschauen schien, verstand Meyer die Gier dieser Lippen. Wie ein Fisch die gläserne Wand des Aquariums, tastete der Pathologe die Oberfläche der Tatortbilder nach einem Zugang zu jener anderen Welt ab, die ihm doch immer verschlossen bleiben mußte. Was er verstand, war tot. Um so grotesker schien Meyer die zitternde Lebendigkeit seiner Finger, als Maul erläuterte, wie Marie Gurth gestorben sei.

»Nun mal unter uns«, hatte Maul ihn am Ende ihres Telephonates noch gefragt, »Sie glauben doch nicht wirklich an die Unschuld Ihres Patienten?«

Er hatte wirklich Patient gesagt.

»Ich glaube nicht, daß wir auf Professor Maul in irgendeiner Hinsicht zählen können.«

Mehr sagte Winfried Meyer nicht. Obwohl Arbogast ihn ansah und darauf wartete, daß er weiterspräche und einen Vorschlag machte oder einen Plan entwickelte, eine juristische Strategie, irgendwas, das rechtfertigte, hier zu sitzen und ihn, den Gefangenen, anzusehen. Aber jene Müdigkeit, die ihn nicht mehr losließ, wollte sich genau damit begnügen, Arbogast anzusehen. Ihn genauestens zu mustern. Um vielleicht an irgend etwas zu erkennen, daß Hans Arbogast wirklich nicht der Mörder Marie Gurths war.

Der aber rührte sich nicht. Hatte ein mächtiges Kinn, das ihn beinahe halslos aussehen ließ, und immer die Unterlippe etwas vorgeschoben, als ob er schmolle. Sein Gesicht hatte nichts Jugendliches mehr, sondern er wirkte in etwa so grobschlächtig und viril, wie ihn der Staatsanwalt beschrieben hatte. Die hellen und etwas welligen Haare mit Wasser zum Linksscheitel gelegt. Tiefe Geheimratsecken. Die Wangen fleischlos, was die Falten verstärkte, die von der Nase zum Mund liefen. Wenn er lachte, zogen seine Lippen sich weit zurück, und man sah seine weißen, großen Zähne. Er hatte blonde Wimpern. Sein Gang war, etwas schlaksig und zögerlich, am ehesten noch jung an ihm. Natürlich hatte er große Hände. Sehr oft schienen sie, wie Meyer beim Prozeß aufgefallen war, während er neben ihm saß, sich gegenseitig ruhigzuhalten.

Man sah ihnen, was im Prozeß kein Vorteil gewesen war, die Kraft an, über die Arbogast verfügte, der zunächst Metzgergeselle gewesen war, obwohl er Abitur hatte und es der Wille des Vaters gewesen war, daß er studiere. Als der Vater starb, war Hans Arbogast Fernfahrer, kaufte dann von seinem Erbe einen Steinbruch, verkaufte ihn aber bald wieder. Er hatte einen kleinen Sohn, und

Meyer erinnerte sich, wie liebevoll er ihn bei den sonntäglichen Besuchen behandelte. Kurz vor der Tat übernahm Arbogast eine Vertretung für amerikanische Billardtische und arbeitete als Aushilfe im Gasthaus der Eltern. Wie alle Metzger achtete er penibel auf Hygiene und trug die Fingernägel sehr kurz geschnitten. Und ganz entschieden, das wußte Meyer noch aus der Untersuchungshaft, wo er sie ihm oft gebracht hatte, bevorzugte er weiße Hemden.

Der Beamte auf dem Stuhl neben der Tür räusperte sich, fragte etwas, das Meyer nicht verstand, und räusperte sich wieder.

»Sind Sie fertig, Herr Rechtsanwalt?« fragte der Beamte nochmals.

Arbogast reagierte nicht.

Meyer schreckte auf und schüttelte den Kopf. Griff zu seiner Aktentasche und zog ein kleines samtrotes Oktavbändchen hervor.

»Der sechzehnte Abschnitt des Strafgesetzbuches«, begann Meyer und schlug das handliche Buch sehr schnell an der gesuchten Stelle auf, »ist überschrieben mit VERBRECHEN UND VERGEHEN WIDER DAS LEBEN. Und § 211 lautet: *Der Mörder wird mit lebenslangem Zuchthaus bestraft.*«

»Ich verstehe nicht so ganz, was das jetzt soll, Herr Meyer. Wollen Sie mir klarmachen, daß ich hier nie mehr herauskomme? Meinen Sie das?«

»Das heißt zunächst einmal, daß Mord die besonders verwerfliche Tötung eines Menschen ist. Sie wird daher immer, ohne daß minder schwere Fälle vorgesehen wären, mit lebenslangem Zuchthaus bestraft. Das heißt das, sonst nichts. Punktum.«

»Aber ich habe niemanden ermordet!«

Aber das wußte er doch! Die Müdigkeit wollte sich einfach nicht aufklären. Wie ein verhangener Himmel. Wie dieser Fall. Vielleicht hatte er aber gar keinen Fehler begangen, als er es versäumte, das Gutachten Professor Mauls, immerhin Ordinarius des Gerichtsmedizinischen Instituts der Universität Münster, vehement genug zu beanstanden. Alle hatten Arbogast plötzlich für schuldig gehalten. Immer wieder sah er hinab zu dem handlichen Büchlein, das er mit einer Hand offenhielt, und wieder hinauf zu Arbogast, der ihn seinerseits ansah. Und beide fielen aus der Zeit. In Meyer pochte gleichförmig und öde jene seltsame Müdigkeit, die ihn vergessen ließ, wo er war, während Arbogast mehr und mehr sich selbst abhanden kam. Hatte er eben noch gehofft, man werde weitere juristische Schritte überlegen, die ihm helfen könnten, verstand er nun, daß der Prozeß, der ihn Tag für Tag entkleidet hatte, sich in den Paragraphen fortsetzte, die ihm sein Anwalt vorlas und auslegte. Und da lächelte Arbogast. Er lächelte, als verstünde er ihn, und Winfried Meyer freute sich von ganzem Herzen darüber. Und er hätte es ihm auch gesagt, wenn nur diese Müdigkeit weggegangen wäre.

»Lesen Sie ruhig weiter!« sagte Arbogast sanft und fast flüsternd. Blitzartig war ihm der Gedanke durch den Kopf geschossen: Ich bin allein. Unabänderlich allein, dachte er, und begriff erst jetzt an der Traurigkeit, die ihn überschwemmte, wie groß seine uneingestandene Hoffnung immer noch gewesen war, das alles würde eines Tages einfach vorüber sein.

»Lesen Sie nur«, murmelte Arbogast noch einmal.

Und umstandslos las Winfried Meyer weiter: »*Mörder ist, wer aus Mordlust, zur Befriedigung des Geschlechtstriebs, aus Habgier oder sonst aus niedrigen Beweggründen, heimtückisch oder grausam oder mit gemeingefährlichen Mitteln oder um eine andere Straftat zu ermöglichen oder zu verdecken, einen Menschen tötet.*«

»Warum so kompliziert?«

»Weil die besondere Verwerflichkeit der Tat sich ebenso wie der Begriff des Mörders selbst erst aus genau den Merkmalen ergibt, die das Gesetz hier aufzählt. Diese Merkmale kennzeichnen, wie man sagt, den Mord abschließend, das heißt bei deren Vorliegen greift § 211 immer und unwiderruflich. Und umgekehrt darf, wenn alle diese Merkmale bei einer Tat fehlen, kein Mord angenommen werden.«

»Ich verstehe.« Arbogast lächelte noch immer. »Ich nehme an, auf mich träfe dann als niedriger Beweggrund zu, Marie getötet zu haben, um meinen Geschlechtstrieb an ihr befriedigen zu wollen.«

»Nicht so schnell!« murmelte Meyer und klappte das Büchlein ganz sorgfältig zu. Und strich, während er sich zu konzentrieren versuchte, immer wieder mit der Hand darüber hin.

»Lustmord«, fuhr er schließlich fort, »meint zunächst den Mord zur Befriedigung des Geschlechtstriebes und kann bedeuten, daß in der Tötung selbst geschlechtliche Befriedigung gesucht wird. Oder aber, daß der Tod nur billigend in Kauf genommen wird, um Befriedigung zu erzielen. Oder einer tötet, um sich danach an der Leiche sexuell befriedigen zu können. Wobei es übrigens dem Gesetzgeber völlig gleichgültig ist, ob reale Befriedigung eintritt. Aber ich greife vor.«

»Wieso?«

»Zunächst muß man die Mordmerkmale selbst unterscheiden. Und zwar hinsichtlich der Verwerflichkeit des Grundes, der Ausführung und des Zieles der Tat. Nur bei der ersten Gruppe spielen die sogenannten niedrigen Beweggründe eine Rolle, die Sie eben erwähnten und die in der Tat zu dem gestrigen Urteil gegen Sie geführt haben.«

»Aber was heißt denn nun niedrig?«

»Ganz einfach: Beweggründe heißen niedrig, wenn sie nach allgemeiner sittlicher Anschauung verachtenswert sind und auf tiefster Stufe stehen. Wie beispielsweise die Mordlust, bei der es einem Täter darauf ankommt, einen Menschen sterben zu sehen, und er also aus Mutwillen, aus Angeberei, aus Freude an der Vernichtung oder auch aus Zeitvertreib tötet. Oder die Tötung als Stimulans oder sportliches Vergnügen. Weiterhin zählt auch der genannte Lustmord zu den Taten aus niedrigen Beweggründen.«

Meyer hatte mit einem Mal vergessen, warum er das alles erklärte, ob er sich rechtfertigen wollte oder tatsächlich glaubte, indem er Arbogast die Gesetze zeigte wie die Instrumente der Folter, komme die Wahrheit an den Tag. Aber jedenfalls mußte er es zu Ende bringen.

»Die zweite Charakterisierung des Mordes, die man Ihnen zur Last gelegt hat, hebt auf die Tatausführung ab. Ein Täter, der von Arg- und Wehrlosigkeit des Opfers ausgeht, ist heimtückisch, und grausam ist er, wenn er seinem Opfer in gefühlloser, unbarmherziger Gesinnung Schmerzen und Qualen körperlicher oder seelischer Art zufügt, die nach Stärke oder Dauer über das für die Tötung erforderliche Maß hinausgehen.«

Hans Arbogasts Hände hielten sich, bewegungslos, noch immer gegenseitig. Manchmal spürte er, wenn man von dem Schmerz sprach, den er Marie zugefügt haben sollte, wieder den Geschmack ihres Blutes im Mund. Schwer fiel es ihm dann, sich ihr Gesicht vorzustellen. Und auch sein eigenes verschwand.

»Herr Meyer, ich verstehe noch immer nicht, warum Sie mir das alles erklären. Was ist mit der Revision, von der wir noch im Gerichtssaal gesprochen haben? Werden wir denn keine Berufung einlegen?«

»Herr Arbogast, es tut mir wirklich sehr leid, daß §211 StGB, den ich Ihnen eben deshalb gern nochmals erläutern wollte, bei Ihnen in ganzer Härte zur Anwendung gekommen ist.«

Wieder strich Rechtsanwalt Meyer mit der flachen Hand über das rote Büchlein, als versuche er dabei, sich den Titel einzuprägen. Dann sah er wieder auf und Hans Arbogast direkt ins Gesicht. Er lächelte sogar, was Arbogast erst bemerken ließ, wie eingefroren seine Gesichtszüge die ganze Zeit über gewesen waren.

»Natürlich werden wir in Berufung gehen, aber das geht nicht sofort. Und daher würde ich mich, wenn Sie keine weiteren Fragen haben sollten, gern für heute von Ihnen verabschieden, Herr Arbogast. Zumal es Ihnen, wie es den Anschein hat, ja den Umständen entsprechend gutzugehen scheint. Sie müssen wissen, ich bin nach meinem Schwächeanfall im Gericht noch nicht ganz wiederhergestellt. Eine seltsame Müdigkeit lastet sozusagen ständig auf mir, wenn Sie verstehen, was ich meine.«

Winfried Meyer sah seinen Mandanten an und wartete auf ein Nicken. Er war sich keineswegs sicher, ob er nicht unendlich lange so dasitzen und Hans Arbogast weiter ansehen würde, der ihn ebenso reglos fixierte. Doch Arbogast nickte schon bald, und wie erlöst stand Winfried Meyer auf und streckte seinem Gegenüber die Hand hin.

»Auf Wiedersehen, Herr Arbogast. Und Kopf hoch, das wird schon!«

Hans Arbogast schüttelte ihm schweigend die Hand und sah zu, wie der Wachbeamte die Tür des Besprechungszimmers öffnete und Meyer ging. Solange dieser Zustand unerklärlicher Müdigkeit andauerte, überlegte der Anwalt, war ihm die Fahrt hierher nach Bruchsal nicht zuzumuten. Er folgte dem Schließer und trat schließlich durch das Stahltor wieder hinaus in den Tag. Während er beschloß, in Zukunft die Betreuung seines Mandanten lieber schriftlich auszuüben, wartete Hans Arbogast noch darauf, daß der Schließer zurückkommen und ihn in seine Zelle bringen würde. In der Stille des Wartens bemerkte er, daß die Heizungsrohre hinter ihm in der Wand knackten. Arbogast blinzelte. Auch über Kino hatten sie gesprochen. Sie habe im neuen Filmpalast am Bahnhof Zoo DAS SCHWARZWALDMÄDEL gesehen und daran müsse sie oft denken, seit sie hier sei, hatte Marie lachend gesagt, und tatsächlich: *Filmpalast*. Er war nie in Berlin gewesen. *Ich verstehe*, hatte sie gesagt. Immer wieder dieselben Gespräche memorierte er, die doch schon damals, wie sie beide gewußt hatten, unnötig und Vorwand gewesen waren. Natürlich kannte er DAS SCHWARZWALDMÄDEL, die Lichtspiele im Saal des Hotels DREI KÖNIGE hatten den Film gezeigt: *Der erste deutsche Farbfilm nach dem Kriege.*

»Sonja Ziemann und Rudolf Prack.«
»Und Paul Hörbiger.«
Sie hatte nicht gefragt, mit wem er den Film gesehen hatte. Daß er ja seinen Ehering trug, fiel ihm da ein, und mit einemmal mußte er an zu Hause denken. Das Gasthaus seiner Eltern, das Lokal ZUM SALMEN, lag an der Schutterwälderstraße, wo Grangat sich in die Rheinebene verliert mit unzähligen kleinen Weilern, Tabakfeldern und den offenen Scheunen überall mit raschelnden gelben Blättern darin und den Pappelwäldern über morastigem Grund. Am Horizont die Vogesen wie die Silhouette eines südlichen Landes. Dorthin, ins Ried, hatte er ihre Leiche gebracht, auf dem Rücksitz in seiner ISABELLA, als er nicht wußte, was tun. Im Film gewann Sonja Ziemann gleich zu Beginn einen Wagen, ein zweifarbiges Ford Taunus Cabriolet, und fuhr damit die Schwarzwaldhochstraße nach Sankt Blasien, wo der Film angeblich spielte. Die Stadtmauer aber sah eher nach Gengenbach oder St. Christoph aus, überlegte Arbogast. Er erinnerte sich noch gut an die schwarze, wie ein Kiel gewölbte Motorhaube und das ochsenblutrote Chassis des Wagens. Achteinhalbtausend kostete der gut und gern, wie er da im Film herumfuhr, war aber auch für einhundert Spitze gut.

Arbogast blinzelte ins Dämmer des Besuchszimmers und überlegte, wer ihm einmal erzählt hatte, wo die Außenaufnahmen gedreht worden waren, aber dann fiel ihm seltsamerweise eine kleine Kirche wieder ein, irgendwo hinter Bad Peterstal, an der er einmal vorbeigekommen war, als er einfach so herumfuhr. MARIA ZU DEN KETTEN. Und dann mußte er wieder an das HAUS ZUM STRAUSSEN denken. Kurz nach dem Krieg war er, noch sehr jung, mit einem Freund einmal nach Straßburg gefahren. Als sie da, den Affen auf dem Rücken, ihre Räder durch die Gassen schoben, war die Stadt noch ganz leer vom Krieg. Viele der Läden vor den Renaissance-Häusern geschlossen und vernagelt, Schmutz überall. Er erinnerte sich an einen toten Hund, der auf dem Rhein vorübertrieb. Wie aufgeblasen das rosa Bauchfleisch mit den Zitzen dort, wo beinahe keine der schmutzigweißen Haare waren. Warum war er mit ihrer Leiche nicht nach Frankreich hinübergefahren? In Straßburg, überlegte er, wird sie nie gewesen sein.

»Weißt du noch die Stelle, wo er sie malt?«

Da hatte Marie, über den ganzen Tisch und das weiße Tischtuch hinweg, ihre Hand auf seinen Arm gelegt und ihn zum ersten Mal berührt. »Sie hat diese Tracht an und den Hut mit den roten Bollen, und plötzlich sieht man weit ins Tal und über den ganzen Schwarzwald, und er umarmt sie. *Was wollen Sie eigentlich von mir? Sie haben ja doch eine andere!* fragt sie ihn und er antwortet: *Bärbel, glauben Sie doch, das ist längst vorbei.*«

»Und dann singt er *Mädel aus dem schwarzen Wald, / sind net leicht zu haben.*«

Da hatte sie, woran er sich genau erinnerte, zum ersten Mal dieses Lachen gelacht, das er seitdem nicht vergessen konnte. Das war im ENGEL gewesen, und er hatte Marie zum ersten Mal wirklich angesehen. Und obwohl sie weder die erste war, die Arbogast mitgenommen, auf ein Glas Wein eingeladen und zu einem Schäferstündchen überredet hatte, noch etwa von ganz besonderer Schönheit, machte ihn ihr Lachen verlegen. Und noch immer lachend hatte sie begonnen, eines der Lieder aus dem Film erst zu summen und schließlich zu singen. So gern er sich auch an ihre Stimme erinnerte, schauderte es ihn doch jedesmal, wenn er wieder daran dachte und den Text wieder hörte: *Wie schon einmal du mich fandest, / komm doch wieder her und hole mich.* Arbogast blinzelte und lauschte in sich hinein. Und als es ganz still in ihm geworden war, hörte er wieder das Knacken der Heizungsrohre. Sein Mund war trocken.

6

Die Schankstube des SALMEN war ein großer, nicht hoher Raum, die Decke von zwei mächtigen Balken gehalten, und an den Wänden eine dunkle Holztäfelung, aus der eine blankgesessene Bank hervorragte, die ohne Unterbrechung fast die ganze Stube umlief. Lange, schmale Tische standen davor, die Mitte des Raumes war leer. Die kleinen Fenster, die wegen der Überschwemmungen hier im Ried hoch ansetzten, lagen tief in den dicken Mauern, und so war es hier auch am Tag eher dunkel. Katrin Arbogast öffnete, als sie hereinkam, trotz des kalten Wetters eines der Fenster, denn es war sonnig draußen, und das Licht fiel mitten auf die ausgewaschenen, fast weißen Dielen. Spielzeug ihres Dreijährigen lag herum, Bauklötze, ein Bagger aus Blech und eine kleine Pistole, die Hans im Gefängnis geschnitzt und angemalt hatte. Michael hielt um diese Zeit Mittagsschlaf, oben in seinem Bett, das neben ihrem stand. Es war niemand außer ihrer Schwiegermutter da. Früher hatten sie mittags viele Gäste gehabt und manches Essen ausgegeben. Der SALMEN lag direkt an der Bundesstraße zum Rhein, und viele, die von Straßburg herüberkamen, hatten hier Station gemacht. Jetzt nicht mehr. Sie wußte, daß die Mutter von Hans sie beobachtete.

Sie saß neben dem Tresen, am runden Tisch in der Nische, über dem das Kruzifix hing und wo die Familie für gewöhnlich aß. Noch immer trug sie ihre besten Sachen. Am ersten Tag des Prozesses hatte sie ihr schwarzes Wollkleid mit der Brosche angezogen, die geflochtenen grauen Zöpfe zu einem Nest gelegt und hatte begonnen zu warten. Katrin wußte nicht, worauf. Margarethe Arbogast hatte ihre Aussage schon am ersten Tag gemacht und dann im Zuschauerraum gesessen und zugehört. Nachdem sie weinend zusammengebrochen war, hatte Katrin sie nach Hause gebracht, und jetzt saß sie hier und wartete, als müßte jetzt doch noch etwas geschehen. Katrin hätte gern gewußt, was das sein könnte. Die

Fahrt mit dem Zug nach Bruchsal hatte den ganzen Vormittag gedauert. Gerade, als man sie ins Besuchszimmer brachte, kam ihr Mann aus der Kleiderkammer herauf, und sie hätte über die Uniform lachen mögen, wenn er ihr nicht so ernst darin vorgekommen wäre. Und obwohl sie es beide wollten, gelang es ihnen nicht, über den Prozeß zu sprechen. Katrin hatte gehofft, Elke wäre heute hier. Doch so wenig, wie sie ihren Bruder besuchte, kam sie noch in den Salmen.

»Es ist vorbei, Mutter!« sagte sie, ohne eine Antwort zu erwarten und ohne selbst zu wissen, was sie damit meinte, doch für einen Augenblick dachte sie, es könnte genausogut ihr Leben sein.

Katrin ging nach nebenan und schloß die schweren Schiebetüren des Saals hinter sich. Hier waren früher die Hochzeiten gefeiert worden, Jubiläen und die runden Geburtstage. Dunkel war es hier, schwere Vorhänge vor den Fenstern, es roch muffig, aber das machte nichts. Ihr Vater hatte vor kurzem erst, als sie wieder und wieder darüber gesprochen hatten, was geschehen war, wütend geblafft, sie solle sich endlich scheiden lassen. Katrin war jetzt dreiundzwanzig. Ihre Hände schmiegten sich wie kleine Tiere zum Winterschlaf in die kühlen Griffmulden der Türen in ihrem Rücken, doch als sie es bemerkte, zog sie, wie immer, die Hände schnell weg, denn andernfalls rochen sie bald schon nach Metall. Im spärlichen Licht glommen die alten Laken, mit denen sie die Billardtische abgedeckt hatte, zwölf Stück, und wo die Laken zerrissen waren, sah man ein wenig grünen Filz und auf einem die Umrisse mehrerer Kugeln. Immer, wenn sie hier hereinkam, erinnerte Katrin sich daran, mit welcher Begeisterung Hans die Vertretung für die amerikanischen Billardtische übernommen hatte. Kurz vor seiner Verhaftung hatte er dann diese Tranche besonders günstig, wie er sagte, bekommen. Eigentlich sollten die Tische innerhalb weniger Wochen verkauft sein, unter anderem nach Freiburg, wohin er an jenem Tag hatte fahren wollen, als er an dieses Flittchen geriet.

Nach all dem Nachdenken der letzten Monate schien es ihr inzwischen oft so, als seien Hans und sie bei ihrer Hochzeit kurz nach der Währungsreform ganz besonders jung gewesen. Das wäre ihr früher nie in den Sinn gekommen, kannten sie sich doch von der Schule, und seitdem Jungs sich für sie interessiert hatten, war Hans ihr Freund. Noch jetzt konnte sie sich nicht vorstellen, einen anderen zu haben. Als er plötzlich weg und im Gefängnis war, begann sie sich immer wieder auszumalen, wie er diese Flüchtlingsfrau geküßt und umarmt hatte in seinem Wagen, der ihm so viel bedeutete. Zu Anfang hatte sie geheult und tagelang nichts mehr gegessen. Es gelang ihr kaum, sich um Michael zu kümmern, und für einige Wochen ging sie zurück zu ihren Eltern. Es hatte sicher noch andere gegeben! So viele Gelegenheiten! Alles Vertrauen umsonst, dachte Katrin schließlich und hatte von da an schon weniger Angst. Und als nach einigen Monaten die Anklage feststand, fiel ihr der Entschluß, sich nicht scheiden zu lassen, mit einem Mal ganz leicht. Denn als der Schmerz sich zurückzuziehen begann, wurde sie sehr ruhig. Wir müssen hoffen und abwarten, sagte die Mutter von Hans und Katrin nickte dazu.

Das letzte Jahr war beinahe friedlich gewesen, überlegte sie jetzt und schlug das Laken von dem Billardtisch ein Stück zurück, der ihr am nächsten stand. Sie erinnerte sich noch genau an jenen Abend, als sie geliefert worden waren. Katrin machte Hans zuerst Vorhaltungen, er könne unmöglich so viel Geld ausgeben, und außerdem bräuchten sie den Saal. Er hatte daraufhin nur gelächelt und von der besonderen Qualität der BRUNSWICK-Tische geschwärmt. Immer wieder strich er mit der flachen Hand über den Filz und erklärte ihr, aus welchem Holz der Rahmen gefertigt war, wie oft und womit lackiert, wie schwer die Schieferplatte unter dem Stoff und wie ungeheuer wichtig es schließlich sei, daß der Tisch unbedingt plan und gerade aufgestellt würde. Sie hatte ihre Hand auf den Stoff legen müssen.

»Man kann den Schiefer nicht sehen«, hatte er geflüstert und ihre Hand über den Filz geführt, »aber man ahnt sein Gewicht. Spürst du seine Anziehungskraft durch den Stoff hindurch?«

Sie hatte genickt und wirklich geglaubt, den Stein zu spüren. Dann hatten sie sich lange geküßt, und er hatte sie gegen den Tisch gedrückt und unter ihrem dünnen Kleid gestreichelt. Draußen war es an diesem Tag sehr schwül gewesen, hier drinnen aber kühl. Später am Abend hatte es vom Rhein her gewittert. Er hatte ein Kästchen hervorgeholt mit drei Kugeln darin, mit denen er immer neue verworrene Muster zwischen den filzgepolsterten Banden auf den Tisch zeichnete. Und all die Abstoßungen und Ablenkungen, mit denen die Bälle sämtliche Energie ihrer Bewegung verströmten, aneinander und im Winkelzirkeln und Taumeln an den Banden, schienen ihr im Dämmer jenes Gewitters ein gotteslästerliches, ganz obszönes Spiel, das sie gleichermaßen anzog und abstieß. Beinahe ekelte es sie, wie ihr eigener vorhereilender Blick gierig leichte Berührungen ebenso wie schwerste Kollisionen unruhig vorwegnahm mit lauter ausgedachten, schnurgeraden Bahnen. Das dumpfe Klacken der knöchernen Kugeln, deren Lauf nicht enden wollte, während sie längst nicht mehr hinsahen, sondern einander küßten und streichelten, hörte sie noch immer. Das war das letzte Mal, daß er sie berührt hatte.

Nach allem, was sie im Prozeß erfahren hatte, war sie froh, daß sie sich hier an diesem gewittrigen Abend nicht geliebt hatten, und war zugleich traurig darüber. Er hatte recht gehabt. Es schien ihr jedesmal, wenn sie hierherkam und über den Stoff strich, als warte der Stein, verborgen unter dem Filz, auf ihre Berührung.

7

Die Tür fiel hinterrücks ins Schloß. Rechter Hand das Waschbekken, linker Hand der Spind, darin das zerbeulte Eßgeschirr. Ein Tisch so an der Wand befestigt, daß er sich ebenso hochklappen ließ wie eine schmale Bank. Man saß darauf mit dem Gesicht zur Tür. Auf der anderen Seite das ebenfalls an die Wand zu klappende Bett. Die Bettstelle ein eiserner Rahmen mit Gurten und einem kleinen Geländer. Eine Matratze, ein Kopfkeil, zwei Decken. Arbogast schätzte, daß die Zelle vier Meter lang und zweieinhalb Meter breit war. Deckenhöhe etwa drei Meter. Also enthielt sie dreißig Kubikmeter Luft. Die Decke weiß getüncht, die Wände hellgrün gestrichen, der Fußboden geplättet. Überall Jahreszahlen eingeritzt und Zeichen im Putz, die er nicht kannte. An der Wand die Zellenordnung: *Der Gefangene hat sich sofort nach dem Ertönen des Wecksignals um 6 Uhr 30 von seinem Lager zu erheben. Er hat sich sodann zu waschen, muß seine Zähne putzen und sich zum Empfang des Kaffees bereithalten.* Neben der Tür in die Wanddicke eingelassen eine belüftete Nische für den geteerten Kübel. Das Fenster, der Tür gegenüber und in etwa zwei Metern Höhe, einen Quadratmeter groß. Die Tür aus massivem Eichenholz, schmal, mit starken Querbohlen versehen und mit einem Ring, der mit einer Schelle verbunden ist. Daneben der Spion, darunter die nur von außen zu öffnende Klappe.

Mittags schlug man die Glocke in der Zentrale. Der Oberverwalter rief: »Essenholer antreten!«

Zwei Kalfaktoren nahmen die Kessel mit dem Essen entgegen, die aus der Küche heraufgebracht wurden, und gingen von Zelle zu Zelle. Die Klappe wurde geöffnet, Arbogast hielt die Schüssel hinaus, ein Wachtmeister schöpfte die Graupensuppe in den Napf. Nach dem Essen wurde die Post verteilt, und man reichte Arbogast den sogenannten Zugangsbrief herein, auf den jeder Gefangene nach der Einlieferung Anspruch hatte. Einen Bogen graues Papier im Format DIN A5 mit passendem Umschlag und einen Bleistift gab man ihm und ein Formular, das die BESTIMMUNGEN ÜBER DEN VERKEHR DER GEFANGENEN MIT DER AUSSENWELT enthielt. Arbogast wollte sofort beginnen, Katrin zu schreiben, was er ihr am Morgen nicht hatte sagen können, doch als am Nachmittag plötzlich aufgeschlossen wurde und ein Wachtmeister mit einer kleinen Leiter hereinkam, um mit einem Hammer die Gitterstäbe des Fensters abzuklopfen, war das Blatt, bis auf die Anrede, noch immer leer. Die Briefe würden erst am Sonntag eingesammelt, beruhigte ihn der Beamte, er brauche sich nicht zu eilen. Wenn er sich auf den Hocker stellte, sah er ein winziges Stück Straße, Himmel, die Mauer. Eigentlich hatten die Amerikaner Bruchsal ziemlich zerbombt, das Gefängnis aber, wie man sich erzählte, ließen sie stehen, um hier nach dem Krieg die Nazis unterzubringen. In den letzten Kriegstagen soll es hier noch einen Gefangenenaufstand gegeben haben, bei dem man den Direktor erschlagen und einem Wachtmeister, wie Arbogast gehört hatte, einen Arm ausgerissen habe. Am Abend gab es Brot, ein kleines Stück Margarine, einen Handkäse und einen Blechnapf Tee.

Am nächsten Morgen um halb sieben läutete die Glocke. Arbogast war angewiesen, als erstes sein Bett zur Wand zu klappen und den Kübel bereitzuhalten. Kaum war er so weit, öffnete man die Tür und holte den Kübel, um ihn am Ende des Gangs zu entleeren und zurückzubringen. Man reichte ihm einen Becher Malzkaffee und ein Stück Brot herein. Der Blechnapf diente als Teller. Nach dem ersten Frühstück im Zuchthaus Bruchsal wies man ihn an, mit dem Besen, der neben dem Kübel in der Wandnische lehnte, seine Zelle zu kehren. Um sieben Uhr dreißig war Hofgang für die Papierarbeiter, Mattenflechter, Netzeknüpfer und all die, die auf ihren Zellen arbeiteten. Es hieß, solange Arbogast noch nicht bei der Zugangskonferenz gewesen war, solle er mitgehen.

»Fertigmachen zum Hofgang!«

Die Zellen wurden aufgeschlossen, und die Gefangenen traten vor ihren Türen in Reih und Glied an. Arbogast schaute sich um und nickte seinen Nebenmännern zu, doch keiner beachtete ihn. Es schien ihm, als sei der Abstand, den man zu ihm hielt, größer als der zwischen den übrigen Gefangenen. Arbogast hatte Angst. Man sagte, unter Sträflingen gäbe es eine Rangordnung und daß man im Knast Lustmörder verabscheue. Der Wachtmeister schritt die Reihe ab, zählte durch und gab das Kommando: »Von Zelle hundert bis hundertfünfzehn abtreten.«

Gepolter auf den Laufstegen. Arbogast befürchtete, man werde ihn anrempeln oder stoßen, doch nichts Derartiges geschah. Nacheinander ging es vor zum Turm, die Treppen hinab und hinaus in den Hof. Dort zählte ein Schließer sie wieder durch. Der Hof ergab sich aus dem Dreieck, das zwei Flügel und die Außenmauer bildeten. Es wimmelte von blauen Uniformen darin. Auf der Mauer Wachen mit Maschinenpistolen. Fünf Beamte mitten auf dem Hof. Die Gefangenen gingen in Zweierreihen immer im Kreis. Es bildeten sich Gruppen, und man sprach leise miteinander. Laut reden, stehenbleiben und tauschen war streng verboten. Trotzdem sah Arbogast, wie Zigaretten und kleine Päckchen weitergereicht wurden. Er ging allein. Nach einer Stunde brachte man sie zurück in ihre Zellen. Als sie einen Moment vor der Tür warteten, nickte Arbogast seinem Zellennachbarn zu, einem schmalen älteren Mann, der wegsah. Kurz nach dem Einschluß reichte man ihm Rasierzeug herein. Er solle nachher zur Konferenz.

»Beeilen Sie sich, Arbogast. Aber machen Sie gründlich!«

Hans Arbogast rasierte sich im kalten Wasser, so schnell er konnte, und wartete dann über eine Stunde fertig rasiert an seinem Tisch. Es gab nichts zu tun, also tat er nichts. Die Hände hielten sich gegenseitig, und er sah hoch zum Fenster. Als er dann Schritte hörte und den Schlüssel, stand er in der Annahme auf, nun hinausgeführt zu werden, und ging zur Zellentür. Er war sehr überrascht, als ein Geistlicher hereinkam, die Hände abwehrend vor der Soutane.

»Einen Moment noch bitte«, sagte der Priester lächelnd, »nicht so schnell. Die fangen nicht ohne Sie an. Vor der Konferenz reden wir erst noch ein wenig miteinander. Setzen Sie sich doch wieder.«

Arbogast setzte sich. Die Zellentür wurde verschlossen. Der Geistliche blieb im Türrahmen stehen.

»Ich bin Pfarrer Karges«, begann er. »Und Sie sind Hans Arbogast.«

Das war keine Frage. Trotzdem nickte Hans Arbogast.

»Sie sind katholisch.«

Auch das war keine Frage. Karges, ein Mann Mitte Vierzig, dessen rötlich glänzende Haut sich zwischen Kinn und Soutane zu spannen schien, hatte einen breiten, etwas feucht lächelnden Mund. Er legte die Hände übereinander, als überlege er, was er sagen sollte.

»Ich bin unschuldig, Hochwürden!« kam ihm Arbogast zuvor.

Karges schien keine Wimpern zu haben, oder zumindest waren sie so dünn und hell, daß man sie nicht sah, doch in diesem Moment flatterten sie deutlich vor dem Blick des Geistlichen. Arbogast mußte wegsehen. Er hatte schlecht geschlafen, immer am Rand des Wachseins entlang, mit dem Gesicht auf den Händen dicht an der Wand und nahe bei all den ungewohnten Geräuschen. Müde war er jetzt.

»Ich bin wirklich unschuldig. Ich hab sie nicht umgebracht.«

Karges nickte und lächelte. Dann räusperte er sich, deutete mit den Händen auf die Wände und schaute sich in der Zelle um.

»Wissen Sie denn überhaupt, wo Sie hier sind?«

Arbogast schüttelte den Kopf. Die Hände des Priesters tanzten, wie es ihm schien, durch seine Zelle.

»Dieses Gefängnis wurde vor etwas mehr als hundert Jahren gebaut, weil man die Zucht- und Arbeitshäuser nicht mehr wollte, die es davor gab. Sie müssen sich das so vorstellen: große Schlaf- und Arbeitssäle, in denen Schwerverbrecher ebenso wie Waisenkinder gehalten wurden, alle miteinander unendlich schmutzig und verwahrlost. Das Großherzoglich-Badische Männerzuchthaus Bruchsal, in dem Sie sich hier befinden, wurde dagegen nach dem Modell des englischen Gefängnisses Pentonville bei London errichtet. Es war seinerzeit die erste Strafanstalt nach dem panoptischen System auf dem Kontinent, eine saubere und fein konstruierte Maschine. Und wollen Sie wissen, was das Besondere daran war?«

Wieder schüttelte Arbogast den Kopf, und Karges strich mit der Hand über die Wand neben der Tür, als könne er die Stärke der Mauern spüren.

»Es war die erste Anstalt in deutschen Landen, in der die Einzelhaft eingeführt worden ist. DAS GESETZ ÜBER DEN STRAFVOLLZUG IM NEUEN MÄNNERZUCHTHAUSE ZU BRUCHSAL vom 6.3.1845 bestimmte als §1, *daß jeder Sträfling in eine besondere Zelle gebracht und hier bei Tag und Nacht außer Gemeinschaft mit anderen Sträflingen gehalten wird.* Bruchsal war die deutsche Musteranstalt.«

Karges betonte das *die* ganz besonders und machte nach dem Satz eine längere Pause. Arbogast verstand nicht, warum der Pfarrer ihm das erzählte.

»Das Konzept der Isolierung von Gefangenen, das die Quäker entwickelt haben, war seinerzeit hochmodern, müssen Sie wissen. Es sollte zweierlei bezwecken: Zum einen sollte vermieden werden, daß die Gefangenen sich gegenseitig am Übel ihrer Schuld anstecken. Zum anderen sollte die nachhaltige und totale Entfernung des Übeltäters aus jeder menschlichen Gemeinschaft die Sehnsucht nach Buße und Wiederaufnahme in den Kreis der Gerechten so groß werden lassen, daß der Übeltäter in sich gehen würde und schließlich geläutert in die Gesellschaft zurückkehren konnte.«

Arbogast schloß wieder die Augen. Er mußte an den Anwalt denken und verstand plötzlich jene Müdigkeit, von der Meyer gesprochen hatte. Eine ganz wortreiche Müdigkeit war das, mit Wörtern bis zum Kotzen gesättigt. Er rieb sich mit den Fingerknöcheln beider Hände über die Lider.

»Das bauliche Ergebnis dieser Überlegungen waren Einzelzellen wie diese.« Arbogast hörte, wie die Hände über den Putz glitten.

»Der Gefangene war immer in seiner Zelle, in der er nicht nur schlief, sondern auch arbeitete und aß. Kam er zum Hof- oder Kirchgang hinaus, trug er eine Maske, die ihn unkenntlich machte, und durfte auf seinem Weg nicht sprechen. Beim Hofgang war er in einem separierten, tortenstückartig vermauerten Hof allein. Zwischen den Flügeln eins und zwei ist einer dieser kreisrunden Spazierhöfe erhalten geblieben, die bis Kriegsende auch noch benutzt wurden. In der Kirche saßen die Gefangenen in einzelnen Kästen, die man nach dem englischen Vorbild *stalls* nannte und die nur den Blick zur Kanzel freiließen. Werden Sie am Gottesdienst teilnehmen, Arbogast?«

Das Geräusch der fleischigen Hände auf dem rauhen Putz seiner Zellenwände hörte mit einem Mal auf. Das war nun endlich eine Frage, und Arbogast öffnete vor Überraschung die Augen und stand auf. Karges lachte und legte, den Kopf ein wenig schief, die Hände vor seinem Bauch wieder übereinander.

»Setzen Sie sich, setzen Sie sich doch bitte. Wie sieht's aus: Kommen Sie zum Gottesdienst?«

»Ja, Hochwürden, natürlich.«

»Das ist fein. Ich kann Ihnen auch versprechen, daß es diese Kästen schon lange nicht mehr gibt. Aber einen Chor gibt es. Vielleicht haben Sie ja Lust, mitzusingen?«

Arbogast nickte.

»Sie sagen, Sie seien unschuldig, Arbogast?«

Arbogast nickte wieder. Und er sah den Priester jetzt unverwandt an.

»Wissen Sie, was es bedeutet, daß Sie eine Zuchthausstrafe erhalten haben?« Karges faltete die Hände vor dem Gesicht und tippte sich mit den Fingerspitzen immer wieder gegen die Unterlippe, während er Arbogast über die Hände hinweg ansah und leiser weitersprach.

»Zuchthaus bedeutet den Verlust der bürgerlichen Ehrenrechte. Das heißt, Sie dürfen nicht wählen und sich auch beispielsweise nicht mit einer Petition an die Regierung wenden. Und wissen Sie, warum? Weil Sie draußen sind, Arbogast. Ihr Körper ist, wie ich es einmal formulieren möchte, im Verhältnis zum Staat, der ihn einsperrt, sozusagen exterritoriales Gelände. Verstehen Sie?«

Arbogast schüttelte den Kopf.

»Feindesland. Und da ist es herzlich egal, ob Sie schuldig sind oder nicht. Verstehen Sie? Und verstehen Sie auch, wer Ihnen daher einzig helfen kann?«

Wieder schüttelte Arbogast den Kopf.

»Der einzige Emissär, wenn man so will, der einzige Vermittler zwischen diesen beiden feindlichen Gebieten des Staates und Ihres kriminellen Körpers bin ich. Wir Priester gehen in der Seele ein und aus, Arbogast. Verstehen Sie? Denn das ist unsere Aufgabe. Wir können ein Stück Land, das entweiht war, wieder weihen. Denken Sie darüber nach. Und hören Sie auf, zu behaupten, Sie seien unschuldig. Niemand ist unschuldig.«

Arbogast nickte. Eine Viertelstunde, nachdem Karges gegangen war, holten ihn zwei Wachtmeister ab und brachten ihn ein Stockwerk tiefer zum Friseur, einem Kalfaktor, der den Gefangenen in seiner Zelle die Haare schnitt. Vor der Tür warteten schon drei andere, Arbogast grüßte mit einem Nicken und sie nickten zurück, aber keiner sprach ein Wort, bis er hineingerufen wurde.

»Und wer bist du? Du bist doch neu.«

Arbogast setzte sich auf einen Bürostuhl, der in der Zellenmitte stand, und der Friseur, der die Ärmel seiner blauen Jacke bis zum Ellbogen hochgeschoben hatte und ein schmales weißes Handtuch über dem linken Unterarm trug wie ein Kellner, begann sofort zu schneiden.

»Alles zwei Zentimeter. Leider haben wir keine Wahl«, erläuterte er hastig.

»Ich bin Hans Arbogast.«

Der Friseur sagte nichts. Stumm schnitt er die Haare auf die Fingerbreite, zwischen die er sie nahm, und Arbogast ließ es geduldig geschehen. Das letzte Mal war er in Grangat vor dem Prozeß bei einem richtigen Friseur gewesen, der in das Untersuchungsgefängnis gekommen war. Nun war es ihm egal, wie er aussehen würde.

»Arbogast?«

Er sah hoch und ins Gesicht eines vielleicht dreißigjährigen, dunkelhaarigen Mannes im Tweed-Anzug, der einen Stuhl heranschob und sich neben ihn setzte.

»Ich bin Lehrer Ihsels. Sie haben Abitur, habe ich gelesen?«

»Ja. '44.«

»Warum haben Sie nach dem Krieg denn nicht studiert?«

»Mein Vater wollte das gern, aber mir hat schon die Schule nicht gefallen. Ich habe dann eine Lehre als Metzger gemacht.«

»Ihr Vater ist tot?«

»Ja, er ist vor fünf Jahren gestorben. Schlaganfall.«

»Das tut mir leid. Wenn Sie wollen, können Sie hier eine Ausbildung machen. Entweder praktisch oder auch ein Fernstudium. Außerdem gibt es Sprachkurse, und wir haben auch eine Bibliothek. Die wird von mir und Herrn Millhöfer betreut und umfaßt momentan etwa zehntausend Bände. Alle sind hübsch in Packpapier eingeschlagen, und jede Woche bekommen Sie ein anderes auf Ihrer Bücherkarte zugeteilt.«

»Fertig!« sagte der Friseur.

»Kommen Sie, erst einmal geht es zum Arzt«, sagte der Lehrer, nahm Arbogast am Unterarm und zog ihn vom Stuhl hoch. Grinsend schlug er ihm einige Härchen von der Schulter und nickte dem Friseur zu.

»Hübsch geworden, Richard!«

Die Wachtmeister, die vor der Tür gewartet hatten, brachten Arbogast zur ärztlichen Untersuchung. Das Ordinationszimmer lag, wie auch die Krankenstation, im Torgebäude. Arbogast begann sich an den Rhythmus der Schließer zu gewöhnen. Gehen, stehenbleiben und warten, bis vor einem aufgeschlossen wurde, dann einen Schritt vortreten und wieder warten, bis hinter einem abgeschlossen war, dann weitergehen. Vor der Krankenstation andere Neuzugänge. Irgendwann rief man sie ins Sprechzimmer, und sie mußten sich ausziehen und wieder warten, bis sie an den Schreibtisch gerufen wurden. Dort saßen zwei Wachtmeister mit den Personalakten, neben ihnen der offene Aktenschrank mit den Aufnahmeprotokollen.

»Guten Tag!« Der Arzt im weißen Kittel rollte auf einem Drehstühlchen heran. »Ich bin Dr. Endres.«

Arbogast mußte an die Zeit im Schlachthof denken und wie er manchmal mit der Hand über die Hinterhand eines Kalbes strich, das tot am Haken hing, über das zarte Fell mit den feinen Wirbeln in Weiß und Schwarz, bevor er es abzog.

»Husten!«

Der Arzt faßte ihm in die Leiste.

»Ziehen Sie Ihre Vorhaut zurück.«

8

Am Nachmittag brachte man Arbogast dann zur Zugangskonferenz zum Büro des Direktors hinauf, vor dem er wiederum eine ganze Weile warten mußte, bis ein anderer Neuzugang herauskam und ihm sagte, er könne hinein. Ein glänzend polierter Schreibtisch aus Mahagoni, mit nichts als einer Pendeluhr unter einem Glassturz, stand quer in dem großen runden Zentralraum des Zuchthauses im dritten Stock. Davor eine hellbraune Fußmatte aus Sisal, mit dunkelroter Umrandung, wie sie hier gefertigt wurde.

»Dorthin, bitte.«

Der Direktor deutete auf die Matte, und Arbogast stellte sich darauf. Er wußte nicht, wohin mit den Händen, und verschränkte sie schließlich auf dem Rücken. Er hätte gedacht, der Direktor wäre ein älterer Mann und nicht so jung und derart dünn, daß man noch unter der hellbraunen Strickjacke, zu der er ein weißes Hemd trug und eine dunkelbraune Krawatte, die knochigen Schultern sah.

»Also, Arbogast, wir wollen nun den Vollzugsplan für Sie festlegen. Das heißt, wir müssen darüber nachdenken, was Sie in den nächsten Jahren hier bei uns so machen sollen. Verstehen Sie?«

Arbogast nickte.

»Sie haben ja nun schon mit Lehrer Ihsels gesprochen und auch mit Hochwürden Karges. Herrn Millhöfer, den zweiten Lehrer hier im Haus, wie auch Assistenzarzt Dr. Frege werden Sie sicherlich noch kennenlernen, Pfarrer Ohlmann wahrscheinlich nicht, da Sie ja katholisch sind. Ich selbst bin übrigens Direktor Mehring.«

»Ja.«

Arbogast wußte auch nicht, warum er das sagte.

»Ja, genau. Zu Ihrer Information: In unserer Anstalt arbeitet außer den Beamten und Angestellten von Verwaltung und Administration, mit denen Sie wohl eher wenig zu tun haben werden, vor allem Wachpersonal. Der Aufsichtsdienst des Zuchthauses Bruchsal umfaßt exakt zwanzig Hauptwachtmeister, achtzehn Oberwachtmeister, zwölf Wachtmeister und vierundzwanzig Hilfsaufseher. Möchten Sie etwas sagen?«

Arbogast schüttelte den Kopf.

»Mir scheint es am besten, wir legen Sie zunächst einmal nicht mit anderen auf eine Zelle, Arbogast. Um es offen zu sagen: Man hat Lustmörder hier nicht so gern.«

»Ich bin unschuldig, Herr Direktor.«

»Ja, schön. Wie dem auch sei. Trotzdem finde ich das zunächst einmal die beste Lösung. Nicht, daß Sie sich sorgen müßten, Ihre Sicherheit ist garantiert, wir lassen hier schon nichts durchgehen. Aber wie soll ich sagen: Sie sollten nicht zuviel Sympathie von Ihren Mitgefangenen erwarten. Verstehen Sie?«

»Ja.«

»Aber wenn doch etwas sein sollte, melden Sie sich ruhig.«

»In Ordnung.«

»Also sind Sie mit Einzelhaft einverstanden?«

»Ja.«

»Am Gottesdienst wollen Sie teilnehmen, habe ich gehört?«

»Ja.«

»Und auch am Unterricht?«

»Ja.«

»Gut. Und was wollen Sie arbeiten? Sie sollten sich eine von den Arbeiten aussuchen, die auf der Zelle durchgeführt werden.«

»Ich weiß nicht.«

»Tüten oder Flaschen, denke ich, wären das richtige. Entweder Tütenkleben oder Bastflaschen machen.«

»Ja, gut.«

»Also: Tüten oder Flaschen? Wären Ihnen die Flaschen recht?«

»Ja, natürlich.«

Arbogast nickte, und der Direktor musterte ihn noch einen Moment lang schweigend, bevor er ihm sagte, er könne sich entfernen. Und während man ihn zurückbrachte, überlegte Arbogast, ob er wohl etwas an ihm gesucht hatte, das auf die Tat hinwies, derer man ihn schuldig befand. Alle sahen ihn an. Es wurde Abend, und er war froh.

9

Die sechs Meter hohe Mauer des Zuchthauses Bruchsal aus rohen Kalksteinquadern mit den Zinnen und acht Wachtürmen erweckte von außen den Eindruck einer Festung, ohne daß man das eigentliche Gefängnis hinter der Mauer überhaupt sah, jenen vierflügligen roten Sandsteinbau. Vier der Türme hatten Ölöfen und ein Fenster, von dem aus man das Gelände überblicken konnte. Die Wachen hatten, bevor sie schossen, dies anzudrohen. Als Androhung galt ein Warnschuß in die Luft oder ein Ruf wie *Halt! Stehenbleiben, oder ich schieße!* Unter jedem Zellenfenster auf weißem Rechteck eine Nummer. Im Zentrum ein hoher Turm, achteckig wie die Außenmauer, zinnenversehen und mit hohen Bogenfenstern. Dort im Dachstuhl die Kirche, der ganze Bau aus Sicherheitsgründen massiv aufgemauert, nur die Zellentüren aus Holz. Die Galeriegänge, die zu den einzelnen Zellen führten, ebensolche Eisenkonstruktionen wie die zentrale Spindeltreppe, die den Turm durchlief. Die Flügel waren zur Zentrale hin durch eiserne Gitter abgeschlossen, neben denen sich in jedem Stockwerk ein Waschbecken mit Heißwasser befand. Die Zelle von Hans Arbogast lag in FLG.N4., zwischen diesem und FLG.N3 war der Hof für den Freigang.

Gefiltert von den doppelten Gittern des Fensters, drang die ganze Nacht Scheinwerferlicht vom Laufgang der Mauer wie sehr mageres Mondlicht herein. Die Helligkeit gab den Dingen keine Konturen und warf keine Schatten, stand nur einfach im Raum ohne Temperatur oder Ausdehnung und ließ die Bettwäsche glimmen. War wie ein Lichtpuder unter den Lidern, der den Schlaf sicher vertrieb, wenn nicht irgendwas am Tag geschehen war, das den Kopf so satt gemacht hatte, daß er den ruhelosen Körper nicht beachtete und schlief. Zumeist aber geschah nichts, und Hans Arbogast lag wach. Tagsüber wurden die Zellentüren nur einfach verschlossen, doppelt über Nacht. Er hörte das Hundegebell draußen, das genausowenig aufhörte wie die Schritte der Aufseher in den Gängen. Manchmal bewegte sich der Spion an der Tür, und jemand sah herein. Man hielt zwölf Schäferhunde in der Anstalt, ihre Zwinger standen auf dem Gelände der Gärtnerei, und am Abend hängte man sie an die Laufleinen, die parallel zur Mauer gespannt waren. Die Ringe, die über das Stahlseil glitten, machten ein Geräusch, das ein wenig an kalten Wind denken ließ, der abends vom Meer her über schroffe Felsen streicht, die noch naß sind von der Flut.

Zeit verliert schnell ihren Geruch, und Hans Arbogast schmeckte die Tage bald schon nicht mehr. Also versuchte er sich an alles zu erinnern, was ihm aus seiner Vergangenheit einfiel, damit sie ihr Arom abgab an diese leere Zeit. Er war nicht im Krieg gewesen, und außer jener Fahrt nach Straßburg, einem Wochenendausflug in seinem ersten Wagen nach Hamburg 1951 und seiner Hochzeitsreise auf die Insel Mainau im Bodensee war er nicht gereist. Doch erinnerte er sich gut an die Karten, die der Lehrer manchmal an den Kartenständer gehängt und abgerollt hatte. Das Neandertal, der Limes, die Akropolis, eine mittelalterliche Burg, die Schlacht bei Tannenberg, Deutschland in den Grenzen von '37, Kolonien der Großmächte. Hans Arbogast hatte eine Hand unter dem Kopf und die andere, unter dem Hemd, glitt über Brust und Bauch, während er sich erinnerte und die Namen leise vor sich hinsagte: Kamtschatka, Timbuktu, Deutsch-Süd-West, Macao, das Kap der Guten Hoffnung, Tanger, die Seidenstraße, Irkutsk, die Bering-See, der Amazonas, der Kongo, Donaudelta, Antipoden, St. Josephs-Land, Tahiti, Galapagos und der Panama-Kanal. Er drehte sich auf der schmalen Pritsche zur Wand und legte den Handrücken an den kühlen Putz. Immer erinnerte ihn das an die erste Berührung ihrer Haut. Er ertrug das nicht lange und drehte sich wieder auf den Rücken.

Zunächst schien der Platz im Kopf, wie er es seiner Frau beschrieb, immer enger zu werden. Besonders, als er nicht mehr an seine Entlassung denken konnte, wünschte er sich wie ein Erstickender größere Lungen und mehr Sauerstoff darin, Vergangenheit und Erinnerungen, während die Welt in ihm immer mehr abzunehmen schien. Alles nutzte sich ab, jedes Bild wurde flach, und jeder Ton begann nachzuhallen, bis auch diese Empfindung verebbte. Und auch das hörte schließlich auf, es schien ihm nicht mehr so, als schrumpfe sein Gedächtnis, Stillstand trat ein, und alles blieb nun an seinem Platz. Irgendwann teilte ihm Rechtsanwalt Meyer mit, der Bundesgerichtshof habe die Revision verworfen. *Das Urteil, lieber Herr Arbogast, erwächst damit in Rechtskraft.* Das war nach etwa drei Jahren. Was ihm blieb, war nur sie. Ganz langsam und tief atmete er ein. Ihre Haare, hatte der Pathologe im Prozeß gesagt, seien gar nicht rot gewesen, sondern *tizianrot gefärbt*. Dabei war es ihm so vorgekommen, als leuchte auch der Flaum auf ihren Unterarmen rot, als sie im Auto zusammen rauchten, und als durchscheine die Abendsonne auch ihre Wimpern so, zumindest einen Moment lang, oben in Triberg, im Restaurant ÜBER'M WASSERFALL, als sie zusammen gegessen hatten.

Schon lange ekelte es ihn bei dem Versuch, mit ihrem Bild zu onanieren, oder der Vorstellung, wie sie sich geliebt hatten. Noch bevor der Prozeß begonnen hatte, wich er der Erinnerung möglichst aus, wie sie in seinen Armen tot gewesen war. Aber nachdem er all das über sich und sie gehört und vor allem jene Bilder gesehen hatte von ihrem toten Körper, wurde es ihm ganz unmöglich, sich zu berühren, während er an sie dachte. Und immer wieder erneuerten sich seitdem diese Bilder der Erinnerung an sie und, untrennbar, ihren Tod.

Meyer hatte nicht verstanden, was er meinte, als er einmal versuchte, ihm auf den Bildern zu zeigen, wo der Tod ihren Körper berührt und verunstaltet hatte. Das Mädchen, meinte der Anwalt, sehe doch ganz normal aus.

»Die da kenne ich gar nicht!« entgegnete er.

»Wie meinen Sie das denn?«

Wortlos beugte sich Arbogast über das Photo. Doch der Anwalt sah ihn mit immer weniger Verständnis an, je ausführlicher er ihm zeigte, welche Spuren der Tod auf ihrem Körper hinterlassen hatte.

Danach hatte er es ganz unterlassen, jemandem von dem Moment zu erzählen, als sie starb. Selbst, als er für einige Wochen unter Beobachtung von Professor Kasimir in der Psychiatrischen Universitätsklinik in Freiburg gewesen war, hatte er davon geschwiegen, wie er sich in jener Nacht und mit ihrem toten Leib im Arm verabscheut hatte. Wie dann aber ihre Küsse und Berührungen, als wollte man ihn trösten, später wiedergekommen waren, und seitdem all die Jahre verläßlich immer wieder. So, als wäre Marie durch den Moment ihres Todes ihm übergeben. Und in den Nächten, in denen er an sie dachte, und das geschah beinahe in jeder Nacht, berührte er sich nicht. Er war überzeugt, nie mehr eine wirkliche Frau lieben zu können, doch angesichts der lebenslänglichen Strafe war ihm das zumeist egal. Dafür hab ich mit dem Tod verkehrt, dachte er dann und lächelte gegen die Wand. Nur manchmal stellte er sich seine Frau in dieser oder jener Stellung vor, dachte auch einmal an andere Mädchen, an die er sich erinnerte, oder an die zwei Nutten, die er auf St. Pauli gehabt hatte, und ejakulierte schnell.

10

»Wie geht es dir?«

»Gut.«

Arbogast nickte Katrin zu. Sie saß ihm gegenüber an dem lackglänzenden Holztisch, der Wachmann an der Tür, und hinter ihr stand das weiße Licht der undurchsichtigen Fenster. Die Gefangenen mußten für jeden Besuch, der sich brieflich angekündigt hatte, bei der Direktion eine Erlaubnis beantragen. Katrin versuchte, so oft nach Bruchsal zu kommen, wie es zulässig war, also alle zwei Wochen. Da man jedoch nicht wissen konnte, ob die Besuchserlaubnis auch erteilt worden war, kam sie manchmal umsonst. Arbogast wurde erst benachrichtigt, wenn der Besuch da war. Bald schon wußte er im voraus, was sie anhaben würde, die Strickjacke unter dem Mantel im Winter und wie sie im Sommer die Kostümjacke abstreifte und die weiße Bluse zum Vorschein kam.

Er sah zu, wie sie atmete, und im Lauf der Jahre hätte es ihm immer besser gefallen, hätte sie einfach geschwiegen. Seine Augen tasteten die Linien ihres Gesichts ab und wie sie ihre nackten Unterarme auf der Tischplatte kreuzte. Er beobachtete, wie sie blinzelte und schluckte. Er registrierte die Veränderungen ihrer Frisur und das Make-up, meinte zu erkennen, wie sie alterte, und stellte fest, daß sie keinen neuen Schmuck kaufte. Dann erinnerte er sich, was ihm allein kaum mehr gelang, an die Vergangenheit mit ihr. Wie er sich kurz vor dem Abitur in sie verliebt hatte und an jenen Nachmittag in dem alten Steinbruch und an die Nacht im Schilf, an ihre Hochzeit und wie sie schwanger gewesen war mit Michael. Er sah sie dabei unumwunden an und sah zu, wie sie atmete. Und er nahm, was sie nicht wissen konnte, wenn er zurückging in die Zelle, seine erneuerten Erinnerungen wie neuen Proviant mit in die Einsamkeit. Doch zumeist unterbrach sie die Stille bald und erzählte, wie es Michael ging und der Mutter, was im SALMEN geschehen war, wie es mit dem Geld ging und was mit diesem oder jenem Nachbarn war. Katrin hatte immer die Welt für ihn geordnet und schien damit weitermachen zu wollen, auch wenn es längst nicht mehr seine Welt war.

Er hätte nichts lieber getan, als ihr von Marie zu erzählen. Auch, aber nicht zuallererst von ihrem Tod, sondern von jenem seltsamen Gefühl für eine Frau, die er doch kaum gekannt hatte. Arbogast hatte Katrin nie die Affären gebeichtet, die es immer wieder gab, doch als er in jener Nacht nach Hause fuhr, wußte er nicht, ob er würde schweigen können. Und erst, als er der Schlafenden die Handtasche Maries auf den Nachttisch stellte, bemerkte er die Tasche überhaupt in seiner Hand und wußte, daß er sie mitgenommen hatte, damit Katrin ein Indiz jener anderen Welt hätte, in der er war, seit Marie tot in seinen Armen lag. Er sah zu, wie sie atmete. Noch immer war er in jener Welt. Nie hatte sie ihn nach Marie gefragt.

»Warum schreibst du mir immer so kurz?«

Er schüttelte entschuldigend den Kopf. Während der Untersuchungshaft in Grangat war sie oft bei ihm gewesen und hatte auch Michael mitgebracht, mit dem sie dann einfach spielten, bis die Besuchszeit zu Ende war. Nun kam sie seltener und wollte, daß er ihr schrieb. Doch bald schon fiel ihm nichts mehr ein. Die unzähligen Wiederholungen, ohne daß ein Leben sie erneuerte, ließen die Liebesworte und Beschwörungen nicht besser klingen. Arbogast wußte, daß es den anderen genauso ging, darüber sprach man beim Hofgang, und man tauschte Geschichten und, gegen Tabak, vor allem Bilder für die Briefe. Manche konnten malen und füllten so wortlos die Blätter, und auch Arbogast überließ ein paarmal seinen leeren Bogen einem Alten aus dem ersten Flügel, der mit Farbstiften und selbstgemachten bunten Tinten einen neuen Rahmen für die immer selben Wörter malte, einmal ein Porträt von ihm, das recht ähnlich aussah, einmal den SALMEN, wie Arbogast ihn während des Hofgangs geschildert hatte.

Katrin hatte es leicht, sie schrieb auf, was am Tag geschah.

»Ich hab es so gern«, begann sie noch einmal, »wenn du mir schreibst, was den Tag über so in dir vorgeht und worüber du nachdenkst.«

Sie griff nach seiner Hand, und er spürte erschreckt für einen Moment die Berührung. Der Wärter sah weg. Manchmal hatte sie ihn zum Abschied sogar geküßt, ohne daß man ihn gerügt hätte. Er zog die Hand unter der ihren weg. Manchmal erinnerte er sich an ihre warme Haut und daran, wie sie sich in der Zeit verändert hatte, in der sie sich kannten. Wie weich ihr Bauch nach der Geburt geworden war und wie sie ihre Beine hinter seiner Hüfte gekreuzt und ihn mit geschlossenen Augen in sich gepreßt hatte. Sie sprachen nicht darüber, wie es war, ohne Berührungen zu leben, und er traute sich nie zu fragen, ob sie einen anderen hatte. Und ob sie ihn noch liebte.

Nach den ersten Jahren, in denen Michael, der bei Arbogasts Verhaftung drei gewesen war, mit ihnen im Besuchsraum gespielt hatte, als wäre nichts geschehen, veränderte sich das Verhältnis zu ihm. Vor allem, seit er den Vater in der Gefängniskleidung sah, verschwand nach und nach alle Nähe zwischen ihnen. Zwar brachte Katrin ihn auch noch mit, doch Michael langweilte sich schnell, und nachdem er in die Schule gekommen war und später auch auf das Gymnasium, stand er oft einfach vor Arbogast und sah ihn an. Umarmen ließ er sich nicht.

»Das kratzt!«
»Komm her, hab dich nicht so.«
»Ich will nicht. Laß mich los, Papa, das kratzt!«
Irgendwann kam Katrin nur noch allein.

11

»Du bist mir nicht geheuer«, sagte sie leise auf seine Frage, was sie von ihm denke. Katrin sah ihren Mann an.

»Du warst einfach weg. Diese Handtasche, die nach einem fremden Parfüm roch, stand da, und du warst weg. Ich hatte diese Handtasche und den Wagen, in dem du dieses Flittchen mitgenommen hast, und sonst nichts. Du warst einfach weg!«

Arbogast nickte und senkte den Blick.

Katrin konnte nicht weitersprechen, weil ihr die Tränen in die Augen stiegen. Einen Moment lang preßte sie die Lider fest aufeinander. »Du hast mir nicht mal gesagt, daß du zur Polizei wolltest.«
»Ich weiß.«
»Hast du viele gehabt?«
Er sah sie nicht an. Sie wartete. So oft schon hatten sie darüber gesprochen. Alles war gesagt und doch nichts.
»Was hast du gedacht, wenn wir miteinander geschlafen haben?«
Arbogast schüttelte den Kopf.
»War es dir langweilig mit mir?«
»Nein, natürlich nicht.«
»Wie hast du sie angefaßt?«
Arbogast schüttelte heftiger den Kopf und antwortete nicht.
»Nun rede doch endlich mit mir!« schrie sie ihn an.
Als er nichts sagte, ging sie.
Am Abend gab es Mettwurst aufs Brot. Am nächsten Morgen wie immer Kaffee und Brot. Mittags Nudelsuppe, danach Pfannkuchen mit eingemachten Zwetschgen, am Abend Sülze und Bratkartoffeln mit Rote-Rüben-Salat. Am Mittwoch Grünkernsuppe, gekochten Schweinespeck mit Spinat und Stampfkartoffeln. Abends Milchreis mit Apfelkompott. Am Donnerstagmittag Kartoffelsuppe und zum Nachtisch Rosinenstollen mit Backobst, am Abend Hering in Tomaten, Schälkartoffel und Tee. Freitags Haferflockensuppe und Fischfrikadellen mit Petersilienkartoffeln zum Mittag, am Abend Hörnle mit Tomatensoße. Dann war Wochenende, was hieß, daß man zwei Stunden Hofgang hatte und am Samstag Grießsuppe zum Mittag, dann Bohnen mit Salzkartoffeln und Soße. Am Nachmittag zehn Minuten Duschen, am Abend Filmvorführung, zu der eine Leinwand im Gang des ersten Flügels aufgestellt wurde. Dichtgedrängt saßen die Gefangenen auf Bänken und warteten, daß der Vorführapparat endlich zu surren begann. DER FÖRSTER VOM SILBERWALD.

Sonntag morgen gab es vor dem Gottesdienst Kakao mit Zucker, Brot und Honig. Schweigend stieg man zur Kirche hinauf, am Eingang sechs Wachleute. Wenn die Orgel einsetzte, zogen sie ihre Mützen. Die steilen Sitzreihen erinnerten noch an die Kabinen, in denen die Gefangenen früher eingeschlossen worden waren. Wenn der Chor einsetzte, begann man zu flüstern und tauschte Tabak, Zigaretten, Groschenhefte. Der Pfarrer betrat durch einen separaten Eingang den Balkon, auf dem auch die Kanzel lag. Sonntag mittag gab es Pilzsuppe und anschließend Schnitzel mit gelben Rüben und Salzkartoffeln. Zum Nachtisch Schokoladenpudding. Am Abend wie in jeder Woche Krakauer mit Brot und Kaffee. Katrin sah ihn an. Manchmal machte sein Schweigen sie so wütend, daß sie es in dem kleinen weißen Raum kaum aushielt.

»Deiner Mutter geht es nicht gut.«

»Warum besucht sie mich nicht?«

»Es geht ihr nicht gut.«

»Und was hat sie?«

»Was wohl!« Er ist schuld, dachte Katrin, schuld an allem. Und wenn sie das dachte, verschwand die Wut und sie wurde ganz ruhig.

»Und wie geht es Micha in der Schule?« fragte er.

»Gut.«

Arbogast nickte. Er tut so, dachte Katrin, als verstünde er, was draußen geschieht. Nichts, dachte sie oft, wenn sie hier saß, versteht er.

Er überlegte, was an diesem Tag von seinem Pensum noch zu tun blieb. Jeden Morgen nach dem Hofgang bekam er dreißig bauchige Weinflaschen in die Zelle gestellt, die er mit Bastschnüren umflechten mußte. Anfangs hatte der Kalfaktor, der wie Arbogast ein Lebenslänglicher war, irgend etwas vom Chianti-Wein gesungen, wenn er ihm die Flaschen in die Zelle stellte. Irgendwann sang er nicht mehr. Zunächst mußte er auch den Fuß der Flaschen noch selbst flechten, später gab es dann Plastikeinsätze, die er nur noch mit Bast umwickelte. Die linke Hand drehte die Flasche, die rechte flocht. Er bekam drei, später bis vier Pfennig pro Stück. Die Tür wurde entriegelt und Karges kam herein.

»Herr Arbogast?«

12

Katrin strich mit der Hand über den weißen Holztisch, räusperte sich und vermied es, Arbogast anzusehen. Als er nicht antwortete, schloß sie die Augen. Es war Oktober 1960, und immer um diese Zeit dachte sie an jenen Herbst. Sieben Jahre war er nun in Haft. Für das nächste Jahr hatte sie eine Stelle in Freiburg in Aussicht und ab Januar für sich und Michael dort auch eine Neubauwohnung gemietet. Alles würde sich ändern. Das Holz der Tischplatte war schrundig und roh unter dem Lack. Sie kannte sein Gesicht und wußte, wie er sie nun ansah. Bei jedem Besuch hatte sie die Veränderungen in seinem Gesicht sehen können, und da sie immer weniger miteinander sprachen, in seinen Zügen zu lesen gelernt. Das war nicht schwer, denn schon nach zwei, drei Jahren war ihr aufgefallen, wie es zerfiel. Und sie wollte ihn jetzt nicht ansehen.

»Verstehst du, was ich sage?« fragte sie leise und ohne die Augen zu öffnen: »Ich lasse mich scheiden.«

Zunächst hatte sie nicht verstanden, warum sein Blick ihr unangenehm wurde. Doch als sie sich einmal um Rat an den Pfarrer gewandt und der ihr vom Sinn der Einzelhaft erzählt hatte, wie sie früher in Bruchsal üblich gewesen war, begann sie zu begreifen, was mit Hans geschah. Karges hatte ihr von den Ledermasken erzählt, die die Gefangenen tragen mußten, wenn sie ihre Zellen verlassen hatten, und das Bild solcher Gesichter ließ sie nicht mehr los.

Schien es ihr doch tatsächlich, als nähme Hans seine Maske erst ab, bevor er in das Besuchszimmer kam, und als hätte sein Gesicht schon keine eigene Haut mehr. Jede Empfindung war offenkundig in seinen Zügen, die mit den Jahren immer unruhiger zuckten. Jeden Gedanken meinte sie darin lesen zu können, Wut und Traurigkeit zunächst, die sein Gesicht wie bei einem Kind in Sekunden überschwemmten, im Laufe der Zeit aber zurücktraten gegenüber der Öde und Leere, die ihm nicht nur in den Augen stand und um den Mund, sondern, wie es ihr schien, auch sein Lachen und seine Lider, die tiefen Falten in seinen Wangen und die Haltung seines ganzen Kopfes beherrschte.

»Ja, ich verstehe.«

Seine Stimme war das Schlimmste. Auf eine seltsame Weise hatte sie jegliches Volumen verloren in der Zelle, die sie sich immer wieder und in allen Einzelheiten von ihm hatte beschreiben lassen und auf die sie ebenso eifersüchtig war wie auf die Erinnerung an Marie Gurth, die ihn, wie sie sich sicher war, noch immer nicht losließ. Jetzt erst sah sie ihn an. Sah ihn lange noch einmal an, bevor sie ihm die Hand zum Abschied gab. Und wenn er sich später zu erinnern versuchte, wieviel Zeit danach verging, bis er sie im Amtsgericht Bruchsal wiedersah, vermochte er es nicht zu sagen. Es mußte irgendwann zu Beginn des nächsten Jahres gewesen sein, doch schien es ihm so, als setzte die Berührung ihres Abschieds sich einfach fort. Die Zeit verschwindet, dachte er und reichte ihr wieder die Hand.

Das Amtsgericht Bruchsal lag in unmittelbarer Nähe des Zuchthauses. Dennoch wurde er, begleitet von zwei Wärtern, die kurze Strecke im Wagen gefahren. Über der Häftlingsuniform trug er einen leichten Mantel, den ihm der Schließer gegeben hatte. Als er hereingerufen wurde und den kleinen Gerichtssaal betrat, sah er Katrin sofort. Ihren Anwalt kannte er nicht, aber vor dem Saal hatte ihn bereits Winfried Meyer begrüßt, an der Schulter gepackt und gesagt, wie sehr er sich freue, ihn zu sehen. Er setzte sich neben ihn. Katrin war in Begleitung ihrer Eltern gekommen, die Arbogast im ansonsten leeren Zuschauerraum entdeckte und die wegsahen, als er ihnen zunickte. Michael, auf den er sich gefreut hatte, war nicht dabei. Arbogast hörte kaum auf das, was man ihn fragte, und gab mechanisch die Auskünfte, die man von ihm wollte. Katrin hatte eine neue Frisur. Sie trug die Haare nun hochtoupiert, was ihr Gesicht fremd machte, und auch die Weise, wie sie sich zu dem jungen, etwas blassen Anwalt wandte und leise mit ihm sprach, war ihm fremd. Einer der Schließer, den er seit Jahren kannte, saß hinter ihm, und manchmal vergewisserte sich Arbogast, daß er noch da war. Dann nickte der Alte ihm zu.

Glücklicherweise dauerte die Verhandlung nicht lange, und am Ende verabschiedete sich Meyer noch im Gerichtssaal mit dem Versprechen, ihn bald einmal wieder zu besuchen. Arbogast nickte dazu, doch als er zu Katrin und ihren Eltern hinüberwollte, bevor er sie, wie er plötzlich wußte, nie mehr wiedersehen würde, hielt ihn der Anwalt am Arm und nickte die beiden Schließer heran. Dann war Katrin auch schon verschwunden, und man brachte ihn mit dem Wagen ins Zuchthaus zurück. Arbogast faltete als erstes langsam die Zeitung auseinander, als er wieder in seiner Zelle war. Er hatte das GRANGATER TAGEBLATT abonniert. Wie immer waren einige Passagen mit blauer Tinte und einem Rollstempel unleserlich gemacht. Es gelang Arbogast nicht, an das zu denken, was geschehen war. Für einen Moment nur erinnerte er sich wieder daran, wie Katrin gesagt hatte, sie wolle sich scheiden lassen, und er wußte nicht, wann das gewesen war. Blätterte die kleinformatigen Seiten um, ohne zu lesen. Das einzige, was er dachte, während er über die blauen Flächen strich, war, daß er nun die Zeitung nicht mehr wollte.

13

Winfried Meyer schrieb die Adresse auf die Vorderseite des großformatigen Umschlags. Er erinnerte sich daran, Hans Arbogast zuletzt anläßlich der Scheidung getroffen zu haben. Er hörte, wie nebenan seine Sekretärin telephonierte, verstand aber nicht, was sie sagte. Noch immer roch es in der Kanzlei nach frischer Farbe, obwohl die Renovierung nun auch wieder ein halbes Jahr her war. Auf dem kleinen Beistelltisch stand eine Vase mit Tannenzweigen und weihnachtlichem Schmuck. Es war der zwölfte Dezember 1962. Der schwere Umschlag enthielt alles Material zum Fall Arbogast, und wenn er seine Sekretärin gleich hereingebeten hatte, würde der Fall für immer abgeschlossen sein.

Heute morgen war die Ablehnung seiner Beschwerde gekommen, mit der er gegen die Abweisung seines Antrags auf Wiederaufnahme des Verfahrens protestiert hatte. *Sehr geehrter Herr Arbogast, nach langem Bemühen war es mir gelungen, zwei neue Gutachter zu gewinnen, die jenes verhängnisvolle Gutachten von Professor Maul zu untergraben in der Lage sein sollten.* Winfried Meyer legte seinem Brief auch Durchschriften der Gutachten bei. Das eine stammte von Dr. Landrum, einem Gerichtsmediziner aus München, und war eindeutig. *Der Verurteilte,* schrieb Landrum, *hat angegeben, es sei zu irgendeinem Zeitpunkt während des abnormen Verkehrs zu einem plötzlichen Zusammensinken und Aufhören der Herztätigkeit bei Frau Gurth gekommen. Ein derartiger Ablauf war für den Täter in dieser Art jedoch nicht vorhersehbar.* Das sei das Entscheidende, erläuterte Meyer seinem Mandanten: Er, Arbogast, habe nicht vorhersehen können, was in jener Nacht dann geschah.

Doch was war in jener Nacht eigentlich geschehen? Der Anwalt erinnerte sich an den Prozeß, der nun über sieben Jahre zurücklag, und dabei vor allem an die großformatig entwickelten Photos mit dem Mädchen im Brombeergestrüpp, die Professor Maul dem

Gericht zeigte. Arbogast hatte nie viel darüber gesprochen, wie er jene Nacht empfunden hatte, und Meyer hatte sich nicht zu fragen getraut. Oft war ihm im nachhinein der Gedanke gekommen, der Prozeß hätte anders ausgehen können, wenn er mehr in seinen Mandanten gedrungen wäre. Meyer schob das zweite Gutachten in den Umschlag. Es stammte von Dr. Neumann, Vorstand des Instituts für gerichtliche Medizin der Universitätsklinik Wien, den er vor zwei Jahren schon besucht und für ein Gutachten gewonnen hatte. Es war schwer gewesen, von der Polizei und der Staatsanwaltschaft das Material zu bekommen, um es den Gutachtern zur Verfügung zu stellen. Man dürfe es nicht herausgeben. Die Akten seien gerade unterwegs. Das Bildmaterial sei zu empfindlich. Der Widerwille, sich erneut mit Arbogast zu beschäftigen, war überall spürbar. Um so deutlicher das Gutachten Neumanns: *Ein Lustmord ist medizinisch nicht erwiesen. Wohl aber ein Sexualakt mit tödlichem Ausgang, nach vorherigem Brechen des Widerstands durch Schläge und Würgen. Ein tödliches Würgen kann nach der Aktenlage nicht mit der für das Strafgericht notwendigen Sicherheit behauptet werden.*

Als er diesen Text bekam, besuchte der Anwalt Hans Arbogast zum letzten Mal. Er solle, sagte er, nachdem er ihm die Rechtslage erläutert hatte, sich nicht zu große Hoffnungen machen, aber er denke schon, daß sein Antrag auf Zulassung der Wiederaufnahme bei der zuständigen Strafkammer II des Landgerichts Grangat Aussicht auf Erfolg habe. Arbogast, daran erinnerte er sich genau, nickte nur und starrte ihn schweigend an. Es war ein klarer heller Tag draußen, und die weißen Fenster des Besuchszimmers leuchteten. Arbogast war ihm nicht geheuer. Vor einem halben Jahr wurde der Antrag als unzulässig verworfen. Die neuen Sachverständigen, hieß es in der Begründung, verfügten nicht über Forschungsmittel, die denen Mauls überlegen seien. *Das bedeutet nicht*, schrieb Meyer daraufhin an Arbogast, *daß die neuen Gutachten nicht wirklich Neues enthalten. Es ist vielmehr so, daß ein Wiederaufnahmeverfahren nur dann zulässig im strengen juristischen Sinne ist, wenn* NOVA, *also Neuigkeiten, im Sinne des § 359 StPO vorlägen. Dies bezweifle das Gericht bei den beigebrachten Gutachten.*

Meyer legte sofort Beschwerde ein und bat die Gutachter um eine Ergänzung. Nun hatte das Oberlandesgericht Karlsruhe die Beschwerde verworfen. *Ich weiß nicht, was ich nun noch weiter für Sie tun soll,* schrieb Meyer, *damit sind alle Rechtsmittel ausgeschöpft.* Am Ende seines Briefes bat der Anwalt um Verständnis, daß er einfach die Zeit nicht finde, ihm die Unterlagen selbst nach Bruchsal zu bringen. Hans Arbogast nickte dazu, als spräche Meyer mit ihm, und legte den Brief zurück zu den anderen Dokumenten in den Umschlag. Dann fuhr er damit fort, eines nach dem anderen die hölzernen Räuchermännchen zu bemalen, die er vor sich auf dem kleinen Tisch aufgebaut hatte. Daneben standen kleine Dosen mit Farbe, Lappen, mehrere Pinsel, eine Schale mit Terpentin. In der ganzen Zelle roch es entsprechend, wie immer in der Weihnachtszeit, wenn die Gefangenen sich mit Bastelarbeiten für die Christmärkte etwas dazuverdienten. Im Winter bekam man auch schon mal drei Ringe Fleischwurst oder Krakauer von einer Metzgerei gespendet, denn wenn es kalt war, hielten sich die Würste draußen an den Fenstergittern lange. Am Heiligen Abend würde es wieder Äpfel und Nüsse geben, die den Geistlichen von den umliegenden Gemeinden geschenkt wurden, am ersten Feiertag dann Braten, Kartoffeln und Gemüse. Und wie jedes Jahr Schokoladenpudding zum Nachtisch.

In letzter Zeit war im Zuchthaus immer häufiger auch etwas anderes gebastelt worden. Man nannte die zusammengebogenen und mit Gummiband umwickelten Drähte, die manche schluckten, *Sputnik.* Wie immer um Weihnachten nahmen Selbstverletzungen zu, mit denen Gefangene versuchten, ein paar Tage ins Krankenrevier zu kommen. Wenn sich das Gummiband im Magen zersetzte, perforierte das Metall die Magenwand. Man kotzte Blut. Der Gedanke an den Schmerz gefiel ihm. In einer halben Stunde würde das Licht gelöscht werden. Während er die Deckel auf die Farbdosen drückte, schien es Arbogast, als habe er zum ersten Mal Angst vor der Nacht, so schwach fühlte er sich. Doch dann öffnete er das Fenster, ließ die kalte Abendluft herein und hörte auf die Geräusche des Zuchthauses. Die Hunde und das Rufen von Zellenfenster zu Zellenfenster, die Schritte der Wärter auf den metallenen Laufgängen. Jemand über ihm, der mit einem Löffel gegen die Heizung schlug. Die Glocke hörte er irgendwann. Wie immer hielt ihn das Gefängnis, und er wußte, ihm konnte nichts geschehen hier in den riesigen, hohen Sälen der vier Flügel, die in der Zentrale sternförmig aneinanderstießen, wo ein einzelner Wärter saß, der sie alle überwachte, in den drei Reihen der siebzehn und also insgesamt einhundertzwei Zellen. Jede der Zellen, dachte Arbogast in dem Moment, als das Licht verlöschte und er im Dunkeln routiniert das Bett von der Wand klappte, ist wie eine einzelne Wabe in die Wände der hohen Säle gehängt, unverbunden und unerreichbar, gäbe es nicht die schmalen eisernen Galerien, die zu ihnen hinführten. Wir alle sind allein, dachte Arbogast, und seltsamerweise beunruhigte ihn das in keiner Weise, sondern nahm ihm ganz im Gegenteil die Angst.

14

Zu Beginn des nächsten Jahres, im Januar 1963, kam es zu einem Zwischenfall, einer Rempelei auf dem Gang vor den Zellen. Ohne daß sich im nachhinein noch genau hätte klären lassen, wer den Streit vom Zaun brach, reagierte der ansonsten unauffällige Arbogast ungewohnt heftig und schlug wie besinnungslos auf einen anderen Gefangenen ein. Dem begleitenden Wachtmeister gelang es nicht, die beiden zu trennen. Es wurde Alarm gegeben, aus der Wachstube kamen drei weitere Aufseher, und bis sie Arbogast, der einen Kopf größer als die Beamten war, schließlich von dem anderen getrennt hatten, war der so übel zugerichtet, daß als Bestrafung für Arbogast nur zehn Tage Arrest in Frage kamen.

Das war die erste Strafe, die er erhielt. Die Arrestzelle lag in einem der Türme. Es war ein leerer, gekalkter Raum, der weder Tisch noch Bett enthielt und als Lager nur einen Betonsockel. Zwei Decken und den Kübel gab man ihm, sonst nichts. Das Fenster weit oben war sehr klein und konnte mit einer Stahlblende verschlossen werden, so daß kein Laut nach außen drang. Arbogast hatte an der Tür seine Sträflingskleidung ausziehen müssen. Nackt und mit einem sogenannten steifen Hemd in der Hand, das aus so starkem Stoff bestand, daß man es nicht auftrennen und sich daran erhängen konnte, schloß man ihn ein. Es gab Tee und Brot. Die ersten zwei Tage machten ihm nichts aus. Er betrachtete die vielen unzüchtigen Zeichnungen an den Wänden. Direkt über dem Schlafsockel die grobe und ziemlich große Darstellung einer Frau mit weit geöffneten Schenkeln und überdimensionalen Schamlippen. FOTZE stand darunter, und ein Pfeil zielte ihr zwischen die Beine. Unter dem Fenster, als weise er darauf, ein riesiger Phallus. Namen, Daten, Flüche. Auch auf italienisch und kyrillisch. Immer wieder Jahreszahlen, Strafzeiten: 10 JAHRE, 15 JAHRE. Und: IN 3 TAGEN BIN ICH FREI!

Marie hatte ihm einmal etwas ins Ohr geflüstert, und am dritten Tag im Arrest bemerkte er, daß er vergessen hatte, was es gewesen war. Noch spürte er die Wärme ihres Atems am Ohr, ihre Wange an seiner und ihre Hand an seinem Oberarm, aber er wußte nicht mehr, was sie sagte. Und sooft er es sie auch sagen ließ, blieb es doch stumm. Da begann die Angst, die Angst, alles zu vergessen.

Frauen, das waren die Gesichter auf den Zeitungspapierstücken, die ihm seit acht Jahren als Klopapier dienten. Die plötzliche Gewißheit, für immer hier zu sein. Er versuchte, nicht zu denken und, damit er nicht noch mehr vergäße, vor allem jeden Gedanken an Marie zu meiden. Am fünften Tag fiel ihm ein, wie sie im Gras gelegen hatten und sie ihm von Berlin erzählte. Von jenem unerträglich heißen Sommer im zerbombten Dach, wo sie auf einer aufgestochenen Matratze, aus der das Kapok quoll, in den Nachthimmel starrte und sich zum ersten Mal küssen ließ.

»Nein, ich war noch nie in Berlin. Willst du denn da wieder hin?«

Klar. Sie halte es hier bestimmt nicht mehr lange aus. Wenn nur ihr Mann in Berlin Arbeit fände.

»Aber dann sehen wir uns ja nie wieder.«

Sie lachte. Aber heute, heute sei sie doch da, oder?

»Küß mich!«

Der Beton war nicht hart. Ganz dicht über dem Boden ritzte er mit den Nägeln ihren Namen ein. MARIE. Dann onanierte er, und ihm fiel überraschend ein, daß er das lange nicht mehr getan hatte, ohne daß er wußte, wie lange es her war. Später einmal kaute er das Brot zu einem weichen, warmen Fladen und verschloß sich selbst damit den Mund. Er spuckte den Tee in die Luft, daß er ihm ins Gesicht regnete. Lange Zeit lag er auf dem Rücken und klopfte mit dem Zeigefinger auf seinen Bauch, auf eine ganz bestimmte Stelle oberhalb seines Nabels, und wußte, wenn er damit aufhören sollte, würde er blind. Und es klopfte noch, wie es ihm schien, Tage später, und er dachte im Takt seines Fingers: Nicht aufhören! Nicht aufhören! Und als er es bemerkte, hatte er vergessen, wann er aufgehört hatte. Überrascht dachte er einen Moment, jetzt sei er blind, aber dann bemerkte er, daß sie ihn ansah. Ihre Augen sahen ihn an wie damals, als sie in seinem Arm lag, aber er hatte ihre Farbe vergessen. Darüber weinte er. Ritzte schließlich gerade ein Kästchen um den Namen MARIE, als sich die Tür öffnete.

Als Arbogast wieder in seine Zelle kam, hörte er am Abend Klopfsignale an der Wand, und als er zum Fenster ging, rief man ihm zu, er solle sich auf den Boden legen, an das Heizungsrohr, dort könne er erzählen, wie es war. Noch nie hatte jemand mit ihm reden wollen, und er wollte nicht erzählen. Lebenslängliche, hatte der Lehrer gesagt, konnten ein Musikinstrument beantragen oder einen Wellensittich in der Zelle halten. Arbogast wollte keinen Wellensittich. Am nächsten Wochenende schrieb er einen Brief an Professor Maul, Ordinarius des Gerichtsmedizinischen Instituts der Universität Münster, und bat, ihn nicht *im Zuchthaus umkommen zu lassen*. Er sei doch unschuldig. Maul notierte an den Rand des Schreibens: *Uninteressant. Zu den Akten.*

15

»Wenn eine Mutter stirbt«, begann Karges nach einem kurzen Gruß, »so ist das, wie es einmal ein französischer Dichter formuliert hat, als ob eine Matrize verlorenginge.«

»Was soll das? Was meinen Sie, Hochwürden? Meine Mutter?«

Karges stand im Türrahmen und nickte mit den Lippen gegen seine gefalteten Hände.

»Es tut mir leid, Arbogast. Sie ist gestern gestorben.«

Das war im August 1963. Er musterte den Gefangenen sehr genau. Arbogast, der bisher unter dem Fenster gestanden hatte, trat erst an den Tisch, dann an das Bett, löste den Bolzen und klappte, was tagsüber verboten war, die Matratze herab. Als hätte er sich dieses Vergehen die ganzen Jahre aufgehoben, setzte er sich, die Hände zwischen den Beinen, auf das Bett und starrte auch noch vor sich hin, als Karges wieder zu reden begann.

»Nun sind Sie so etwas wie ein signiertes Unikat, Arbogast. Was ich meine, ist: Nichts an Ihnen kann jetzt mehr verbessert werden, weil irgendwo die Form noch bestünde, die Sie geformt hat. Jeder Kratzer, Arbogast, jede abgeschlagene Ecke bleibt Ihnen nun für immer. Nun sind Sie wirklich verantwortlich für sich, und es gibt kein anderes Leben mehr, das irgendwo in der Hinterhand gehalten würde und zu dem dieses jetzige nur der Probelauf wäre, was wir doch alle denken, wenn wir für unsere Taten nicht einstehen wollen.«

Karges wartete, wie Arbogast darauf reagieren würde, doch der starrte nur vor sich hin. Karges überlegte, ob er ihm befehle solle, das Bett wieder hochzuklappen, damit er ihn vielleicht ansähe, aber er verwarf diesen Gedanken.

»Buße, Arbogast, ist dreierlei: zunächst die Reue, CONTRITIO, die du in dir spüren mußt, dann die Beichte, CONFESSIO, in der du deine Schuld gestehst, und schließlich die Genugtuung deiner Schuld, die SATISFACTIO. Aber wisse, am wichtigsten ist die Beichte, denn nur wenn du bekennst, kann Gott dir verzeihen, und ich kann mein EGO TE ABSOLVO sprechen. Glaube mir, Arbogast, jetzt ist der Moment.«

»Aber es gibt nichts zu beichten«, murmelte Arbogast wie im Reflex und ohne aufzusehen. »Ich bin doch unschuldig.«

»Auch wenn wir schweigen und nichts sagen wollen, zwingen höhere Mächte uns schließlich immer zum Geständnis, glaub mir. Noch unser Schweigen ist beredt und wird zur Selbstanklage. Es ist so, als protestierte etwas in uns gegen den Zwang, der uns verbietet, unsere stärksten Regungen auszusprechen, und als ob dieser Zwang eben jenen Gegenzwang, der zum unbewußten Geständnis drängt, erstehen lasse.«

Jetzt sah Arbogast den Priester endlich an: »Hochwürden?«
»Arbogast?«
»Darf ich zu ihr?«
»Ja. Sie dürfen zur Beerdigung. Übermorgen.«

Karges nickte, zögerte noch einen Moment, ob es Sinn mache, weiter in den Gefangenen zu dringen und ihn möglicherweise doch noch zu jenem erlösenden Geständnis zu bringen, das, wie Karges sicher war, in ihm wartete. Entschied aber dann, es dabei bewenden zu lassen, klopfte und ließ sich öffnen.

Arbogast sah zu, wie die Tür wieder verriegelt wurde. Es kam ihm vor, als erhöhe sich mit dem einschnappenden Schloß der Druck im Raum auf so unerträgliche Weise, daß er aufsprang und das Fenster öffnete. Warme Sommerluft kam herein, Stimmen vom Hof und das metallene Gezirpe von Lerchen, die über den nahen Feldern standen. Sie könne Katrin verstehen, hatte seine Mutter ihm nach der Scheidung einmal geschrieben. Sie selbst habe mit dem Vater immer eine gute Ehe geführt. Nach seinem Tod sei das, was Hans getan habe, der schwerste Schlag ihres Lebens, und sie verstehe nicht, wie man so eine Schuld auf sich laden könne. Während er den Brief las, nickte Arbogast bei jedem Satz, als säße sie vor ihm und redete ihm ins Gewissen. Immer, wenn er als Kind etwas Verbotenes getan hatte, hatte er auf diese Weise nur warten müssen, bis alles gesagt war, dann war es wieder gut. Und so hielt er den Brief in den Händen und nickte zu jedem Wort. Doch dann hörte die Stimme in seinem Kopf am Ende der Seite auf, und es war still. Arbogast erinnerte sich sehr genau, wie das war. Es blieb einfach still und nichts geschah. Irgendwann hatte er langsam den Brief wieder zusammengefaltet und in den Umschlag gesteckt. Jetzt horchte er hinaus auf die Lerchen und sah die Stoppelfelder.

Am übernächsten Tag brachten zwei Wärter und ein Fahrer Arbogast gegen Mittag nach Grangat. Am Morgen hatte man ihn erst in den Keller hinabgeführt und ihm seine Privatkleidung wieder ausgehändigt. Der Anzug roch nach Mottenkugeln und Staub, und da man ihn seinerzeit im Januar nach Bruchsal überstellt hatte, war er viel zu warm für die Augusthitze, die hinter den dicken Mauern zunächst noch nicht zu spüren, doch schon im Streifenwagen so unerträglich war, daß ihm der Schweiß das Hemd durchtränkt hatte, bevor sie in Grangat ankamen. Während der ganzen Fahrt sagte Arbogast kein Wort und sah nur hinaus. Er musterte die Wagentypen, die ihm fremd waren, und als sie in die Stadt kamen, erkannte er zunächst die Straßen kaum wieder, in denen es nun neben den alten Ziegelbauten der Kleinindustrie große Flachdachhallen und Tankstellen mit bunten Leuchtreklamen gab. Er hatte gehofft, jemanden zu sehen, den er kannte, doch keines der Gesichter kam ihm vertraut vor.

Da bis zur Beerdigung noch Zeit war, bat er, man möge ihn doch zunächst für einen Moment in den SALMEN bringen, der Fahrer nickte und ließ sich den Weg beschreiben. Noch während Arbogast die Route durch Grangat erklärte, die kein großer Umweg war, spürte er, daß er Herzklopfen bekam und schweißige Hände, und als der Wagen hielt und er mit den beiden Wärtern ausstieg, zögerte er vor der Schwelle des Lokals einen langen Moment und tat so, als sähe er sich um. Ohne den Fahrtwind überfiel ihn die Hitze wieder, und der Schweiß floß ihm den Rücken hinab. Er griff sich in den Hemdkragen unter dem Jackett, damit etwas Luft an seine Haut konnte. Nichts schien sich an dem alten Fachwerkhaus verändert zu haben, seit er vor über zehn Jahren das letzte Mal hier gewesen war. Und doch wirkte die Fassade ärmlich im Vergleich zu den frisch gestrichenen Nachbarhäusern. Man hatte die Straße geteert und verbreitert, der Vorgarten mit dem Holzlattenzaun war mit dem alten Kopfsteinpflaster darunter verschwunden. Vorsichtig trat Arbogast in den kurzen Flur und von dort, vorbei an den leeren Garderobenhaken, in den Schankraum, in dem es ihm noch heißer vorkam und sehr stickig.

Arbogast wußte nicht, wen er antreffen würde, und vermutete am ehesten noch Elke hier, seine jüngere Schwester, mit der er seit seiner Verhaftung kein Wort mehr gewechselt hatte. Beim Prozeß hatte sie auf der Bank neben der Mutter gesessen und weggesehen, wenn sein Blick sie suchte. Sie war nie im Gefängnis gewesen, und als sie zwei Briefe nicht beantwortete, hatte er ihr nicht mehr geschrieben. Die Beamten warteten an der Eingangstür. Arbogast lockerte gerade den Krawattenknoten und öffnete den obersten Kragenknopf des weißen Hemdes, das er zuletzt am Tag der Urteilsverkündung getragen hatte, als Katrin aus der Küche hereinkam. Man hatte ihm gesagt, daß sie sich auch nach der Scheidung und ihrem Umzug nach Freiburg weiter regelmäßig um seine Mutter kümmerte, und doch hatte er seltsamerweise überhaupt nicht damit gerechnet, sie hier zu treffen. Überrascht sah er sich nach den beiden Wärtern um, damit sie ihm sagten, was er nun tun solle, doch die regten sich nicht. Katrin musterte ihn mit einem schnellen Blick, und noch immer wußte er sofort, was sie dachte. Sie erinnerte sich daran, wie sie beide damals diesen Anzug gekauft hatten, und im selben Moment, in dem er das sah, erinnerte Arbogast sich ebenfalls. Jetzt lächelte sie, und er streckte ihr, während sie die Schürze vom schwarzen Kleid löste und auf ihn zukam, seine Hand weit entgegen. Doch sie zog ihn sanft zu sich heran und umarmte ihn. Unbeholfen entkam er der Umarmung. Noch immer hatten sie kein Wort gesprochen. Er machte einige Schritte in dem großen Raum.

»Heiß hier!« sagte er und griff sich in den steifen Kragen, der an der schwitzenden Haut scheuerte.

»Ja.«

Katrin nahm die Schürze ab, legte sie zusammen und musterte ihn dabei noch immer.

»Hier ist alles wie immer.«

Sie schüttelte den Kopf. »Wird alles verkauft!«

»Ja?«

»Ja.«

Er nickte. Wie ein Hund sog Arbogast den Geruch ein, an den er sich noch so gut erinnerte, als wäre er erst vor kurzem hier morgens hinausgegangen, um sich der Polizei zu stellen, und nicht vor nunmehr zehn Jahren. Bald jährte sich jener Septembertag wieder, an dem er Marie getroffen hatte, und als er letzte Nacht wachlag, hatte er überlegt, ob er nun auch am Tod seiner Mutter schuld war. Natürlich würde man alles verkaufen. Den Ausschank hatte die Mutter schon kurz nach dem Prozeß aufgeben müssen, weil die Gäste weggeblieben waren. Arbogast blieb stehen und sah sich wieder nach den Wachleuten um, die noch immer in der Tür warteten.

»Möchten Sie ein Bier?« fragte Katrin wie die Wirtin, die sie einmal hätte sein sollen.

Die beiden Vollzugsbeamten nickten und nahmen die Flaschen entgegen, die sie aus dem Kühlschrank hinter der Theke nahm. Arbogast wußte nicht, ob die Mutter ihm geglaubt hatte, daß er es nicht gewesen war. Immer hatte er die Frage aufgeschoben bis zu ihrem nächsten Besuch und dann wieder so lange gewartet, bis sie gegangen war. Nun konnte er nicht mehr fragen. Aber eigentlich wußte Arbogast auch, daß es für die Mutter nicht darum gegangen war, was er getan hatte, sondern was mit ihrem Leben geschah, das nicht mehr aufhörte, stillzustehen. Er erinnerte sich, wie sie in dem milchigen Licht des Besuchszimmers saß, ihren Kopf immer ein wenig schief, und auf die knackenden Heizungsrohre zu horchen schien, ohne ihn ein einziges Mal anzusehen. Das mußte bei ihrem letzten Besuch gewesen sein. Und nun weiß ich ihren Blick nicht mehr, dachte Arbogast.

»Wo ist Michael?«
»Bei Elke. Sie bringt ihn mit zum Friedhof.«
»Wie geht es ihm denn?«
»Er wächst jetzt, glaube ich, jeden Tag.«
Arbogast nickte.
»Und warum schreibt er mir nie?«
»Ich sag es ihm ja. Aber wenn er nicht will?«
Wieder nickte Arbogast.

»Gibt es denn schon einen Interessenten?«
»Ja. Aber den kennst du nicht.«
»Mach, wie du denkst.«
»Der Anwalt wird dir das Angebot schicken, sobald es da ist. Aber vielleicht geht es ja ganz schnell.«
»Dann seh ich mich besser noch ein wenig um, bevor es zu spät ist.«
»Ja, tu das.«
Der Saal, in den er seinerzeit die Billardtische gebracht hatte, war leer. Katrin hatte die zwölf Tische bald nach seiner Festnahme, wenn auch unter Wert, verkaufen können. Auf den Holzdielen sah man noch immer deutlich die Kratzer, wo man sie herein- und dann wieder hinausgeschafft hatte. Die Fenster waren verhängt, und es war sehr düster im Raum, bis die Beamten die Türflügel aufstießen, um ihn im Auge zu behalten. Das Licht fiel hell auf die lange, gedeckte Tafel, die Katrin wie früher mitten im Raum für die Trauergesellschaft aufgebaut hatte. Arbogast erkannte das alte weißblaue Kaffeeservice wieder und das Besteck aus Silber, das es früher nur an Sonn- und Feiertagen gegeben hatte. Er strich über die Tischdecke und rückte mit der Zeigefingerspitze sorgsam eine Kuchengabel zurecht.

»Kommst du nachher auch?« fragte Katrin von der Tür her.

»Nein, ich muß zurück.« Er schüttelte den Kopf und sah sich dann genau in dem alten Saal um.

»Aber ich möchte gern noch etwas mitnehmen«, sagte Arbogast, als er das Kästchen auf einem Fensterbrett entdeckte.

Die beiden Wachtmeister warteten an der Tür, während er sorgsam den Staub vom hellen Buchenholz und dem feinen Messingscharnier wischte. Neben dem Kästchen tote Fliegen und ein Spinnennetz, ein kleiner Stapel grauer Bierfilze.

»Und was ist das?« fragte ihn Katrin, als er aus dem dunklen Saal wieder zur Tür kam.

»Meine Billardkugeln«, sagte Arbogast und reichte sie den Vollzugsbeamten, damit sie das Kästchen kontrollieren konnten.

Katrin erwiderte nichts. Doch er bemerkte an ihrem Blick, daß sie sich daran erinnerte, was ihm die Kugeln bedeuteten, und sah, als sie ihn anlächelte, weg. Als sie sich dann alle auf den Weg zum Friedhof machten, bemerkte Arbogast verwundert, daß Katrin einen hellblauen VW-Käfer fuhr und er nicht wußte, wann sie den Führerschein gemacht hatte. Während der ganzen Fahrt zur Aussegnungshalle des Friedhofs, wohin man seinerzeit auch Marie Gurth gebracht haben mußte, hielt er das Kästchen mit den Billardkugeln vor sich.

Die Wärter warteten an der Tür der kleinen Kapelle, deren bleiverglaste Fenster das helle Sommerlicht in einen bunten Schimmer übersetzten. Arbogast spürte die Blicke sehr genau im Rücken, als er nach vorn zum offenen Sarg ging und sich dann mit gesenktem Kopf und ohne jemanden anzusehen in die erste Reihe setzte. Hier war es kühl. Das Gesicht der Mutter abgemagert, halb versunken in einem weichen weißen Satinkissen, und so fremd, daß er sich daran erinnern mußte, wer sie war. Blumen und Kränze überall um den Sarg. Sie hat nie Lippenstift benutzt, dachte er und Traurigkeit stieg ihm bis zu den Augen. Als er hochsah, bemerkte er die Kinder, die sich mit unverhohlener Neugier nach ihm umsahen. Keines von ihnen kam ihm bekannt vor. Schließlich ermahnten die Eltern sie, und sie sahen nicht mehr zu ihm her. Die Erwachsenen erkannte Arbogast fast alle, ohne ihr Gesicht zu sehen, und diejenigen, die ihm fremd waren, erriet er, indem er überlegte, neben wem sie saßen. Irgendwann öffnete sich die kleine Tür neben dem Altar, und ein junger Priester kam herein. Arbogast hatte den Deckel des Kästchens auf seinen Knien geöffnet und betrachtete lange die Billardkugeln darin, während alle sangen. Eine schwarze Kugel und zwei von so cremehellem Weiß lagen in den blauen Samt gebettet, daß man nicht umhin konnte, an sehr blasse Haut zu denken.

16

Anfang 1964 ließ der Direktor Arbogast zu sich rufen, und zum zweiten Mal, seit er in Bruchsal war, betrat er dessen Büro. Zunächst erkundigte sich Mehring, wie es ihm nach all der Zeit gehe, und Hans Arbogast betonte, daß er sich wohl fühle. Doch recht bald verstand er, daß ihn der Direktor wegen des Werkhofes hatte rufen lassen, jenes Stahlbetonbaus, der direkt an den Mauern des Zuchthauses errichtet worden war und in den nun die Werkstätten verlagert wurden.

»Zunächst einmal, Arbogast, werden dadurch die Arbeitsbedingungen der Betriebe entscheidend verbessert, die ja, wie Sie wissen, im Dachgeschoß der vier Flügel und in den Kellerräumen untergebracht sind. Vor allem aber wollen wir nicht mehr, daß in den Zellen gearbeitet wird.«

Arbogast war schockiert, als er verstand, worauf Mehring hinauswollte, und überlegte fieberhaft, was er erwidern sollte. Er wollte nicht mit anderen zusammen arbeiten. War nicht dieses ganze Gefängnis einmal errichtet worden, damit die Gefangenen für sich bleiben konnten?

»Es gab in den letzten Jahren immer mehr Proteste gegen die Zellenarbeit.« Mehring sah die Angst in Arbogasts Blick. »Das ist doch kein Problem für Sie, oder?«

»Nein, natürlich nicht.«

»Gut, Arbogast. Sagen Sie: Wie lange sind Sie jetzt schon hier?«

»Neun Jahre, Herr Direktor. Und zuvor war ich zwei Jahre in Untersuchungshaft in Grangat. Warum?«

»Neun Jahre! Eine lange Zeit!«

Mehring fixierte ihn einen Moment. Er hatte zu viele Gefangene erlebt, um nicht zu wissen, was in Arbogast vorging. Vor nichts hatte er soviel Angst wie vor Veränderungen. Die Zelle war sein Schutz. Aber vielleicht würde es bald überhaupt keine Zellen mehr geben?

»Die Zeiten ändern sich, Arbogast«, sagte er langsam und ließ den Blick nicht von dem Gefangenen. »Die Zeiten ändern sich.«

Arbogast nickte, ohne zu verstehen, was der Direktor meinte.

»Und Sie meinen, es gibt keine Probleme mit den andern?«

Seltsam, überlegte Arbogast, so lange hatte er schon nicht mehr daran gedacht, daß man ihm etwas tun könnte, daß der Gedanke ihn belustigte. Er mußte lächeln. Irgendwann zu Beginn seiner Zeit hier, das wußte er noch, hatte er begonnen, jedem zu sagen, daß er unschuldig sei, immer und immer wieder, auch wenn man ihn beim Hofgang schnitt und ihm auswich, und auch als man ihn einmal auf der Treppe angerempelt hatte. Dann hatte das aufgehört, ohne daß er noch wußte, wann. Nur zu sprechen hatte er trotzdem mit niemandem begonnen. Statt dessen hatte er irgendwann bemerkt, daß er sich immer häufiger räuspern mußte, wenn er etwas sagte, und er bekam Angst, seine Stimme könnte verkümmern. Schon nach wenigen Sätzen war seine Kehle rauh, und immer stärkerer Hustenreiz hinderte ihn am Weiterreden. Auch nachdem der Arzt ihn beruhigt hatte, man könne allein durch mangelnde Übung die Fähigkeit zum Sprechen nicht verlieren, befürchtete er doch beim Hofgang manchmal, nichts erwidern zu können.

»Warum lächeln Sie denn jetzt?«

»Ich weiß nicht. Ich bin unschuldig.«

»Ja, gut.«

Für einen Moment wußte der Direktor nicht, ob er sich Sorgen um Arbogast machen sollte oder ob er ihm nur einfach unheimlich war. Aber seit jenem Zusammenbruch nach dem Tod seiner Mutter und den zehn Tagen in der Arrestzelle hatte es keine Schwierigkeiten mehr gegeben. Was der üblichen Entwicklung entsprach. Nach sieben bis acht Jahren bekamen die meisten Lebenslänglichen, und manche noch etwas früher, den ersten Koller. Wenn sich das legte, waren sie entweder verrückt oder still. Und er glaubte nicht, daß Arbogast verrückt war.

»Gut, dann verlege ich Sie morgen in den vierten Flügel zu den Mattenmachern, und Sie fangen mit denen übermorgen an. Dann haben Sie auch mal etwas Abwechslung, Arbogast. Einverstanden?«

»Ja, natürlich.«

Arbogast nickte und wurde zurückgebracht. Es fiel ihm schwer, am nächsten Morgen die Zelle zu verlassen, in der er, wenn man von drei Tagen auf der Krankenstation und den zehn Tagen Arrest absah, die letzten neun Jahre seines Lebens gewesen war. Hatte in der Nacht versucht, sich nochmals die Geräusche einzuprägen, die für ihn von Jahr zu Jahr mehr zu seinem eigentlichen Ort geworden waren. Längst lebte er vertraut und sicher in der bestimmten und verläßlichen Anzahl von Schritten, die der Wärter vor der Zentrale bis vor seine Zellentür brauchte, im klappernden Blechgeschirr des Alten aus der Nachbarzelle, mit dem er nie gesprochen hatte, und im Glucksen der Heizungsrohre.

Der Tagesablauf änderte sich nun. Nach dem Frühstück rückte Arbogast mit den andern zur Arbeit aus. Vor den Zellen warteten sie auf die Betriebsmeister der verschiedenen Werkstätten, die morgens ihre Gefangenen abholten. Es wurde durchgezählt, dann ging es zum Treppenhaus, die Wendeltreppe hinunter in den Keller und von dort durch einen unterirdischen Gang zum Werkhof, wo sich die Werkstätten und auch die Küche befanden. Im vierten Stock war die Mattenmacherei, in der Sisal- und Kokosmatten hergestellt wurden, Automatten und Vorleger. Eine Polsterei und Korbmacherei gab es, auch Schlosser, Sattler und Schuster, eine Schreinerei, eine Wäscherei und die Druckerei. Im Keller die Bäckerei. Um elf Uhr fünfundvierzig kam Arbogast zum Mittagessen wieder in seine Zelle zurück, und um halb eins ging er wieder zur Arbeit. Hofgang war nun von halb vier bis halb fünf. Um siebzehn Uhr Einschluß. Wenige Tage nach seinem Umzug stand Arbogast gerade an der Wand unter dem Fenster und schaute sich Zentimeter für Zentimeter die fremdartigen Kratzer und Zeichen an, die nicht von ihm stammten und die er zu lesen versuchte wie einen Brief an ihn, als die Tür geöffnet wurde und der Lehrer hereinkam.

»Guten Abend, Arbogast«, sagte er freundlich, wies den Wachtmeister an, die Tür zu schließen, und setzte sich vor Arbogast auf die Bank. »Ich wollte mal sehen, wie es Ihnen in der neuen Zelle so geht.«

»Gut, danke.« Arbogast lehnte sich unter dem Fenster an die Wand und verschränkte die Arme.

»Und die Arbeit?«

»Gut.«

»Und die Kollegen? Kein Ärger?«

»Nein, kein Ärger.«

Man ließ ihn in Ruhe und hatte auch nichts dagegen, daß Arbogast bei einer Unterhaltung dabeistand und mitredete.

»Na prima. Dann hat sich ja alles doch noch aufs beste gelöst.«

»Aber ich bin unschuldig«, sagte Arbogast. »Ich gehöre nicht hierher.«

Der Lehrer nickte. »Darüber wollte ich mit Ihnen sprechen, Arbogast. Ich habe über den Brief nachdenken müssen, den Sie damals an Professor Maul geschrieben haben. Vielleicht wäre es ja eine gute Idee, so etwas noch einmal zu versuchen.«

»Wie meinen Sie das, Herr Ihsels?«

»Es ist nicht mehr alles so wie früher, Arbogast«, sagte der Lehrer langsam. »Die Stimmung gegenüber der Justiz wandelt sich. Man spricht sogar über eine Reform der Strafprozeßordnung. Und man hat in der letzten Zeit einige spektakuläre Justizirrtümer korrigiert. Ich habe Ihnen dazu einen Artikel mitgebracht.«

Ihsels zog einen Zeitungstext aus der Innentasche seines Sakkos, griff dann in die Brusttasche, zog einen zusammengefalteten Zettel heraus und legte beides im Aufstehen auf den Tisch. »Und eine Adresse habe ich auch für Sie. Vielleicht macht es ja Sinn, daß Sie dort Ihren Fall nochmals erläutern.«

»Vielen Dank, Herr Ihsels«, sagte Arbogast, als der Lehrer schon schellte und sich öffnen ließ.

»Aber kein Wort, woher Sie den Namen haben! Gute Nacht, Arbogast!«

Noch am selben Abend, als Hans Arbogast den langen Zeitungsartikel über den Fall Brühne gelesen hatte, in dem der Verfasser mit schärfsten Worten die Gerichte angriff, schrieb er an Fritz Sarrazin, den Vorsitzenden der »Deutschen Liga für Menschenrechte«, einen Brief. *Wenn Sie nicht nur aus Wichtigtuerei gegen die Justiz wetteifern, sondern wirklich etwas zugunsten eines unschuldig verurteilten Menschen tun wollen, so nehmen Sie sich meiner an.*

17

Fritz Sarrazin ließ das DIN-A5-Blatt braunen Papiers sinken und sah zu den Bergen hinüber. Das Jahr endete im Regen. Unten im Tal blitzte der See in den unzähligen Einschlägen der schwer trudelnden Tropfen, wenige Fahrzeuge huschten die Autostrada entlang. Niemand kam vom Norden via Lugano in den Süden, den Fritz Sarrazin von seinem Castello del Monte aus, wie er das Haus in Briefen gern nannte, nicht sähe.

»Der Mann sitzt seit elf Jahren wegen Mordes im Zuchthaus und behauptet, er sei unschuldig. Nun ja. Noch nie hat mir ein Verurteilter mit dem Eingeständnis seiner Verbrechen geschrieben. Alle waren sie, nach eigener Aussage, unschuldig.«

Er hätte es gern gehabt, wenn Sue etwas sagte. Sein Blick huschte über den Frühstückstisch und die blonden, noch ungekämmten Haare seiner Frau, deren Kopf immer wieder hinter der Zeitung verschwand, folgte dann dem offenen Revers ihres Morgenmantels, das sich über dem Tisch öffnete. Ihre Achsel spannte sich und eine Brust lag darin, noch müde vom Schlaf und so weich, als wäre sie noch viel jünger als die ihm sowieso schon unbegreiflichen dreißig Jahre. Er dachte daran, daß sie auch heute, wie jeden Tag, in der ersten Dämmerung nach Bissone hinuntergehen würden wegen der Nachmittagspost und um in der Albergo Palma einen Aperitif zu nehmen.

In Bruchsal saß der Mann. Er kannte Bruchsal. Sein Blick wischte nochmals nachdenklich über das Frühstück hin und blieb diesmal an der bunten Titelzeichnung des SPIEGEL hängen, der heute mit der Post gekommen war. 29. Dezember 1965. VERHALTENSFORSCHUNG: DER MENSCH UND SEINE INSTINKTE. Bildbeherrschend auf der linken Seite ein nacktes Paar, die Frau mit dem Rücken zum Betrachter, vor seinem Geschlecht eine Gans, die in diesem Zusammenhang wohl an Lorenzens Graugänse gemahnen sollte. Beide hatten je eine Elektrode am Bein, deren Kabel in die Ohren eines Frauenkopfes mündeten, der mit groß aufgerissenen Augen ins Leere starrte und dessen braune Haarfülle wiederum eine Art von Wolke bildete, aus der eine Rakete startete, deren Lenkflügel die Flaggen der UdSSR und der USA trugen. Hinter der Rakete ein rotgeschminkter großer Frauenmund und darüber, so daß die Spitze der Rakete zwischen die großen Brüste zielte, ein blauer weiblicher Torso.

Die Signatur am rechten unteren Bildrand lautete Kapitzke, was Fritz Sarrazin an den Helden eines Romans von Henry Jaeger denken ließ, in dem dieser die Verhältnisse gerade im Zuchthaus Bruchsal beschrieb, und der Labitzke hieß. Übermorgen war Silvester. Sarrazin schlug den SPIEGEL auf und versuchte zu lesen.

Adenauer hatte endlich auch den Parteivorsitz niedergelegt. Ludwig Erhard, Bundeskanzler: *Manche Probleme, die während vierzehn Jahren ungelöst blieben, konnten auch während meiner bisherigen kurzen Amtszeit nicht oder nicht voll bewältigt werden.* Ein Professor Josef Nöcker meinte, bei den Olympischen Spielen in Mexiko City werde es trotz der Höhenlage keine Toten geben.

Sarrazin unterbrach sich selbst.

»Ich war einmal in Bruchsal im Zuchthaus.«

»Ah ja, und wieso?« Sue sah nicht von ihrer Zeitung auf.

»Ich wollte die Zelle von Carl Hau besichtigen.«

»Hm.«

»Die Vorstellung war gespenstisch, daß Hau dort zwölf Jahre in Einzelhaft saß.«

Fritz Sarrazin blätterte weiter. In einem Artikel fiel ihm ein Photo der Sportlerin Heidi Biebl auf, das ihn sehr an Sue erinnerte. Vor allem der flache, beinahe gerade Schwung der Augenbrauen. Vor der Panoramascheibe des Wohnzimmers hatte Sue auf der Marmorplatte über dem flachen Heizkörper unzählige Blumentöpfe arrangiert. Sarrazin schob einige zur Seite, setzte sich und streichelte ein Bein seiner Frau von dort an, wo es über das andere geschlagen war, bis hinab zu den Fesseln, zog ihr die Pantolette vom Fuß und streichelte auch den. Endlich sah sie ihn an, und er strich an den Innenseiten ihres Oberschenkels hinauf und über die weiche, noch schlafwarme Haut.

»Kennst du die Geschichte von Carl Hau denn überhaupt?«

Er küßte sie aufs Knie, und sie schüttelte lächelnd den Kopf.

»Erzähl schon!«

»Der Kriminalfall des Dr. Carl Hau war der seltsamste und mysteriöseste vor dem Ersten Weltkrieg. Das eigentliche Tatgeschehen bestand darin, daß eines Abends die Witwe des Geheimen Medizinalrates Molitor in Baden-Baden, eine vermögende Dame, die in einer luxuriösen Villa lebte und im gesellschaftlichen Leben der Stadt eine große Rolle spielte, telephonisch gebeten wurde, auf das Hauptpostamt zu kommen, ein von ihr reklamiertes Aufgabeformular einer Depesche sei gefunden worden. Obwohl in Begleitung ihrer Tochter Olga, wird sie unterwegs und aus unmittelbarer Nähe erschossen.«

»Natürlich war der Anruf fingiert.«

»Natürlich. Das Hausmädchen glaubte die Stimme des Anrufers als die Carl Haus zu erkennen. Und rate mal, wer Hau war.«

»Sag schon!«

»Der Mann von Olgas Schwester Lina.«

»Ach! Und hatte er ein Alibi?«

»Ja und nein. Eigentlich befand er sich mit Frau und Kind in London.«

»Verstehe ich nicht.«

»Nun: Er war in London gewesen. Dort, gab er zu Protokoll, habe ihn jedoch ein Telegramm der STANDARD OIL COMPANY erreicht, bei der er beschäftigt war, er solle sofort nach Berlin reisen. Noch während der Überfahrt nach Calais beschloß er jedoch, nicht nach Berlin, sondern nach Frankfurt am Main zu fahren, wo er ein Telegramm an seine Frau des Inhalts aufgab, das Treffen mit seiner Firma sei dorthin verlegt worden. Dann bestellte er bei einem Frankfurter Friseur einen Vollbart und ließ eine Perücke, die er dabeihatte, in dessen Ton umfärben. Am Tag vor dem Mord ließ er sich beides anlegen und reiste mit dem Zug nach Baden-Baden. Durch seinen falschen Bart fiel er auf und wurde auch noch kurz vor dem Mord in der Nähe des Tatortes gesehen.«

»Alles klar, oder? Er wurde doch festgenommen?«

»Ja. Und zwar am nächsten Tag in London, wohin er sofort zurückgereist war. Man brachte ihn ins Untersuchungsgefängnis nach Karlsruhe, wo ihm der Prozeß gemacht wurde.«

»Und seine Frau?«

»Seine Frau hielt ihn zunächst für unschuldig. Da aber Carl Hau sein merkwürdiges Tun nicht erläutern wollte oder konnte, erklärte sie kurz vor dem Prozeß, sie habe jetzt auch keine Zweifel mehr, daß er ihre Mutter getötet habe. Das aber sei für sie ein unerträglicher Gedanke, und sie könne sich nicht damit abfinden, daß man während des Prozesses vor aller Welt ihre Familiengeschichte erörtern werde. Dann ging sie in den Pfäffiker See.«

»Oje.«

»Hau aber verweigerte weiter jede Aussage. Als sein Verteidiger ihn darauf hinwies, daß er ihn ebenfalls für den Mörder halten müsse, wenn er nicht spreche, sagte er: *Gut, halten Sie mich für schuldig und richten Sie Ihre Verteidigung darauf ein. Aber der Täter bin ich nicht gewesen.*«

»Was für ein seltsamer Kerl. Was weiß man denn eigentlich sonst noch über ihn?«

»Er war der Sohn eines Bankdirektors, der ohne Mutter aufwuchs und den der Vater vernachlässigte. Bereits als Gymnasiast soll er ein ausschweifendes Leben geführt und sich mit Syphilis angesteckt haben. Die Familie Molitor lernte er auf Korsika kennen, wohin er sich auf Anraten seines Arztes wegen eines Blutsturzes zur Erholung begeben hatte. Zuerst war die Familie strikt gegen eine Verbindung, so daß Lina und Hau in die Schweiz flohen. Als jedoch alles Geld aufgebraucht war, das Lina von der Bank abgehoben hatte, faßten sie den Entschluß, zusammen zu sterben. Carl Hau brachte seiner Geliebten auch einen Schuß in die linke Brust bei, die Waffe aber gegen sich selbst zu richten fehlte ihm offenbar der Mut. Zur Verantwortung gezogen wurde er nicht, sondern, ganz im Gegenteil, da ein Skandal drohte, baldigst die Ehe geschlossen.

Carl Hau führte dann sein Jurastudium in Washington zu Ende und fand bald eine Stelle als Privatsekretär des osmanischen Generalkonsuls in Washington. Er reiste oftmals nach Konstantinopel und hatte auch später als in Washington zugelassener Anwalt für mehrere Firmen dort zu tun. Dort führte er wieder ein sehr ausschweifendes Leben, das sich nur durch das Vermögen seiner Frau finanzieren ließ.«

»Also völlig verkommen.«

»Zweifellos war Hau, sagen wir einmal: seltsam. Das ist aber noch kein Motiv für den Mord an seiner Schwiegermutter.«

»Aber die Indizien waren doch wohl eindeutig.«

»Jedenfalls beteuerte Hau während des Prozesses, der im Sommer 1907 bei sehr großer Hitze vor dem Schwurgericht Karlsruhe begann, immer wieder, er sei nicht der Mörder. Er gab immer nur das zu, was man ihm nachweisen konnte, und für die entscheidende halbe Stunde, in der der Mord geschah, gab es nun mal keine Zeugen.«

»Aber Indizien!«

»Wie man will. Andererseits mutet doch dieses ganze Theater mit falschem Telegramm, Bart und Perücke viel zu offensichtlich und durchschaubar an, als daß ein derart intelligenter und auch beherrschter Mann wie Hau glauben konnte, damit jemanden zu täuschen. Das war alles viel zu auffällig. Und paßte überhaupt nicht zum Auftreten Haus vor Gericht.«

»Ein Geheimnis?«

»Vielleicht. Jedenfalls bekam seine Weigerung, Auskunft darüber zu geben, warum er eigentlich in Baden-Baden und derart kostümiert gewesen war, und noch über einige andere, im Vorfeld des Mordes geschehene Dinge, die uneingelöste Schecks und weitere mysteriöse Telegramme betrafen, im Verlauf des Prozesses etwas seltsam Glaubwürdiges. Es schien immerhin denkbar, daß der Verdacht zu offensichtlich gewesen war und sich hinter der Schweigsamkeit des so kultivierten Angeklagten etwas verbarg, das er auf gar keinen Fall preisgeben würde, auch wenn es ihn selbst den Kopf kosten sollte.«

»Und? Was geschah dann im Prozeß?«

»Für eine Weile folgte man einer Eifersuchtsspur, die sehr erfolgversprechend schien.«

»Ach!«

»Ja. Vielleicht wurde Frau Molitor an jenem Abend auch zum Postamt gerufen, damit ihre Tochter Olga allein zu Hause zurückblieb.«

»Das hieße, Hau hätte die Schwiegermutter aus dem Haus gelockt, um Olga allein zu sehen.«

»Genau.«

»Ein Stelldichein.«

»Oder er wollte ganz im Gegenteil Olga erschießen, die seine Liebe nicht oder nicht mehr erwiderte.«

»Oder er hatte es doch wegen der Erbschaft getan.«

»Jedenfalls war die Spannung während des Prozesses enorm. Die Masse der Zuschauer war schließlich ganz auf seiten von Hau, dessen ruhiges und entschiedenes Auftreten, verbunden mit dem Verdacht der unausgesprochenen Liebe zu Olga, sehr beeindruckte. Der Andrang wurde von Tag zu Tag größer. Am Tag der Urteilsverkündung gab es Demonstrationen, die Polizei griff ein, Tausende belagerten das Gerichtsgebäude, und zwei Regimenter des Leibgrenadierregiments gingen schließlich mit aufgepflanztem Seitengewehr gegen die Volksmassen vor, bis schließlich um zwei Uhr nachts das Urteil verkündet wurde: Schuldig des Mordes an Frau Molitor. Der Staatsanwalt stellte daraufhin den Antrag, den Angeklagten zum Tode zu verurteilen. Das Gericht entsprach dem.«

»Und?«

»Wenige Wochen später wurde Hau vom Großherzog von Baden begnadigt. Seine Strafe wurde in lebenslanges Zuchthaus umgewandelt.«

»Ach: Bruchsal!«

»Ja, genau. Er kam nach Bruchsal. Dort blieb er für zwölf Jahre in Einzelhaft und kam 1924 nur unter der Bedingung frei, sich weder Olga Molitor, die inzwischen einen anderen Namen angenommen hatte und in der Schweiz lebte, zu nähern, noch den Prozeß zum Gegenstand sensationeller Darstellungen zu machen. Über die zweite Bedingung setzte er sich schnell hinweg. Schon im folgenden Jahr erschienen bei Ullstein in Berlin zwei Bücher: DAS TO-

DESURTEIL. DIE GESCHICHTE MEINES PROZESSES und LEBENSLÄNGLICH. ERLEBTES UND ERLITTENES. Daraufhin wurde erneut Haftbefehl gegen ihn erlassen. Hau floh nach Italien und nahm sich dort 1926 das Leben.«

»Nein!«

»Doch.«

Fritz Sarrazin schwieg einen Moment. Jener Brief aus Bruchsal hatte ihn unruhig werden lassen. Er mochte es, daß man ihm eine gewisse Eile nachsagte, schließlich erzählte er selbst gern, er sei drei Wochen zu früh zur Welt gekommen, und zwar am neunten März 1897 im Orient-Expreß auf einer Reise seiner Eltern von Konstantinopel nach Hause. Die Frage war nur, was er nun aufgrund jenes Briefes unternehmen sollte.

Zuletzt hatte er sich im Fall Brühne engagiert und anläßlich der vertuschten Nazi-Vergangenheit des Bundespräsidenten Lübke die deutsche Justiz öffentlich vehement attackiert. Gäste führte er gern in sein Archiv und zeigte ihnen einige der Großoktavbände, in die er seine Artikel und Essays, Pamphlete und Berichte hatte einbinden lassen. Sproß eines Nebenzweiges der berühmten Familie Sarrazin und Sohn eines Genfer Hoteliers, war er noch vor dem Ersten Weltkrieg Gerichtsreporter in Frankfurt, Berlin und Wien gewesen, wo er nebenbei Kriminalistik und Kunstgeschichte studierte. Den Krieg hatte er in Südamerika verbracht, wo er unter anderem als Berater der MERCEDES-BENZ DO BRASIL S. A. tätig war, Henri Nannen holte ihn später zum STERN, danach ging er als Leitartikler der ABENDZEITUNG nach München und lebte nun schon seit Jahren wieder in der Schweiz und schrieb Romane.

Fritz Sarrazin war eher klein, wirkte etwas behäbig und trug das weiße Haar immer etwas zu lang und streng nach hinten gekämmt. Zumeist trug er eine etwas auffällige Hornbrille mit großen Gläsern, und der Blick darin war auch jetzt noch so ungewöhnlich aufmerksam, daß man ihn mitunter für kindlich hielt. Er hatte eine

Vorliebe für helle Leinenanzüge und trug Fliege. Und als er dann am Abend noch einmal den Brief Hans Arbogasts las, entdeckte er seltsamerweise zum ersten Mal den Namen Heinrich Maul. Maul war ihm durchaus kein Unbekannter.

Und so würde Sarrazin spät an diesem Abend eine Entscheidung fällen, in sein Arbeitszimmer gehen und einen Brief an Dr. Ansgar Klein schreiben. Dem Brief an den in Fachkreisen sehr geschätzten Strafverteidiger aus Frankfurt am Main, der unter anderem im Fall Rohrbach ein Wiederaufnahmeverfahren erreicht hatte, würde er denjenigen Hans Arbogasts beilegen, bei dem er sich wiederum mit einer kurzen Karte für sein Vertrauen bedankte und Grüße zum neuen Jahr sendete. Beide Postsachen würde er dann noch am nächsten Tag, dem letzten des Jahres 1965, zum Schalter bringen, bevor dieser schloß und sich jene seltsame Erwartung auch über den kleinen Ort im Tessin legte, der noch etwas stiller zu werden schien als sonst, von einem ganz dünnen Nieselregen bedeckt bis zum Abend.

Jetzt aber räusperte Sarrazin sich, sah Sue einen Moment lang an und sprach weiter.

»Ende der 20er Jahre war ich mal in Bruchsal und habe mir die Zelle angesehen. Unheimlich, sage ich dir. Daß da ein Mensch so viele Jahre allein drin ist. Nur dieser Tisch und dieses Bett und dieser Stuhl. Und das Fenster zu hoch, um hinaussehen zu können.«

»Und da sitzt jetzt auch der, der dir heute geschrieben hat?«

Sarrazin antwortete nicht. Er sah hinab auf die Straße, die das Mittelmeer mit Nordeuropa verband. Es regnete nicht mehr.

»Willst du dein Horoskop hören?« fragte Sue schließlich.

»Hm.«

»Also hör zu. *Acquario: la luna vi è propizia, ma state attenti a fare sempre una cosa per volta.*«

Er sah zu, wie sie die Wörter mit ihrem kaum noch erkennbaren Akzent formte, der nicht mehr war als ein besonderer Zungenschlag, dazu da, ihn daran zu erinnern, wie er sie zum ersten Mal hatte. Es war in einem Seminar, zu dem er einmal an die Westküste der USA eingeladen worden war. Immer dienstags um elf Uhr hatte er seine Stunde in einem großen Raum abgehalten, dessen Fensterfront sich zum Meer öffnete und ihr Gesicht in einen Glanz faßte, von dem er sich nicht abwenden konnte. Eine Schule Delphine sprang jeden Morgen ganz nah am Strand.

18

»Arbogast, Sie haben Besuch!«

Es war an einem späten Nachmittag irgendwann Anfang Februar 1966, als man Hans Arbogast in die Besucherzelle brachte. Er hatte schon lange keinen Besuch mehr gehabt, und da sich auch niemand angekündigt hatte, wußte er nicht und überlegte den ganzen Weg, wer es sein konnte.

Auch Dr. Klein war nervös. So war es noch bei jedem neuen Klienten, und er mußte darüber lächeln. Wie zumeist in derartigen Situationen dachte er daran, sich einmal als Heranwachsender verzweifelt bemüht zu haben, einem Brieffreund in England die beginnenden politischen Unruhen durch einen Tonfall vergessen zu machen, den ihn sein Elternhaus wie einen Zauber gegen alle bedrohliche Realität gelehrt hatte. In einer Frühstücksdose aus Weißblech rettete er die Korrespondenz, die 1938 mit nichtssagenden Abschiedsformeln endete, über den Krieg. Er mußte an die Briefe denken, von denen er nicht einmal wußte, wo er sie aufbewahrte. Es war eine andere Zeit. Hätte er Kinder, würde er sie in Amerika studieren lassen, dachte er oft, doch er hatte keine Kinder, und zwei Jahre waren vergangen, seit die letzte Frau ausgezogen war. Sorgsam zupfte er die weißen Hemdsärmel unter dem Sakko beinahe bis zu seinen Lieblingsmanschettenknöpfen hervor, deren schmale goldene Rahmung flache Bernsteine faßten. In einem von ihnen eine winzige Mücke.

Als Arbogast hereingebracht wurde, stand er sofort auf und streckte ihm die Hand entgegen. Er war recht groß und hager. Die wenigen Haare, die ihm verblieben waren, trug er kurz geschoren. Sein Lächeln war dünn, aber gewinnend. Er sieht sehr gut aus, dachte Hans Arbogast im selben Moment, als er ihn zum ersten Mal musterte, und räusperte sich. Hoffentlich versagt meine Stimme nicht.

»Gestatten Sie, daß ich mich vorstelle: Dr. Ansgar Klein, Strafverteidiger.«

19

Zur selben Zeit ging eines der schweren Gewitter, die für diese Jahreszeit typisch waren, im Tal nieder und verfinsterte den See schon am Mittag so sehr, daß man meinen konnte, es würde wieder Nacht. Fritz Sarrazin stapfte den Garten hinauf und beeilte sich, ins Haus zu kommen. Sorgsam verschloß er die Verandatür. Auch im Wohnzimmer war es so dunkel, daß er zunächst beinahe nichts sah. Das Haus lag still bis auf den Regen, der unermüdlich gegen das Glas trieb. Er wischte sich Tropfen von der Stirn und überlegte, wo Sue sein mochte. Dann sah er sie. Ganz nah bei ihm, doch fast verborgen in den Falten der grüngoldenen Brokatvorhänge, in denen sie noch tiefer verschwand, als ein langanhaltender Donner, von seinem Echo vielfach umwittert, durch das ganze Tal rollte, immer näher kam, um dann in Richtung Lugano zu versickern. Erst, als es wieder nahezu still war, sah sie ihn an.

»Es trifft uns schon nicht«, versuchte er sie, wie immer, zu beruhigen.

Sie kam, immer dicht an den bergenden Schluchten des Vorhangs entlang, zu ihm herüber und vertauschte deren Schutz gegen die Kuhle seiner Achsel. Insgeheim wußte er, daß ihre Angst sich vor allem um seine Männlichkeit bemühte, und genoß es doch.

»Hast du schon mit dem Anwalt gesprochen?«

»Nein, warum?«

»Ich wüßte gern, was er von Arbogast hält.«

»Ich glaube, er wollte heute zu ihm. Warum interessiert dich das so sehr?«

»Ich mußte viel an das Mädchen denken, an diese Maria.«

»Marie, sie hieß Marie Gurth.«

»Meinst du, er war es?«

Sarrazin überlegte. Diese Frage hatte er sich seltsamerweise so konkret noch gar nicht gestellt.

»Ich glaube nicht«, antwortete er schließlich zögerlich. Und tatsächlich war es vor allem eine Empfindung, die ihn dazu brachte, sich in der Sache Arbogasts zu engagieren.

»Nein, eher nicht.«

»Warum denkst du das?«

Fritz Sarrazin zuckte mit den Schultern. Er wußte, warum Sue fragte. Er hatte sich aus dem Archiv der MÜNCHNER ABENDZEITUNG das Pressematerial schicken lassen und es ihr heute gezeigt. Die Mappe, die noch auf dem großen Eßtisch liegen mußte, enthielt ein Photo der Toten, wie sie sich nackt in ein Brombeergesträuch zu schmiegen schien. Sues Hand lag auf seinem Bauch, als kontrolliere sie seinen Atem.

»Wie das wohl ist, bei der Liebe zu sterben?«

Fritz Sarrazin schien es, als streife ein kalter Kuß seine Lippen. Und für einen Moment stellte er sich wirklich vor, wie es wäre, er hielte Sue und plötzlich sackte sie weg. Eine unachtsame Bewegung, mehr bedurfte es nicht, und ihr Blick glitte für immer an ihm ab. An ihrem Hals seine Hand, in die ihr Schädel fiele, so nachgiebig wie nie zu Lebzeiten. Ihre schweigende Haut dann. Alle Geheimnisse mit einem Mal unverstellt, dachte er und wußte doch nicht, welche. Für immer dann nur noch sein Atem. Ob er im selben Moment aufhören würde, sie zu lieben, und ob er neben ihr wachen würde und warten, bis sie auskühlte, fragte er sich. Sarrazin schüttelte die Empfindung mit einem Achselzucken ab.

»Meinst du, man wird jetzt untersuchen, was damals wirklich geschehen ist?« insistierte Sue.

Sarrazin zögerte und sagte dann: »Ein Wiederaufnahmeverfahren zu erreichen ist ungeheuer schwer. Die Justiz begreift das Ansinnen hinter diesem Versuch, nämlich die Vermutung, in einem Verfahren könnte nicht die Wahrheit ermittelt worden sein, sozusagen als Beleidigung.«

»Also hat Klein eigentlich keine Chance?«

»Das will ich nicht sagen. Im Fall Rohrbach hat er die Wiederaufnahme hingekriegt. Und dann auch noch gewonnen. Er muß neue Beweismittel ausfindig machen, die, wären sie beim Prozeß bekannt gewesen, sehr wahrscheinlich die Urteilsfindung maßgeblich beeinflußt hätten. Kann er das glaubhaft machen, wird ein Wiederaufnahmeverfahren zugelassen.«

»Und dann?«

»Und dann? Dann beginnt der Prozeß wieder von vorn.«

Das Gewitter hörte noch lange nicht auf. Immer wieder lief der Donner durchs Tal und der Regen Sturm gegen die Fenster, während Echos sich überschlugen, bis sie wütend über dem Haus aneinanderknallten. Sue strich Sarrazin jetzt mit der Hand über den Bauch. Sarrazin bemühte sich sehr, nicht an den Tod zu denken. Weder an den des Mädchens noch an seinen eigenen, über den er in letzter Zeit oft nachdachte. Aber vor allem bemühte er sich, nicht an Sues Tod zu denken, egal, ob von seiner Hand oder in seinen Armen.

»Ich müßte kotzen«, sagte er schließlich in die Stille hinein.

»Was meinst du?«

»Wenn du plötzlich sterben würdest, während wir uns lieben.«
»Warum müßtest du denn da kotzen?«
»Vor Einsamkeit.«

20

Dr. Klein fuhr seit kurzem einen weißen Mercedes 300, dessen kleine Heckflügel ihm vor allem gefallen hatten. Es war ein Automatikmodell, der Wahlhebel am Lenkrad, und Ansgar Klein genoß es, daß die einhundertsechzig PS den Wagen auch noch bei hundertsiebzig Stundenkilometer völlig mühelos bewegten. Mit der Vollmacht, die Arbogast ihm erteilt hatte, fuhr er vom Zuchthaus direkt weiter nach Grangat, um bei der Staatsanwaltschaft die Gerichtsakten einzusehen. Dort erfuhr er auch, wo er den ersten Anwalt von Hans Arbogast finden konnte. Man verwies auf den Ratskeller, wo er um diese Zeit für gewöhnlich zu Mittag esse.

Klein ging die kurze Strecke zum Marktplatz zu Fuß. Eine breite Treppe führte in das Gewölbe hinab, das nicht sonderlich belebt war. Durch die Fenster fielen schmale Bahnen hellen Lichts herab, in denen Staub tanzte und einige der weißgedeckten Tische strahlten. An einem von ihnen saß ein vierzigjähriger Mann, der kauend nickte und ihn mit einer Geste des Messers aufforderte, Platz zu nehmen, als Klein sich vorstellte und fragte, ob er Winfried Meyer sei.

Aber natürlich habe er Arbogast seinerzeit für unschuldig gehalten! Und das tue er auch heute noch. Meyer hatte unter schweren Lidern aufmerksame Augen und musterte Ansgar Klein sehr genau. Er winkte einen Kellner herbei, ließ noch ein Glas bringen und schenkte ihm aus einer Karaffe Rotwein ein. Warum er dann nach der Ablehnung seines Antrags nichts mehr unternommen habe? Meyer lächelte und prostete ihm zu.

»Aber Herr Kollege! Sie wissen doch, wie schwierig es ist, ein Wiederaufnahmeverfahren zu erreichen. Ich habe wirklich alles versucht.«

Ansgar Klein nickte.

»Verstehen Sie mich bitte nicht falsch. Es ist ein Skandal, daß Hans Arbogast aufgrund jenes furchtbaren Gutachtens seit 1955 im Zuchthaus sitzt. Aber andererseits: Wenn wir nicht nur jedes Urteil durch alle Instanzen schicken, sondern auch noch permanent Wiederaufnahmeverfahren anstrengen, kollabiert die Justiz.«

Ansgar Klein nickte wieder. Meyer hatte zweifelsohne recht. Ein Urteil verdankte sich der Autorität der Gesetze und der Gewissenhaftigkeit des Verfahrens. Und das bedeutete, daß jedes Wiederaufnahmeverfahren diese Autorität in Frage stellte. Die Frage war nur, wie viele Infragestellungen das System verkraftete.

»Verstehen Sie, Herr Kollege: Ein Urteil muß endgültig sein. Insofern kann ich mit den Entscheidungen der Justiz leben.«

»Ja, ich verstehe.«

Ansgar Klein wußte nicht mehr, ob es sinnvoll war, dem Anwalt all die Fragen zu stellen, die er vorbereitet hatte. Immer wieder huschten Meyers wache Augen zu ihm hoch, während er langsam weiteraß. Doch Klein schwieg und überlegte statt dessen, wie es wohl sein mochte, als Anwalt in einer solchen Kleinstadt zu leben, Jahr für Jahr, und musterte den Teller. Es gab Königsberger Klopse mit Serviettenknödeln. Ansgar Klein gab sich einen Ruck.

»Und warum haben Sie Ihren Mandanten fast nie besucht?«

Meyer sah ihn nur an und überlegte blinzelnd.

»Egal«, sagte Klein mit einem Mal schroff und stand auf. »Jetzt ist es jedenfalls mein Fall, und ich würde Sie bitten, öffentlich nicht mehr zu Hans Arbogast Stellung zu nehmen.«

Als Ansgar Klein die Treppe hinaufstieg und sich noch einmal zu dem Tisch umsah, der in einer hellen Lichtbahn lag, glitzerten Meyers Augen darin, und Ansgar Klein war froh, diesem Blick zu entkommen. Erleichtert machte er sich auf zum GRANGATER TAGEBLATT und ließ dort im Archiv die Presseberichte zum ersten Prozeß gegen Hans Arbogast heraussuchen. Da er am Mittag nichts gegessen hatte, war er schon früh zum Abendessen im Hotel, dem PALMENGARTEN, und auch früh auf seinem Zimmer, wo er das Aktenmaterial auf der überflüssigen Seite des Doppelbettes ausbreitete und bis spät in die Nacht durchsah. Noch als er das Licht schon gelöscht hatte, wirbelten die Fakten des Falles in seinen Gedanken durcheinander und die Gefühle von Arbogasts Frau, die Meinungen der Presse und die des Anwalts, das Plädoyer des Oberstaatsanwalts und die Ansichten all der anderen Menschen, die sich mit Arbogast beschäftigt hatten. Als diese Stimmen endlich verstummt waren, blieb ihm als letztes Bild vor dem Schlaf eine erste Vorstellung davon, wie Arbogast jenes Mädchen umarmt haben mochte. Wie er sie in jener Nacht im Arm hielt und wie sie dann tot war. Was wohl hatte Arbogast in jenem Moment empfunden, fragte sich Klein, und in die Stille jener Frage kam der Schlaf.

21

Am nächsten Morgen war Ansgar Klein um zehn Uhr wieder in Bruchsal. Während er auf seinen Mandanten wartete, dachte er an ihr gestriges Gespräch. Im nachhinein wunderte er sich über Arbogasts Ernst, über diese seltsame Form der Unnahbarkeit, die er ausstrahlte. Auch unter der gegebenen Lage hatte er von dem Sohn eines Wirtes eigentlich ein verbindlicheres Auftreten erwartet. Etwas Frostiges umgibt ihn, dachte Klein und packte die Akten des ersten Prozesses aus. Als Hans Arbogast in den Besuchsraum kam, war der Tisch mit Unterlagen übersät, und Ansgar Klein schaute mit einem Blick auf, als müßte er erst überlegen, wen er vor sich hatte. Der Sträfling setzte sich und nickte dem Anwalt zu.

»Das alles war kurz vor der Bundestagswahl, nicht?« begann Klein das Gespräch.

Arbogast zuckte mit den Schultern und schwieg. Der Anwalt musterte ihn nun genauer als gestern. Nichts in seinem Gesicht schien sich zu regen.

»Haben Sie Adenauer gewählt?«

Hans Arbogast räusperte sich lange. »Ich hab gar nicht gewählt an diesem Sonntag«, sagte er dann mit belegter Stimme.

»Am Montag, den 7. 9. 1953, haben Sie sich gestellt?«

»Genau.«

»Ich verstehe. Sie hatten an diesem Wochenende sicherlich andere Sorgen. Aber zur Sache: Zunächst sagten Sie lediglich aus, Frau Gurth am ersten September mitgenommen, an der Landstraße wieder abgesetzt und ihr die Handtasche für Ihre Frau abgekauft zu haben. Da bestritten Sie noch, mit Frau Gurth auch nur das geringste *gehabt* zu haben. Später gaben Sie dann zu Protokoll, Frau Gurth sei in Ihrer Gegenwart plötzlich gestorben. Und schließlich erklärten Sie, sie sei unter Ihrer tätlichen Einwirkung, allerdings ohne Ihren Vorsatz gestorben.«

»Ja.«

»Dieses Geständnis widerriefen Sie aber später wieder, da es angeblich erpreßt worden sei.«

»Ja.«

»Sie waren vorbestraft. Als Metzgerlehrling sollen Sie besonders roh mit Rindern und Kälbern umgesprungen sein. In der BADISCHEN ZEITUNG vom 13.1.1955 lese ich: *Arbogast erscheint nach den Beschuldigungen der Staatsanwaltschaft als ein roher Sadist und Triebmensch.*«

»Ich habe Marie Gurth nicht umgebracht. Und ich bin kein Sadist.«

»Professor Maul schilderte damals sehr plastisch, wie die Tat sich seiner Ansicht nach abgespielt hat.«

»Wir haben uns geliebt, und dann war sie plötzlich tot. Das ist die Wahrheit.«

Hans Arbogast bemerkte, wie das Kratzen in seiner Kehle nachließ.

»Aber Sie haben selbst ausgesagt: *Dabei muß das Furchtbare geschehen sein. Ich muß ihr dabei die Luft abgestellt haben.* Meinten Sie mit Luftabstellen etwa keine Strangulation?«

»Nein, eben nicht. Ich habe Sie am Hals gehalten.«

»Und ganz zufällig erwürgt?«

»Nein. Ich weiß nicht.«

»Professor Dr. Kasimir, der Sie sechs Wochen lang untersucht hat, glaubte Ihnen ebenfalls nicht und stimmte aus psychiatrischen Gesichtspunkten dem Befund von Professor Maul zu. Kasimir sagte aus, Sie wüßten genau, was Sie getan hätten, wollten es nur nicht offenbaren und sagten ganz offensichtlich die Unwahrheit, was sich an verschiedenen Symptomen klar feststellen lasse.«

»Ich bin unschuldig.«

»Auch Dr. Schwarz vom Gesundheitsamt Grangat, der Sie ebenfalls untersucht hat, geht davon aus, daß, ich zitiere, *A. die Frau G. langsam zu Tode brachte, wobei er sie in roher Weise mißhandelte und sexuell mißbrauchte. Ein solches Vorgehen entspricht der Persönlichkeit des A. Wie schon früher festgestellt, ist A. ein roher und brutaler Mensch, der zu sadistischen Handlungen neigt. Sicher ist, daß er sie bestialisch mißhandelte, mißbrauchte und sich an ihren Leiden sexuell erregte. Er brachte die Leiche in die Nähe des Ortes der ermordeten Neumeier, die unter ähnlichen Umständen umgebracht worden ist.* Haben Sie auch Frau Neumeier umgebracht?«

»Nein, natürlich nicht. Aus den Ermittlungen, die damals im Prozeß angekündigt worden sind, wurde ja auch nie was.«

»Und doch will Professor Kasimir beobachtet haben, daß sich Ihr Verhalten bei der Nennung des Namens Barbara Neumeier jedesmal auffallend verändert habe. Zitat: *Er wurde unruhig und hat hörbar geschnauft.* Warum haben Sie geschnauft, Herr Arbogast?«

»Ich weiß nicht mehr, ob ich geschnauft habe, als der Professor Frau Neumeier erwähnte. Das war doch damals die Sache mit dem Autobahnmörder, und plötzlich dachten alle, ich sei das.«

»Der Oberstaatsanwalt Oesterle sprach in seinem Plädoyer von Ihrer abgrundtiefen Verderbtheit, Arbogast. Sie hätten, sagte er, Ihren Verstand dazu mißbraucht, tierischer als ein Tier zu sein. Es könne mit Sicherheit angenommen werden, daß Sie einer der schlimmsten Sexualverbrecher seien, die in Baden ihr Unwesen getrieben haben. Sie hätten Ihr Sexualverbrechen ganz planmäßig in grausam-sadistischer Weise mit dem Vorsatz ausgeführt, zu töten, wobei Sie die Gegenwehr des Opfers rigoros unmöglich machten.«

Für einen Moment schoß das Gefühl durch Hans Arbogast hindurch, seine Beine nicht mehr bewegen zu können. Aber tatsächlich gab es ja auch keinen Ort, wohin er hätte gehen können. Nur jenen einen Weg zurück in die Zelle, in die man ihn bringen würde, wenn Klein sich verabschiedet hatte. Alles sinnlos, dachte er und mußte lachen bei dem Gedanken an die Hoffnung, die er in seinen Brief an Fritz Sarrazin gesetzt hatte. Rechtsanwalt Meyer kam ihm wieder in den Sinn, der nach dem Prozeß nur noch ein einziges Mal hierhergekommen war, und Hochwürden Karges. Letztlich, dachte Arbogast und schüttelte grinsend den Kopf, würde der Priester also recht behalten: Schuldig. Der Blick Hans Arbogasts ging an Dr. Klein vorbei zum glimmenden Weiß der gestrichenen Fenster, durch die man heute wie Schatten die Gitterstäbe sah. Er blinzelte eine Weile in diese Helle hinein. Draußen war ein klarer sonniger Wintertag.

»Sie glauben mir also nicht«, sagte er leise in das Weiß.

Dann sah er den Anwalt an und lächelte. »Aber warum sind Sie hier, Herr Dr. Klein?«

Der Anwalt war völlig überrascht von der Reaktion seines Mandanten. Er verstand nicht, warum er jetzt lächelte. Statt dessen begriff er zum ersten Mal, daß Arbogast doppelt inhaftiert war, im Zuchthaus und dazu noch in sich selbst. Aber was, fragte er sich, war darin verborgen? Und hatte Arbogast recht mit der Vermutung, er glaube ihm nicht? Ansgar Klein schob die Unterlagen zusammen und verstaute sie umständlich und sehr langsam in seiner Aktenmappe, bevor er Arbogast antwortete.

»In der Urteilsbegründung des Richters steht der Satz: *So ergab sich aus dem Bild der Getöteten und des Täters mit medizinischer und juristischer Akribie das Bild der Tat, bei der außer dem Opfer und dem Mörder niemand zugegen war.* Das klingt beinahe poetisch, finden Sie nicht, Herr Arbogast? Nur Sie wissen, was an jenem ersten September geschah.«

Ansgar Klein stand auf und nickte dem Beamten auf dem Stuhl neben der Tür zu. Dann streckte er Arbogast die Hand zum Abschied entgegen und lächelte sein dünnes Lächeln, an das sein Mandant sich würde gewöhnen müssen.

»Um aber auf Ihre Frage zurückzukommen: Doch, ich glaube Ihnen, Herr Arbogast.«

22

Arbogast legte den Rasierapparat auf den Waschbeckenrand, tupfte sich die Haut mit dem Handtuch ab und strich sich über die Wange, während er sein Gesicht in dem kleinen Metallspiegel betrachtete. Nach den Veränderungen des Bartwuchses teilen Männer die Zyklen ihres erwachsenen Lebens. Wenn die Haare irgendwann gänzlich hart und spröde werden, ist die Jugend der Haut endgültig ausgetrieben. Arbogast strich die tiefen Falten neben den Mundwinkeln mit Daumen und Zeigefinger entlang. Manchmal fragte er sich, wie es wohl sein mochte, jetzt jemanden zu küssen mit diesem Mund.

Und wie immer bei dem Gedanken, was sein würde, wenn er irgendwann aus dem Gefängnis kommen sollte, mußte er an seinen Wagen denken. Die ISABELLA war sein Traumauto gewesen, das er sich, als 1952 einmal ein Geschäft funktioniert hatte, sofort und ohne zu überlegen kaufte. Und wenn er heute daran dachte, schien es ihm seltsamerweise schon damals so, als wäre das zu früh gewesen und als hätte er eigentlich noch gar kein Anrecht auf den Wagen gehabt. Die Nachricht von Borgwards Pleite war dann 1961 eine der Meldungen gewesen, die Arbogast plötzlich der Gleichförmigkeit hier drinnen entriß und ihn spüren ließ, was es bedeutete, daß Zeit verging. Daß nämlich bald nichts mehr so sein würde, wie er es kannte. Daß es den Borgward-Händler nicht mehr gab, bei dem er seinen Wagen gekauft hatte. Daß überhaupt niemand mehr von dieser Marke sprach. Die Anzeigen im GRANGATER TAGEBLATT mit den neuen BMW-Modellen blieben ihm fremd. Um so mehr beruhigte ihn, die ISABELLA eingeölt und zugedeckt in einer Garage zu wissen.

Ist aber auch bald lang genug, dachte er dann. Und trotzig gewöhnte er sich für einen Augenblick wieder an den Gedanken, frei zu sein, während er direkt vom Gesprächsraum über den Gang im Keller der Zentrale zurück in die Mattenmacherei gebracht wurde, aus der man ihn zum Gespräch mit Dr. Klein geholt hatte. Dachte er beim Arbeiten ständig an das Gespräch mit Dr. Klein, um etwaige Indizien zu entdecken, dem Anwalt vertrauen zu können, so holte er später in der Zelle und noch bevor das Essen kam, den Brief Fritz Sarrazins wieder hervor. Er versuchte, sich Sarrazin vorzustellen. Er rief sich in Erinnerung, wie Dr. Klein ihn angesehen hatte. Draußen auf den Gängen das übliche Hin und Her und Geklapper am Mittag. Dann kam das Essen, und es wurde still. In einer Stunde würde er wieder hinübergebracht werden. Er saß an seinem Tisch und konnte nicht essen.

Lange hatte er schon nicht mehr bemerkt, wie still es hier sein konnte. Ihm schoß der Gedanke durch den Kopf, und es schien ihm dies tatsächlich für einen Moment eine Neuigkeit zu sein, daß die Tür verschlossen war. Ihm wurde übel. Immer wieder war Marie, während sie rauchten und darauf warteten, daß ihre Lust sich erneuerte, mit dem kleinen Finger ihrer Linken dem eingravierten Schriftzug ISABELLA auf der kleinen Tafel in der Mitte des Armaturenbrettes gefolgt, während die Asche der Zigarette, die sie dabei im Mund hatte, wuchs. Er hatte sich dann zu ihr gebeugt und ihre Achselhöhle geküßt, bis die Asche zitternd abgefallen war. Sie hatte gelacht. Und er hatte gefragt. Ihr Gesicht war mit diesem ihrem Lachen, das ihn so glücklich machte, nah an seines geraten, und sie hatte erzählt. Leise hatte sie ihm von Berlin erzählt und der Flucht mit ihrem Mann und von den Kindern, die bei der Schwiegermutter geblieben waren, wie sehr sie ihr fehlten, und vom Leben im Lager.

Er kannte Flüchtlinge nur aus der Zeitung und den Geschichten derer, die nach dem Krieg Einquartierungen gehabt hatten. Im Flüchtlingslager Ringsheim war er nie gewesen. Sie küßte ihn auf die Wange und sprach dabei fast unhörbar leise und so nah, daß ihre Lippen an seiner Haut zärtlich die Wörter formten und ihr feuchter Atem zu seinem Auge hinaufstrich. Es war eines der üblichen Reichsarbeitsdienstlager, deren Baracken aus Fertigteilen zusammengeschraubt waren, lange schmale Gebäuderiegel mit Blech, in denen bis zum Kriegsende eine Flak-Batterie gelegen hatte. Jeder Raum hatte vorn und hinten ein Fenster und vor der Tür einen kleinen Garten für Gemüse und Kartoffeln, den in jedem Herbst der Regen überspülte. Die Holzböden begannen wegzusacken. Die Abortbaracke war zehn Minuten entfernt. Jedes Geräusch der Nachbarn hörte man. Wenn ihr Mann, erzählte sie, tagsüber in Grangat zur Arbeit war, saß sie stundenlang einfach still da und hoffte, man nahm an, sie sei außer Haus. Dann kam für einige Stunden niemand herein und niemand rief sie oder klopfte an die Tür oder die Fenster, deren Vorhänge aus Fahnenstoff sie dicht zugezogen hatte.

Ihre Stimme war gleichförmig und beinahe stimmlos, als spräche sie über ein beliebiges Thema. Sie berichtete eher distanziert vom Leben im Lager und so, als wäre sie sich selbst gleichgültig. Nichts als seine Umarmung schien ihr wichtig, und ihre Gier nach seinem Mund erregte ihn. Als Arbogast sie schließlich fragte, warum sie denn überhaupt weg sei aus Ostberlin, zuckte sie nur mit den Schultern, schwieg und rieb ihre Stirn an seiner Wange wie ein Tier, das man streicheln soll. Und warum sie sich keine Arbeit suche? Wieder sagte sie nichts. Und auch er hatte es nun eilig, wieder hinauszukommen in ihre Umarmung, und drückte die Zigarette, nur halb geraucht, im Aschenbecher aus. Ein einziges Mal noch hatte er ihren toten Mund geküßt. Wegen jener Gleichgültigkeit, dachte er nun und wußte nicht, ob das wahr war. Erinnerte sich, wie er ihren muskelschlaffen Kopf in beiden Händen hielt. Stand auf, ging zum Klo, schaufelte das Essen in die Schüssel und zog die Spülung der Toilette, die man vor zwei Jahren eingebaut hatte.

Arbogast überlegte, ob er kotzen mußte. Ob ihm Klein helfen würde? Die Neugier im Blick des Anwalts war dieselbe gewesen wie bei den anderen in all den Jahren. Er griff das Päckchen Zigaretten und die Streichhölzer vom Bord über dem Tisch. Ihr kalter Mund und der Traum. Arbogast rauchte und wartete. Und er schlief längst, als Fritz Sarrazin, aus Lugano kommend, in Basel kurz vor Mitternacht in den Zug nach Frankfurt umstieg.

Der Schriftsteller hatte ein Schlafwagenabteil erster Klasse reserviert. Nachdem er dafür gesorgt hatte, daß man sein Gepäck verstaute, ging er noch einmal in den Speisewagen, in dem längst alle Lampen außer den kleinen Leuchten an den Tischen gelöscht worden waren. Nur am Ende des Wagens, neben der Durchreiche zur

Küche, saß ein Kellner und las. Erst als Sarrazin sich an einen Tisch setzte, dessen Tischtuch man den langen Abend ansah, blickte er von seiner Illustrierten auf und kam herüber.

»Buona sera.«

»Buona sera. Avete ancora qualcosa di mangiare?«

»Mi dispiace, ma la cucina è chiusa.«

»Un vino rosso ci sarebbe?«

»Sicuro!«

»Va benissimo. Mezzo litro per favore. Un po' di olive e prosciutto non ci sono?«

Sarrazin hatte noch nicht zu Abend gegessen, nur am Nachmittag ein Tramezzino in einer Bar, als Sue ihn nach Lugano zum Bahnhof gebracht hatte.

»Mi dispiace, ma solo olive.«

Die goldenen Troddeln des kleinen dunkelroten Lampenschirmes am Fenster zitterten vernehmlich im Takt der Schienen und gaben dem gelben Lichtkreis auf dem Tischtuch eine seltsam lebendige Kontur. Vor dem Fenster Dunkel, die Berge vorüber. Eben noch waren sie, wenn der Zug sein Tempo in besonders engen Kurven verlangsamt hatte, bedrohlich nah an sein Fenster herangerückt, Felsabbrüche, Krüppelkiefern, gemauerte Stützwände, aus deren Fugen Moos quoll. Einmal, kurz nach einem der unzähligen Tunnel, war wenige Zentimeter vor dem Glas ein Bergbach vorübergestürzt. Nun sah Fritz Sarrazin blicklos hinaus und aß die saftigen schwarzen, in Knoblauch und Öl eingelegten Oliven, die, wie ihm der Kellner versicherte, aus Sizilien seien. Und immer, wenn der Wagen über einen Schienenspalt holperte, griff er ohne hinzusehen nach seinem Glas, hielt es erst fest und trank dann einen Schluck.

Eigentlich dachte er nicht wirklich nach. Eher war es so, daß verschiedene Empfindungen sich in ihm abwechselten, von denen die Vorfreude, Ansgar Klein kennenzulernen, nur eine war, die zudem, je länger er saß und trank, gegenüber einer Anspannung in den Hintergrund trat, die Hans Arbogast betraf. So etwas wie eine Ahnung ließ ihn nicht los, daß das, worauf er sich mit seiner Antwort auf Arbogasts Brief eingelassen hatte, ihn und alle anderen, die damit zu tun haben würden, stärker als vorgesehen in den Bann schlagen würde. Denn obwohl alle Fakten, die er nun kannte, ihn von der Unschuld Arbogasts überzeugten oder zumindest davon, schränkte er in Gedanken ein, daß der Prozeß gegen ihn entscheidene Mängel aufwies, blieb am Tod der jungen Frau etwas unbegreiflich, und das ließ sich nicht von Arbogast trennen. Der Tod, dachte Sarrazin, haftet ihm an, weil er ihm so nah war.

Doch auch, als die Karaffe mit dem halben Liter Wein unter dem beständigen Ruckeln des Zuges schnell geleert war, wußte er nicht, ob er Angst haben sollte vor dem, was geschehen würde. Jedenfalls bestellte er keinen Wein mehr, sondern ging. In wunderbar kühlem und fest gestärktem weißen Bettzeug schlief er tief und traumlos über der Achse des Waggons, bis der Kellner am Morgen des ersten März 1966, eine halbe Stunde vor Frankfurt, klopfte und ihm eine Tasse Kaffee hereinreichte.

23

»Was halten Sie von Tee?«

»Sehr gern, bitte.«

»Was mögen Sie? Russischen Rauchtee? Einen Earl Grey? Darjeeling? Oder lieber einen chinesischen?«

»Da schließe ich mich ganz Ihnen an.«

Der Anwalt nickte, und Fritz Sarrazin sah, wie er dem Sideboard hinter dem Schreibtisch eine kleine Blechkiste entnahm und eine grüne, bauchige Teekanne. Während die Sekretärin ging, um sie mit

Wasser zu füllen, gab er drei oder vier Teelöffel aus der Kiste in ein kleines Bastkörbchen. Die Kanne, die aus Gußeisen war, wie er erklärte, setzte er dann auf einen kleinen Elektrokocher, der auf dem Sideboard stand. Fritz Sarrazin beobachtete, wie er schweigend und scheinbar völlig in sich versunken mit all den Gerätschaften hantierte, die sich inmitten der Aktenstapel und Unterlagen, der Telephonanlage und der juristischen Fachliteratur in dem wandbreiten Regal höchst unpassend ausnahmen, zumal sich die Kanzlei Dr. Kleins im achten Stock eines Bürohochhauses befand und entsprechend dem Geschmack der Zeit eher funktional und zurückhaltend ausgestattet war. Als das Wasser kochte, schaltete er den Strom ab und hängte das Bambuskörbchen in die Kanne.

»Und wie ist er?« fragte Sarrazin, der es nicht mehr aushielt, als Klein gerade zwei Tassen aus hauchdünnem Porzellan hervorholte und auf einem schwarzgelackten Tablett auf den Schreibtisch stellte.

»Der Tee?« lächelte Klein, nahm das Körbchen aus der Kanne und goß ihnen ein.

Sarrazin schüttelte den Kopf.

»Zuvorkommend«, sagte der Anwalt zögernd und wie zur Probe. Dann: »Beflissen. Und noch sieht er ganz gut aus, finde ich. Aber man merkt ihm die Jahre in Haft schon an.«

»Ja, ich weiß, was Sie meinen.«

Oft lag die Zeit wie ein Tuch über den Gefangenen. Zwar erkannte man die Person noch, doch sie war gänzlich ohne Blick. Er hatte das bei allen Fällen erlebt, in denen er zu helfen versucht hatte. Als ob die Person im Zuchthaus langsam zerfiele. Er wußte, sie mußten sich beeilen, und er kannte Klein gut genug, um auch zu wissen, daß dieser alles tun würde, wenn er an Arbogasts Unschuld glaubte. Sarrazin nickte dem Anwalt zu, der weitersprach.

»Aber eigentlich weiß ich nicht allzuviel über ihn zu sagen. Und letztlich wird man auch erst wissen, wer er wirklich ist, wenn er in Freiheit kommen wird.«

»Ich verstehe. Ist das aber nicht heikel für eine Verteidigung?«

»Etwas drängte sich mir allerdings doch auf, als ich Arbogast gegenübersaß.«

»Und?«

»Er schien auf eine bestimmte Weise gezügelt. Auch das mag an der Situation im Gefängnis liegen, der langen Einzelhaft und der Ungerechtigkeit, unschuldig verurteilt zu sein, aber für Momente schien mir da etwas anderes, sozusagen Forciertes und zugleich Abschätziges in seinem Verhalten.«

»Also etwas Bedrohliches?«

»Ja, in gewisser Weise schien mir das bedrohlich.«

»Und Sie glauben dennoch, daß er unschuldig ist?«

»Ja.«

»Ja?« fragte Fritz Sarrazin noch einmal und nahm dabei seine Uhr vom Arm.

Es war ein rundes, sehr flaches Modell mit weißem Ziffernblatt und römischen Ziffern, die ebenso dünn und golden glänzten wie Stunden- und Sekundenzeiger. Mit ruhigen, gleichmäßigen Bewegungen zog er die Uhr auf.

»Ja«, antwortete Ansgar Klein zum zweiten Mal. »Zumindest gibt es aber Verfahrensfehler, die den Versuch einer Wiederaufnahme rechtfertigen.«

»Also fangen wir an!«

Sarrazin befestigte das Uhrenarmband wieder an seinem linken Handgelenk und trank den Tee aus, der dunkel und recht würzig war. Auf dem Boden der Tasse entdeckte er im Porzellan den Kopf einer Frau, die ihn augenlos und starr ansah.

»Gut.«

Dr. Klein griff einen Stapel Unterlagen. »Zunächst einmal: Den Angelpunkt im Prozeß gegen den damals vierunddreißigjährigen Hans Arbogast bildet das Gutachten von Professor Heinrich Maul. Maul erklärte mit aller Bestimmtheit, daß die Spuren an der Leiche der Frau Gurth eindeutig auf Erdrosselung mit einem Strick oder einer Schnur nach vorangegangenen brutal-sadistischen Mißhandlungen hindeuten.«

»Was dem eigentlichen Obduktionsbericht widersprach.«

»Exakt. Doch der Freiburger Pathologe Dr. Bärlach, der nach der Obduktion Tod durch Herzschlag angenommen hatte, stimmte während des Prozesses plötzlich Maul zu.«

»Warum?«

»Maul gilt als absolute Koryphäe.«

»Aber er hat den Leichnam doch gar nicht gesehen.«

»Nein. Er urteilte lediglich aufgrund von Vergrößerungen der Photos, die man am Fundort der Leiche und später bei der Obduktion gemacht hatte. Die Vergrößerungen hatte dann das Gericht anfertigen lassen, so daß dem Gutachter statt der eigentlichen Abzüge im Format 9 x 12 solche in der Größe 18 x 24 vorlagen.«

»Aber die Photos sind doch alle nach dem Transport der Toten über wahrscheinlich dreißig Kilometer gemacht worden und nachdem man die Frau in ein Gebüsch gebettet hatte. Keine der Spuren kann so zweifelsfrei auf irgendeine Tat zurückgeführt werden. Ebensogut können sie Folgen der ungünstigen Lagerung oder der Einwirkung von Strauchästen zuzuschreiben sein.«

»Sie haben recht. Die Kriminalgeschichte kennt nicht einen Fall, in dem es ein Gerichtsmediziner gewagt hätte, aufgrund einer Photographie eine Todesursache festzustellen.«

»Aber warum hat denn die Verteidigung darauf nicht reagiert?«

»Dem Kollegen Meyer unterlief hier in der Tat der entscheidende Kunstfehler dieses Prozesses. Nachdem Arbogast erklärt hatte, daß seine Angaben wahr seien und er über die Ansichten Professor Mauls nur den Kopf schütteln könne, beantragte Rechtsanwalt Meyer zwar sofort in einem Beweisantrag die Erhebung eines weiteren Gutachtens in dieser Frage. Zur Begründung dieses Antrags führte er aber nur an, daß sich im Hinblick auf die Schwere der Verantwortung die Sicherung der Beweisgrundlage durch ein weiteres Gutachten empfehle. Natürlich gab Maul zu Protokoll, daß er *seiner Begutachtung sicher sei und keiner Hilfe, etwa durch einen anderen Sachverständigen, bedürfe*. Das Gericht lehnte nach einstündiger Beratung den Antrag deshalb als sachlich nicht genügend begründet ab.«

»Mein Gott!«

»Ja. Die Verteidigung hat versagt. Zumal sie nur auf die Widersprüche in Mauls eigenen Aussagen hätte hinweisen müssen.«

»Aber die wurden doch erst später in dem Interview in EURO-MED deutlich, oder?«

»Nein, nein. Im Prozeß selbst. Schließlich hatte Professor Maul in seinem schriftlichen Gutachten, das übrigens von seinem Mitarbeiter Dr. Schmidt-Wulfen angefertigt wurde, zwar nicht an Würgen und Drosseln als Todesursache gezweifelt, doch immerhin hatte er offengelassen, ob Vorsatz am Werk war. Zitat: *An sich besteht die Möglichkeit, daß Arbogast den eingestandenen Geschlechtsverkehr von Anfang an gewaltsam erzwungen hat, doch sehen wir keine Möglichkeit, dies anhand der Akten zu beweisen*. Punkt. Darauf hätte die Verteidigung ihn festnageln müssen. Aber was meinen Sie mit EURO-MED?«

»Noch im Jahr des Prozesses, 1955, sagte Maul in einem Interview mit der Zeitschrift EURO-MED, es habe sich *bei der Photographie, auf der der Abdruck eines Strickes zu sehen war, um einen so gewöhnlichen und alltäglichen Befund gehandelt, wie wir ihn bei Tausenden von Fällen beobachtet haben*. Und weiter: *Die Abbildung, auf der sich ein Abdruck des Strickes befand, war eindeutig*. 1956, nur ein Jahr später, heißt es in dem Sammelband DIE POLIZEI UND IHRE AUFGABEN von Kalincky-Koch: *Ich sah mir nun Abbildung auf Abbildung genauestens an, und ich muß mich schämen, daß ich erst am zweiten Tag entdeckte, daß sich in der Fortführung des Streifens am Hals zum Ohr hin Abdrücke eines Strik-*

kes fanden. Plötzlich ist der Befund überhaupt nicht mehr alltäglich, sondern wird zur genialischen Eingebung: *Ich muß sagen: Eineinhalb Tage habe ich über diesen Bildern gebrütet, ohne weiterzukommen, und mit einem Schlage war mir klar, was ich schon vermutete.«*

»Ja. Ich denke auch, daß die Bilder der Angelpunkt der Wiederaufnahme sind. Vielleicht gelänge es uns mit neuem Photomaterial dann sogar, Maul zu beeindrucken.«

»Gäbe es neue Gesichtspunkte, könnte er sein Gutachten revidieren, ohne sich zu blamieren.«

»Deshalb habe ich auch bereits bei der Staatsanwaltschaft Grangat die Negative der Photos angefordert. Aber wissen Sie, was die mir geantwortet haben?« Dr. Klein zog ein Schriftstück aus den Unterlagen hervor.

Fritz Sarrazin beugte sich vor und nickte auffordernd.

»Die Negative werden mit der Begründung verweigert, diese seien zu solch bedeutsamen Beweisstücken geworden, daß sie, um Beschädigung zu vermeiden, nicht mehr herausgegeben werden könnten. Man hat statt dessen vorgeschlagen, die gewünschten Bilder und Dias vom Landeskriminalamt Baden-Württemberg anfertigen zu lassen. Das habe ich natürlich abgelehnt.«

Fritz Sarrazin nickte. »Da weiß man ja wieder nicht, wie das eigentliche Bildmaterial aussieht.«

»Genau. Jetzt hat mir der Leitende Oberstaatsanwalt Manfred Altmann mitgeteilt, das Bundeskriminalamt Wiesbaden habe erklärt, es verfüge über die erforderlichen Spezialisten, um die gewünschten Bilder herzustellen.«

»Das heißt, wir brauchen dringend einen Photospezialisten.«

»Ja, und ich habe da auch schon angefangen zu recherchieren. Hier in Frankfurt gibt es die Firma HANSA-LUFTBILD, die vor allem Luftvermessungen macht. Die haben nicht nur eigene Flugzeuge, sondern auch modernste Gerätschaften, um die Auflösung bei Negativen zu verbessern. An die habe ich mich bereits gewandt, ich kenne da jemanden.«

Ansgar Klein schwieg einen Moment. »Herr Sarrazin?«

»Ja?«

»Was halten Sie aber von der Gewalt, die trotz allem unzweifelhaft ist.«

»Sie meinen, auch wenn es kein Mord war?«

»Ja. Auch der Obduktionsbericht registriert Bisse und all das.«

»Was meinen Sie?«

»Na ja, spricht denn die Tatsache, daß Arbogast anal mit Frau Gurth verkehrte, nicht wirklich für ein besonderes Maß an Aggression?«

»Ach, das wußte ich gar nicht. Das haben die Zeitungen verschämt weggelassen.«

»Zumal bei seiner Konstitution.«

Fritz Sarrazin sah Dr. Klein fragend an.

»Ich meine: Marie Gurth war schließlich nicht einmal einssechzig. Und überall in den Akten wird das *besonders kräftige Genital* Arbogasts beschrieben.«

»Ach, ist das so? Das wußte ich natürlich auch nicht. Aber nein, ich glaube es trotzdem nicht.«

»Was?«

»Daß wir deshalb an seiner Unschuld zweifeln sollten.«

Fritz Sarrazin zögerte und registrierte, während er die Tasse auf den Schreibtisch zurückstellte, in sich sehr deutlich die wachsende Abneigung gegen die Bilder der Gewalt, die sich vor seinem inneren Auge immer mehr konkretisierten. »Auch wenn wir nie wissen werden, was zwischen den beiden geschah, sollten wir es nicht.«

Ansgar Klein musterte Fritz Sarrazin nun sehr genau. Er hatte nie einen der Romane Sarrazins gelesen, wohl aber seine journalistischen Interventionen zur Kenntnis genommen. Es schien ihm nicht so, als sei Sarrazin zwanzig Jahre älter. Seine weißen Haare betonten die von der Sonne gebräunte Haut und die Beweglichkeit seiner hellen Augen in dem runden Gesicht. Er trug einen hellen, für März in Deutschland viel zu leichten Sommeranzug und ein weißes Baumwollhemd, das im Gegensatz zu seinem eigenen aus Perlon ziemlich ungebügelt wirkte.

»*Das Opfer war tot, und der einzige lebende Mitwisser verschloß seine Seele*«, sagte er schließlich.

»Wie bitte?« Sarrazin schreckte aus eigenen Gedanken auf.

»Der Satz steht in der Urteilsbegründung: *Das Opfer war tot, und der einzige lebende Mitwisser verschloß seine Seele.*«

Klein hatte eine Akte aufgeschlagen und hielt den Zeigefinger der rechten Hand auf der Zeile. »Weiter heißt es hier: *Dem Gericht fehlte die Sachkunde zur eigenen Beurteilung aller Indizien. Es mußte deshalb die Wissenschaft zu Rate ziehen, so daß es bei der Frage nach dem Geschehen wesentlich auf die Gutachten der Sachverständigen ankam. Mit geradezu erstaunlicher Sicherheit sagte Professor Maul aus Münster, daß es sich bei der Tötung nur um Mord durch Erdrosseln gehandelt haben könne. Alle Spuren an der Leiche konnten mit Präzision gedeutet werden. Der vom Sachverständigen angenommene Tatverlauf entspricht nach der Überzeugung des Gerichts im wesentlichen der Wahrheit.* Das ist, worum wir uns kümmern müssen.«

»Ich verstehe nicht ganz.«

»Erinnern Sie sich aus den Akten noch an Staatsanwalt Oesterle? Der hielt Arbogast vom ersten Verhör an für schuldig. Ebenso wie Maul. Und die Presse. Die Vorurteile stützten sich gegenseitig. Diese Phalanx müssen wir jetzt, Jahre danach, erst einmal durchbrechen, damit wirklich darüber gesprochen werden kann, was in jener Nacht geschah.«

Fritz Sarrazin nickte und dachte an die Reihe von spektakulären Prozessen der letzten Jahre, an den Fall Rohrbach, an Vera Brühne und andere mysteriöse Morde wie den an der Nitribitt, die alle von der deutschen Öffentlichkeit begierig aufgegriffen und diskutiert worden waren. Er glaubte nicht, daß Klein diese öffentliche Wirkung unrecht war. Der Anwalt war zweifellos eitel. Doch er erinnerte sich auch, wie vorzüglich Ansgar Klein im Fall Rohrbach agiert hatte. Schweigend tranken beide noch eine Tasse Tee und verabschiedeten sich wenig später voneinander für den Tag. Dr. Klein mußte zum Gericht, und Fritz Sarrazin machte sich auf den Weg in den Hessischen Hof, wo für ihn ein Zimmer bestellt war und wo sie sich für den Abend wieder zum Essen verabredet hatten.

Während Sarrazin am Morgen vom Bahnhof aus ein Taxi genommen hatte, ging er nun zu Fuß durch die Innenstadt. Obwohl der Krieg inzwischen schon zwanzig Jahre zurücklag, war die Verläßlichkeit nicht wieder entstanden, die gewachsene Städte einmal ausgemacht hatte. Vielleicht würde man hier in Deutschland nie mehr den Eindruck haben können, die Straßen, durch die man ging, habe es eigentlich immer schon gegeben. So wie einen selbst, dachte Sarrazin und schüttelte lächelnd über sich selbst und seine bürgerlichen Sehnsüchte den Kopf. Daß es Plätze immer gäbe und damit die Geschäfte, die sich auf sie öffnen, Straßen und damit Adressen, an denen man auffindbar ist. Nichts davon war hier mehr spürbar, die Altstadt verschwunden mit ihren engen Gassen und Fachwerkhäusern, und die Architektur der 50er Jahre schien ihm schon jetzt wie Spielzeug, in ihrem hübschen Pastell höchst vorläufig inmitten der vielen Brachflächen, die es noch immer gab. Es war fast Mittag, und in der Leere spielte die Sonne mit klaren Schatten.

Auch die Straßenzüge außerhalb des Grünanlagenringes, den man im letzten Jahrhundert anstelle der alten Stadtmauer angelegt hatte und dessen Bäume im Krieg verbrannt und verheizt worden waren, hatte vielerorts der Krieg skelettiert. Die Kreuzungen und Einmündungen der Straßen markierten nur mehr symbolisch Häuserfluchten und Plätze. Nur der Bahnhof war noch intakt, das hatte er gestern verwundert bemerkt, und auch die alte Messehalle gab es noch, in der vor langer Zeit einmal gewesen zu sein er sich undeutlich erinnerte. Gerade gegenüber lag der HESSISCHE HOF, baulich in jedem Detail zögernd zwischen Camouflage und Eingeständnis der Zerstörung.

Doch das Zimmer war schön, sein Koffer bereits da, und so verbrachte Fritz Sarrazin nach einem Bad den Nachmittag auf dem Bett mit der Lektüre der Unterlagen zum Fall Arbogast, die Dr. Klein ihm mitgegeben hatte. Als er am Abend zum verabredeten Zeitpunkt in den großen Speisesaal kam, saß Ansgar Klein bereits an einem Tisch am Fenster, durch das man wenig mehr als das schnelle Blinken der Scheinwerfer vorbeifahrender Fahrzeuge durch einen Spalt zwischen den schweren Vorhängen wahrnahm.

Sie aßen jeder eine Suppe, danach Steaks von argentinischem Rindfleisch, das man seit kurzem tiefgefroren auf dem Luftweg importierte, dazu Kartoffeln und Salat, und sprachen über den Krieg, worauf sie über eben jene südamerikanischen Steaks gekommen waren. Fritz Sarrazin erzählte von seiner Auswanderung nach Brasilien und den diversen Beschäftigungen als Industrieberater und schließlich auch von der lange vergangenen Zeit als Theaterkritiker in Berlin und Wien. Zum Essen tranken sie eine Flasche französischen Bordeaux, danach einen Aquavit. Sie prosteten sich mit den angeeisten Gläsern zu und dachten dabei beide, unterschiedlich überrascht, daß ihnen der andere angenehm war. Über Hans Arbogast sprachen sie zunächst nicht, beschlossen jedoch, noch hinunterzugehen in JIMMY'S BAR im Tiefgeschoß des Hotels.

Dort standen sie an der Theke und sahen dem Barmixer zu, einem pockennarbigen Mann mit langem dünnen Hals. Die Stimme einer Schwarzen am Flügel füllte den Raum. Sie trug Smoking, die Haare mit Brillantine gescheitelt, sang traurige Stücke von Gershwin, und ihre Unterlippe vibrierte dabei. Die große Anzahl amerikanischer Uniformen fiel Sarrazin auf. Viele ältere Mädchen.

Deutschland, dachte er und sah sich um. Erinnerte sich an die Flugzeuge der LUFTHANSA, die bis zuletzt Rio regelmäßig angeflogen hatten. Es war seine Art von Musik. Sarrazin schloß die Augen nur einen Moment, und lauschte auf *I love you Porgy*. Ertappte sich schließlich dabei, daß er mitsummte, räusperte sich und lächelte Klein zu. »Ich habe gehört, es gibt Unruhe an der Universität hier in Frankfurt?«

»Ja, es gibt Umbrüche«, antwortete Dr. Klein. »Gott sei Dank! Gerade spricht man auch viel von einer Strafrechtsreform.«

»Und die Zone?«

Klein zuckte die Achseln. »Ich weiß nicht, ob man dem Osten wirklich entgegenkommen sollte. Vielleicht hat Kiesinger doch recht. Wollen wir was trinken?«

Sarrazin nickte, und Klein winkte den Barkeeper heran. Beide bestellten Whisky on the rocks.

Die Sängerin machte Pause. Klein hatte den Applaus anscheinend überhört, denn plötzlich war es still. Er versuchte einen Moment lang, sich die Stille in einer Zelle vorzustellen. Die Art, wie Arbogast atmete, gerade jetzt. An die Wand starrte, den Kopf auf einem Arm jetzt, in diesem Moment, während sie hier standen und tranken. Er sah, daß die Sängerin an einem Tisch in der Ecke Platz genommen hatte, an dem drei Männer in den dunkelblauen Uniformen der AIR FORCE saßen.

»Ansgar?«

Klein schreckte auf, als Sarrazin ihn beim Vornamen nannte. Der Schriftsteller hielt ihm ein Glas hin und lächelte.

»Wollen wir einander nicht *Du* sagen?«

Der Anwalt nickte erfreut und stieß mit Sarrazin an. Sie tranken auf Arbogast und darauf, ihn aus dieser doppelt falschen Geschichte zu befreien, in der er nun schon so lange leben mußte. Falsch die Tat, die es niemals gegeben hatte, und falsch jene Zelle, die ihn seitdem umgab. Nochmals stießen sie an. Und Sarrazin mußte wieder an Sue denken. Den ganzen Tag hatte er an seine Frau gedacht und an das Haus. An das Gewitter vor kurzem, an den Tod, und er hatte sich bemüht, nicht an Arbogast zu denken. Jetzt schien es ihm beinahe, als sehe der Gefangene ihn an, nur ihn und über alle Entfernung hinweg.

»Fritz?«

Auch der schreckte aus seinen Gedanken auf.

»Warum machst du das eigentlich alles?«

Sarrazin lachte. »Wegen der Geschichten vielleicht? Ich glaube schon: Sie sollen gut ausgehen. Oder zumindest richtig, wenn du verstehst, was ich meine.«

Klein nickte.

»Aber ist es nicht eigentlich ein wenig seltsam, sich Verbrechen auszudenken?«

Sarrazin überlegte, was Klein von ihm hören wollte, und für einen Moment sah er das Bild seines Arbeitszimmers vor sich und den Blick übers Tal am Morgen, wenn die Sonne an einer Ecke seines Schreibtisches vorüberglitt wie eine träge Schlange und dabei die Walze seiner Schreibmaschine streifte und aufheizte.

»Es beschäftigt mich wirklich, was mit Menschen geschieht, wenn sie beispielsweise töten.«

»Das heißt, das Engagement für reale Fälle liefert dir den Stoff für deine Romane?«

»Ja, aber das ist nicht so wichtig. Weißt du, Ansgar, das erste, was ich sehe, ist immer der Körper eines Menschen. Unverletzt wie wir alle. Aber wer ist unverletzt? Da beginnt die Geschichte. Ich erinnere mich noch genau: Es war in Italien, spät am Abend, alles dunkel bis auf eine schüttere Straßenlampe, die im Herbstwind hin und her trieb vor einer Bar an einer Landstraße. Vor der Tür standen mehrere ehemalige Armee-Jeeps. Vor den Kühlergrill des einen war ein Wildschwein gebunden, hinter den Sitzen der Wagen Gestelle für Schrotgewehre und andere langläufige Waffen. Irgendwo über mir ahnte ich die uralten Umfassungsmauern einer etruskischen Stadt, sah aber nichts als den Eingang dieser Bar mit dem blauen SALE E TABACCHI-Schild und ging hinein. Die Bar war ein Vorratslager. Ganze Schinken an der Decke, Zeitungen hinter der Tür, in der Glasauslage verschiedene Salami und eine riesige Mortadella, Tabak und Zigaretten aller gängigen Marken im Regal über der Kasse, Spülmittel, Toilettenpapier und bauchige Chianti-Flaschen mit Bastkorb vor der Theke auf dem Boden, einem kleinteiligen Marmorboden, dessen Kälte unverhohlen emporwallte.«

»Ich verstehe nicht.«

Fritz Sarrazin nickte. »Sieh mal da rüber.«

Die Sängerin unterhielt sich immer noch mit den drei Männern in Uniform. Sie lachte und trank aus einem langstieligen Glas. Aufmerksam registrierte sie, wer sie ansah. Sie hatte sichtlich einen schweren Job.

»Sie?«

»Ja.«

Sarrazin musterte die Schwarze noch immer. Sie schien müde zu sein, und ihr Blick verlor zusehends an Sicherheit. Die Geschichten eines Lebens sind immer das, was man von der Haut lesen kann.

»Warum«, fragte er ruhig und wendete den Blick dabei nicht von der Sängerin ab, »willst du Arbogast helfen? Geld hat er keines. Und das, was damals geschah, ist auf jeden Fall eine schmutzige, wenig glanzvolle Geschichte. Also wegen des Unrechts, das man Hans Arbogast angetan hat? Weil du an seine Unschuld glaubst? Wirklich?«

Sarrazin überlegte, wie er Klein erklären sollte, was er meinte. Wir müssen, dachte er, darüber sprechen, was uns an Arbogast so unwiderstehlich fasziniert, und er wollte gerade damit fortfahren, als die Sängerin aufstand und zu ihm herübersah.

Noch im Zug auf der Rückfahrt am nächsten Tag hatte er nicht vergessen, was er in diesem Moment empfand, und dachte in der Nähe von Bruchsal daran, Arbogast zu besuchen, als könne nur der

Gefangene verstehen, was er in diesem Moment empfand. Es war nach einem langen Tag noch immer der erste März 1966, als er im Blick jener Sängerin tatsächlich, wie man eine gesummte Melodie hörte, den Tod zu sehen glaubte. Und er konnte nicht wegsehen. Die Sängerin lachte. Ihr Kopf neigte sich wie eine Blume zur Seite. Sie entblößte ihren Hals, und aus dem Nichts sah Sarrazin plötzlich, ohne daß er sich das jemals zuvor vorgestellt hätte, jenen anderen Hals der Toten in derselben Bewegung und ebenso schön. Einer der Männer, die alle, als die Sängerin aufstand, sich erhoben hatten, küßte sie dicht unter das Ohr, und sie beugte so weit ihren Kopf, daß eine der Kreolen ihr dabei über die Lippen strich.

24

Das lediglich zehngeschossige Iduna-Hochhaus am Börsenplatz, in dem sich die Kanzlei befand, war eines der ersten Bürogebäude, das in Frankfurt zu Beginn der 60er Jahre über die Giebelhöhe der Vorkriegszeit hinausging. Außen mit dunkelblau eloxierten Stahlblechen verkleidet, setzte sich die zurückgenommene, rein kubische Architektur des Stahlskelettbaus im Inneren fort. Die Fensterbänder und Glastüren hatten sehr dünne stählerne Rahmen, die Böden des Entrees und der Treppenhäuser waren mit dunklen, glänzenden Granitplatten belegt, die Handläufe der Geländer aus schwarzem Hartgummi. Zwei schmale Aufzugkabinen, deren Türen sich einfalteten, wenn man sie öffnete, führten von der Eingangshalle hinauf, und zwischen den Aufzugsschächten gab es in jedem Stockwerk einen Aschenbecher in Form einer kleinen Urne aus Weißblech, zwei Mieter auf jedem Flur. Neben den großen Glastüren das Firmenschild und der eingelassene Klingelknopf darunter.

In der Kanzlei im achten Stock arbeiteten fünf Anwälte und ihre

Sekretärinnen. Den Fall Arbogast betreute Dr. Klein allein, wobei das Frühjahr vor allem damit verging, den Wiederaufnahmeantrag vorzubereiten. Zunächst fuhr Dr. Klein mit einem der Photographie-Experten von HANSA-LUFTBILD nach Wiesbaden zum BKA und ließ nach dessen Anweisungen neue Abzüge der Bilder anfertigen. Einen Satz Bilder schickte er sofort, wie mit Fritz Sarrazin besprochen, an Professor Maul nach Münster, und erklärte in einem freundlichen Begleitschreiben, neues und nach wissenschaftlichen Kriterien erstelltes Bildmaterial, das im Prozeß noch nicht vorgelegen habe, lasse es gänzlich unwahrscheinlich erscheinen, daß Arbogast Marie Gurth erdrosselt oder stranguliert habe. Ob er, Professor Maul, die Bilder nicht einmal in Augenschein nehmen wolle. Möglicherweise komme er heute ja zu demselben Schluß wie die Gutachter, die er, Ansgar Klein, in einem Wiederaufnahmeverfahren benennen werde. Mit vorzüglicher Hochachtung.

Klein ließ von seiner Sekretärin ein Dossier in mehreren Ausführungen erstellen, das Abschriften der wichtigsten Unterlagen zur Tat und zum Prozeß enthielt und natürlich auch die neuen Abzüge der Fundort-Bilder, wie Klein sie nannte. Dieses Dossier schickte er an einige Gerichtsmediziner, die als Gutachter in Frage kamen, und an weitere Experten für Photographie. Auch seine Pressekontakte nutzte Klein und sprach unter anderem mit Henrik Tietz vom SPIEGEL, der aus Frankfurt stammte. Mit Tietzens Vater, Professor für Psychiatrie, war Klein lange befreundet. Ende April kam der junge Gerichtsreporter dann in die Kanzlei und ließ sich das Prozeßmaterial zeigen. Wenn Tietz sich in seinem Stuhl zurücklehnte, verschwand sein Gesicht aus dem Lichtkreis der Schreibtischlampe im Dämmer, aus dem er leise immer neue Fragen stellte, während Klein den Fall erläuterte.

Schließlich war der Anwalt zu Ende, lehnte sich nun ebenfalls in seinen lederbezogenen Holzstuhl zurück, und für einige Minuten war es still.

»Was meinst du, warum Maul damals in Grangat beim Prozeß so gegutachtet hat?« fragte der Reporter schließlich.

Klein zuckte mit den Schultern. »Ich weiß es nicht. Ich weiß es wirklich nicht.«

»Wieviel Jahre?«

»Dreizehn inzwischen.«

Tietz nickte, sagte aber nichts mehr, und so saßen sie noch einen Moment schweigend da. Im Lichtkreis der Schreibtischlampe lag Marie Gurth. Vielleicht begann es zu regnen, vielleicht nicht. Jedenfalls gab Klein dem Reporter schließlich das Dossier, und Tietz versprach, bevor er ging, sich des Falles anzunehmen. Wovon Dr. Klein sich einiges versprach. Und auch Sarrazin war von der Aussicht angetan, der SPIEGEL könne über Arbogast berichten, als Klein ihm einige Wochen später am Telephon von dem Besuch erzählte und davon, daß er gerade die Kanzlei in Essen hinzugezogen hatte. Zuerst verstand Fritz Sarrazin nicht, was Klein damit bezweckte.

In dieser Sozietät ruhe zur Zeit gerade die Mitgliedschaft des Bundesjustizministers Dr. Heinemann. »Wer weiß? Vielleicht kann man ja doch in der einen oder anderen Weise auf die Staatsanwaltschaft einwirken, die ja schließlich weisungsgebunden ist und dem Justizminister als ihrem Dienstherren nicht ganz gleichgültig gegenüberstehen kann.«

Sarrazin lachte. »Und sonst?«

»Sonst habe ich bisher die Zusagen von sieben Gutachtern, für Arbogast tätig zu werden.«

Dr. Klein stand auf, ging um den Schreibtisch herum und, soweit die Telephonschnur reichte, ans Fenster. Es war nun Anfang Juli und wurde langsam warm. Draußen klapperten Metalljalousien, die die Sonne abhalten sollten. Jenseits der Stadt flirrten die Wälder des Taunus in hellem Grün.

»Wie ist das Wetter bei dir?«

»Heiß«, sagte Sarrazin. Und: »Du klingst so gut gelaunt!«
»Bin ich auch. Ich glaube, es könnte tatsächlich klappen mit den photogrammetrischen Expertisen. Das trifft das Maulsche Gutachten im Mark.«
Sehr früh am nächsten Morgen, noch vor acht Uhr, als Klein sich gerade einen Earl Grey zubereitete, den er am Vortag gekauft hatte, weil dessen Bergamotte-Öl, wie man ihm versicherte, ein ganz besonderes Aroma biete, rief Professor Maul an.
»Herr Dr. Klein? Professor Maul hier, Gerichtsmedizin Münster.«
Ansgar Klein war nur froh, daß der Tee bereits fertig gezogen hatte, als er den Hörer abnahm. So trank er, nachdem er sich gemeldet hatte, erst einmal einen Schluck. Maul kam sofort zur Sache. Seine Stimme war weich und schleppend, was Klein nach den Photos überraschte.
Er verstehe nicht, begann Maul, wie Klein annehmen könne, neue Abzüge der Bilder könnten sein Gutachten erschüttern. Es bleibe seine Überzeugung, daß Arbogast die Frau stranguliert habe. »Wie hieß sie doch gleich?«
»Marie Gurth.«
»Ja, Marie.«
Professor Maul zögerte einen Augenblick, und Klein glaubte zu hören, wie er eines der Photos in die Hand nahm. Er stehe zu seiner Expertise.
Aber ob es denn nicht sinnvoll sein könnte, sich einmal zu treffen? Er, Klein, komme gern jederzeit zu ihm nach Münster hinauf.
»Nein, nein, das ist nicht nötig. Ich sehe ja auch gar nicht, daß bei Ihren Bemühungen, Herr Dr. Klein, wirklich neue Erkenntnisse zutage getreten wären.«
Professor Maul führte das nicht weiter aus, und Ansgar Klein lag wenig daran. Nach einigen Floskeln war das Gespräch vorüber.
Klein stand auf und ging ans Fenster. Bemüht, die Wut nicht in

sich hochkochen zu lassen, strich der Anwalt immer wieder seine schmale Krawatte glatt und betrachtete sich im Spiegelbild des Fensterglases. Er war jetzt achtunddreißig und noch immer ebenso schlaksig, wie er es als Junge gewesen war. Er trug gern schmale dunkle Anzüge und seit seiner Scheidung die spärlichen grauen Haare sehr kurz. Und er konnte sich nicht erinnern, jemals von einem Gutachter eingeschüchtert worden zu sein. Ansgar Klein lockerte die Krawatte, und die Wut über das Telephonat mit Maul ließ langsam nach.

Noch am selben Tag, mit dem Datum vom dritten Juli 1966, stellte Dr. jur. Ansgar Klein aus Frankfurt/Main Antrag auf Wiederaufnahme des Verfahrens gegen Hans Arbogast bei Dr. Valois, dem Vorsitzenden der Ersten Großen Strafkammer des Landgerichts Grangat. In seinem Antrag stellte Klein fest, im Prozeß hätten weder dem Gericht noch den Sachverständigen die Negative der Photos vorgelegen, sondern zum einen nur Abzüge eines Amateurs, wobei zum anderen Abzüge gerade jener beiden Negative gefehlt hätten, die für die Begutachtung der Halspartie des Opfers entscheidend seien. Um diese neuen Tatsachen im Sinne von §359 Nr. 5 StPO zu belegen, habe man drei Mediziner und vier Wissenschaftler für Photogrammetrie, Photochemie und wissenschaftliche Photographie als Gutachter beigebracht.

25

Der Fernsehschrank von Telefunken an der Stirnseite des Konferenzraumes war ebenso aus Mahagoni wie der große ovale Tisch, an dem bis zu dreißig Redakteure Platz fanden. Manchmal, wenn er nach dem Umbruch noch lange weitergearbeitet hatte, etwa Themen für die Redaktionskonferenz am nächsten Tag vorzubereiten gewesen waren oder längere Artikel freier Mitarbeiter dringend eingekürzt werden mußten, weil sie zum nächstmöglichen Termin erscheinen sollten, saß Paul Mohr noch eine Stunde hier, trank einen Whisky aus der gutsortierten Bar des Chefredakteurs und sah sich die Spätnachrichten der ARD oder einen französischen Spätfilm im SWF an. Hier oben im dritten Stock der BADISCHEN ZEITUNG war es ab etwa neunzehn Uhr sehr ruhig. Während unten in der politischen Redaktion eigentlich immer Betrieb war, ging man im Feuilleton früher nach Hause, und nur der Theaterredakteur kam manchmal noch spät herein, um die Kritik einer Premiere zu tippen.

Später erinnerte er sich sehr genau daran, daß er an diesem Abend Ende August 1966 den Beitrag einer Magazin-Sendung im Dritten Programm sah, der mit der Photographie eines Menschen begann, den er kannte. Es vergingen wohl nur Sekunden, bis der Name des Abgebildeten genannt wurde, der für Mohr die Erinnerung exakt einrasten ließ. Für den kurzen namenlosen Moment aber war sein Gedächtnis zögerlich, und das Gefühl, etwas lang Vergessenes unerwartet wiederzutreffen, durchfuhr ihn warm und so stark, daß er das Glas abstellte, in dem die Eiswürfel klingelten, und sich überrascht nach vorn beugte. Mohr verstand nicht, wovon gesprochen wurde, bis der Name Hans Arbogast fiel. Und aus einer Sprachmelodie wurden Sätze, der Name erschien unter dem Photo, es gab einen Schnitt, und ein Mann, den Paul Mohr nicht kannte, sagte in die Kamera: »Es ist einfach nicht zu fassen: Ein Mann sitzt seit dreizehn Jahren im Zuchthaus und soll bis an sein Lebensende dort bleiben wegen eines Gutachtens, das inzwischen durch elf Sachverständige, und zwar durch international anerkannte Fachleute, widerlegt worden ist. Und die Gerichte, denen man die Gutachten dieser Kapazitäten mit einem Wiederaufnahmeantrag vorlegt, lassen nicht einmal zu, daß sie auf ihre Richtigkeit überprüft werden.«

Man blendete den Namen Dr. Ansgar Klein ein, offensichtlich der Anwalt Arbogasts, und Paul Mohr vergaß wieder, zuzuhören. Gesine fiel ihm ein, die junge Photographin aus Grangat. Er stand auf und ging zu dem kleinen verspiegelten Barschrank. Noch während er um den Tisch herumging, wußte er, daß er sein Gesicht in den Spiegeln sehen würde, und überlegte, ob die Erinnerung an sich selbst klar genug sein würde, damit er die Unterschiede registrieren konnte, die all die Jahre hervorgerufen hatten. Er beugte sich über die Flaschen, und sein Gesicht erschien, vielfach gebrochen, in den kleinen, von bunten Plastiknägeln gehaltenen Spiegelkacheln am Rand des Tabletts. Paul Mohr war inzwischen zweiunddreißig. Als er Gesine traf, hatte er sein Studium in Freiburg eben erst begonnen und damals in Grangat, wie er sich erinnerte, seine ersten Meldungen geschrieben. Der kurze Bericht über die Frauenleiche im Straßengraben mußte einer seiner ersten längeren Texte gewesen sein. Jetzt war er schon seit über zwei Jahren Redakteur. Er überlegte, ob er sich wirklich wünschte, Gesine Hofmann wiederzusehen. Vielleicht, dachte er, schenkte sich noch einen Whisky nach und nickte seinem Spiegelbild wie jemandem zu, bei dem durchaus nicht entschieden ist, ob man ihn noch mag.

Er sah erst wieder zum Fernsehschirm hinüber, als das Bild wechselte. Seine ganze Aufmerksamkeit war wieder versammelt, als nun Professor Heinrich Maul auf dem Bildschirm erschien. Paul Mohr erinnerte sich gut, daß er bis zu Mauls Auftritt in Grangat der Meinung gewesen war, das ganze Verfahren werde im schlimmsten Fall auf Totschlag hinauslaufen. Mohr war gespannt, ob Mauls Position sich unterdessen geändert hatte.

»Wie stehen Sie zur Einschaltung eines zweiten, gleichrangigen Gutachters bei Schwurgerichtsprozessen?« fragte der Interviewer.

Das genau war die heikle Frage beim Verfahren gegen Arbogast gewesen, denn dem Anwalt war es trotz der dürftigen Indizien und der Schwere der Anschuldigung nicht gelungen, einen Zweitgutachter durchzusetzen. Meyer, erinnerte sich Mohr, hieß der Anwalt, der da versagt hatte.

»Die Gefahr besteht, die Möglichkeit der Gefahr, daß der andere Gutachter eben etwas anderes sagt, nur um etwas anderes sagen zu können, und daß dann das andere nicht immer das Richtige ist.«

Schnitt zurück ins Fernsehstudio. Wieder sah man die alte Photographie Arbogasts. Daneben erschien ein Moderator im Bild. Es sei seinerzeit bereits ein Skandal gewesen, sagte er, daß im Fall Arbogast die Staatsanwaltschaft allein aus einem Obduktionsbefund eine Anklage wegen Mordes konstruiert habe. Noch skandalöser jedoch sei es, daß daraufhin das Schwurgericht Grangat allein aufgrund eines einzigen mündlichen, dem Obduktionsbericht zudem widersprechenden Gutachtens den Angeklagten verurteilt habe. Und schließlich sei es nun, nach über zehn Jahren, ein Skandal, daß die Gerichte offensichtlich dieses Schandurteil, wie der Journalist sich ausdrückte, um jeden Preis halten wollten und sich gegen alle neuen Fakten immer wieder sperrten. Zumal auch international anerkannte Wissenschaftler durchaus Zweifel an dem Urteil hegten.

In die Pause, die der Moderator nach diesem Satz machte, schnitt man wieder auf eine Interviewsequenz. Eine Frau in weißem Kittel, hinter ihr die Fassade eines zweigeschossigen klassizistischen Ziegelbaus. Sie hatte kurze Haare und wirkte ein wenig ungeschminkt. In der rechten Hand hielt sie eine Zigarette, die manchmal ins Bild kam. Sie mußte etwa vierzig sein, überlegte Paul Mohr. Ja, ihr sei das Gutachten Professor Mauls in diesem Fall aus der Fachliteratur bekannt, und sie habe schon ihre Zweifel daran. Allerdings könne sie zu diesem Zeitpunkt und ohne genaue Kenntnis des Materials sonst nichts sagen, wofür sie um Verständnis bitte. Ihr Name wurde eingeblendet: Dr. Katja Lavans, und in einer Unterzeile: Ost-Berlin.

Man ahnte aus der Bewegung ihrer Rechten, daß sie die Zigarette wegschnippte. Wie im Reflex folgte die Kamera für einen Moment der Bewegung hinab zu einem kleinen leeren Goldfischbecken, in dem bösartig wuchernde Rostgeschwüre ein zierliches eisernes Fischmaul, das sicher einmal eine kleine Fontäne ausgespuckt hatte, für immer verschlossen. Paul Mohr stellte den Apparat ab. Das Bild schrumpfte zu einem winzigen weißen Punkt in der Mitte der Röhre zusammen, der nur langsam und mit einem leisen Flirren verlosch. Erst als die Mattscheibe ganz dunkel war, schloß Paul Mohr die beiden Türen des Fernsehmöbels.

Ansgar Klein hielt währenddessen den elfenbeinfarbenen Telephonhörer noch einen langen Moment mit den Fingerkuppen von Daumen, Zeige- und Mittelfinger über der Gabel. Da hatte Fritz Sarrazin am anderen Ende der Leitung längst aufgelegt, und der Anwalt hörte aus dem Lautsprecher der Ohrmuschel nur den gleichmäßigen Ton des Freizeichens. Sehr vorsichtig ließ er den Hörer auf die beiden weißen Kontaktstifte hinab und registrierte dabei, wie deren Federungen seiner Hand das Gewicht des Hörers abnahmen. Schließlich endete das Freizeichen mit einem leisen Knacken, und der Hörer lag auf der Gabel.

Es war zwanzig Uhr dreißig und im ganzen Gebäude still bis auf das leise Geräusch, das die Fassadenverkleidungen aus Aluminium machten, die sich abzukühlen begannen, nachdem die Sonne vor einer Stunde um die Westecke des Gebäudes verschwunden war. Von der Straße waren Autos zu hören, lautes Rufen und all die anderen Geräusche eines Sommerabends. Ansgar Klein sah die Goethestraße entlang, die sich in den letzten Jahren zu einer der besten Einkaufsadressen der Stadt entwickelt hatte und die auf den noch leeren und ungestalteten Platz der ehemaligen Frankfurter Oper führte. Die dachlose Ruine des klassizistischen Baus war nach dem Krieg lediglich notdürftig gesichert und eingezäunt worden. Er erinnerte sich noch sehr genau, wie er sie als Kind hatte brennen sehen.

Birken sprossen nun seit Jahren schon aus den kleinen leeren Fensterhöhlen in den oberen Stockwerken, und er beobachtete, seit die Kanzlei hier im Haus war, ihr Wachstum. Doch in diesem Augenblick nahm er die dünnen Stämme, die auf krummen Wurzelstöcken mühsam in ihren jeweiligen Sandsteinritzen balancierten, nicht wahr. Bereits vor über drei Wochen, am zweiten August, war der Antrag auf Strafunterbrechung für Hans Arbogast abgelehnt worden. Klein hatte sich darin auf §360 Absatz 1 StPO bezogen, wonach durch einen Antrag auf Wiederaufnahme des Verfahrens die Vollstreckung der Strafe *gehemmt* werde. Arbogast hatte er die Ablehnung nicht mitgeteilt, da er wußte, daß auch die fällige Entscheidung über den Wiederaufnahmeantrag nicht lange auf sich warten lassen würde, und er seinen Mandanten nicht unnötig beunruhigen wollte. Heute nun hatte man entschieden. Die Große Strafkammer des Landgerichts Grangat hatte Kleins Antrag auf Zulassung des Wiederaufnahmeverfahrens abgewiesen.

Ansgar Klein öffnete das Fenster, und der heiße Wind traf ihn unerwartet ins Gesicht.

»Scheiße!«

Er fluchte in den Straßenlärm hinaus, dann schloß er die Augen. Die Hitze stand auf seinen Lidern, und es roch nach trockenem Staub, Abgasen und verwelkten Blüten. Er memorierte die Begründung des Gerichts: Zwar lägen nun mit den Gutachten der Photoexperten zum einen neue Beweise vor und seien zum anderen die Photoexperten durch ihre Forschungsmittel denen Mauls überlegen, aber für die Frage, worauf die an einer Leiche zu sehenden Spuren zurückzuführen seien, erkenne die Kammer dem Gerichtsmediziner die überlegene Sachkenntnis zu.

»Überlegene Sachkenntnis! Scheiße!«

Er schloß das Fenster und setzte sich wieder an den Schreibtisch. Für eine Weile fror er nun in dem klimatisierten Raum. Er würde sofort Beschwerde einlegen, doch zunächst einmal waren mit dieser Ablehnung all ihre Hoffnungen auf die Freilassung Arbogasts zunichte gemacht worden. Es schien, daß man in Grangat entschlossen war, diesen Fall um keinen Preis der Welt wieder aufzurollen. Klein wußte nicht, was sie nun noch tun sollten, und er hatte Angst vor dem Gespräch mit seinem Mandaten. Gleich morgen würde er zu ihm fahren. Und danach weiter ins Tessin, wo Sarrazin und er in Ruhe überlegen konnten, wie es nun weitergehen sollte. Er hoffte, daß Arbogast die schlechte Nachricht nicht schon bekommen hatte, und fürchtete sich zugleich davor, sie überbringen zu müssen. Er war sich nicht sicher, ob der Gefangene genügend Kraft hatte, diese Nachricht wegzustecken. Gerade in der letzten Zeit hatte Klein verstärkt den Eindruck gehabt, als rissen dessen Verbindungen in die Welt zunehmend und als käme der Hoffnung auf die Wiederaufnahme immer größere Bedeutung bei Arbogasts Bemühungen zu, sich selbst in der Wirklichkeit zu halten.

26

Katja Lavans wohnte nahe dem Treptower Park in Ostberlin. An diesem Abend hatte sie Freunde eingeladen, um die Abgabe ihrer Habilitation zu feiern. Ilse, ihre fast neunjährige Tochter, blieb über Nacht bei einer Schulfreundin. Seit ihrer Scheidung hatte Katja selten Gäste gehabt, und um so mehr ärgerte es sie jetzt, daß ihr Assistent ebenso überraschend eine Nachtschicht übernehmen mußte wie ihr Kollege Landner, dessen Frau gerade die schlechte Nachricht überbracht hatte.

»Dann bleiben eben zwei Plätze leer!«

Katja schloß die Tür hinter Doris. Sie hatte den ganzen Nachmittag gekocht und gerade auf der großen, von armdünnen Gußeisensäulchen gehaltenen Veranda für sechs gedeckt, doch mehr an

Enttäuschung würde sie sich, wie Doris wußte, nicht anmerken lassen. Wer sie weniger gut kannte, hielt sie für einen sehr rationalen Menschen, wozu eine gewisse Gleichgültigkeit gegenüber sich selbst paßte, die auch in der Weise deutlich wurde, wie sich Katja kleidete und gab. Oft schnoddrig und jungenhaft, schminkte sie sich eigentlich nie, was ihr absolut regelmäßig geschnittenes Gesicht, dem man die achtunddreißig Jahre fast nicht ansah, eher noch auffälliger machte. Sie trug die braunen Haare kurz, rauchte viel und ließ die Zigarette beim Sprechen gern im Mundwinkel. Auch jetzt wollte sie sich eine Zigarette anzünden, doch Doris stellte die beiden Einkaufsnetze ab, umarmte sie und küßte sie fest auf beide Wangen.

»Herzlichen Glückwunsch noch mal. Du mußt mir sofort erzählen, wie du dich jetzt fühlst.«

Einen Moment lang sah Katja sie nachdenklich an, und man merkte, daß sie überlegte, was Doris meinen könnte, doch dann erinnerte sie sich wieder sehr genau, und zwar zuallererst daran, wie sie nach der Abgabe der Arbeit zum Rauchen hinausgegangen war. Das Gerichtsmedizinische Institut lag direkt neben dem Gelände der Charité an der Hannoverschen Straße, und mit den beiden Seitenflügeln, der hohen Umfassungsmauer und dem schmiedeeisernen Tor erinnerte es fast ein wenig an eine klassizistische Stadtvilla. Vor der kleinen Freitreppe kreisten die kümmerlichen Reste einer Buchsbaumhecke um ein leeres Goldfischbecken. Dort war Katja für einen Moment stehengeblieben und hatte geraucht: ECKSTEIN – *echt und recht*. Die Anspannung, die vor allem im letzten halben Jahr immens gewesen war, fiel in diesem Moment von ihr ab. Wie immer hatte sie die Kippe in das leere Becken geschnippt und sich gefragt, wer es eigentlich leerte. In der Hand ein kleines Päckchen, das Professor Weimann im Sekretariat für sie hatte bereitlegen lassen. Unter dem Geschenkpapier verbarg sich ein schmales schwarzes Bakelit-Kästchen, auf dem R. V. DECKERS MEDIZINALTECHNIK stand.

Eingepaßt in weißes Kunstleder lag eines jener besonderen Skalpelle darin, die ihr alter Doktorvater für die besten hielt. Katja Lavans nahm es heraus und sah, daß man ihre Initialen eingraviert hatte.

Doris, die als Dolmetscherin eines Textilkombinats in Biesdorf am Rande Berlins arbeitete und über gute Kontakte verfügte, hob zwei volle Einkaufsnetze auf den Küchentisch und zog daraus ein halbes Dutzend Flaschen französischen Rotweins hervor. Katja fragte lieber nicht, woher. Und Doris wunderte sich wieder einmal, wie vergeßlich ihre Freundin war. Schließlich hatten sie vor Wochen verabredet, daß sie sich um die Getränke kümmern sollte, doch da klingelte es auch schon, und Bernhard, ein Kollege aus dem Institut, kam herauf. Noch bevor er gratulierte, entschuldigte er sich dafür, sein Geschenk vergessen zu haben. Doris murmelte, daß sie nach dem Essen sehen müsse, und verschwand in die Küche, während Katja einen sehr langen Moment mit Bernhard allein im Treppenhaus stand, der nicht recht wußte, ob er sie nun umarmen sollte oder nicht. Gerade, als er schließlich einen Schritt auf sie zutrat und die Arme hob, stürmte Max die Treppe herauf, drängte mit einem Blumenstrauß an ihm vorbei und küßte Katja auf beide Wangen.

Sie kannte Bernhard seit dem ersten Semester, und er war nicht nur, wie sie immer wieder verkündete, ein viel besserer Pathologe als sie, sondern auch ihr bester Freund. Und so hakte sie beide Männer unter und führte sie auf die Veranda, bevor sie sich auf die Suche nach einer Vase machte. Wobei sie sich beeilen mußte, denn Bernhard würde mit Max kein einziges Wort wechseln, weil er viel zu schüchtern war, Englisch zu sprechen. Also kam sie schnell mit den Blumen zurück, schob die überflüssigen Teller, Gläser und Bestecke zusammen, stellte alles auf die Anrichte im Wohnzimmer, plazierte ihre Gäste um den runden Tisch und zündete die Kerzen an, während Doris das Essen auftrug.

Es gab falschen Hasen, *tricky rabbit,* soufflierte Doris, mit Bohnen und Kartoffeln. Sie aßen öfter zusammen, denn Max, ein Komponist aus Boston und für ein Jahr Gaststudent an der Hochschule der Künste in West-Berlin, lud sich ebenso gern selbst zum Essen ein, wie Bernhard eingeladen werden wollte. Und Doris lockte den Amerikaner vor allem deshalb immer wieder in den russischen Sektor, weil sie Spaß an englischer Konversation hatte. Und so blieb Katja nichts anderes übrig, als Max immer wieder deutsch anzusprechen, damit auch Bernhard ein wenig von der Unterhaltung mitbekam. Aber eigentlich störte sich keiner der vier an den Gesprächspausen, die dabei entstanden, und man ließ sich Zeit, Katja nochmals nach ihrer Arbeit zu fragen, ÜBER MORD MIT TIERHAAREN, die natürlich alle längst kannten. Es ging darin um die Frage, ob die bei Naturvölkern und auch in alten europäischen Quellen oft beschriebene Tötung durch Verabreichung verschiedenster, meist kleingeschnittener Tierhaare stichhaltig war. Katja hatte oft genug von ihren Versuchen erzählt und die Perforation der Magenwände lebhaft beschrieben, die sie bei der Sektion ihrer Mäuse beobachtet hatte. Doch aufgrund des feierlichen Anlasses ihres Zusammenseins, wie Bernhard sich ausdrückte, sollte Katja bitte nochmals den Anfang vorlesen. Also holte sie den frisch aus der SCHREIBSTUBE GRETE KAISER, BERLIN gekommenen Text und las die erste Seite vor.

»*Wie umfassend die Bedeutung der Haare ist, wird erst klar, wenn man einmal die verschiedensten Wissensgebiete vorüberziehen lässt, in denen das Haar einen breiten Raum einnimmt.*«

Katja Lavans stand am Kopfende der Tafel. Sie mußte sich sehr beherrschen, nicht zu lachen, und auch die drei anderen hörten ihr mit einem Grinsen zu. Es war der erste warme Abend jenes Jahres, Katja hatte den silbernen Kerzenleuchter aufgestellt, den die Schwiegereltern ihr zur Hochzeit geschenkt hatten, und die fünf Flammen spiegelten sich vielfach in den Gläsern und glühten als winzige leuchtende Punkte im Rotwein.

Doris nickte ihr zu: »Weiter!«

»*Die Zoologie beschreibt die Haare des Tierkleides und ordnet jeder Art ganz bestimmte arteigene Haare zu. An der Cuticula, der Rinde, dem Mark, der Farbe, der Biegsamkeit, seinem Luftgehalt und seiner Kräuselung nach können wir ein beliebiges Tierhaar anhand von Atlanten einer bestimmten Rasse oder einem bestimmten Tier zuschreiben. In der Physiologie und der menschlichen Mythologie ist es von Wichtigkeit, und hier ist es besonders das Haupthaar. Um ›weibliche Zierde‹ und ›männliche Kraft‹ zu vermehren oder zu erhalten, bindet der Mensch sein Haar oder flicht es, brennt, färbt, entfettet oder fettet es. Homer schon nennt das Haupthaar ein Geschenk der Aphrodite. Ein Verlust des Haares trifft die Psyche des Menschen schwer. Daß hier psychosexuelle Momente hineinspielen, ist offensichtlich.*«

Max strich Doris durchs Haar, und sie mußte lachen. Katja wartete, bis sich die Freundin wieder beruhigt hatte, bevor sie weiterlas.

»*Wie entehrend ist es für ein Mädchen, das Haar abgeschnitten zu bekommen, und hier ist gerade von Bedeutung, dass diese Lynchjustiz bei Verfehlungen auf sexuellem Gebiete manchmal geübt wird. Übrigens berichtet darüber schon Tacitus. Die germanischen Stämme pflegten sich auch nach einer verlorenen Schlacht die Haare als Zeichen von Schmach und Schande abzuschneiden. So.*« Sie legte das Blatt weg: »Das ist genug!«

Alle applaudierten, dann stand Max auf, ging in die Wohnung und kam mit einem Päckchen zurück, das er auf den Tisch stellte. Es war etwa vierzig Zentimeter hoch und annähernd quadratisch.

»Ein Geschenk«, stellte Doris fest, und Katja bedankte sich mit einer Umarmung bei Max, bevor sie es auspackte.

Ihre Ratlosigkeit schien Max sehr zu amüsieren, als sie schließlich das dunkel lackierte Holzkästchen in die Hand nahm, das etwa zehn Zentimeter hoch war und vierzig im Quadrat maß und auf dessen Oberseite sich zwei verchromte Metallstäbe befanden.

»Eine Lampe?« fragte Doris nach einem Augenblick des Schweigens.

»Music!« sagte Max und hielt das Gerät mit beiden Händen. »This was the first electronic instrument ever, invented by the Russian physicist Lev Sergeyvich Termen.«

»Und wann war das?« fragte Katja ungläubig.

»Termen began to demonstrate the aetherphon, as he called it, in 1921. He presented it to both public and private audiences all around Russia, including Lenin himself!«

Doris kicherte und zog das Instrument zu sich herüber. »Das glaube ich nicht.«

»Und dann?« fragte Katja.

»In 1927, he came to the United States. By then, his name had been anglicized to Leon Theremin. Apparently the French-sounding name was to give the young scientist an air of sophistication. And his instrument became known as the theremin.«

»Und dann wurde er reich und berühmt!«

»No, sorry, not at all. In 1929, he sold the patent rights. Professor Theremin lived in the United States for the next ten years giving lessons on the theremin. By the way: The instrument was said to be playable by anyone who could hum a tune. So that makes it exactly the right instrument for you!«

Doris lachte über die Anspielung auf die Unmusikalität ihrer Freundin. Max deutete auf das Kästchen und meinte, sie solle es doch am besten einfach ausprobieren. Katja hatte beide Hände vor den Mund gelegt und schüttelte unentwegt den Kopf.

»Und wie funktioniert es genau?«

»The performer simply modifies the frequency and amplitude.«

»Du meinst, die Erzeugung der Töne besteht in der Veränderung eines Sinustones, in nichts sonst?« fragte Bernhard, nachdem Doris übersetzt hatte, was Max sagte.

»You got it!«

Bernhard nickte und stöpselte das Gerät ein, an dem es keinen einzigen Knopf gab. Sofort war ein leises, gleichmäßiges Brummen zu hören. Max faßte es wieder mit beiden Händen an seinem hölzernen Unterbau und schob es zu Katja hin, die noch immer den Kopf schüttelte.

»The theremin is played by moving one's hands near two large metal antennas. One antenna controls the volume: moving closer dampens the sound. With the other antenna you increase the pitch.«

Katja nickte und tastete mit einer Hand, als ginge sie im Dunkeln durch einen Raum und suchte eine Wand, nach dem einen der beiden Metallstäbe, und tatsächlich schien es so, als berühre sie im Unsichtbaren etwas, den Ton nämlich, der plötzlich zu hören war und den ihre Hand nun modulierte wie eine Kontur, der ihre Berührung folgte. Als sie sich dann mit der anderen Hand dem zweiten Stab näherte, veränderte der Ton seine Lautstärke, verschwand und kam wieder, als umkreise er den Tisch.

»Das klingt aber ein bißchen gruselig«, bemerkte Doris, und Katja zog ihre Arme schnell zurück.

»Und was geschah mit Professor Theremin?« fragte sie.

»One day in 1938, a group of men in dark suits appeared at the lab in Manhattan and whisked Leon Theremin away without any explanation. Maybe he was taken back to the Soviet Union. Who knows?«

Für einen Moment sagte niemand etwas. Man hörte die Geräusche aus den anderen Wohnungen, deren Fenster zum Hinterhof gingen, und sie sahen sich nicht an, während sie lauschten. Doris stützte den Mund in die offene Hand und sah hinab ins Dunkel. Katja beobachtete Max, der sich immer wieder seine schwarzen Locken aus dem Gesicht strich. Max war groß und nicht schmächtig und so, wie Katja sich Amerikaner vorstellte. Sie mochte seinen unsicher flirrenden Blick, wenn er für einen Moment wie jetzt nichts mit sich anzufangen wußte, und die weitausholenden Gesten, mit denen er sich dann selbst zurückruderte in die Wirklichkeit. Als Katja allen Wein nachgoß, legte Max die flache Hand auf sein Glas und lächelte ihr zu.

»Sorry Katja, I think I have to go«, sagte er leise.

Sie wußte, er mußte spätestens um Mitternacht zurücksein im amerikanischen Sektor, und tatsächlich brach er auf, bevor noch die anderen ihre Gläser geleert hatten. Katja brachte ihn zur Tür. Max winkte, während er im offenen hellen Mantel die Treppe mit schnellen Schritten hinabstürmte, und als sie wieder auf die Veranda kam, erzählte Doris gerade, wie sie den Wein ergattert hatte. Am Ende betonte Bernhard, wie gut er sei, dann wußte man wieder nicht mehr, woran das Gespräch noch anknüpfen konnte.

»Ob man ihn wirklich in die SU zurückgeholt hat?« fragte Katja irgendwann.

Doris wiegte den Kopf und zog laut die Luft ein. Bernhard sagte zunächst nichts, räusperte sich aber dann, als müsse er nach langem Schweigen erst wieder zu Stimme kommen. Er habe ihr noch einen interessanten Text mitgebracht, sagte er schließlich leise und zog aus einer dünnen Aktenmappe, die wohl den ganzen Abend am Geländer gelehnt hatte, eine Zeitschrift hervor. Katja erkannte sofort am Einband, daß es ein Exemplar der westdeutschen Ärztezeitschrift EURO-MED war.

»Worum geht es?«

»Um den Metzger aus dem nichtsozialistischen Ausland, den du neulich im Fernsehen so mutig verteidigt hast. Es ist ein Interview mit dem Gutachter.«

»Und?«

»Professor Maul hat tatsächlich nur aufgrund von Photos der Leiche, auf denen er Drosselmarken entdeckt haben will, gegutachtet.«

»Es gab keinen Sektionsbericht?«

»Klar gab es einen.«

»Und?«

»Herzversagen.«

»Das gibt es nicht!«

»Doch.«

Bernhard hatte das Interview aufgeschlagen und las: »*Es handelt sich bei der Photographie, auf der der Abdruck eines Strickes zu sehen war, um einen so gewöhnlichen und alltäglichen Befund, wie wir ihn bei Tausenden von Fällen beobachtet haben.*«

»Aber man kann doch auf ein Photo kein Gutachten aufbauen!«

»*Die Abbildung,*« sagt Maul, »*auf der sich ein Abdruck des Strikkes befand, war eindeutig.*«

»Spinnt der? Wer sagt ihm denn, daß der Abdruck nicht postmortal entstanden ist?«

»Gibt es das: Blutergüsse, wenn einer tot ist?« fragte Doris.

Bernhard zuckte mit den Schultern und gähnte. Katja nickte und bat ihn um das Interview. Er gab ihr das Heft, und sie begann zu lesen.

»Na, dann räume ich mal auf.« Doris stellte die Teller zusammen. »Hilfst du mir, Bernhard?«

Die beiden brachten das Geschirr in die Küche, und Katja wußte später nicht einmal zu sagen, ob sie sich auch verabschiedet hatten, denn als sie mit der Lektüre fertig war, wunderte sie sich über die Stille und bemerkte erst dann, daß niemand mehr da war.

Eine Flasche stand noch auf dem Tisch, offen und erst zur Hälfte geleert, daneben ihr Glas, und Katja goß sich nochmals ein. Sie zündete eine Zigarette an, betrachtete den Nachthimmel und wie er sich von Stockwerk zu Stockwerk ganz verschieden in den dunklen Fenstern der anderen Wohnungen spiegelte. Langsam wurde es kühler. Der, der das Mädchen umgebracht haben sollte, war zu lebenslangem Zuchthaus verurteilt worden, und sie versuchte sich vorzustellen, wie die Tote in seinen Armen ausgesehen haben mochte. Wie ihre Muskeln in seinen Armen erschlafft waren und er ihren Blick nicht mehr hatte halten können, der dann für immer verschwunden war.

Immer wieder in diese erloschenen Blicke sehen zu müssen, war für sie das entsetzlichste. Und manchmal war es Katja auch vorgekommen, als entdeckte sie den Blick noch, wie einen winzigen, fast schon endgültig erkalteten Funken tief drinnen in einem Auge. Manchmal hatte sie auch gedacht, der Tod selbst sehe sie darin an. Katja überlegte, was jener Mann, dessen Namen sie nicht kannte und von dem sie nicht wußte, ob er ein Mörder war, in jenem Augenblick empfunden haben mochte. Dann meinte sie vom Tierpark her ihren Löwen, wie ihr Mann ihn immer genannt hatte, zu hören und vergaß darüber den, von dem sie nicht wußte, daß er Hans Arbogast hieß.

Statt dessen erinnerte sie sich wieder daran, wie oft sie im Zoo gewesen war, um sich die Tierhaare für ihre Experimente zu beschaffen. Stets war sie dabei an jenem Löwen vorbeigekommen, der immer so laut geknurrt hatte, daß sie einen Schritt schneller gegangen war. Vorsichtig näherte sie sich mit einem Finger dem Theremin und strich einen der beiden verchromten Stäbe entlang. Das helle Flirren, das sie dabei erzeugte, gefiel ihr sehr, und sie konzentrierte sich nun darauf, ihre Hand ganz gleichmäßig zu bewegen, um es nicht wieder zu verlieren. Sie meinte, es stehe vor ihrer Hand in der Luft und habe einen Umriß und eine Gestalt, der sie mehr nachtaste, als daß sie es erschuf. Mit der anderen Hand brachte sie dann die Töne vor sich in der Luft zum Leuchten, indem sie ihre Lautstärke langsam erhöhte. Das Flirren wurde klarer dadurch und, je lauter es wurde, zu einem immer tieferen Schwingen und aus dem zitternden Licht über einer durchscheinenden Membran eine atmende Gestalt, die sich drehte und wendete, um sich schließlich, wie es Katja schien, unter ihren Händen wegzuducken.

Nun war es nur mehr ein gleichförmiger Ton, der ganz langsam unter ihr versank, starr und unbeweglich dabei leiser wurde, wie ein stählerner Schiffsrumpf, der unterging. Am Ende verwandelte sich dann dieses tiefe, pulsierende Brummen ganz langsam wieder zu einem hellen Klang, der seltsamerweise, obwohl völlig technisch, doch dem lauten Knurren des Löwen glich. Er stand ebenso fremd und einsam in der Nacht.

27

Pfarrer Karges, sagte man ihm am Tor, wünsche ihn kurz zu sprechen. Da wußte Klein, daß die schlechte Nachricht Hans Arbogast also schon erreicht hatte.

»Ich möchte gern erst zu meinem Mandanten.«

»Hochwürden läßt Ihnen sagen, es dauere wirklich nur einen Moment.«

Der Beamte wies auf eine kleine Seitentür im dunklen Gewölbe des Torhauses, dessen Kühle Klein an diesem heißen Tag Ende August frösteln ließ, als die Flügel der Stahltür sich hinter ihm geschlossen hatten.

»Bitte hier entlang.« Der Wachmann schloß auf und ließ ihn vorbei.

Eine schmale steinerne Wendeltreppe führte etwa fünfzig Stufen nach oben. An einem kleinen Vorsprung wartete der Anwalt, der Beamte drückte sich an ihm vorbei und schloß auf. Ein schmaler Gang. Rechts sah Klein in eine Wachstube hinein und Karabiner in Glasschränken, Tische und Stühle, mehrere Uniformierte im Gespräch. Am Ende des Ganges eine Glastür, durch die Klein den Himmel sehen konnte. Wieder schloß der Beamte auf und ließ Klein passieren. Seine Geste wies hinaus, und Klein trat ins Freie und auf den Laufgang der Gefängnismauer. Der Priester stand etwa zehn Schritte entfernt. Seine Soutane flatterte im warmen Wind.

Ansgar Klein kannte Karges bereits von einem kurzen Gespräch, um das er den Geistlichen seinerzeit gebeten hatte, um ein besseres Bild von Arbogast zu bekommen. Er hatte damals nicht den Eindruck gehabt, das Gespräch unbedingt fortsetzen zu wollen, sich vielmehr noch manchmal gefragt, ob sein Unbehagen vielleicht damit zu tun hatte, daß er an keinem Gottesdienst mehr teilgenommen hatte, seit er sich von seiner Frau getrennt und damit die obligaten Kirchenbesuche an Weihnachten aufgehört hatten. Karges beharrte seinerzeit, wie Klein sich erinnerte, während er auf den Geistlichen zuging, auf eine seltsam rigide und endgültige Art auf der Schuld Arbogasts.

Der Geistliche trug eine Sonnenbrille mit lila Gläsern. Er lächelte und streckte ihm die Hand entgegen. Es war kurz nach Mittag und das Licht hier draußen unter dem wolkenlosen Augusthimmel gleißend.

»Schön, daß Sie sich einen Moment Zeit für mich nehmen, Herr Klein!«

Klein nickte und lächelte leicht.

»Ich bin oft hier auf der Mauer. Sie gibt einem so ein erhabenes Gefühl. Das hier ist die Grenze. Drinnen und draußen, verstehen Sie?«

Klein nickte und sah sich blinzelnd um. Auf der anderen Seite lagen die Dächer Bruchsals. Was wollte Karges von ihm?

»Wollen Sie wissen, wo Ihr Klient untergebracht ist? Dort drüben ist seine Zelle im Flügel 4. Das Fenster mit der Nummer 312.«

Klein sah in den Hof hinunter, den der vierflügelige rote Sandsteinbau ausfüllte. Flg.N4 war an einer Seitenwand zu lesen, und im zweiten Stock, ziemlich in der Mitte, fand Klein die Nummer 312. Unten im Hof saß eine Gruppe Gefangener im Kreis um einen jüngeren Mann in schwarzem Anzug. Zwei Wachleute standen nahebei.

»Und das ist Pfarrer Ohlmann, der evangelische Kollege. Bibelstunde. Sind Sie Protestant?«

Klein zögerte einen Moment. »Ja.«

»Müssen Sie erst überlegen?«

Klein lächelte. »Hochwürden, ich habe zur Zeit anderes im

Kopf. Der Wiederaufnahmeantrag von Hans Arbogast ist abgelehnt worden.«

»Ich weiß.«

Karges lachte, und für einen Moment fiel das Licht so in sein Gesicht, daß der Anwalt durch die lila Gläser wie in einem Aquarium den kalten Blick des Geistlichen sehen konnte.

»Haben Sie es ihm gesagt?«

»Ja.«

Der Wind riß ihnen die Wörter von den Lippen und verwehte sie. Was für ein Arschloch, dachte Klein.

»Warum?« fragte er sehr laut.

»Warum nicht? Ich habe immer gewußt, daß Arbogast schuldig ist. Und ich wollte die Gelegenheit nutzen, ihn zu einem Geständnis zu bringen.«

»Und? Wie geht es ihm?«

»Wußten Sie, daß die Umfassungsmauer fünfhundertachtzig Meter lang ist? Die Höhe habe ich gerade vergessen. In jedem der Türme ein bewaffneter Wachmann mit einem halbautomatischen Karabiner. Haben Sie im Krieg vielleicht einmal einen US-Karabiner gesehen? Kommen Sie, kommen Sie! Es dauert nur einen Moment!«

Der Priester ging schnell zum nächsten der Wachtürme. Unwillig folgte Klein, und als er den Turm betrat, stand Karges bereits lächelnd neben einem Holzgestell in der Nähe des Beobachtungsfensters, durch das der Wachmann den Hof überblickte. Der Boden des Kastens war mit Filz abgepolstert und darauf lehnte das Gewehr. Karges nahm es hoch, lud durch und warf es lachend Klein zu. Hier im gedämpften Licht konnte Klein die Augen des Pfarrers hinter den lila Brillengläsern überhaupt nicht mehr erkennen. Das Gewehr war schwer, das Holz abgegriffen und glatt. Klein reichte es ihm zurück, trat wortlos wieder hinaus ins Freie und machte sich auf den Weg zurück zum Torhaus.

»Was ich Ihnen eigentlich sagen wollte, Klein, war aber etwas anderes.«

Karges ging dicht hinter ihm. Der Anwalt blieb weder stehen, noch sah er sich um. »Sie müssen darauf drängen, daß Arbogast gesteht. Verstehen Sie denn nicht? Nur, wenn Arbogast Reue zeigt, kann die Schuld am Tod des Mädchens gesühnt werden.«

»Was haben Sie ihm gesagt?«

Der Priester lächelte und wiegte den Kopf.

»Sie glauben doch nicht wirklich immer noch, daß Arbogast unschuldig ist? Lachhaft! Beobachten Sie doch mal seinen Mund. Sehen Sie genau hin, und dann seien Sie froh, daß Sie ihm nicht draußen begegnen, bei ihrer Abneigung gegenüber Waffen.«

Neben der vergitterten Glastür zum Torbau war eine Klingel, und Klein mußte warten, bis von innen geöffnet wurde. Hier im Windschatten war es plötzlich wieder sehr heiß.

»Wie geht es ihm? Wie hat er es aufgenommen?«

»Sie werden es ja selbst gleich sehen.«

Noch immer lächelte der Geistliche.

Endlich kam einer der Wachleute und schloß auf. Als Klein durch die Tür war, sah er sich noch einmal zu Karges um. Seine lila Brillengläser leuchteten fast samten. Er lächelte und winkte noch durch das vergitterte Glas, als die Tür schon ins Schloß fiel. Klein beeilte sich, zu Arbogast zu kommen. Verwundert bemerkte er, daß man ihn nicht zum Besuchsraum brachte. Arbogast sei dort nicht, antwortete der Wachmann auf seine Nachfrage. Er arbeite auch nicht.

»Was ist los? Was ist mit ihm passiert?«

Der Wachmann blieb stehen.

»Er will nicht raus. Seit gestern verweigert er das Essen, den Hofgang, die Arbeit. Der Direktor hat die entsprechende Strafe bisher nur ausgesetzt, weil er wußte, daß Sie heute kommen. Und auf die Krankenstation will er auch nicht.«

»Warum denn auf die Krankenstation? Was ist denn geschehen?«

»Sie werden es ja sehen«, sagte der Wachmann und vermied seinen Blick.

Sie durchquerten die Zentrale, stiegen über die Wendeltreppe in den zweiten Stock hinauf und kamen über die schmale Galerie bis vor Arbogasts Zelle.

»Der Direktor bittet Sie, auf Arbogast einzuwirken. Sonst muß er in den Arrest«, sagte der Wachmann noch, dann schloß er auf.

Klein war noch nie in einer Zelle gewesen. Er trat einen Schritt vor, und der Wachmann schloß hinter ihm ab. Arbogast hatte, wie es tagsüber eigentlich Vorschrift war, sein Bett nicht weggeklappt. Mit nacktem Oberkörper lag er auf der Matratze, ein Kissen im Nacken, und das erste, was Klein registrierte, war die blutige Stirn. Die linke Augenbraue schien zersprungen und war wie der Haaransatz und die ganze linke Gesichtsseite voll von getrocknetem Blut und Wundschorf. Und blutig war auch die Wand, an die sich Arbogast lehnte. Er sagte nichts, und auch Klein stand zunächst schweigend da, die Tür im Rücken, und bemerkte nur, daß Arbogast in dem kleinen stickigen Raum überhaupt nicht zu schwitzen schien, während ihm selbst sofort der Schweiß in unzähligen Tropfen auf die Stirn perlte und vom Kragen in das Freizeithemd hinein und über den Oberkörper lief.

Klein fluchte innerlich über den Pfarrer, der die Schuld daran trug, daß Arbogast sich derart zugerichtet hatte. Er war ihm unheimlich. Sein Blick schien so tot und reglos wie die ganze Gestalt. Die Sonne bestand aus zahllosen weiß brennenden Quadraten im Fliegengitter des offenen Fensters. Ein nasses, wäßrig rotes Handtuch lag neben dem Bett, unter dem Tisch Napf und Becher, Reste einer Suppe auf dem Boden, in der Fliegen saßen. Klein atmete langsam durch den Mund, um den Geruch nach Essen und Gefängnis nicht allzusehr wahrnehmen zu müssen.

Schweigend öffnete der Anwalt seine Aktentasche, zog den Bescheid heraus und hielt ihn Arbogast hin, der sich träge vorbeugte und das Papier nahm. Klein bemerkte, daß auch die Handknöchel seiner Rechten blutig waren und verschorft, als hätte er sich geprügelt. Er hatte keine Ahnung, was er ihm sagen sollte. Arbogast ließ sich wieder an die Wand zurücksinken und las. Den Anwalt beachtete er mit keinem Blick.

»*Zwar*«, rezitierte Arbogast schließlich laut, nachdem er sich geräuspert hatte, »*liegen nun mit den Gutachten der Photoexperten neue Beweise vor, die zudem durch ihre Forschungsmittel denen Professor Mauls überlegen sind, aber für die Frage, worauf die an einer Leiche zu sehenden Spuren zurückzuführen sein könnten, erkennt die Kammer dem Gerichtsmediziner die überlegene Sachkenntnis zu.*«

Er ließ das graue Papier sinken und sah Klein von unten herauf an. »Damit ist Ihre Arbeit dann ja wohl vorbei?«

Kann gut sein, dachte der Anwalt traurig und wieder ebenso verärgert, wie er es gewesen war, als er diese Sätze zum ersten Mal gelesen hatte. Er verstand nicht, warum man den Einwänden nicht nachgab. Er versuchte ein Lächeln.

»Nein, ganz und gar nicht!« sagte er und schüttelte beschwichtigend den Kopf. »Wir müssen uns nur etwas Neues überlegen.«

»Ja, das müssen Sie wohl.«

Arbogast glaubte ihm nicht. Er schloß die Augen.

Gern hätte Klein mit ihm gesprochen, doch er war ihm so fremd und entfernt von allem, was er kannte, daß der Anwalt sich nicht zu fragen traute, was geschehen war. Statt dessen stand er eine ganze Weile lang einfach nur da und musterte ihn. Seit über dreizehn Jahren in Haft, hatte die Zelle und das völlige Fehlen der Erfahrung einer fremden Umgebung, anderer Kleidung und des Gesprächs mit unbekannten Menschen den ganzen Habitus seiner Person geprägt. Klein bemerkte all die typischen Angewohnheiten des Zuchthäuslers. Vor allem jene Ungerührtheit, die tatsächlich an die langsamen Bewegungen von Zootieren denken ließ und die so aufreizend selbstbewußt schien, daß man meinen konnte, dem Sträfling sei längst alles egal. Bis dann die Stille aufbrach wie eine schorfige Wunde. Klein gelang es nie, sich die Einsamkeit der Nächte in der Zelle vorzustellen. Und auch jetzt wußte der Anwalt nicht, wie er mit Arbogast sprechen sollte. Schließlich riet er ihm nur, wieder zur Arbeit zu gehen, damit er keinen Ärger bekam. Arbogast nickte mit geschlossenen Augen. Dann erzählte ihm Klein von seinem Gespräch mit dem Pfarrer. Da lachte Arbogast, und er sah ihn einen Moment lang an. Doch schnell verschwand das Lachen wieder aus seinem Gesicht, und er schien durch den Anwalt hindurchzusehen.

Die stickige Luft machte Klein zu schaffen, und er hätte sich gern gesetzt. Doch die Bank war zur Wand geklappt, und zu Arbogast auf das Bett wollte er sich nicht setzen. Es schien ihm, als zucke um die Lippen seines Mandanten so etwas wie Geringschätzung, und widerwillig mußte Klein an das denken, was der Pfarrer gesagt hatte. Er überlegte, ob der Geistliche nicht doch recht haben könnte mit der Schuld, von der er gesprochen hatte, und Arbogast wurde ihm noch unheimlicher, als er es sowieso schon war. Eingeschlossen hinter jenen Augen dieser Moment einer Tat, dachte Klein, die keine gewesen sein soll. Arbogast stand nicht auf und reichte dem Anwalt auch nicht die Hand, als dieser ging. Eigentlich sah er nicht einmal hoch, als die Tür sich wieder schloß.

28

Klein fuhr ohne Pause bis in die Schweiz und übernachtete in einem kleinen Hotel in Montreux. Dort aß er an der Uferpromenade zu Abend und starrte, bis es dunkel wurde, hinaus auf den Genfer

See. Das Glas Dôle rührte er kaum an. Noch immer mußte er an seinen Besuch im Zuchthaus denken. Dies war ein gefährlicher Moment. Wenn Arbogast nun resignierte und sich etwa von der Enttäuschung zu Unbeherrschtheiten verleiten ließ, würde es später schwieriger sein, den Eindruck eines tadellosen Gefangenen zu vermitteln. Doch Klein gestand sich ein, daß er sich nicht mehr sicher war, ob es ein Später für Arbogast überhaupt noch geben würde. Er hatte es sich leichter vorgestellt, die Fehler der ersten Verteidigung nutzend, ein Wiederaufnahmeverfahren zu erreichen, und vielleicht hatten ihn auch seine anderen Erfolge leichtfertig werden lassen. Jenes Zittern, das er um die Lippen Arbogasts bemerkt zu haben glaubte, machte ihn wütend und besorgt. Es war wie eine beängstigende Nachricht, die nach draußen drang. Sie erzählte von einem eingesperrten unheimlichen Schmerz, den Klein sich, wie er wußte, nicht einmal vorstellen konnte. Und da er es doch versuchte, mit dem Blick über den See und später im Bett, schlief Ansgar Klein nicht sonderlich gut in jener schwülen Augustnacht.

Am nächsten Vormittag machte er auf der Fahrt in Richtung Italien einen kleinen Abstecher und besuchte das Grab Rilkes in Raron. Von der kleinen Kirche, an deren Seitenmauer man den Grabstein des Dichters unter ein schönes gotisches Fenster gesetzt hatte, sah man weit ins Wallis hinein, das sich breit und sommerheiß unter ihm öffnete. Heller, beinahe steingrauer Dunst lag über den steilen Hängen. Ein Rabenpaar passierte krächzend und geschäftig das Tal, in dem die Rhône spärlich und in zögerlichen Mäandern in ihrem beidseits zerfressenen Bett floß, während Klein nicht anders konnte, als an Arbogast zu denken und immer wieder an den stickigen Geruch der Zelle.

Der Anwalt überquerte die Alpen am Simplon und kam am frühen Nachmittag in Bissone an. Wie verabredet erwartete Fritz Sarrazin ihn in der Bar an der kleinen Piazza, die eine schattige Veranda mit Eisenstühlen besaß, deren Sitzflächen aus hellblauen, gelben und roten Plastikbändern geflochten waren. Mit Sue aber hatte der Anwalt nicht gerechnet, und es dauerte eine ganze Weile, bis er im Schatten der Veranda und während sie zur Begrüßung einen Campari tranken, seine Befangenheit wieder verlor. Klein zeigte Sarrazin den Ablehnungsbescheid und die Beschwerde, die er sofort formuliert hatte, dann berichtete er von seinem Besuch bei Arbogast.

Sie waren sich schnell einig, daß es nun darum gehen mußte, das Gutachten Professor Mauls selbst zu erschüttern. Außerdem mußten sie die Pressearbeit verstärken und so den Skandal des Prozesses und vor allem die unerträgliche Borniertheit, die eine Wiederaufnahme verhinderte, noch mehr ins öffentliche Bewußtsein bringen. Nicht allzu große Hoffnungen setzten sie in die Arbeit der Kommission, die die DEUTSCHE GESELLSCHAFT FÜR GERICHTLICHE UND SOZIALE MEDIZIN im Frühjahr eingesetzt hatte. Zu stark waren offensichtlich die Seilschaften innerhalb des Faches, von denen Professor Maul profitierte.

»Deshalb hat es mich ja so gefreut«, warf Fritz Sarrazin ein, »vorgestern hier im Schweizer Fernsehen ein Interview mit Katja Lavans zu sehen, die sich ziemlich vehement gegen die Ablehnung im Fall Arbogast ausgesprochen hat.«

»Der Ostberliner Pathologin?«

»Ja.«

»Meinst du denn, die kann man anrufen?«

Fritz Sarrazin nickte zögerlich und lächelte dabei, als freue er sich ganz besonders auf dieses Gespräch.

»Mir hat HANSA-LUFTBILD jedenfalls Professor Kaser von der ETH Zürich empfohlen, einen renommierten Fachmann für Geodäsie und Photogrammetrie.«

»Für was bitte?«

»Geodäsie.«

Plötzlich mußte Ansgar Klein kichern, und von sich selbst überrascht prustete er los: »Geodäsie!« Anscheinend lösten sich nun die Anspannung des gestrigen Tages und die Anstrengung der langen Fahrt. Mühsam erläuterte er: »Die Wissenschaft von der Vermessung der Erde.«

»Den könnte ich ja besuchen«, schlug Sarrazin vor und übersah, während er bei dem Kellner, der gerade vorüberkam, nochmals drei Campari bestellte, geflissentlich, daß Ansgar Klein noch immer lachend versuchte, sich zu beruhigen. Sue kicherte leise.

»Das wollte ich vorschlagen«, nickte Klein und atmete tief durch, als hätte er gerade eine größere Anstrengung hinter sich gebracht.

»Bene, dottore. Wenn du mir bei Professor Kaser einen Termin machst, fahre ich hin, und wenn ich in Zürich bin, kann ich gleich versuchen, auch noch Max Wyss zu gewinnen, den Leiter des Wissenschaftlichen Dienstes der Stadtpolizei. Er ist der führende Experte für Mikrospurensicherung, und ich kenne ihn von diversen Tagungen. Wyss ist ganz sicher mit Professor Maul in keiner Weise verbandelt.«

Sie stießen mit den hohen schmalen Gläsern an. Sue erkundigte sich nach Kleins Privatleben, und er erzählte möglichst unterhaltsam von den Fällen, um die er sich in den letzten Jahren gekümmert hatte. Schließlich bemerkte Sue, es sei kühl geworden.

»Übrigens mußt du deinen Wagen hier im Ort stehen lassen. Der Pfad zu unserem Haus ist nicht für Autos gedacht.«

In der Tat war der Pfad im besten Fall für einen Karren breit genug. Außerhalb des Ortes war es sehr still, und an der steilen Flanke des Berges begann es schon zu dunkeln. Nur manchmal, wenn der See in den Blick kam, hellte die Landschaft sich nochmals auf. Dann blieben Sarrazin und Sue einen Moment stehen, damit ihr Gast die Aussicht genießen konnte.

»Ich glaube, Arbogast hält nicht mehr lange durch«, sagte der Anwalt irgendwann zögerlich, in der einen Hand seinen kleinen Pappkoffer, bei Gelegenheit einer solchen kurzen Pause.

Fritz Sarrazin nickte, sagte aber nichts. Doch der Anwalt wußte seltsamerweise in diesem Moment, was der andere dachte: In gewissem Sinn war es egal, was mit Arbogast geschah. Es blieb ihnen beiden nichts, als das zu tun, was ihnen möglich war. Helfen konnten sie Arbogast im Augenblick nicht, egal, was mit ihm geschehen sollte. Sarrazin nickte in die Richtung Sues, die ihnen bereits dreißig Meter voraus war, und sie gingen schweigend weiter und folgten ihr den Rest des Weges.

Der Anwalt registrierte, daß Sues Ballerinas exakt den Farbton der blauen Streifen ihres bunten Sommerkleides aufnahmen, das unterhalb der Taille über dem Petticoat weit ausschwang. Über die Schultern hatte sie sich die rosa Strickjacke geworfen, die den ganzen Nachmittag in ihrem Schoß gelegen hatte. Sie hielt den Kopf gesenkt, als suche sie den Boden nach etwas ab, und ging mit ruhigen, gleichmäßigen Schritten den verschatteten Weg hinauf, neben dem es aus Geröll und Wald schon feucht und nachtkühl hervorzuwittern begann.

29

Am Bettrand sitzend, strich Sue immer wieder über die weißen Haare auf seiner Brust, als glätte sie am Strand feinen weißen Sand. Sarrazin lag regungslos auf dem Bett. In ihrem Schlafzimmer war es noch immer sehr warm, auch wenn das Fenster, das bis zum Boden reichte, weit offen stand und die Nachtkühle hereinließ. Das Licht von der Terrasse warf ein kaltes Rechteck hier herauf an die Decke, in dessen Weiß alle Dinge an ihren Kanten aufglommen. Sie wußte, daß Fritz ihren Rücken betrachtete, die Linie ihrer Schulter und ihre Brust, die ein wenig vorfiel, während sie ihn streichelte. Seine Haut war trocken und weich. Seit sie ihn kannte, hieß das Alter für sie. Es ist spät, dachte sie und schloß die Augen. Sie hatten lange auf der Terrasse gesessen, und die dahinziehenden Lichter der Autos auf dem Straßenband im Tal hatten Ansgar Klein veranlaßt, sie immer wieder zum Wachbleiben zu überreden. Schließlich ließen sie den Anwalt bei der letzten, gerade erst geöffneten Flasche Greco di Tuffo zurück. Geschlossenen Auges spürte sie plötzlich seine Berührung und stellte sich, im Traum beinahe schon, vor, wie er die Schattenlinien auf ihren Schenkeln mit seiner Hand verfolgte. Und Sue lauschte dabei auf die Geräusche von der Terrasse, das Klirren, wenn die Flasche aus dem Eiswasser genommen wurde, das Rücken des Stuhles und das gelegentliche Räuspern des Anwalts.

30

Paul Mohr wohnte in einer Gegend Freiburgs, in der alle Straßen nach Laubbaumarten benannt waren, und die schmalen Gärten der Reihenhäuser begannen gerade kahl zu werden. Sein Blick vom Schreibtisch im ersten Stock ging auf zwei Obstbäume dicht an der kleinen, mit großen flachen Steinen gepflasterten Terrasse, mittelhohes Steinobst, auf eine alte hohe Birke in der Ecke, die schon hier gestanden hatte, als man die Siedlung baute, und bis zur Buchenhecke hinüber, die den Garten abschloß. Es war der achtundzwanzigste September 1967, seine Frau bekam gerade Besuch, er hörte die Türglocke, Schritte im Flur, dann Stimmen aus dem Wohnzimmer, Lachen. Er schlug die Zeitung auf und las: IM FALL ARBOGAST GIBT ES KEINE FRAGEZEICHEN MEHR. Die speziell für diesen Fall gebildete Kommission der DEUTSCHEN GESELLSCHAFT FÜR GERICHTLICHE UND SOZIALE MEDIZIN stelle sich hinter ihr Mitglied Professor Heinrich Maul.

Mohr war überrascht. Das hatte er nach den Pressemeldungen der letzten Zeit nicht erwartet. Immer wieder war er nach dem zufälligen Wiedersehen mit Hans Arbogast im Fernsehen auf kurze Meldungen über den nun schon seit vierzehn Jahren Inhaftierten gestoßen, schließlich letzte Woche sogar auf eine Reportage im SPIEGEL. Daraufhin hatte er sich die Pressemappe aus dem Archiv kommen lassen und mit nach Hause genommen. Der Pappeinband war viel benutzt und zerstoßen, ein dicker Packen Artikel aus verschiedenen Zeitungen, gefaltet oder ausgeschnitten und aufgeklebt, vergilbt zumeist und manche in dem ungesunden alterslosen Weiß bestimmter Spezialpapiere. Ganz obenauf lag sein eigener Artikel von 1955, und er las ihn noch einmal. Stets war es für Paul Mohr ein seltsam beschämendes Gefühl, alte Geschichten, Überschriften, Bilder anzusehen, die für einen einzigen Tag bestimmt gewesen waren und nun in den Archiven das Leben von Untoten führten, manchmal hervorgeholt, doch eigentlich leblos und so sehr aus ihrer Zeit, daß nicht einmal die Werbeaufnahmen noch die Gegenwart erreichten.

Paul Mohr las eine mit GJ gezeichnete Folge, die im GRANGATER TAGEBLATT von der Festnahme bis zur Verurteilung Hans Arbogasts über den Prozeß berichtet hatte. ARBOGAST BESTREITET JEGLICHEN TÖTUNGSVORSATZ war die erste Schlagzeile. LEBENSLÄNGLICH ZUCHTHAUS BEANTRAGT, titelte die Zeitung am nächsten Tag. VERTEIDIGER PLÄDIEREN FÜR FAHRLÄSSIGKEIT dann, und schließlich zur Urteilsverkündung: INDIZIEN BRACHTEN IHN ZU FALL. In der BADISCHEN ZEITUNG gab es eine Meldung zum Urteil, ansonsten hatte die größeren Zeitungen der Prozeß nicht sonderlich interessiert, sah man einmal von mehreren Stücken Franz Kehlmanns in der STUTTGARTER ZEITUNG ab. Und Kehlmann, ein Grangater Gerichtsreporter, der mit -NN zeichnete, war es dann auch, der nach dem Urteil den Zweifel an der Indizienentscheidung dokumentierte. HAT SICH DER GUTACHTER

GEIRRT? fragte er 1962, um im Januar 1963 die Ablehnung der Revision zu melden. 1965 war der Wiederaufnahmeantrag eine Meldung: MORDPROZESS ARBOGAST ERNEUT VOR GERICHT? Und 1966, im letzten Jahr, dann die Ablehnung: KEIN NEUES VERFAHREN FÜR ARBOGAST.

Mit der Ablehnung des Wiederaufnahmeverfahrens erschien auch, wie Paul Mohr registrierte, der Name Ansgar Klein immer häufiger in den Zeitungen, und zugleich begann der Fall unverhofft Kreise zu ziehen. Im November 1966 erschien im SPIEGEL eine mehrseitige Reportage von Henrik Tietz über Arbogast, im Frühjahr desselben Jahres dann noch ein zweiter Artikel desselben Journalisten, und kurz darauf ein Vierspalter in der SÜDDEUTSCHEN ZEITUNG, der Ansgar Klein ausführlich zu Wort kommen ließ. Und schließlich vor kurzem eine ganze Seite in der Münchner Abendzeitung, auf der unter dem Titel VOR EINER WENDE IM FALL ARBOGAST? ein Kriminalschriftsteller namens Fritz Sarrazin über die Verfehlungen der Justiz und das Schicksal Arbogasts schrieb. Respekt, dachte Paul Mohr, die Verteidigung hatte das Jahr seit der Ablehnung für ihre Pressearbeit hervorragend genutzt. Wobei Mohr erst jetzt verstand, warum es so wichtig gewesen war, Stimmung für Arbogast zu machen. Im März hatte man bei einer Fachvertreter-Sitzung der DEUTSCHEN GESELLSCHAFT FÜR GERICHTLICHE UND SOZIALE MEDIZIN eine Kommission von fünf Professoren eingesetzt, die sich gutachterlich dahingehend äußern sollten, *ob positiv nachzuweisen ist, daß Frau Marie Gurth nicht mittels eines Strangulierungswerkzeugs zu Tode gebracht worden ist.*

An Material überließ man dem Gremium sechs Bände Hauptakten, die Gutachten zum Wiederaufnahmeantrag I, die Gutachten zum Wiederaufnahmeantrag II, eine alte Lichtbildtafel der Kriminalhauptstelle Freiburg und eine neue Lichtbildmappe des Bundeskriminalamts. Eine kleine Meldung in der STUTTGARTER ZEITUNG berichtete, daß der baden-württembergische Justizminister Dr. Rudolf Schieler sich ausdrücklich für ein unabhängiges Gutachtergremium im Fall Arbogast ausgesprochen habe. Er sei *persönlich daran interessiert, daß dieser Fall endgültig geklärt* werde. Und nun hatte die Kommission also entschieden. Oberstaatsanwalt Manfred Altmann vom Landgericht Grangat erklärte in der BADISCHEN ZEITUNG, daß seine Behörde nun nicht den geringsten Anlaß mehr sehe, einen Wiederaufnahmeantrag zu stellen. Justiz und Wissenschaft konnten sich nun damit beruhigen, alles getan zu haben.

Paul Mohr betrachtete das Photo, mit dem die Zeitung den Artikel illustrierte. Er selbst hatte es dem zuständigen Redakteur überlassen. Er schob die Pressemappe beiseite und besah sich den Originalabzug noch einmal. Damals hatte es ihn sofort in seinen Bann geschlagen, und er wollte es um jeden Preis haben. Er hatte, wie er sich jetzt erinnerte, wohl die Wahl gehabt, Gesine Hofmann zu küssen oder um dieses Bild zu bitten, und mußte lächeln bei der Erinnerung an ihren überraschten Blick. Es war, als schlafe Marie Gurth in ihrem Kissen aus Brombeer, dachte Paul Mohr.

Und zur selben Zeit betrachtete Ansgar Klein dasselbe Photo, wenn auch in einer anderen Zeitung, die ebenfalls damit die Nachricht von der Entscheidung der Kommission gegen Hans Arbogast bebilderte. Sofort rief der Anwalt bei Fritz Sarrazin an. Sue war im Wohnzimmer und nahm ab. Fritz hörte im Arbeitszimmer, wie sie sprach. Er hatte Sue oft zugesehen, wenn sie telephonierte, und beobachtet, wie sie ihren Kopf dabei schräg hielt und ihr Blick, ohne auch nur das mindeste wahrzunehmen, durch den Raum strich, hin und her wie ein Leuchtfeuer, während die freie Hand das Kabel in immer neuen Varianten durch die Finger zog. Diesmal war es niemand ihrer Familie, denn ihre Stimme war, auch wenn Fritz kein Wort verstand, erkennbar zu hart für Englisch, und auch Italienisch war es nicht und also keine ihrer Freundinnen aus dem Dorf.

Dann rief sie herauf, er solle schnell kommen, Ansgar Klein sei am Telephon. Einen Moment war er überrascht, dann beeilte er sich, hinunterzugehen.

»Hallo Fritz!«

Sue hatte ihm den Hörer gegeben, war neben ihm stehen geblieben und sah ihn an, als warte sie gespannt auf seine Reaktion.

»Es ist furchtbar«, sagte Ansgar Klein ohne Einleitung. »Das Gutachten der Kommission stellt fest, daß Frau Gurth ohne ein massives Strangulieren nicht gestorben wäre.«

»Das ist nicht wahr!«

Sarrazin schloß die Augen und fuhr sich mit der Hand über das Gesicht. Damit hatte er zwar gerechnet. Und doch: Nie hätte er es zugleich für möglich gehalten, daß fünf deutsche Ordinarien es nach all den Jahren wirklich fertigbringen würden, dieses Fehlgutachten ihres Kollegen zu stützen. Fritz Sarrazin schüttelte den Kopf. Nach dem, was Ansgar ihm von Arbogast erzählt hatte, bezweifelte er sehr, daß er mit diesem erneuten Rückschlag fertig werden würde. Bereits die Ablehnung des Wiederaufnahmeantrags vor einem Jahr hatte ihn schwer getroffen. Eine Woche hatte er seine Zelle nicht verlassen, nicht gegessen, und nach den zehn Tagen Arrest, die er darauf erhielt, hatte Klein lange überhaupt nicht mit ihm reden können.

»Doch, das ist wahr.«

Sarrazin wußte, was Klein meinte. Längst hatten sie beschlossen, wie es in diesem Fall weitergehen würde.

»Besuchst du ihn morgen?«

»Ja.«

»Soll ich ihn trotzdem anrufen?«

»Ja bitte, das wäre mir sehr recht.«

Sarrazin nickte und sie verabschiedeten sich voneinander.

Sue sah ihn an. Er versuchte, in ihren Augen etwas zu finden, das ihm fremd war, doch da war nichts. Er bemerkte, daß sie fror und, vielleicht zum ersten Mal seit dem Sommer, wieder einen Pullover trug.

»Ist das nicht furchtbar für Arbogast?« fragte sie und hatte die Arme um den Oberkörper geschlungen. Sarrazin umarmte sie und dann küßten sie sich. Nebel zog den Berg hoch und durch den Garten und durch das offene Fenster der Dunst feucht herein. Es war später Nachmittag, und über allem lag ein ungesundes, gleichmäßig graues Licht, das in jedem Augenblick verwelken zu wollen schien. Fritz Sarrazin wünschte sich, es wäre schon Abend, er könnte das Licht einschalten und vielleicht ein Feuer im Kamin machen, damit Sue und er so täten, als wäre Winter.

Seit dem letzten Sommer, seit der Ablehnung, hatte Sarrazin seine Energie vor allem darauf verwandt, die Öffentlichkeit für das Schicksal von Hans Arbogast zu interessieren, und nach unzähligen Interviews und Artikeln schien es tatsächlich, als hätte diese Strategie Erfolg. Doch wieder einmal hatte er also die Gesetzesmaschine unterschätzt, in der sich Arbogast verfangen hatte. Eine Maschine, die unaufhaltsam Lebensgeschichten verfertigte. Sarrazin war überzeugt, daß nicht so sehr der wirkliche Corpus der Paragraphen diese Maschine antrieb, sondern das völlig unauslotbare Verhältnis aller Buchstaben der Gesetze zueinander. Denn das, was Gesetz war, hatte in vielen Schichten alle Vergangenheit in sich bewahrt. Immer meinte er, im StGB noch den schleppenden, eitlen Ton der Kaiserzeit zu hören, und an anderen Stellen die gehetzte Diktion der Zwischenkriegszeit, in der Gesetzesnovelle auf Gesetzesnovelle folgte, und schließlich die erschreckend planvolle Nüchternheit der Nazis, die wie geistlose Alleen eine Strafrechtsreform nach der anderen in den Corpus des Rechts trieben. Und mitunter schien es Sarrazin, als ob dieses ganze disparate Gemurmel der Gesetze das eigentliche Gefängnis war, das Arbogast festhielt. Alle Anwälte und Richter, Gutachter und Wärter waren besessen von den Stimmen jenes kakophonischen Chors, den er sich ein wenig wie das Gelalle der Pfingstler vorstellte, die er als Kind einmal im Berner Oberland gesehen und erlebt hatte, wie sie in Trance fielen und in Zungen redeten.

Er würde, entschied Sarrazin, sich erst am nächsten Morgen, bevor der Anwalt im Zuchthaus sein konnte, bei Arbogast melden. Es war ohnehin schon nach dem Einschluß, und obwohl er wußte, daß sich diese Entscheidung seiner Feigheit verdankte, entschied er, daß es für den Augenblick wichtiger war, im Kamin einzuheizen, damit es Sue wieder warm würde.

31

Klein kam erst sehr spät am nächsten Tag nach Bruchsal, und als man Arbogast nach dem Gespräch mit dem Anwalt in seine Zelle zurückbrachte, begann es schon zu dämmern. Es wird Herbst, dachte Arbogast und lehnte die Wange an die kalte Mauer unterhalb des Fensters. Wie jedes Jahr um diese Zeit roch es nach ihr. Roch stärker noch nach ihr, als es sonst nach ihr roch. Warum er jetzt lächle, hatte ihn der Anwalt gefragt. Er hatte geschwiegen und nur den Kopf geschüttelt. Das war es doch, was sich nicht erzählen ließ: Überall war Marie! Seit jenem Moment, als er ihren reglosen Kopf in der Hand gehalten hatte, war sie immer da. Ob er mit der Entscheidung der Kommission klarkomme? Selbstverständlich. Ob er noch etwas für ihn tun könne? Seien Sie bitte still, hatte Arbogast gedacht. Nachdem das Licht gelöscht worden war, lag er manchmal noch eine Weile im Dunkeln wach und versuchte sich zu berühren, ohne daß sie es merkte. Nie war es ihm gelungen. Keine Berührung in all den Jahren, die nicht ihre Berührung gewesen wäre.

»Und warum seid ihr eigentlich aus Berlin weggegangen?«

Hatte er sie das wirklich gefragt? Sie hatte nur gelacht und mit dem Finger das letzte Eis aus dem silbernen Pokal geschleckt. Nichts wußte er von ihr. Später im Wagen hatte sie seinen Nacken mit festem Griff so gut massiert, als würden sie sich schon lange kennen. In der anderen Hand hielt sie die Zigarette. Er schloß die Augen und küßte Marie. Er spürte die Wand an seinem Gesicht. Der Putz roch feucht am Abend, nach Moder und nach Gips. Warum beichten Sie nicht, Arbogast? fragte Karges bei jedem Besuch in seiner Zelle. Sie müssen zur Beichte gehen, auf daß Ihnen vergeben werde! Arbogast schüttelte nur den Kopf. Immer wieder hatte er sich gefragt, wie er ihr entkommen könnte. Sie drückte die Zigarette im Aschenbecher aus und hielt sein Gesicht in beiden Händen. Sein Blick ertrank in ihrem. Nie hatte ihn jemand so geküßt. Er erinnerte sich noch genau an jenen bestimmten Plasikgeruch in der ISABELLA, der sich niemals verloren oder auch nur abgeschwächt hatte. Ihr Atem an seiner Wange. Ihr Atem war nicht mehr da. Es stimmte schon: Er hatte sich verhalten wie ein Mörder. Zuvor, beim Essen in Triberg und als der Kellner zurückkam, den er nach der Rechnung geschickt hatte: »Warum hast du die Kinder dort gelassen?«

Da war sie ernst geworden. Die Hände im Schoß. Und hatte immer wieder den Kopf geschüttelt: »Das geht dich nichts an!«

Er streichelte über seinen Bauch. Die Konturen des Raums flimmerten gerade noch kenntlich vor seinen Augen. Arbogast hatte Ekel davor, sich zu berühren. Beichten konnte er gleichwohl nicht. Er glaubte nicht daran, daß es noch etwas gab, was der Anwalt für ihn tun konnte.

32

»Gerichtsmedizinisches Institut der Charité.«

»Fritz Sarrazin, guten Tag. Ich würde gern Frau Dr. Lavans sprechen.«

»Am Apparat.«

Fritz Sarrazin schwieg, für einen Moment ganz überrascht, daß das Gespräch nun plötzlich doch noch zustande kam, und mußte dann über seine Aufregung lächeln. Die Verbindung hatte sich nur nach Anmeldung über die Schweizer Auslandsvermittlung in Zürich herstellen lassen, und die Frauenstimme hatte ihm eingeschärft, daß er weniger als eine Stunde Zeit hatte, dann würde die Verbindung wieder unterbrochen. Dann hatte er gewartet, bis er angerufen wurde: »Ihre Verbindung!«

»Guten Tag. Schön, Sie gleich erreicht zu haben, Frau Doktor.«

»Guten Tag.«

»Mein Name ist, wie gesagt, Fritz Sarrazin, und ich bin in den Fall Arbogast involviert. Sie erinnern sich? Sie haben ein Interview zum Scheitern des Wiederaufnahmeantrages gegeben, das vor kurzem auch im Schweizer Fernsehen übertragen wurde.«

»Ja.«

»Deshalb rufe ich an. Mir hat sehr gefallen, was Sie zum Gutachten Ihres Kollegen Maul gesagt haben. Ich unterstütze Ansgar Klein, den Anwalt von Herrn Arbogast, bei seinem Bemühen um eine Wiederaufnahme. Und deshalb rufe ich auch an. Wir möchten anfragen, ob Sie sich bereit erklären könnten, in diesem Fall ein Gutachten abzugeben.«

»Ein Gegengutachten zu Professor Maul, meinen Sie?«

»Ja natürlich.«

»Ich weiß nicht. Dazu müßte ja das ganze Material erst einmal hierher nach Ostberlin kommen, und ich müßte dann zum Prozeß nach Westdeutschland fahren können.«

»Ja genau. Das müßte man arrangieren. Wissen Sie: Sie könnten uns eine große Hilfe sein. Zum einen ist Ihr Ruf als Gerichtsmedizinerin nicht nur in der DDR enorm. Zum anderen ist es schwierig, hier im Westen jemanden zu finden, der bereit ist, das Gutachten Professor Mauls kritisch zu beurteilen.«

»Professor Maul ist ja auch unzweifelhaft eine Kapazität.«

»Ja natürlich. Aber jeder kann sich irren. Leider ist Professor Maul nicht bereit, Fehler einzugestehen. Wobei zudem, wie Sie vielleicht wissen, vor kurzem eine hochkarätig besetzte Kommission der DEUTSCHEN GESELLSCHAFT FÜR GERICHTLICHE UND SOZIALE MEDIZIN das Gutachten Professor Mauls nochmals ausdrücklich bestätigt hat.«

»Ich verstehe: Die Situation ist aussichtslos.«

Die Pathologin hatte natürlich vollkommen recht. Fritz Sarrazin überlegte, was er darauf noch erwidern sollte.

»Damit treffen Sie den Nagel auf den Kopf. Trotzdem ist Hans Arbogast inzwischen seit vierzehn Jahren, wie wir meinen, unschuldig im Zuchthaus.«

»Ja, ich verstehe. Gehe ich recht in der Annahme, daß das Problem die Frage der postmortalen Blutungen ist?«

»Ja.«

»Aber etwas anderes: Wer war eigentlich die Frau?« fragte Katja Lavans.

Bis eben hatte sie, das Telephon an dem metallenen Teleskoparm an sich herangezogen, neben den beiden Schreibtischen gestanden, die man vor dem Fenster zusammengerückt hatte. Nun setzte sie sich. Auf dem Fensterbrett unter der nur bis zur Hälfte des Fensters herabreichenden weißen Gardine stand ein Weihnachtsstern.

»Marie Gurth«, sagte Sarrazin, »geborene Häusler, aus Berlin. Als sie starb, war sie gerade fünfundzwanzig geworden.«

»Wann ist es geschehen?«

»Am 1. September 1953.«

»Und wo hat sie in Berlin gewohnt, wissen Sie das?«

»Moment, das muß ich nachsehen.« Sarrazin blätterte einen Augenblick lang, den Hörer gegen die Schulter geklemmt, in den Unterlagen: »In Karow«, sagte er dann.

»Und im Westen?«

»In einem Flüchtlingslager in der Nähe von Grangat.«

»Sie war verheiratet?«

»Ja. Ihr Mann war Ingenieur. Zwei Kinder blieben bei ihrer Mutter in Berlin.«

»Wie furchtbar. Und der Mann?«

»Am Dienstag ist Marie Gurth gestorben. Am Samstag, den fünften September, ist der Mann dann bei der Polizei erschienen. Seine Frau sei *abgängig*. Am nächsten Tag hat er die Tote als seine Frau identifiziert.«

»Sagte er wirklich abgängig?«

»So steht es im Protokoll. Er hat ausgesagt, am Vormittag habe Frau Gurth einen Termin beim Arbeitsamt Grangat gehabt. Danach sei sie an seiner Arbeitsstelle in der Englerstraße in Grangat erschienen und mit ihm zum Mittagessen in der Eisenbahnkantine gewesen. Dabei habe sie erzählt, sie sei per Anhalter gefahren und der fremde Fahrer habe sie sogar zu einer Spazierfahrt und an den Rhein zum Baden eingeladen. Frau Gurth habe den Fahrer aber verabschiedet. Nach dem Essen, so Jochen Gurth, sei sie wieder gegangen und habe vorgehabt, per Anhalter nach Ringsheim zurückzukehren. Sein Angebot, bis zum Abend zu warten, damit sie gemeinsam den Zug nehmen könnten, habe sie abgelehnt. Danach habe er sie nicht wiedergesehen.«

»Und warum hat er sich nicht früher gemeldet?«

»Seine Frau sei bei der Arbeitssuche öfter auf den Landstraßen unterwegs gewesen und auch gelegentlich über Nacht weggeblieben. Er sei daher erst unruhig geworden, als der Stuttgarter Geschäftsmann, bei dem er seine Frau vermutete, im Lager Ringsheim auftauchte, um sie zu besuchen. Aber dann habe er sich damit getröstet, seine Frau könne zu ihren Kindern und zu ihren Eltern in die Sowjetzone gereist sein. Erst als er in den Zeitungen von dem Fund der Leiche gelesen hatte, sei er zur Polizei gegangen, um das Wegbleiben seiner Frau anzuzeigen.«

Katja Lavans spürte mit einem Mal den Hörer scharfkantig an ihrem Ohr. Als er das Wort Landstraßen gesagt hatte, mußte sie an den Ausflug denken, den sie mit Ilse, ihrer Tochter, vor kurzem nach Wörlitz gemacht hatte. Sie waren Schlittschuh gelaufen und hatten danach einen Weihnachtsmarkt besucht. Es hatte Glühwein gegeben, und zwischen den Ständen brannten Feuer in gußeisernen Kohlebecken, an denen sie sich wärmten. Katja Lavans faßte sich unter ihren Rollkragenpullover und in den, nach einem Tag Mikroskopieren, sehr schmerzenden Nacken. Fritz Sarrazin wartete und sagte nichts. Draußen stieg ein blauorangener Winterhimmel über Berlin auf, kraftvoll und doch schon durchschienen vom Mond, der beinahe voll wurde in dieser Nacht. Sie dachte an zu Hause und die frische Kälte, die der Park zur Zeit unablässig in ihre Wohnung schickte.

»Was sagte die Presse?«

»Moment.« Sie hörte, wie Fritz Sarrazin, ohne auf ihr Schweigen zu reagieren, in seinen Unterlagen blätterte. »*Die Prozeßbeteiligten und die Pressevertreter*, schrieb beispielsweise die BADISCHE ZEITUNG, konnten sich *ein Bild davon machen, daß Arbogast auf seiner Autofahrt in den Schwarzwald eine willige Partnerin gefunden hatte.*«

»Und gab es keine Leumundszeugen?«

»Doch. Die beste Freundin Frau Gurths, eine gewisse Mizzi Neelsen, die ebenfalls im Flüchtlingslager lebte, hielt sich zwar mit ihren Aussagen offensichtlich sehr zurück, wie man aus den Zeitungsberichten schließen kann, gab aber doch zu, daß Frau Gurth, wie es heißt, ein leichtsinniges Leben führte. Sie habe es auf wohlhabende Männer abgesehen und sich in auffallender Weise herausgeputzt. Sie sei auch öfter mit Autofahrern verabredet gewesen. Vor ihrem Mann habe sie ihre Seitensprünge sehr geschickt getarnt, wird ihre Aussage wiederum in der BADISCHEN ZEITUNG zitiert.«

»Herr Sarrazin?«

»Ja?«

»Von wo aus rufen Sie an?«

»Warum fragen Sie?«

»Nur so. Ich wüßte gern, wo Sie leben. Sie sind doch Schweizer?«

»Ja, das stimmt. Ich wohne im Tessin. Sie werden den Ort nicht kennen: Bissone, oberhalb des Luganer Sees.«

»Haben Sie ein Haus dort?«

»Ja.«

Katja Lavans stand wieder auf, denn sie spürte wieder einmal, wie sehr das weiße Licht der Neonröhren in ihren Augen brannte. Als trockne es sie aus. Also schloß sie die Augen. Gern wäre sie ein paar Schritte gegangen, aber das Scherengitter des Telephonhalters drehte sich nur mühsam in seinem Scharnier, und die Telephonschnur ließ nur einen knappen Meter Spiel. Verblüfft wurde ihr bewußt, daß sie während des ganzen Telephonats noch nicht geraucht hatte, und sofort zündete sie sich eine Zigarette an. Sarrazin sah hinaus. Der See schimmerte matt. Kein Regen an diesem Abend und kein Wind. Ein Dorf fiel spiegelnd ins Wasser, er hatte den Namen vergessen.

»Und warum interessieren Sie sich so sehr für Lustmörder?«

»Ich bin Schriftsteller.«

»Ach. Und Sie schreiben Krimis?«

»Sie werden lachen: Ja.«

Katja Lavans lachte wirklich und blies den Rauch durch die Nase aus. »Herr Sarrazin?«

»Ja?«

»Rauchen Sie?«

»In diesem Punkt muß ich Sie leider enttäuschen, Frau Doktor. Warum fragen Sie?«

»Nur so. Aber um auf den Grund Ihres Anrufs zurückzukommen: Bevor ich Ihnen ein Gutachten zusagen kann, muß geregelt werden, wie das relevante Material zu mir und wie ich dann nach Westdeutschland komme. Das müßte zunächst mit meinen Vorgesetzten abgeklärt werden. Wo wäre denn die Verhandlung überhaupt?«

»In Grangat. Das ist im Schwarzwald. Ich denke, da ließe sich schon ein Weg finden.«

»Um so besser. Also: Unter diesen Voraussetzungen bin ich gern bereit, ein Gutachten zu erstellen. Zumal die Frage der postmortalen Blutungen ja in mein Spezialgebiet fällt.«

»Genau. Es gibt nur noch ein Problem: Arbogast ist völlig mittellos, was bedeutet, daß wir Ihr Gutachten nur begrenzt entgelten könnten.«

Katja Lavans mußte lächeln, wie peinlich dieser Fakt Fritz Sarrazin offensichtlich war.

»Das spielt keine Rolle«, sagte sie.

»Sehr gut, vielen Dank für Ihr Entgegenkommen. Ich werde also versuchen, mich möglichst bald wieder bei Ihnen zu melden. Im besten Fall wird Herr Dr. Klein, wie gesagt der Anwalt Hans Arbogasts, Sie besuchen, um die Details zu besprechen. Sind Sie damit einverstanden?«

»Ja, natürlich, das wäre sehr gut.«

Die Pathologin nickte. Als sie sich wenig später verabschiedet und aufgelegt hatte, wählte sie sofort wieder. Kam sie ausnahmsweise einmal noch später nach Hause, als man es mit den stets fälligen Überstunden sowieso erwarten konnte, bat sie seit ihrer Scheidung meist Frau Krawein, ihre Tochter für einen Moment ans Telephon zu holen. Ilse schlief nicht gut ein, wenn ihre Mutter ihr nicht zumindest eine gute Nacht gewünscht hatte, und Familie Krawein im Erdgeschoß hatte als einzige Telephon im Haus.

»Mama?«

Wie immer begann Ilse mit einem Bombardement von Sätzen, und es dauerte eine ganze Weile, bis Katja ihre Tochter, ohne daß sie allzu traurig war, nach oben und ins Bett schicken konnte. Sie wünschte ihr zum wiederholten Mal, sie möge gut schlafen, und legte endlich auf.

Katja Lavans bemerkte, daß sie noch immer neben den beiden zusammengerückten Schreibtischen im Büro stand. Dann dachte sie sofort wieder an Frau Müller, deren Fallgeschichte sie gerade rekapituliert hatte, als Fritz Sarrazin anrief. Ohne nachzudenken steckte sie sich ihre Zigaretten und das Feuerzeug in den Kittel, löschte das Licht im Büro und auch im Flur, denn längst war sie, wie sie wußte, allein im Institut, und ging hinab in die Kammer, wie man hier im Haus den Raum nannte, in dem sich die Kühlboxen befanden. Die Autopsie von Frau Müller war für morgen vormittag angesetzt, und die Unterlagen des behandelnden Arztes waren ein einziges Dokument der Ratlosigkeit. Beinahe das einzige, was feststand, war, daß die Frau achtundzwanzig Jahre alt, einssechsundsiebzig groß und achtundfünfzig Kilo schwer gewesen war. Und daß ihr plötzlich Blut aus Nase und Ohren gelaufen war. Doch da war sie eigentlich schon tot gewesen.

Das Brummen des Kühlaggregats, das man im ganzen Haus hörte, wurde immer lauter, als Katja Lavans in den Keller hinabstieg und den Heiz- und Wasserleitungen, die unter der Decke aderten, zu den Labors hinüberfolgte. Es war kalt hier unten in dem gekachelten Raum, roch muffig kühl, und man hörte, daß Kondenswasser der Kühlanlage irgendwo auf den Boden tropfte. Katja Lavans zog an dem Griff, und die Tür, die die Box verschloß wie einen Aktenschrank, öffnete sich. Die Pathologin ließ die Pritsche mit einem Schwung herausrollen.

»Guten Abend«, sagte sie, als sie das Laken vom Gesicht der jungen Frau zurückschlug. Der Tod war wächsern wie eine durchsichtige Plastiktischdecke.

Es käme darauf an, überlegte Katja Lavans, den Nachweis über postmortale Blutungen endlich zweifelsfrei zu führen. Die junge Frau war schön. Katja Lavans zog das Augenlid hoch, suchte ihren Blick und hielt ihn dann kaum aus, als er sie völlig starr traf. Nur allzugern hätte sie auch jetzt wieder gewußt, wie es wohl ist, nichts mehr zu spüren, so kalt zu sein und tot.

»Erzähl mir was von dir«, flüsterte sie.

33

Wie immer genoß Dr. Klein vor allem jenen besonderen Moment beim Start, wenn die vibrierende Anspannung des ganzen Flugzeugs sich völlig synchron zur eigenen immer stärker aufbaut, während die Maschine die Startbahn entlangstürzt, um sich dann in jenen Moment der Stille, wenn die Schwerkraft selbst sich noch einmal gegen die Bewegung zu stemmen scheint, aufzuheben. Er hielt die Augen fest geschlossen, um nichts von den Auswirkungen dieser Sensationen der Maschine auf seinen Körper zu versäumen. Erst als die dreistrahlige Boeing 727 der PAN AM, eine ganz neue Maschine, die erst seit einem Jahr die propellergetriebene DC 6 auf der Strecke abgelöst hatte, an diesem Januartag des Jahres 1968 ihre Reiseflughöhe erreicht hatte und kurz hinter Fulda in den alliierten Luftkorridor über der Ost-Zone einschwenkte, schien der Anwalt, wie nach dem Ende eines Filmes, wieder zu sich zu kommen. Die Stewardeß, die wohl vermutete, ihm sei übel, beugte sich zu ihm herab und fragte ihn auf englisch, wie es ihm gehe. Ihr Parfüm hatte die Frische weißer Blumen. Er schüttelte lächelnd den Kopf. Gern ließ er sich, während seine Gedanken sich bereits auf die beiden Termine in Ostberlin zu konzentrieren begannen, die für jedes weitere Bemühen um Hans Arbogast von entscheidender Bedeutung sein konnten, eine Coca-Cola auf Eis bringen.

In diesem Prozeß versickerte die Zeit. Nun war es schon wieder Winter, und die Beschwerde, die er vor fast anderthalb Jahren gegen die Ablehnung einer Wiederaufnahme des Verfahrens eingereicht hatte, war erst jetzt vom Oberlandesgericht Karlsruhe als unbegründet zurückgewiesen worden. Eine Weile hatte Arbogast daraufhin die Arbeit und den Hofgang verweigert, sich nicht mehr rasiert und kaum etwas gesagt, wenn Klein bei ihm gewesen war. Aber er hatte sich nicht mehr selbst verletzt. Immer wieder hatte Klein ihn zu überzeugen versucht, daß noch Hoffnung bestehe, und ihm schließlich bei einem Besuch im Frühjahr ganz genau erklären müssen, wie es auf den Straßen aussähe, welche Autos es nun gäbe und wie man sich kleide. Doch bald ebbte die Euphorie wieder ab, und den ganzen letzten Sommer über hatte Arbogast seinen Anwalt nicht sehen wollen. Manchmal schrieb er an Sarrazin mit Bleistiftornamenten reich verzierte Briefe, die stets voller Andeutungen darüber waren, was in jener Nacht mit Marie Gurth geschehen sei. Wenn Klein ihn darauf ansprach, antwortete Arbogast nicht. Oft, wenn er Arbogast musterte und sie beide in dem weißen Besuchsraum schwiegen, erinnerte er sich daran, wie Fritz Sarrazin ihn damals angeschrieben hatte und wie er sofort nach Bruchsal ins Zuchthaus gefahren war. Alles schien so einfach. Zwar waren Wiederaufnahmeverfahren immer schwierig und die Justiz wehrte sich, so gut sie konnte, einen Prozeß nochmals zu führen, doch dieser Fall schien so eindeutig.

Ansgar Klein schüttelte den Kopf. Manchmal zweifelte er daran, ob es gut gewesen war, Arbogast immer wieder Mut zu machen. Dann kam es ihm vor, als seien nur Sarrazin und er es, die ihn grundlos Jahr für Jahr in dem Zwielicht von Hoffnung festhielten, und ohne ihre Bemühungen hätte er längst für immer die Seiten gewechselt. Seine Zelle, dachte Klein manchmal, war die Schleuse in eine Welt, die endgültig nur mehr Erinnerungen und Phantasien bevölkerten. Vielleicht, dachte er, war eben die Schwere dieser Vergangenheit zu groß, in der eine Kette völlig falscher Deduktionen dennoch eine plausible Welt ergab. Doch Klein wußte auch noch genau, wie ihn Sarrazin das erste Mal in Frankfurt besucht hatte und wie sie in JIMMY'S BAR auf Arbogast angestoßen hatten. An die Stimme einer Sängerin erinnerte er sich.

In einem Wiederaufnahmeverfahren, hieß es in der Begründung der Ablehnung, genüge es nicht, daß Beweise angeboten würden, die andere Feststellungen als möglich erscheinen ließen, sondern solche Beweise müßten unvereinbar mit dem Urteil sein. Dies aber sei bei keinem Gutachten der von Arbogasts Anwalt genannten der Fall. Ohne Zweifel seien mit den Gutachten über die Lichtbilder neue Tatsachen vorgetragen worden. Man dürfe aber nicht übersehen, daß das Schwurgericht erklärt habe, die Bilder seien nicht alleiniger Beweis für die Feststellung der Erdrosselung gewesen, sondern daß dazu auch die Befunde am Körper der Toten gedient hätten. Jene Tote, die heute eine beinahe vierzigjährige Frau sein könnte, dachte Ansgar Klein während der Taxifahrt vom Flughafen Tempelhof. Im letzten Jahr hatte Berlin durch fortwährende Studentenproteste Schlagzeilen gemacht, und neugierig musterte der Anwalt auf dem Weg zu dem kleinen Hotel in der Mommsenstraße, in dem er seine Sekretärin hatte reservieren lassen, die Straßen nach irgendwelchen Spuren.

Es war erst kurz nach elf, als er in seinem Hotel ankam, und er hatte noch reichlich Zeit, bis er um vierzehn Uhr dreißig bei Dr. Strahl, dem Generalstaatsanwalt der DDR, erwartet würde. Also spazierte er, nachdem er sein Gepäck verstaut und einiges an Notizen in seine Aktenmappe gepackt hatte, den Kurfürstendamm hinunter und trank im Café Kranzler eine Tasse Tee, ging dann weiter zum Bahnhof Zoo und nahm von dort die S-Bahn. Am Bahnhof Friedrichstraße stieg er aus und ließ zum ersten Mal die Grenzkontrollen über sich ergehen. Entsprechend der Regelung über den Mindestumtausch für Bürger des nichtsozialistischen Wirtschaftsgebietes mit fünf Ost-Mark, einem Tagesvisum und einem Stempel im Reisepaß versehen, stieg er schließlich aus den spärlich beleuchteten Gängen und Treppenfolgen wieder hinauf in den anderen Teil der Stadt.

Seit fast sieben Jahren gab es die Mauer und war Berlin, wie man so sagte, geteilt. Er kannte niemanden hier, und insofern schien ihm der Zustand zwar widernatürlich, aber als solcher auch wiederum interessant. Zumindest von Frankfurt aus betrachtet, dachte er und versuchte, sich auf der Friedrichstraße zu orientieren. Einen Moment lang dachte er, er könne das Parfüm der Stewardeß noch imaginieren, das ihm wenige Stunden zuvor aufgefallen war, doch es gelang ihm nicht. Unter den Linden nahm er sich vor, nach dem Termin mit Dr. Strahl noch einen Blick in die großzügige Buchhandlung zu werfen, die er im Erdgeschoß eines Neubaus ganz in der Nähe der Sowjetischen Botschaft entdeckte. Noch immer war er etwas zu früh. Wenn es schlecht laufen würde, überlegte Klein, würde er nachher sogar noch Zeit für einen Besuch im Pergamon-Museum haben, denn dann gäbe es mit Katja Lavans nichts zu besprechen. Langsam schlenderte er an den russischen Wachen vorbei und weiter bis zur Absperrung vor dem Brandenburger Tor.

Die Generalstaatsanwaltschaft der DDR befand sich in der Otto-Grotewohl-Straße, bei der Klein sich umsonst zu erinnern versuchte, wie sie früher geheißen hatte. Man betrat den Gründerzeitbau über den Innenhof. Ansgar Klein wurde angewiesen, im Hof zu warten, bis er abgeholt und zum Büro Dr. Strahls im ersten Stock gebracht wurde. Dort wartete er wieder vor einer hohen zweiflügligen Tür einige Minuten, bis schließlich ein hagerer Mann, den Klein zunächst gar nicht beachtet hatte, am anderen

Ende des schmalen Gangs aus einem Büro trat und zu ihm herankam, das Aktenbündel unter den linken Arm wechselte, ihm die Rechte entgegenstreckte und sich vorstellte.

Kaum waren sie im Büro Dr. Strahls, war der Anflug von Jovialität vorüber. Den drei großen Fenstern der Beletage, die zur Straße gingen, reichten die Aktenschränke reihum nicht einmal bis zu den Kreuzen. Das Ensemble aus Schreibtisch, Konferenztisch und Besucherstühlen, an dem sie Platz nahmen, schwebte inmitten des quietschenden und etwas abschüssigen Parketts auf einem lindgrünen ausgeblichenen Teppich, der erkennbar mit den schmalen Vorhangschals harmonieren sollte. Womit er dienen könne. Generalstaatsanwalt Dr. Joseph Strahl, Widerstandskämpfer, aktiver Antifaschist und dogmatischer Hardliner im ZK, hatte wohl beschlossen, das dünne Lächeln nicht aus seinem Gesicht zu entlassen. Der schmalgeschnittene hellgraue Anzug saß perfekt. Kaffee wurde gebracht, und der Anwalt begann, sein Anliegen vorzutragen.

Er erwartete, vor allem Fragen darüber beantworten zu müssen, warum gerade das Gutachten von Katja Lavans für den Prozeß Hans Arbogasts von so entscheidender Bedeutung war, und hatte sowohl ihre Habilitationsschrift über den Mord mit Tierhaaren wie auch ihre anderen wissenschaftlichen Arbeiten genau studiert. Gerade die immer größere Bedeutung diverser Bluttests für Aussagen über Zeitpunkt und Ursache eines Todes verdankte sich maßgeblich ihren auch im Westen anerkannten Forschungen an der Charité. Doch war all dies für Dr. Strahl anscheinend von geringem Interesse, und es schien ihm ganz im Gegenteil geradezu selbstverständlich, daß eine Wissenschaftlerin der DDR in einem westdeutschen Gerichtsverfahren eine zentrale Rolle spielen könnte. Seine Fragen zielten eher darauf, ob und in welcher Weise Ansgar Klein bereits Kontakt mit Frau Dr. Lavans aufgenommen habe und wie der Anwalt den Auftritt der Gutachterin in Grangat zu planen gedenke.

Doch während Ansgar Klein sich noch angestrengt bemühte, ad hoc eine Planung des Besuchs von Katja Lavans im Westen zu entwerfen, unterbrach ihn Dr. Strahl schließlich, indem er unvermittelt betonte, versprechen könne er nichts. Dann griff er zum Hörer einer Telephonanlage, die sich auf einem niedrigen Seitenteil seines Schreibtisches befand. Aber es würde ihn schon freuen, in diesem Fall einem Kollegen aus dem Westen weiterhelfen zu können.

»Ministerium für Hoch- und Fachschulwesen bitte, und zwar die Reisestelle. Ja, genau.«

Mit den Augen bat Strahl den Anwalt um einen Moment Geduld.

»Ja, Strahl hier, den PGL bitte. Ja, ich warte.«

Klein widerstand dem Impuls, auf seine Armbanduhr zu sehen. Auf dem Schreibtisch eine Garnitur aus grünem Onyx. Der Füller und mehrere Bleistifte in einer steinernen Wanne. Diverse Stempel. Eine kleine altertümliche Schreibtischlampe mit einem Schirm aus grünem Glas auf der einen Seite. Auf der anderen ein Stapel Akten, deren Deckel unterschiedliche Farben hatten.

»Es geht um die Kaderakte der Genossin Dr. Lavans.«

Wieder blinzelte Strahl wortlos Ansgar Klein zu. Kleins Augen wichen aus. Zwischen zwei der Fenster Lenin im bekannten Profil am Ufer eines Flusses.

»Reisekader, sagst du? Danke.«

Dr. Strahl legte auf und lächelte sein dünnes, agiles Lächeln.

Erst, als Ansgar Klein wieder auf der Otto-Grotewohl-Straße war, sah er auf die Uhr. Obwohl kaum eine Stunde vergangen war, blieb dennoch keine Zeit für den Pergamon-Altar. Der Anwalt wandte sich nach rechts und kam so, immer geradeaus, zur Charité.

34

Klein übersah den hohen Raum mit einem Blick. Grünliches Linoleum lag über dem Parkett, Rollschränke flankierten die Tür ins Sekretariat. Ein Waschbecken mit Spiegel und Handtuch. In der einen Ecke ein abgedecktes Zeiss-Mikroskop. Katja Lavans stand auf und schüttelte ihm die Hand, rückte einen Stuhl vor ihre Seite des Schreibtisches und bat ihn, Platz zu nehmen.

»Rauchen Sie?«

Er verneinte und lehnte die Aktenmappe an seinen Stuhl. Sie trug einen Kittel, in dessen linker Brusttasche eine Pinzette und ein Skalpell steckten. Und sie sah jünger aus als auf dem Bildschirm. Ihm gefielen ihre kurzen Haare, und er beobachtete, wie sie einen Aschenbecher heranzog und ein Päckchen Zigaretten, eine herausschnippte und anzündete. Katja Lavans kam sofort zu Sache.

»Ihr Partner Herr Sarrazin hat mir schon einiges über den Fall erzählt. Und ich hatte ihm ja auch bereits am Telephon gesagt, daß ich grundsätzlich bereit wäre, die Begutachtung zu übernehmen.«

Sie vermied es, den Rauch in seine Richtung zu blasen, und er überlegte, was sonst nie vorkam, was er jetzt sagen sollte.

»Ja, und das freut uns. Ich bin sicher, daß die Formalitäten geklärt werden können. Uns liegt sehr viel daran, denn seit Jahren bemühen wir uns jetzt um Hans Arbogast, und das bedeutet vor allem: um jemanden, der mutig genug ist, die Phalanx Ihrer westdeutschen Kollegen aufzubrechen. Als wir Ihren Kommentar im Fernsehen hörten, wußten wir sofort, daß wir mit Ihnen Kontakt aufnehmen müssen. Sie sind am Lehrstuhl für Gerichtliche Medizin der Humboldt-Universität beschäftigt und zugleich hier?«

»Ja. Ich habilitiere mich gerade.«

»Respekt!«

»Ich bin geschieden.«

Er überlegte einen Moment lang ergebnislos, wie alt sie sein mochte, und setzte dann hinzu: »Ich auch.«

Katja Lavans drückte die Zigarette aus. Während sie noch den letzten Rauch wegblies, schob sie den Aschenbecher zur Seite.

»Wußten Sie, daß das älteste Zeugnis der gerichtlichen Medizin, das Buch SI YUEN LUH, von 1248 stammt? Wie mir chinesische Freunde bei einem Besuch versichert haben, war es noch bis ins letzte Jahrhundert in Gebrauch. SI YUEN LUH besteht aus fünf Büchern, von denen das erste Allgemeines über Verletzungen und den Abortus enthält, das zweite Verletzungen hinsichtlich des Werkzeugs und der Art unterscheidet, wie sie zugefügt werden, und zwischen vital und postmortal entstandenen Verletzungen. Das dritte Buch behandelt den Tod durch Strangulation und Ertränken, und die beiden übrigen beschäftigen sich ausführlich mit Giften und Vergiftungen.«

»Von den Chinesen lernen heißt siegen lernen?«

Sie lächelte dünn und musterte ihn unverhohlen. »Wenn Sie so wollen. Zumindest scheint mir der Teil über Strangulation auch für Ihren Fall von großem Interesse.«

Klein nickte. »Und wann begann hier in Europa die Gerichtsmedizin?«

»Anfang des 17. Jahrhunderts. Die erste Schrift von Belang ist ein Werk des päpstlichen Leibarztes Paolo Zacchia. Das Gebäude hier war übrigens einmal das erste Leichenschauhaus Berlins. Mit der Rückseite grenzt es an den Dorotheenstädtischen Friedhof, auf dem Johannes R. Becher liegt.«

»Und Bert Brecht, oder?«

»Ja, richtig. Die Poliklinik der Charité beinahe gegenüber haben Sie sicher gesehen. Weiter vorn ist noch das Naturkundemuseum.«

Ansgar Klein nickte. »Und das, meinen Sie, sollte ich unbedingt noch besichtigen.«

Sie lächelte. »Sie sollten sich wirklich die Saurierskelette ansehen.«

»Das nächste Mal vielleicht.«

»Damals war dieses erste Gerichtsmedizinische Institut Deutschlands ein hochmodernes Gebäude. Wissen Sie übrigens, warum man *Leichenschauhaus* sagt?«

»Nein.«

»Weil die unbekannten Leichen, und das waren Ende des letzten Jahrhunderts in Berlin schon beinahe siebenhundert pro Jahr, hier in einem langen Gang ausgestellt wurden, um die Toten, wie man sagte, zu rekognostizieren.«

Klein nickte.

Die Pathologin beugte sich vor und verschob mit dem linken Zeigefinger einen Bleistift auf ihrer Schreibunterlage, während sie den Anwalt ansah.

»Die Leiche eines Menschen ist ein seltsames Ding. Auch nach dem Tod ist der Mensch noch eine Persönlichkeit. Im römischen Recht war der Leichnam DIIS MANIBUS geweiht, den Ahnen, und die Angehörigen hatten lediglich das Bestattungsrecht. Ich finde, das löst das Problem ganz gut.«

»Sie meinen die Frage, ob der Mensch, der während des Lebens Träger des Rechtslebens ist, als Toter einfach zu einer Sache werden kann?«

Sie nickte. »Exakt: Sachen sind als *Eigentum eines Fremden oder der Gemeinschaft* definiert, was hieße, daß eine Leichenöffnung eine Sachbeschädigung darstellen könnte.«

»Oder, wenn die Leiche ein Körper bliebe: Körperverletzung.«

»Ja. Daher ist bei uns von höchstrichterlicher Seite entschieden worden, daß eine Leiche keine eigentumsfähige Sache im Sinne von § 1922 BGB und also auch nicht vererbbar ist, genausowenig aber ein Körper. Ein seltsames Ding also, auch nach dem Tod noch zwischen Leben und Tod.«

Langsam schob Katja Lavans den Bleistift an die obere Kante ihrer Schreibtischunterlage. Sie registrierte, daß er sie zum ersten Mal wirklich betrachtete, und mochte seinen Blick ebenso wie seine Stimme. Ohne hochzusehen, nestelte sie wieder eine Zigarette aus der Packung und entzündete sie. Erst als sie aufsah und den Rauch ausblies, sagte er etwas.

»Ich denke, Sie werden in den nächsten Tagen grünes Licht bekommen. Für Gutachten und Reise.«

»Sie haben Dr. Strahl gesprochen?«

»Ja, gerade vorhin. Er hat es mir nicht zugesagt, aber ich denke, es wird keine Einwände geben. Ich möchte Sie nur bitten, mir dann sofort Bescheid zu geben, damit ich Ihnen die ganzen Unterlagen schicken kann. Diesmal habe ich nur diese Photos hier dabei.«

Dr. Klein holte einen kleinen braunen Umschlag mit den sogenannten Fundort-Bildern, bei denen er der Ansicht gewesen war, mit ihnen gefahrlos einreisen zu können, aus seiner Aktenmappe und gab sie Katja Lavans, die die Bilder wie ein Kartenspiel auf dem Tisch zwischen ihnen ausbreitete.

»Grundsätzlich sollten bei Mord und in besonderen Fällen, in denen feinste Einzelheiten und größte Auflösung wiederzugeben sind, die Aufnahmen auf Platten im Format von mindestens 13 x 18 gemacht werden. Und zwar sowohl bekleidet wie unbekleidet von vorn und von hinten.«

»Die Frau wurde nackt gefunden.«

»Außerdem ist ein Leiterstativ anzuraten, damit eine exakte Vertikalaufnahme gewährleistet ist und es nicht zu perspektivischen Verzeichnungen kommt.«

»Ich weiß, die Bilder sind nicht gut.«

»Man sollte als Aufnahmematerial Filme oder Platten verwenden, die weich entwickelt werden.«

Als könne sie zwar nicht Zukunft, wohl aber Vergangenheit aus ihnen lesen, verschob sie die Anordnung der Bilder immer wieder, nahm einmal jenes heraus, das Marie Gurth im Brombeergestrüpp zeigte, und besah es sich sehr genau, und legte dann die Kanten der Bilder sehr penibel in einem möglichst rechten Winkel zueinander.

»Nun«, murmelte sie leise und ohne aufzusehen, »dann fangen wir jetzt also an, oder?«

Klein sah ihr zu, nickte und schwieg eine Weile, bis er verstand, was sie wollte. Er räusperte sich und begann.

»Am Abend des dritten September 1953 findet der Jagdaufseher Mechling bei einem Pirschgang eine unbekleidete Frauenleiche in der Böschung neben einer Bundesstraße. Unweit derselben Stelle waren bereits 1949 und 1952 nackte Frauenleichen gefunden worden, bei denen ebenfalls Fund- und Tatort nicht identisch waren. Beide Morde wurden nie aufgeklärt. In diesem Fall ist die Mordkommission der Kriminalpolizei Freiburg noch in der Nacht am Fundort und durchsucht zusammen mit der örtlichen Gendarmerie die Umgegend und vor allem ein nahegelegenes Waldstück. Von einer Photographin aus Grangat, die man aus dem Bett holt, werden die Kleinbild- und Mittelformatphotos in Farbe gemacht, die Sie hier vor sich haben. Der Polizeibericht vermerkt Würgemale an Hals und Genick, das linke Auge blutunterlaufen, an der rechten Brustseite Kratzspuren. Gegen zwei Uhr morgens wird die Leiche eingesargt und in das Leichenschauhaus des städtischen Friedhofs Grangat gebracht.«

Klein machte eine Pause und wartete. Katja Lavans wartete auch. Sie sah ihn nicht an und verschob statt dessen eines der Bilder aus der linken äußeren Reihe ein wenig zur Mitte hin. Einen Moment lang schien es Klein, als summte sie vor sich hin. Wieder räusperte sich der Anwalt.

»Am Freitag, den vierten September, am nächsten Tag also, führen der Amtsarzt Dr. Dallmer und Dr. Bärlach die Leichenöffnung durch. Vor und während der Autopsie werden vom Pathologen Kleinbildaufnahmen im Format 24 x 36 gefertigt.«

»Und?«

»Tod durch Herzversagen aufgrund der durchgemachten multiplen Mißhandlung sowie des entkräfteten Zustands nach einer unvollkommenen Abtreibung.«

»Das Sektionsprotokoll? Äußere Leichenschau, innere Leichenschau, feingewebliche Untersuchung?«

»Bekommen Sie alles, sobald Dr. Strahl offiziell zustimmt. Vorher kann ich Ihnen das unmöglich schicken.«

Sie nickte. Jetzt sah sie ihn an. Und ihn verblüffte, daß ihr Blick, wie ihm später auffallen würde, völlig uncharmant war. Es schien ihm vielmehr so, als mustere sie ihn völlig distanziert und genau und prägte sich dabei jede Linie seines Gesichtes ein. Dabei war sie selbst keineswegs abweisend, sondern in all ihren Bewegungen, aber auch im Tonfall ihrer Stimme mädchenhaft, ja beinahe kindlich. Und ohne daß sie ihm unsympathisch gewesen wäre, war ihm gerade diese seltsame kindliche Kälte ihrer Beobachtung ziemlich unangenehm. Welchen Eindruck er von Arbogast habe, dem unschuldigen Mörder, wollte sie wissen. Noch ganz unter dem Eindruck seines letzten Besuches, erzählte Klein, wie sehr er sich in all den Jahren verändert habe. »Das Zuchthaus ist ihm inzwischen auf die Pelle gerückt«, erklärte der Anwalt zögernd, »was gar kein schlechter Ausdruck ist. Sie müssen sich das so vorstellen, als paßte ihm das Zuchthaus inzwischen wie eine zweite Haut. Mit allen Gerüchen und Geräuschen, allen Wachtmeistern und Gefangenen, allen Verboten und all der Stille in der Zelle.«

»Sie meinen, er wird verrückt?«

»Nein, das glaube ich nicht. Es ist auch eher eine seltsam brennende Kraft, die von ihm ausgeht und die sich nur schwer beschreiben läßt. Sie werden überrascht sein, wenn Sie ihn sehen.«

»Beschreiben Sie mir, wie er aussieht.«

Ansgar Klein überlegte einen Moment und schüttelte dann den Kopf. »Kann ich nicht.«

»Aber Sie glauben ihm?«

»Ja, doch.«

»Aber?«

»Eigentlich weiß ich gar nicht, wie er ohne diese Zelle wäre, die er immer mit sich schleppt.«

Katja Lavans nickte. Ihre Hände, dachte Klein, waren an den Knöcheln gerötet und die Haut rissig um die Nägel. Das Angebot, mit ihr und Ilse zu Abend zu essen, lehnte er dankend ab. Sie standen beide auf der kleinen Treppe vor dem Institut, und sie sah hinunter zu einem kleinen, leeren Goldfischbecken.

»Haben Sie sich eigentlich den Pergamonaltar angesehen?«

»Nein. Warum?«

Katja Lavans nickte, antwortete ihm aber nicht. Frierend verschränkte sie die Arme über der Brust.

»Bis bald«, sagte er schließlich und lächelte ihr zu.

»Ja, bis bald.«

Auf dem Rückweg zur S-Bahn Friedrichstraße verlor Ansgar Klein dann für einen Moment die Orientierung und war schon auf der Oranienburger an der Synagoge vorüber, als ihm einfiel, daß er in die andere Richtung mußte. Der Grenzübertritt war unproblematisch. Am Savignyplatz, wenige Schritte neben seinem Hotel, aß Klein zu Abend, bevor er früh, da sein Flugzeug am nächsten Morgen zeitig starten würde, schlafen ging. Bevor er aber tatsächlich einschlief, sah er nochmals den Bug einer riesigen portugiesischen Galeone das Bode-Museum unter der gelben Dunstglocke des nassen Herbstabends auftauchen, in dem das Kreischen der Straßenbahnen furchtbar hallte.

35

Etwa zur selben Zeit hatte Fritz Sarrazin in Zürich einen Termin bei Anton Kaser von der Eidgenössischen Technischen Hochschule. Sie waren gegen Mittag verabredet, und zuvor war Sarrazin schon bei Max Wyss gewesen, dem Leiter des Wissenschaftlichen Dienstes der Stadtpolizei Zürich, den er als Experten für Spurensicherung gewinnen wollte. Wyss, der Sarrazin kannte, hatte schnell eingewilligt, unentgeltlich im Fall Arbogast zu gutachten, und war nach dem Bericht Sarrazins auch recht zuversichtlich, was das unverantwortliche Vorgehen Professor Mauls bei dem dürftigen Datenmaterial anging. Sie hatten sich mit herzlichem Händeschütteln verabschiedet, Sarrazin war ein wenig durch die Altstadt gelaufen, schließlich hoch zum Lindenhof und hatte den Schachspielern zugesehen, deren Spielfeld ein Quadrat verschiedenfarbiger Steinplatten in der linken äußersten Ecke des Platzes war. Der Brunnen mit der schmalen gotischen Figur auf hoher Säule. Die grünen Bänke. Die zweiläufige Freitreppe des Logenhauses. In der Ferne die schmale grüne Haube der Kirche am Zähringer Platz. Dahinter sah er die ETH. Springer und Turm auf Grün. Niemand sprach. Schließlich machte Sarrazin sich von dem Spiel los und ging hinab zum See, um Kaser wie verabredet im Seebad am Utoquai zu treffen.

Die Kastanien der doppelreihigen Allee, die am See entlanglief, waren kahl und ebenso naß wie die Blätter, die überall die schwarze Erde bedeckten. Aus den Cafés in den Wintergärten der Gründerzeithotels entlang der Promenade fiel warmer Lichtschein. Sarrazin nahm selbstverständlich an, die Badeanstalt würde geschlossen sein, doch das Tor jenseits des kleinen Stegs war unverschlossen, und der Alte, der den Holzboden fegte, wies ihm den Weg zu Professor Kaser. Der hölzerne Bau mit den weit überkragenden Dächern und den kleinen Türmen an den Ecken war völlig leer und die Planken in den Ecken und Nischen dunkel vor Kälte und Feuchtigkeit.

Sarrazin fand den Durchgang an den Kabinen vorbei zu der kleinen Plattform, wo die Leitern ins Wasser führten. Auf einer der Bänke in der Nähe der Stufen lag ein riesiges weißes Handtuch, und als Sarrazin herantrat, sah er im beinahe strömungsfreien Wasser jemanden, der eine beachtliche Wellenschleppe hinter sich herzog, in gerader Bahn auf sich zu kraulen. Der See war an diesem Tag so unbewegt wie schwerer Stoff. Sarrazin verspürte nicht die geringste Lust, irgendwie mit diesem Wasser in Berührung zu kommen, und erinnerte sich nur ungern daran, einmal zu früh im Jahr in den Luganer See gestiegen zu sein.

Also wartete er mit gebührendem Abstand zu etwaigen Wassertropfen neben der hölzernen Leiter, bis Anton Kaser herausgestiegen war und sich in das weiße Handtuch gewickelt hatte. Seine Haut war dunkel, an manchen Stellen fast bläulich, und da er sich vor dem Schwimmen mit einer sehr fetthaltigen Creme eingerieben hatte, standen ihm die Tropfen auf der Stirn wie kleine Noppen. Nein, die Kälte mache ihm nichts aus. Und da er sowieso bald schon wieder zurück in die Hochschule müsse, könnten sie doch gleich hier sprechen. Zunächst bedankte Sarrazin sich, daß Kaser sich überhaupt die Zeit für ihn nehme. Es gehe um Photos. Kaser nickte und trocknete sich mit einer Ecke des Frotteetuches die Zwischenräume seiner Zehen.

»Ich habe mir sagen lassen, Sie sind Fachmann für Geodäsie und Photogrammetrie?«

Wieder nickte Kaser, und Sarrazin nahm dies als Einladung, ausführlicher zu schildern, worum es ging. Er stellte den Fall so dar, daß im Zentrum die Frage stand, welchen Beweiswert die Fundort-Photographien hinsichtlich Arbogasts Schuld hatten. Denn auf die Photos als einzige Grundlage bezog sich das Gutachten Mauls. Kaser nickte.

»Das Problem ist nun, daß wir schon in einem ersten Wiederaufnahmeantrag versucht haben, die Photos als alleinige Indizien der

Anklage zu entkräften. Leider hat das Gericht zwar unsere verbesserte Technik anerkannt, aber hinsichtlich der Kompetenz, was auf den Bildern zu sehen sein könnte, gleichwohl dem Gerichtsmediziner Professor Maul, wie es so schön hieß, die überlegene Sachkenntnis zugesprochen.«

Wieder nickte Professor Kaser.

»Wir haben an der ETH«, begann er langsam, »einen Auswertungsautomaten für Photos entwickelt, der das Unterscheidungsvermögen des menschlichen Auges bei weitem übertrifft. Damit ist es möglich, zum einen die Identifikationsleistung des menschlichen Betrachters zu verbessern und zum anderen diese zu objektivieren.«

»Das heißt, die Möglichkeit von Fehlurteilen hinsichtlich dessen, was man sieht, wird minimiert?«

»Exakt das ist die Idee von Halifax M-4.«

Jetzt war es Fritz Sarrazin, der nickte. »Ist Ihnen eigentlich wirklich nicht kalt?« fragte er.

»Nein, eigentlich wirklich nicht. Komisch, oder?«

Noch einmal nickte Fritz Sarrazin. Und während Anton Kaser sich weiter die Füße abtrocknete, sah Sarrazin für eine ganze Weile schweigend und sehr zufrieden auf den See hinaus, dessen Oberfläche blank und glatt wie ein Stück nasser Seife vor ihm lag.

36

Als Ilse, wie oft in letzter Zeit, nach dem Abendessen wieder einmal wortlos in ihr Zimmer verschwand, zog die Pathologin sich kurzentschlossen wieder Stiefel und Mantel an und erklärte ihrer Tochter, sie gehe noch mal zu Professor Weimann.

»Zu deinem Kriminellen?«

Katja nickte und mußte lächeln. Ilse, die Weimann seit frühester

Kindheit kannte, hatte ihn immer so genannt, und wirklich war er von den zwanziger Jahren bis zum Kriegsende bei der Mordkommission von Großberlin gewesen, wie er gern betonte. Nach dem Krieg war Weimann dann am Institut erst Schüler und schließlich Oberassistent von Geheimrat Fritz Strassmann. Aus seiner Polizeitätigkeit hatte er eine umfangreiche Sammlung von Bildern, die er, während die Institutssammlung restlos verlorenging, über den Krieg retten konnte und die den Grundstock des neuen Archivs bildete, das Katja Lavans mit aufgebaut hatte, als sie bei ihm studierte. Nun war Professor Strassmann seit Jahren tot und Weimann lange schon in Pension. Von ihrer Wohnung in der Leiblstraße fuhr sie mit der S-Bahn über Ostkreuz bis zur Frankfurter Allee und lief von dort aus in Richtung Bersarinstraße. Es war Februar, und die trockene Berliner Kälte plusterte sich in den breiten Straßen auf. Kurze, stechend eisige Windstöße betäubten ihr immer wieder für Momente Nase, Wangen und Stirn.

Professor Weimann wohnte Ecke Matternstraße in einer Altbauwohnung. Seit er Witwer war, wurde sie nicht mehr so oft wie früher zum Abendessen eingeladen, und wenn sie ihn jetzt manchmal besuchte und dabei Kuchen mitnahm und Bohnenkaffee, hatte sie immer Angst davor, zu sehen, wie ihr alter Lehrer langsam verkam. Sie mußte lange klingeln und wollte schon eine Nachricht auf dem kleinen Blöckchen hinterlassen, das mit einem Nagel am Türstock befestigt war, als er endlich doch noch öffnete. Sichtlich erfreut, Katja zu sehen, winkte er sie schnell in die Wohnung und ging dann vor ihr her ins Wohnzimmer.

Im Flur war es furchtbar kalt, anscheinend nur ein Zimmer geheizt, denn schon in der Tür spürte sie die Hitze, die der fast deckenhohe, dunkelgrün glänzende Kachelofen abstrahlte. Weimann nahm im Vorübergehen einen Römer aus dem Regal, stellte das Glas neben sein eigenes auf den niedrigen Couchtisch und goß Katja Lavans von dem Rotwein ein.

»Was verschafft mir die Ehre, Frau Kollegin?«

Weimann war ziemlich angetrunken und sah in seinem Trainigsanzug auch so aus. Zum wiederholten Mal registrierte Katja Lavans verwundert, daß ihr das nichts ausmachte und an ihrer Sympathie nichts änderte. Sie wußte nur, daß sie deshalb direkt zur Sache kommen konnten. Noch einmal sah sie sich flüchtig im Zimmer um und glaubte eine weitere Verwahrlosung auszumachen.

»Erdrosseln«, sagte sie dann.

»Erdrosseln.« Er wiederholte das Wort sehr undeutlich und wollte mit ihr anstoßen, und im selben Moment, als ihre Gläser aneinander stießen, wußte sie, was sie vor allem interessierte.

»Wie ist das wohl? Was fühlt man dabei?«

»Erdrosseln! Es gibt unzählige Berichte über die Wirkung des Erhängens und Erdrosselns. Vor allem von Delinquenten, die überlebt haben, Selbstmördern, deren Strick riß, aber auch von Selbstversuchen. Schmerzen werden selten geschildert, viel häufiger Empfindungslosigkeit oder sogar angenehme Gefühle, mitunter ein Zustand der Glückseligkeit, eine Schnelligkeit der Gedanken und die bekannten Erlebnisse der sogannten Panoramaschau, bei der das Leben nochmals an einem vorüberzieht.«

»Und was geschieht dabei genau?«

»Tja, was geschieht wirklich?« Weimann kicherte leise und zupfte sich an der Nase.

»Kennen Sie die Versuche Langreuters? Warten Sie, das ist interessant. Langreuters hat den Verschluß der Luftwege bei der Strangulation auf folgende Weise untersucht: Nach Wegnahme des Schädeldaches und des Gehirns hat er bei einer Leiche die Rachenhöhle von der Schädelbasis aus geöffnet und dann in einem verdunkelten Zimmer mit einer Lampe, also genau gesagt dem Reflektor eines Kehlkopfspiegels, beleuchtet. So konnte er die verschiedenen Phasen der Strangulation nachvollziehen.«

»Und?«

»Und? Zuerst einmal ist die Lage des Erdrosselungswerkzeuges, des Strickes oder Seiles oder der Hände des Täters, für diese Frage von Belang, wobei aber grundsätzlich die Kompression der *Arteriae Carotis* das entscheidende ist. Die Unterbrechung der Luftzufuhr über die Kompression der Trachea ist dagegen nicht unbedingt wesentlich. Oft wird auch der Zungengrund nach oben gedrückt und tamponiert so den Nasen-Rachen-Raum. Darf ich Ihnen nachgießen, Kollegin?«

Überrascht bemerkte Katja Lavans, daß sie ihr Glas bereits geleert hatte, und nickte.

»Und woran erkennt man eine Strangulation?«

»Aber Frau Dr. Lavans, das Strangwerkzeug hinterläßt ja Spuren! Das ist doch Stoff des zweiten Semesters. Wollen Sie mich verhohnepipeln?«

Wollte sie nicht. Nur wollte sie nichts, aber auch gar nichts übersehen. Also versuchte sie, sich an das zweite Semester zu erinnern: »An der Stelle, an der das Strangwerkzeug am stärksten einschneidet, entsteht eine Hautabschürfung, die zuerst hellbraun, dann dunkel vertrocknet. Die Strangfurche liegt zirkulär um den Hals und ist gewöhnlich überall gleich tief. Wenn Hautfalten innerhalb des strangulierten Bereiches eingeklemmt werden, sind auf diesen Blutpunkte oder gar Blutungen zu finden.«

»Genau. Und diese Kammblutungen sind fast immer ein Zeichen vitalen Erhängens und daher von großer kriminalistischer Wichtigkeit. Vergiß das nicht, Katja!«

Weimann war sehr damit beschäftigt, ihnen wieder nachzuschenken und dabei nichts zu verschütten. Katja sah sich nochmals flüchtig um. Und dabei entdeckte sie die beiden leeren Flaschen, die den beigen Brokatstore links neben dem Fernseher beulten. Deshalb hatte es so lange gedauert, bis Weimann geöffnet hatte.

»Außerdem«, fuhr er fort, »ist beim Erdrosseln der venöse Abfluß aus dem Kopfbereich bei gleichzeitiger arterieller Blutzufuhr gestört, so daß es zu Stauungserscheinungen kommt, die man leicht erkennt. Es entstehen die typischen flohstichartigen Blutungen in den Weichteilen der Augenhöhlen, in den Lidern, in den Augenbindehäuten, an den Wangen, manchmal an Stirn und Ohrmuschel, in der Kopfschwarte.«

»Und bei der Obduktion?«

»Das sagst du mir, Katja!«

Ihre Anredeformen schwankten spätestens seit dem Tod seiner Frau stark. Zudringlich geworden war er allerdings noch nie, und als sie ihm nun ins Gesicht sah und seinen schwankenden, doch gutmütigen Blick zu fangen versuchte, fand sie darin immer noch die Zuneigung des begeisterten Lehrers, der er für sie gewesen war. Sie räusperte sich und fühlte sich einen Moment lang wirklich wieder in einer der Prüfungen, die sie bei ihm abgelegt hatte.

»Zum einen findet man bei der Obduktion der Halsweichteile Blutungen in allen Muskelschichten. Je nach Lage des Drosselwerkzeugs findet man auch Brüche des Kehlkopfgerüsts, insbesondere des Schild- und Ringknorpels. Um sich aber dabei wirklich ein richtiges Bild der angreifenden Gewalt machen zu können, ist es erforderlich, bei der Leichenöffnung die Halsweichteile schichtweise zu präparieren.«

»Exakt!« unterbrach er sie, und sein Glas ruckte so schnell vom Tisch hoch, daß sie Angst hatte, er würde den ganzen Wein verschütten. »Aber was ist das Allerwichtigste? Was darf man auf gar keinen Fall vergessen?«

Sie zuckte mit den Schultern. Sein Glas verharrte noch immer abwartend und gefährlich nahe über ihrem Rock.

»Ich weiß es nicht.«

»Sie wissen es nicht, Frau Doktor?« Scheinbar sehr enttäuscht schüttelte er den Kopf, was ihn aber nur einen Moment vom Trinken abhielt, dann stellte er das Glas sehr vorsichtig ab und sah sie lächelnd an.

»Du weißt es nicht? Ich will es dir sagen: Da das Leichenblut bei allen Fällen von Suffokation noch ungerinnbar ist, muß die Obduktion unbedingt in Blutleere durchgeführt werden. Hörst du: Es ist unbedingt auf Blutleere zu achten! Man geht so vor, daß zuerst die Obduktion der Kopfhöhle, dann die Sektion der Brust- und Bauchorgane erfolgt. Erst wenn die Gewähr gegeben ist, daß die Halsgefäße von oben und unten kein Blut mehr zuführen können, wird man eine einwandfreie Diagnose der Blutungen der Halsweichteile erheben können. Das noch gerinnungsfähige Blut bewirkt ansonsten Bilder, die von vitalen Blutungen nicht zu unterscheiden sind.«

Katja lehnte sich in den grünen Samt der sehr ausladenden Sitzgruppe zurück und lächelte. Sie hatte den Obduktionsbericht zwar noch nicht gesehen, doch da tat sich, wie sie hoffte, eine Lücke auf. Aber was war mit der elegantesten Lösung?

»Professor Weimann: Ist es denkbar, daß schon eine zärtliche Umklammerung des Halses tödlich sein kann?«

»Ja, ja. In der Tat kann unter Umständen auch eigentlich leichtes Erwürgen zu plötzlichem Tod Anlaß geben, wenn der Würgegriff infolge intensiver Reizung von Vagusästen oder des Carotissinus einen reflektorischen Atem-Herz-Stillstand bewirkt. Man hört in Strafprozessen immer wieder von diesem Heringschen Reflex, wenn sich ein Täter zu entlasten versucht. Ist aber meiner Erfahrung nach in Wirklichkeit höchst selten.«

»Also unwahrscheinlich?«

»Sehr unwahrscheinlich. Würde ich nie drauf wetten.«

Er schnitt dieser Möglichkeit mit einer schnellen Bewegung seiner Linken jede Wahrscheinlichkeit ab. Dann fiel ihm offenbar auf, daß die Weinflasche leer war, was ihn, während Katja Lavans nachdachte, eine Weile beschäftigte, bis er ihre Gedanken schließlich unterbrach.

»Andererseits hängen Würgen und Erregung ja offensichtlich eng zusammen, wie Sie sicher wissen.«

Katja wußte nicht, worauf Weimann hinauswollte, und schüttelte den Kopf.

»Agonale Erektion. Nie gehört?«

Katja verzog keine Miene.

»Irgendein Arzt berichtet darüber anläßlich der Erhängung von einem Dutzend Schwarzer auf Martinique. Moment, ich bin sicher, ich habe das Buch. Warten Sie einen Moment, das muß ich Ihnen vorlesen.«

Weimann stand auf und verließ den Platz neben dem Ofen. Kurz dachte sie, es wäre vielleicht nicht schlecht, ihn zu stützen, doch dann hatte er recht zielstrebig die Tür erreicht und war schon hinaus im zugestellten Flur, um das Buch zu suchen. Als sie hörte, daß er zuerst in die Küche ging und daß dann dort Flaschen aneinanderklirrten, war sie hinsichtlich seiner Fitness wieder beruhigt. Geschickt gemacht, dachte Katja Lavans und stand auch auf. Sie registrierte, daß sie müde war und ein wenig niedergeschlagen wie stets, wenn sie lange über den Tod und das Sterben sprach. Nicht, daß es ihr auf eine direkte Weise etwas ausmachte. Dazu waren all die Möglichkeiten, ums Leben zu kommen, zu sehr Teil ihres Berufes. Aber wie eine hauchdünne Schicht Staub sich unmerklich auf den Dingen niederläßt, legte die Traurigkeit sich immer wieder über ihr Gemüt. Es bedurfte zumeist wenig mehr, als einmal kräftig zu pusten, um diese Trübung ihrer Stimmung zu beseitigen, aber manchmal, und vor allem, wenn sie so müde war wie jetzt, dachte sie, die Traurigkeit würde nie mehr aufhören.

Sie bemerkte, daß sie sinnlos mit großen Schritten auf dem Teppich hin und her ging und dabei ihre Fußspitzen betrachtete. Also trat sie ans Fenster und öffnete die Tür zum Balkon. Der Rahmen hatte sich verzogen, und der überheizte Raum hatte Schwitzwasser am Glas gebildet, das in das schwarze, aufgequollene Holz tropfte. Mit einem Ruck zog sie die Tür auf und trat hinaus. Es war der Eckbalkon zur Bersarinstraße, die hier herauf von der Frankfurter

Allee anstieg, und sie hatte das Gefühl, die ganze Stadt läge vor der Brüstung und blinkte glitzernd im tiefstehenden Braunkohledunst, der die Lichter gespenstisch reflektierte. Weimann räusperte sich.

»Ich habe es gefunden. Hören Sie zu.«

Weimann stand neben dem Kachelofen und goß ihnen beiden, in der anderen Hand ein Buch, gerade aus einer neuen Flasche nach. Zum ersten Mal bemerkte sie die buschigen, weißen Koteletten und die roten und blauen Äderchen auf den weißen, hängenden Wangen des alten Mannes, und sie sah die nach lebenslangem Rauchen gelben und vom Zahnfleisch längst freigegebenen Zahnhälse der Schneidezähne im Unterkiefer. Die engsitzende Trainingsjacke mit den hellblauen Ärmeln und der dunkelblauen Brust, über die ein Streifenmuster lief, das sich über seinem mächtigen Bauch gabelte. Der hängende Hosenboden. Die alten Lederpantoletten.

»Hören Sie zu«, sagte er nochmals und sie fing über die Brille hinweg den noch immer so lebendigen und leuchtenden Blick, den sie sofort an ihm geliebt hatte.

»*Ich begab mich*, berichtet der Militärarzt Guyon auf Martinique, *an den Ort der Hinrichtung und sah, wie im Moment der Strangulation sofort bei allen Verurteilten das Glied mächtig steif wurde (diese Neger waren alle mit einem ganz dünnen Gewebe weißer Farbe bekleidet), und fast sogleich hatten fünf von ihnen uriniert, so daß die Flüssigkeit am Boden lief. Eine Stunde nach der Exekution begab ich mich an das Meeresufer, wo die Leichen eingescharrt werden sollten. Ich fand bei den ersten neun die Rute in einem Zustand der Halberektion und die Harnröhre überfließend von einer Flüssigkeit, mit der das Hemd zu sehr imprägniert war, als daß sie nur aus der Prostata hätte stammen können. Von den fünf letzten zeigten nur zwei Spuren von Ejakulation.*«

37

Katja Lavans erreichte gerade noch die letzte Bahn und schlich sich zu Hause leise in die Küche, um Ilse nicht zu wecken. In dem kleinen Einbauschrank unter dem Fenster fand sie noch eine Flasche desselben Blaustenglers, den sie eben mit Weimann getrunken hatte, und seufzend ergab sie sich in ihr Schicksal. Es galt zu feiern, denn auf der Fahrt war ihr plötzlich das Buch Si Yuen Luh wieder eingefallen und die Unterscheidungsmöglichkeiten, ob Verletzungen vital oder postmortal zugefügt worden waren. Von den Chinesen lernen heißt siegen lernen, dachte sie lächelnd.

Dann öffnete sie die vordere Klappe des Gasofens, mit dem sie kochten und zugleich die Küche heizten. Sorgfältig schloß sie die Tür, obwohl das Schlafzimmer am Ende des langen schmalen Flures zu weit entfernt war, als daß ihre Tochter sie hätte hören können. Dann nahm sie aus dem oberen Fach der Küchenanrichte, in dem sie auch die elektrische Kaffeemühle aufbewahrte, vorsichtig das Theremin heraus und stellte es auf den Küchentisch. Den ganzen Tag hatte sie immer wieder an Ansgar Klein denken müssen und wie er über die *brennende Kraft* Arbogasts sprach, die dieser dem Gefängnis verdanke, das ihn inzwischen umgebe wie eine Haut. *Eigentlich weiß ich nicht, wie er wäre ohne diese Zelle, die er immer mit sich schleppt,* hatte er gesagt, und Katja Lavans mußte sich eingestehen, daß sie ein wenig Angst vor diesem unschuldigen Mörder hatte. Trotzdem löschte sie, nachdem sie den Stecker eingesteckt und sich ein Glas vollgeschenkt hatte, das Licht.

Sofort glomm alles in dem blauen Schein der kleinen Gasflammen im Herd auf, in deren Licht sie schon so viele Nächte im Winter verbracht hatte und deren leises Zischen für sie das Geräusch von Wärme war, seit sie hier wohnte. Fast fünfzehn Jahre war Arbogast in Haft, und eingeschlossen in ihn jener Tod, der keinen Grund zu haben schien. Still und für immer unberührbar ließ der

Tod die Menschen zurück. Die Tat nur ein Gedankenspiel. Sie selbst, dachte Katja Lavans, unverletzlich. Mutig brachte die Pathologin einen Toast auf Sɪ Yᴜᴇɴ Lᴜʜ aus, bevor sie ihr Spiel mit dem Theremin begann. Noch immer kannte sie niemanden sonst, der es spielte, hatte auch noch nie jemand anderen gehört und wußte insofern nicht, ob sie das Instrument überhaupt beherrschte. Jemand hatte ihr erzählt, in Leningrad gäbe es eine alte Virtuosin, von der auch Schallplattenaufnahmen existierten, aber sie hatte keine aufstöbern können. Dieses Instrument war so einsam wie die monophonen Töne, die es hervorbrachte, und vielleicht mehr noch als die Musik genoß Katja ebendiese Empfindung der Isolation, in die sie sich begab, wenn sie den Schalter umlegte und ihre Hände die Röhren entlangführte.

Doch zumindest ihre Hände waren dabei nicht allein, und wenn die Pathologin lange spielte, schien es ihr wirklich, als seien sie von ihr abgetrennt. Sie sah zu, wie ihre linke Hand sich vorsichtig der einen Röhre näherte, und hörte, wie dabei die Lautstärke des Sinustons etwas zunahm, dann verharrte, während die Rechte den Ton höher klingen ließ und wieder abfallen, indem sie sich von der zweiten Röhre entfernte, was die Linke wiederum nachvollzog, so daß der Ton beinahe verhallte, wieder zunahm dann, pulsierend und fordernd oder zögernd in einem Duett von Lautstärke und Tonhöhe, einem Spiel ohne Ende, über dem Katja sehr oft die Zeit vergaß. Auch, weil es ihr selten gelang, worum sie sich doch immer mehr bemühte, einen Ton zu erzeugen, der so naturhaft schien, daß man nicht mehr meinte, eine Stimme zu hören, sondern nur mehr einen Klang, der keinen Körper hatte, kein Gesicht, nicht sterben konnte und sie nicht ansah.

38

»Bernhard? Bist du da?«

Katja Lavans klopfte, und ohne auf eine Reaktion zu warten, öffnete sie vorsichtig die Tür zum Büro ihres ehemaligen Studienkollegen im achtzehnten Stock der Charité. Das war der Kompromiß. Er hatte sie oft schon gebeten, sich bitte vorher anzumelden, aber sie vergaß es jedesmal, wenn sie einen Rat brauchte und mal eben quer über die Straße lief und zu ihm heraufkam. Das aber machte sie, wie sie meinte, dadurch wett, daß sie ihn nur ganz leise störte.

»Was machst du hier eigentlich? Es ist schließlich Samstag«, begrüßte sie ihn, erleichtert darüber, daß er da war.

»Und wie geht es deiner Tochter?« fragte er, den Vorwurf zurückspielend, und legte das Diktiergerät beiseite.

Westware, registrierte sie, doch seine ironische Frage ließ sie sofort an seine beiden Kleinen denken, die inzwischen sieben und vier waren. Nach ihrer Scheidung war Katja Lavans oft zu Bernhard und seiner Frau geflüchtet, was die beiden netterweise als Babysitting zu tarnen wußten. Es hatte über ein Jahr gedauert, bis es ihr gelungen war, ihr Leben um diese Leerstelle herum neu zu organisieren. Sie setzte sich auf die Kante des sehr großen und ausnehmend aufgeräumten Schreibtisches und legte ihm die Akte ebenso vorsichtig, wie sie angeklopft hatte, auf die lederne Schreibunterlage mit dem Bayer-Signet.

»Willst du mir helfen?«

Bernhard grinste.

Hätte sie nicht gewußt, daß er sich eigentlich immer darüber freute, wenn sie ihm mit einem neuen Kriminalfall etwas Abwechslung bot, hätte sie ihn sicher nicht gestört. So aber war ihre Freundschaft nach dem Studium nahezu unverändert eng geblieben, und seit er verheiratet war, schien auch zumindest vorerst die Gefahr gebannt, daß er sich wie früher einmal im Jahr unglücklich in sie verliebte.

»Es geht um jenes Gutachten, das nur aufgrund von Photos zustande kam.«

»Professor Maul aus Münster?«

Sie nickte. »Das, was ich hier jetzt auf deinen Schreibtisch lege, ist der Obduktionsbericht.«

»Und?«

»Ich soll für eine Wiederaufnahme gutachten. Und jetzt sag mir sofort, woran die Frau wirklich gestorben ist, damit ich in den Westen kann.«

»Sofort?« Bernhard grinste.

»Sofort!«

Bernhard schlug den Obduktionsbericht von Marie Gurth auf, und sein Grinsen verschwand, je stärker er sich in das hineindachte, was er las. Als er einige Minuten später zu sprechen begann, war seine Stimme ernst.

»In der feingeweblichen Untersuchung heißt es, die Patientin habe sowohl eine verheilte als auch eine akute Herzmuskelentzündung gehabt.«

»Ja«, antwortete Katja. »Was sie bei ihrem schlechten Allgemeinzustand zusätzlich geschwächt haben muß. Außerdem war sie schwanger.«

»Mit regressiven Veränderungen an den Chorionzotten«, ergänzte Bernhard, ohne aufzusehen.

»Exakt. Deshalb dachte man auch zuerst, sie habe eine Abtreibung machen lassen.«

Bernhard legte den Bericht auf den Tisch und sah sie an. »Und woran ist sie nun gestorben?«

»Das ist es ja. Laut Obduktionsbefund eigentlich gar nicht.« Katja nahm sich den Akt, blätterte und las: *Eine organische Erkrankung, die den plötzlichen Tod der Frau Gurth erklären könnte, wurde bei der Obduktion mit Sicherheit nicht gefunden. Die am Körper der Frau Gurth beobachteten Verletzungen reichen nach ihrer Schwere ebenfalls in keiner Weise aus, um den plötzlichen Tod erklären zu können. Mit Sicherheit als Todesursache auszuschließen ist eine gewaltsame Erstickung aufgrund der erhobenen Befunde.*

»Und wieso konnte dein Mann dann gerade deshalb verurteilt werden?«

»Weil es ein gerichtsmedizinisches Gutachten vor Gericht gab, das auf Strangulation beharrte.«

»Entgegen dem Sektionsbericht? Absurd. So was gab es ja noch nie!«

»Der Gutachter ist Professor Maul, und der Obduzent war ein junger Assistenzarzt. Das zum einen. Zum anderen gibt es die Kampfspuren im Bericht und sagen wir: Spuren starker Erregung.«

Bernhard sah sie fragend an.

»Das Gericht kümmerte sich ebenso wie der Obduktionsbericht ausführlich um die Frage, ob Arbogast mit der Toten anal verkehrte.«

»Ach, wie interessant. Und hat er?«

Katja zuckte mit den Achseln.

»Spermien?«

»Eben nicht.«

»Kreislaufversagen fände ich eine ganz vernünftige Hypothese. Und wie soll ich dir jetzt eigentlich helfen?«

»Kennst du das Buch Sɪ Yᴜᴇɴ Lᴜʜ?«

Bernhard sah sie verständnislos an.

»Die Strangulations-These von Professor Maul fußt ganz auf der Annahme, es handele sich bei den Druckstellen am Hals um eine Strangulationsmarke, weil derartige deutlich blutunterlaufene Male nur vital, also bei einem noch bestehenden Blutkreislauf gesetzt werden könnten. Die Frage an dich wäre: Können solche Marken nicht auch postmortal entstehen? Und wie belege ich das?«

»Die Leiche der Frau ist transportiert und umgelagert worden?«
»Ja. Und im Obduktionsbericht findet sich folgende aufschlußreiche Stelle: *Unerklärt bleiben die multiplen kleineren Blutungen und Abschürfungen an den verschiedensten Körperteilen.*«
»Wenn klar wäre, wie die Frau bewegt worden ist, dann könntest du doch experimentell den Nachweis führen, welche Auswirkungen diese Umlagerungen postmortal hatten.«
»Genau darauf wollte ich hinaus, Bernhard. Meinst du, solche Experimente würden vor Gericht gutachterlich anerkannt?«
»Auf jeden Fall, würde ich meinen.«
»Auch im Westen?«
Er nickte und grinste.
»Ich sag dir dann noch, was du mir mitbringen sollst.«
Katja nickte und verabschiedete sich.

39

Samstag mittag war normalerweise außer dem Notdienst, der die Toten entgegennahm, niemand im Institut. Als Katja von der Charité wieder herüberkam und die alte Tür hinter ihr ins Schloß fiel, war es bis auf das Brummen des Kühlaggregats sehr still. Auch sie wäre nicht hier gewesen, hätte sie nicht von ebenjenem Notdienst telephonisch erfahren, daß am Vormittag die Leiche einer Frau angeliefert worden war. Und so ging sie, nachdem sie im Hinterhof des Instituts zwei Ziegelsteine von einem Haufen Schutt unter einer verkrüppelten Birke genommen hatte, zu dem alten Lastenaufzug und fuhr hinab in die Kammer. Immer noch tropfte irgendwo Kondenswasser der Kühlanlage auf die Kacheln, doch als die Neonröhren mit ihrem blau surrenden Licht anklackten, wurde das Tropfen scheinbar leiser. Katja Lavans spülte die Ziegelsteine in einem der großen

Waschbecken ab und ließ sie dort liegen. Streifte Handschuhe und Mundschutz über, suchte die Kühlboxen nach dem heutigen Datum ab und ließ eine Pritsche mit Schwung herausrollen. Noch einmal suchte sie und zog auch noch eine zweite Pritsche heraus. Zuerst öffnete sie den Leichensack der frisch eingelieferten Toten.

Die Frau war noch keine zehn Stunden tot. Die Leichenstarre hielt noch an. Sie war, wie auf dem Ettikett an ihrem Fuß stand, Anfang Vierzig, doch Katja Lavans erschien sie alterslos und vielleicht auch deshalb so schön, weil es eigentlich nie vorkam, daß die Pathologin einmal eine der Toten betrachten konnte, ohne sofort mit der Leichenschau beginnen zu müssen. Nur einmal soll mir egal sein, warum sie tot ist, dachte Katja Lavans und strich ihr durch das kurze blonde Haar. Ihr Gesicht war unverletzt. Sie hat schöne Schultern, dachte Katja Lavans, schob den Leichensack etwas hinab und drehte die Tote ganz sanft auf die Seite. Dann ging sie zum Waschbecken, befeuchtete ein weißes Leinentuch, nahm einen Ziegelstein heraus und ging wieder zu der Toten zurück. Mit einer Hand hob sie den Kopf vorsichtig an und schob den Ziegelstein, den sie dabei mit dem feuchten Tuch bedeckte, als wollte sie die Unterlage weicher machen, so unter ihren Hals, daß die Kante sich an ebender Stelle befand, an der man bei Marie Gurth jene Male gefunden hatte, die Professor Maul für Strangulationsmarken gehalten hatte. Ganz vorsichtig legte sie den Kopf darauf.

Die zweite Tote schien trotz ihrer dreiundzwanzig Jahre noch fast ein Mädchen zu sein, dunkelhaarig und hager. Ihre Augenbrauen waren beinahe zusammengewachsen, und sie war ungeschminkt. Sie war durch Leuchtgas umgekommen und schon fünf Tage tot. Auch dieses Mädchen drehte Katja Lavans zur Seite. Doch diesmal legte sie den Ziegelstein ohne Abpolsterung unter. Dann ging sie hinüber zu ihrem Schreibtisch an der gegenüberliegenden Wand des Raums und setzte sich, um zu warten. In drei Stunden würde sie die ersten Bilder machen, 13 × 18 in schwarz-weiß und zusätzlich 6x6 in Farbe. Und nach zwölf Stunden noch einmal. Als sie den Bürostuhl herumschwenkte, fiel ihr auf, daß die beiden Frauen einander zugewandt lagen. Wie Schläfer, die ganz in sich versunken doch um die Nähe des andern wissen.

40

Auch in diesem Jahr schmolz der Schnee in den vier Höfen, es wurde wärmer, und schließlich war es am Morgen, wenn die Glocke um halb sieben geschlagen wurde, wieder hell. Arbogast wußte längst nicht mehr, ob er schon wach war, wenn er sich mit den immer selben Bewegungen anzog, wusch und wartete, bis die Klappe sich öffnete und der Becher Malzkaffee und das Brot hereingereicht wurden. Dann essen, fegen, hinaustreten, abzählen und los. Die Zeit meinte es inzwischen gut mit ihm, und er kannte all ihre Namen. Das Getrampel auf dem eisernen Steg hatte seinen eigenen Klang und die Schritte die enge Wendeltreppe hinab, das hohle Klappern durch den unterirdischen Gang zum Werkhof und das Geschlurfe auf dem Betonboden des Treppenhauses hinauf in den vierten Stock in die Mattenmacherei. Die Tage im Geklapper der großen Webstühle für die Sisal- und Kokosmatten hießen alle gleich, und er merkte sich keinen mehr von ihnen. Spät erst jedoch registrierte er, daß so sich auch die Namen und Gesichter der Menschen seltsam verloren. Längst kannte er alle, und man grüßte ihn, und er sprach mit den anderen Gefangenen, den Kalfaktoren und Wachtmeistern Tag für Tag und vergaß doch ihre Namen sofort. Irgendwo las er oder hörte im Radio von riesigen Heuschreckenschwärmen, die sich im Frühsommer 1968 durch Nordafrikas Plantagen und Baumwollfelder fraßen, Ausgangspunkt die Scheichtümer Maskat und Oman, und erinnerte sich daran, daß 1954 bei einer ähnlichen Plage kurz vor seiner Verhaftung dieselbe Heuschreckenart im marokkanischen Sous-Tal Tausende Tonnen Orangen gefressen und einen Millionenschaden angerichtet hatte.

Um elf Uhr fünfundvierzig kam Arbogast wieder in seine Zelle zurück, und kurz danach gingen die Kessel mit dem Essen von Zelle zu Zelle, die Klappe wurde geöffnet, und Arbogast reichte die Schüssel hinaus. Danach verteilte der Stockwerksbeamte die Post und sagte Arbogast, er habe Besuch.

Auf dem Rückweg nahm er ihn mit zur Zentrale, wo er einen Moment lang vor dem Büro des Bereichsdienstleiters warten mußte. Im Vorübergehen warf Arbogast einen Blick auf die Tafel mit den eingesteckten Belegkärtchen der Gefangenen im Büro und auf sein Kärtchen mit der Nummer 312, das unverändert immer an derselben Stelle steckte, während die Namen der anderen ständig wechselten. Während er noch versuchte, sich an die Namen zu erinnern, brachte ihn einer der jungen Hilfsaufseher zum Besuchsraum, und während Arbogast ihm folgte, kam es ihm vor, als sähe er plötzlich alle Namen vor sich, und wie in einem Zeichentrickfilm stoben mit einemmal diese mit Tinte und Kugelschreiber in Blau und in Schwarz oder auch in Dunkelgrün von den verschiedenen Bereichsdienstleitern, den Flügel- und Stockwerksbeamten, Haupt- und Oberwachtmeistern beschriebenen, abgestoßenen und fleckigen Kärtchen durcheinander wie von einem Sturm angefacht, und wirbelten und drehten sich um jene eine Karte, die seinen Namen trug und scheinbar unverrückbar in der hölzernen Tafel steckte, die Platz für alle vierunddreißig Häftlinge des zweiten Stockwerks im vierten Flügel des Neuen Männerzuchthauses Bruchsal bot.

Ansgar Klein sah von einer Akte auf und nickte ihm lächelnd zu. Er hatte Arbogast lange nicht gesehen, und ihm war bei dem Gedanken an diesen Moment etwas unwohl gewesen. Zunächst schien sich die Befürchtung zu bestätigen, sein Mandant könne noch mehr in jene fremde Welt der Zelle verschwunden sein, deren Eingang

Klein im Blick des Zuchthäuslers so deutlich sah. Arbogast trat ein wenig unsicher vor, da der Schwindel jener Bilder, von denen Klein nichts wußte, seinen Schritt noch nicht ganz losließ. Der Beamte schloß die Tür hinter ihm, und er setzte sich.

»Ich komme wegen eines neuen Wiederaufnahmeantrages zu Ihnen, Herr Arbogast«, begann Klein ihm sehr langsam zu erklären, warum er hier war. »Es ist endlich soweit: Wir haben neue Munition beieinander, und ich wollte Ihnen gern zeigen, wie wir vorgehen werden.«

Klein schob die Kopie eines umfangreichen Schriftsatzes über den Tisch. Arbogast, der die Hände im Schoß gefaltet hatte, las, ohne die Blätter an sich zu nehmen, mit schiefgelegtem Kopf auf der ersten Seite das Datum *24.6.1968* und dann, wie man Gesprächsfetzen am Nebentisch aufnimmt, einzelne Satzfragmente. *Wiederaufnahmeantrag durch Strafverteidiger Dr. Ansgar Klein, Frankfurt am Main* las Hans Arbogast und etwas von *neuen und erheblichen Beweismitteln im Sinne von § 359 StPO*.

»Dieser zweite Wiederaufnahmeantrag hebt vor allem auf den Komplex der postmortalen Blutungen ab und versucht so, neue Fakten zu schaffen, Herr Arbogast.«

Ansgar Klein sprach sehr betont und fixierte dabei seinen Mandanten, dem es offenkundig schwerfiel, sich aus seiner eigenen Welt zu lösen. Er hatte bereits vor fast zwei Jahren zu Sarrazin gesagt, Arbogast ertrage die Haft nicht mehr lange. Nun registrierte er schmerzhaft, wie der Blick Arbogasts immer wieder wegkippte und wie es ihm nicht gelang, sich aus der versunkenen Haltung zu lösen, in der er sich selbst zu halten schien.

»Was heißt postmortal?« fragte Arbogast leise und ohne den Anwalt anzusehen.

»Ich erkläre es Ihnen gleich.«

Arbogast nickte und Klein fuhr fort. »Wie ich Ihnen ja vor einer Weile schon schrieb, geht es darum, neue und möglichst wichtige

Gutachter zu gewinnen. Das ist uns nun gelungen, wie ich finde. Vor allem haben wir Dr. Katja Lavans von der Humboldt-Universität in Ostberlin überzeugen können, zu gutachten.«

»Aus der Zone?« fragte Arbogast überrascht und sah ihn zum ersten Mal aufmerksam an.

»Ja. Katja Lavans ist eine sehr angesehene Pathologin. Sie haben hier ihr Gutachten in Kopie und können es sich später ansehen. Im großen und ganzen macht Frau Lavans plausibel, warum Maul damals von wesentlich falschen Voraussetzungen ausgegangen ist, nämlich von einer vom Eintritt des Todes an unberührten Leiche. Verstehen Sie?«

Arbogast nickte und fixierte nun Klein, als wäre sein Interesse geweckt. »Sie meinen, daß Marie ihre Verletzungen auch erst bekommen haben könnte, als sie schon tot war?«

»Exakt das heißt postmortal. Frau Dr. Lavans«, erklärte Klein, »hat Versuche gemacht, die belegen, daß Blutungen unter der Haut auch noch mehrere Stunden nach dem Tod durch Gewalteinwirkung bei Leichen verursacht werden können.«

Arbogast nickte.

»Die Tote wurde so oft bewegt, daß, wie Dr. Lavans nachweist, sämtliche Spuren und Zeichen auch nach dem Tode zustande gekommen sein können. Was Sie natürlich völlig entlastet, Herr Arbogast.«

»Verstehe«, murmelte Arbogast.

»Dann haben wir noch das Gutachten von Professor Anton Kaser von der ETH Zürich«, fuhr Klein fort, und als Arbogast ihn fragend ansah, erklärt er: »ETH heißt Eidgenössische Technische Hochschule, das ist die berühmteste Universität in der Schweiz, Herr Arbogast.«

»Und was sagt dieser Schweizer Professor?«

»Kaser findet das Gutachten Mauls ungeheuerlich, denn die Photos der Leiche ergäben nicht den geringsten Hinweis, daß Marie Gurth mit einem Kälberstrick oder mit einem strickähnlichen Werkzeug erdrosselt worden ist. Außerdem hat Dr. Kaser einen Auswertungsautomaten für Photos entwickelt, mit dem unsere Photos untersucht werden sollen.«

Arbogast nickte zustimmend, doch Ansgar Klein kam es vor, als betrachtete er die Fakten seines Falles inzwischen wie etwas, das unendlich weit von ihm entfernt war. Fast war es dem Anwalt ein wenig unangenehm, ihn noch damit zu behelligen. Und so sprach er schnell weiter.

»Wir haben auch ein Gutachten von Max Wyss, dem Leiter des Wissenschaftlichen Dienstes der Stadtpolizei Zürich, der überhaupt die Möglichkeit, daß die Frau mit einem Werkzeug aus Fasern oder Metall stranguliert wurde, mit an Sicherheit grenzender Wahrscheinlichkeit ausschließt. Und schließlich gibt es noch das Gutachten eines früheren Mitarbeiters des BKA in Wiesbaden, Dr. Otto Mahlke, der die gleiche Auffassung vertritt. Dr. Mahlke müßten Sie übrigens aus dem ersten Prozeß noch kennen. Damals war er auch schon dabei.«

Arbogast überlegte, schüttelte dann aber verneinend den Kopf. Wenn auch alles, worüber der Anwalt sprach, ihn nicht wirklich etwas anzugehen schien, war doch sein Blick nun klar und konzentriert. Ansgar Klein suchte einen Moment lang nach den passenden Worten, um ihm Mut zu machen.

»Das wird schon!« sagte er schließlich und lächelte verlegen.

Nach all der Zeit? Arbogast schwieg. Auch als der Anwalt fragte, wie es ihm gehe, sagte er nicht viel. Die Tage seien wie immer. Doch zurück in der Zelle, kam er nicht zur Ruhe. Lange tigerte er zwischen den Wänden hin und her und strich dabei immer wieder über den Putz, als suche er im Vorübergehen eine Stelle, die für etwas ganz Bestimmtes geeignet sein könnte. Er summte und schloß die Augen. Schließlich lehnte er neben einer beliebigen Stelle die Stirn an den kühlen Putz, während er mit dem Daumennagel ein Muster hineinritzte. Ein kleines Quadrat und noch eines daneben, kaum einen Fingernagel tief. Und ritzte immer noch weitere Quadrate in den Putz, bis er die Zeit ebenso vergaß wie die immergleiche Melodie, die er brummte. Erst, als die Klappe sich öffnete und er das Eßgeschirr hinausschieben sollte, kam er wieder zu sich. Mit schlechtem Gewissen, als habe man ihn bei etwas Verbotenem ertappt, aß er.

Danach holte er die Mappe hervor und begann, das Gutachten der Ärztin aus Ostberlin zu lesen. Der Daumen, der im Nagelbett blutete, schmerzte ein wenig, und lesend sog er an der Wunde und leckte den feinen säuerlichen Staub dabei auf. *Mit Recht haben mehrere Sachverständige, die in diesem Verfahren oder danach tätig geworden sind, auf die Möglichkeit eines akuten Herztodes aufmerksam gemacht. Todesfälle beim Beischlaf sind nicht so ungewöhnlich, wie der Laie glaubt.* Es schien ihm, als wisse das Gutachten von Katja Lavans mehr von seiner Vergangenheit als er selbst. Nur jener Moment der Stille erschien nicht darin, die noch immer in ihm brannte und die die Nächte über all die Jahre miteinander vernäht hatte. Als ob sich die Pathologin jenen Augenblick nicht hatte vorstellen können. Gern hätte er gewußt, wie sie aussah und wie sie lebte. Er konnte sich nicht vorstellen, daß eine Mauer Berlin in zwei Teile zerschnitt. Ob sie ein Bild von ihm hatte?

Schnell wurde es Sommer. Hofgang war nach der Arbeit von fünfzehn bis sechzehn Uhr dreißig. Aufschluß und vor den Zellen antreten in Reih und Glied. Der Wachtmeister schritt die Reihe ab und zählte durch.

»Von Zelle hundert bis hundertfünfzehn abtreten!«

Gepolter auf den Laufstegen, dann durch den Turm und schließlich durch die schmale Tür hinaus in den Hof, wo nochmals durchgezählt wurde. Der Hof ein gleichschenkliges Ziegelsteindreieck aus den Flügeln No. 3, No. 4 und der Außenmauer. Auf der Mauer die Maschinenpistolen. Fünf Beamte mitten auf dem Hof. Man lief in Zweierreihen im Kreis. Arbogast ging seit Jahren neben einem kleinen Schnauzbärtigen, der ihm immer wieder dieselben Schilderungen vom Bauernhof seiner Eltern gab und neben den er einmal geraten war, ohne daß er noch wußte, warum. Auch, warum der andere einsaß, der Heinrich hieß, wußte er nicht. Arbogast sah, wie Zigaretten getauscht wurden. Das Rauchen hatte er sich abgewöhnt. Der Alte aus der Zelle neben derjenigen Arbogasts, der seit fünf Jahren wegen Körperverletzung mit Todesfolge einsaß, lachte meckernd und ließ ihm den Vortritt, als sie einzeln durch die schmale Tür zum Turm gingen. Dabei zählte man sie erneut. Um siebzehn Uhr Einschluß.

Seit er einen Fernkurs in Betriebswirtschaftslehre machte, besuchte ihn manchmal der Lehrer in seiner Zelle. Er brachte ihm dann die Arbeitsmaterialien für die nächste Zeit und unterhielt sich eine Weile mit ihm. Arbogast schloß die Augen. Spät in der Nacht hatte er das Gefühl, sein Magen verdaue Rasierklingen, die ihn dabei in schmale Streifen schnitten. Das hielt einige Tage an, die er nichts aß, und als ihm einmal Anfang September während der Arbeit schlecht wurde, schickte der Werkstattleiter ihn zum Arzt.

Obermedizinalrat Dr. Endres hieß ihn, sich auf eine Krankenliege zu legen, und tastete seinen Bauch ab. Die harten Gesichtszüge, die Arbogast aufgefallen waren, als der Arzt damals bei ihm die Eingangsuntersuchung durchführte, hatten sich in all den Jahren noch verstärkt. Es war, als wartete Dr. Endres verbissen auf etwas, dachte Arbogast, und zwar völlig reglos. Während man über alle Beamten tuschelte und Geschichten erzählte, wurde über den Arzt nicht gesprochen. Verdacht auf Magenschleimhautentzündung, sagte Dr. Endres, und der Assistenzarzt notierte den Befund in der Krankenakte. Ein Sanitätswachtmeister brachte Arbogast zurück in seine Zelle, schlug, während Arbogast wartete, sein Bettzeug in einen großen Bettsack und führte den Gefangenen dann auf das Krankenrevier im Torhaus. Während sich im Erdgeschoß im wesentlichen die Aufnahme, eine Beruhigungszelle, Wäschekammer, Ordinationszimmer und ein Zimmer für den Zahnarzt befanden, waren im Obergeschoß zwei größere Krankenzimmer mit je acht und zwei kleinere Krankenzimmer mit vier Betten untergebracht, ein Aufseherzimmer, eine Teeküche und ein Waschraum. Zehn Tage blieb Arbogast im Krankenrevier, danach erhielt er bis in den Winter hinein Diätkost.

Dr. Endres verordnete Magentropfen nach Bedarf, doch die Schmerzen hatte er danach nur noch selten. Anfang Dezember las Arbogast, eine Frau habe den Bundeskanzler Kiesinger geohrfeigt und dabei »Nazi, Nazi« gerufen. Sorgfältig legte er die Arbeitsblätter seines Kurses zu einem ordentlichen Stapel zusammen, den er im Wandregal verstaute. Dann schob er den Hocker unter das Fenster, stieg darauf und betrachtete lange das Stückchen Straße, die Mauer, den Himmel. Die Freude hält die Stille nicht aus und zerfällt. Wie die Zeit, dachte Arbogast. Im März hatte Ansgar Klein den zweiten Wiederaufnahmeantrag eingereicht, und nun war auch dieses Jahr vorüber, ohne daß etwas geschehen war. Angst ist erträglicher, wenn sie träge wird. Einmal, als Arbogast auf dem Hocker stand und hinausstarrte, um sich satt zu sehen an dem Weltrest dort draußen, wurde die Tür geöffnet und Hochwürden Karges kam herein.

»Wissen Sie, Arbogast«, begann der Geistliche, noch bevor die Zellentür wieder verschlossen wurde, »von außen ist Ihre Zelle nur ein Fenster im vierten Flügel des Zuchthauses, weiter nichts. Wie lange sind Sie jetzt hier? Fünfzehn Jahre? Also ist doch das hier Ihre ganze Welt, oder?«

Er schwenkte die kleine Tüte durch den Raum. Wie jedes Jahr verteilte Hochwürden Karges die Geschenke, die seine Gemeinde an Weihnachten für die Gefangenen stiftete.

»FLG.N4 ist an einer Seitenwand zu lesen, ziemlich in der Mitte. Ihr Fenster hat die Nummer 312. Aber das wissen Sie ja vom Hofgang.«

Hans Arbogast stieg vom Hocker und setzte sich auf die Bettkante, weil er nicht wollte, daß der Priester dort saß. Er ließ sich die dunkelrote, mit Sternen und Kerzen bemalte Tüte geben und öffnete sie, obwohl er das laut Verordnung erst morgen tun sollte. Zwei Äpfel, ein Paar Socken, fünf Zigaretten und eine Tafel Schokolade. Karges setzte sich auf den Stuhl am Tisch, beugte sich vor und sah ihn an.

»Sind Sie eigentlich immer noch unschuldig, Arbogast?«

Hans Arbogast biß in einen Apfel und nickte kauend. Kaum gelang es ihm, sich nicht anmerken zu lassen, wie schwer er den Blick des Priesters aushielt. Doch er tat es. An Heiligabend würde es wie jedes Jahr Stollen und Tee mit Rum geben. Das einzige Mal Alkohol im Jahr, wenn man von der selbstvergorenen Plörre absah, die manche machten und die er selten trank. Und morgen würde es dann wie immer zuerst Spätzlesuppe geben, dann Schnitzel mit Spinat und Kartoffelbrei und zum Nachtisch Schokoladenpudding und echten Bohnenkaffee. Arbogast schwieg. Bald schon stand Karges auf und klopfte an die Tür, damit man ihm öffne.

»Was ich noch sagen wollte: Die Zuchthausstrafe wird 1969 abgeschafft. Im nächsten Jahr erhalten Sie also Ihre bürgerlichen Ehrenrechte zurück«, sagte er im Hinausgehen. »In diesem Sinne fröhliche Weihnachten, Arbogast!«

41

Gerastert von Gitter und Maschendraht, fiel die ganze Nacht über Scheinwerferlicht in die Zelle, glomm auf der Decke und vertrieb den Schlaf auch nach all den Jahren noch ebenso wie in der ersten Nacht. Hans Arbogast hatte das Fenster offen gelassen, lag nun da und registrierte, wie die Frühlingsluft herabsickerte. Er hörte dabei auf das Gebell der Schäferhunde draußen, die ihre Lauflinien entlanghechelten. Zunächst wollte er nicht an Marie denken und dann, als sie doch in seinen Gedanken erschien, sie zuerst wieder wegschicken. Hielt ihr Gesicht schließlich mühsam auf Abstand und betrachtete sie eine Weile. Längst war ihm jene Nacht mit Marie aus dem Gutachten der Pathologin vertrauter als in der Wirklichkeit seiner Erinnerung. Wie hatte doch das Gras gerochen, am Ende des Sommers, und welcher Duft war in der Luft gewesen? Und ihr Parfüm? Doch wenn er die Augen schloß, glaubte er, an seinen Fingern noch immer den Duft ihres Geschlechts zu riechen, und ihre Stimme füllte sich wieder mit dem Klang ihres Atems. Die Erinnerung an jenen Moment der Stille überflutete ihn dann immer von neuem und wie das kühle und glatte Holz des Türblattes über seine Hand gewischt war, als berührte und ermunterte man ihn. Damals dachte er, es sei der Engel, der ihnen an diesem Tag überallhin gefolgt war und selbst von der Reklame der Gaststätte geleuchtet hatte. Das war zweifellos der Moment gewesen, als es begonnen hatte.

Manchmal stellte er sich dann vor, wie er heute aussähe neben ihr, die nicht gealtert war. Wie seine erwachsenen Hände sie hielten, die noch immer fünfundzwanzig war. Doch da es ihm ohnehin nur schwer gelang, sich davon zu überzeugen, daß viele Frauen inzwischen jünger waren als er, hielt ihn auch dieser Gedanke nicht, und er fiel in ihre Arme. Seltsam dann, jemanden zu lieben, der tot war, und doppelt fremd, es selbst auch zu sein. Denn so empfand er sich, bekleidet lediglich mit den Wänden der Zelle, tote Haut über seinem Fleisch, die empfindungslos und reglos blieb. Manche sagten, das läge am Essen, aber das glaubte er nicht. Das lag an der Zeit, und in deren Stille fand er die jenes Abends immer wieder. Und in ihrem stummen Gesicht, als wüßte sie darum, die Zärtlichkeit ihrer Berührung. Er erkannte ihre Stimme sofort. Ein Flüstern war es zunächst, dann ein leises Singen, das er fast schon verstand. Er wußte sowieso, was sie sang, und lächelnd erwartete er die Worte ganz nah an seinem Ohr. *Wie schon einmal du mich fandest, komm doch wieder her und hole mich.*

Am nächsten Vormittag brachte man ihn aus der Mattenmacherei ans Telephon in die Zentrale. Der Wachtmeister wußte nicht, worum es ging, und zuckte nur mit den Schultern, faßte Arbogast an der Schulter, schob ihn durch das Gittertor im Keller der Zentrale und ließ ihn dann vor sich die Wendeltreppe hinaufgehen zur Verwaltung, während Ansgar Klein in seinem Büro in Frankfurt wartete, daß sein Mandant endlich den Hörer nahm. Der Anwalt war sehr aufgeregt und ging, am Telephonkabel ziehend wie an einem Spielzeug, vor seinem Schreibtisch hin und her. Nach über drei Jahren war es endlich soweit. Er wippte auf den Zehenspitzen und schloß die Augen. Als er registrierte, daß man raschelnd den Hörer aufnahm, mußte er grinsen.

»Hans Arbogast.«

Dem Anwalt blieb die Stimme weg. »Die Wiederaufnahme«, sagte er schließlich und räusperte sich, »Herr Arbogast: Die Wiederaufnahme ist angeordnet. Eben gerade habe ich den Bescheid vom Landgericht Grangat erhalten.«

Arbogast erwiderte nichts.

»Ansgar Klein hier aus Frankfurt. Haben Sie verstanden, was ich gesagt habe, Herr Arbogast?«

Arbogast nickte. Er dachte nichts.

»Herr Arbogast, hören Sie mich?«

»Ja«, sagte er tonlos und nickte noch immer. Und nach einem weiteren Moment: »Vielen Dank, Herr Klein.«

»Sie müssen mir nicht danken, Arbogast. Aber wissen Sie denn überhaupt, was das bedeutet?«

Hans Arbogast schüttelte den Kopf und sah sich in dem Büro um, in dem er in all den Jahren so selten gewesen war. Ein Aquarell, das das Zuchthaus Bruchsal aus der Vogelperspektive zeigte, hing hinter Glas zwischen den Fenstern. Arbogast kannte den, der es gemalt hatte. Die Sekretärin des Direktors sah ihn neugierig an.

»Arbogast?« rief Ansgar Klein wieder in den Hörer. »Sie sind frei, Arbogast! Hören Sie: Sie dürfen sofort gehen. Das Gericht hat nach § 360 StPO Vollstreckungshemmung angeordnet.«

Arbogast ließ den Hörer sinken und schien etwas zu der Sekretärin sagen zu wollen.

»Soll ich Sie abholen?« fragte Klein, und Arbogast riß den Hörer wieder ans Ohr. Er nickte, bevor er den Hörer an die Sekretärin zurückreichte.

Der Direktor wurde gerufen, und alle gratulierten. Als Arbogast wieder nachdenken konnte, saß er auf seinem Bett und sah sich um. Die Zelle war vier Meter lang, zweieinhalb Meter breit und drei Meter hoch. Sie enthielt dreißig Kubikmeter Luft. Die Decke leicht gewölbt. Die Wände bis zur Schulterhöhe hellgrün gestrichen, darüber weiß, der Fußboden hell-dunkles Fliesenkaro. Vom Bett sah man auf das Waschbecken mit Metallspiegel und Ablagebord, dahinter der hellgrüne Duschvorhang aus milchigem Plastik, hinter dem sich die Toilette verbarg. Vor Jahren hatte man nach und nach die geteerten Kübel ersetzt und gleich auch die an die Wand geklappten Pritschen und die festgeschraubten Tische. Arbogast erinnerte sich noch genau, daß er sich wie nach einem Umzug mit dem neuen Mobiliar gefühlt und eine Weile benötigt hatte, um wieder heimisch zu werden. Er blinzelte hinauf zum Fenster. Er wußte, es war exakt einen Quadratmeter groß. Darunter, an derselben Wand wie das Bett, der Spind. Dann Tisch und Stuhl an der Längswand und neben der Tür der hohe gußeiserne Heizkörper. Die schmale Tür aus massivem Eichenholz war zusätzlich mit starken Querbohlen verstärkt. An der Wand daneben der Lichtschalter und eine Klingel. Im oberen Drittel der Tür befand sich der Spion, darunter die nur von außen zu öffnende Klappe für das Essen.

Arbogast packte seine Sachen und wartete. So viel geschah da draußen. Gerade war der französische Präsident de Gaulle zurückgetreten. Chinesen und Russen schossen aufeinander an einem Fluß, der Ussuri hieß. In Nordirland ermordeten sich Katholiken und Protestanten. Wieder war ein Starfighter abgestürzt, er hatte das Bild gesehen. Es hieß, bald seien die Amerikaner auf dem Mond. Letzte Woche hatte ein Raumschiff mit drei Astronauten die Erde umrundet. Als man ihn am Abend holte, um ihm seine Zivilkleidung und alle anderen persönlichen Dinge aus der Effektenkammer auszuhändigen, hielt er das Kästchen in Händen. Im blauen Samt lagen die drei Kugeln, eine schwarz und zwei von so cremehellem Weiß, daß man bei ihrem Anblick an sehr blasse Haut denken mußte.

42

Die Meldung, daß im Fall Arbogast eine Wiederaufnahme des Verfahrens angeordnet worden war, kam am Spätnachmittag des dreißigsten April über die Ticker der Agenturen in die Redaktion. Am Abend würde Hans Arbogast nach vierzehn Jahren aus dem Zuchthaus Bruchsal entlassen werden. Für einen Moment überlegte Paul Mohr, hinzufahren, doch dann verwarf er den Gedanken, blieb jedoch am Abend in der Redaktion und wartete auf den Fernsehbericht über die Entlassung, der, wie er erfahren hatte, im dritten Programm gesendet werden würde. Er hatte einiges Archivmaterial, das er durcharbeiten mußte, vor sich auf der glänzenden Mahagoniplatte des Konferenztisches ausgebreitet, konnte sich jedoch, obwohl der Fernseher ohne Ton lief, nur schlecht konzentrieren. Als er sich das schließlich eingestand, ging er zur Bar, goß sich einen Whisky ein und beschloß, einfach nur zu warten.

Natürlich dachte er an Gesine und hätte den Beginn des Berichts darüber beinahe verpaßt. Doch als er das Tor des Zuchthauses Bruchsal, wie man früher sagte, auf dem Schirm erkannte, schreckte er aus seinen Gedanken hoch und stellte den Ton laut. *Fernsehlampen und Blitzlichter der Landesstrafanstalt in Bruchsal, durch die*

Hans Arbogast mit einem großen Koffer in die Freiheit tritt. Die Bilder waren offensichtlich in aller Eile ohne Ton aufgenommen worden, und der Reporter kommentierte nun aus dem Off. Rechtsanwalt Dr. Ansgar Klein aus Frankfurt, der den Beschluß von Mittwoch erreicht hat, holt seinen Mandanten ab. Für Hans Arbogast ist es ein um einen Tag verspätetes Geburtstagsgeschenk, denn am 29. April ist er 42 Jahre alt geworden. Glücklich über die wiedergewonnene Freiheit beantwortet er Fragen der ihn bestürmenden Journalisten. Befragt, was er am meisten während seines Freiheitsentzuges vermißt habe, sagt Arbogast: Das Recht. Dennoch habe er nie aufgegeben, an seine Freilassung zu glauben. Wie Arbogast weiter sagt, war er während seiner Haftzeit in der Kokosmattenabteilung beschäftigt, daneben habe er an einem Fernkurs für Betriebswirtschaftslehre teilgenommen. Hierfür habe er 600 DM von seinem Lohn bezahlt.

Das Fernsehbild zeigte noch immer Arbogast und Klein in einer Halbtotalen vor dem Gefängnistor. Erschreckt fragte Mohr sich, ob er auch um so vieles älter geworden war. Er erinnerte sich noch genau an den jugendlichen Angeklagten. Der Anwalt trug trotz der späten Stunde seinen leichten hellen Mantel lose über dem Arm. Es ist Frühling, registrierte Paul Mohr, als benötigte er dazu die Fernsehbilder. Die Gruppe der Journalisten und Schaulustigen verschwand fast im Dunkel jenseits der Scheinwerfer. Unruhig suchte er immer wieder Gesicht nach Gesicht ab. Einmal hatte er für einen Moment das Gefühl, Gesine mit ihrer Kamera zu sehen. *In dem Hotel, wo Dr. Klein ein Zimmer für ihn reserviert hatte, bestellte er als erstes eine Tasse Kaffee und ein Steak. Über seine Zukunftspläne wollte Arbogast noch nichts sagen. Seine Frau hat sich im Jahre 1961 von ihm scheiden lassen.*

Paul Mohr schaltete den Fernseher aus, als die Nachrichten vorüber waren, goß sich noch einen Whisky ein und arbeitete weiter. Zu diesem Zeitpunkt war Hans Arbogast schon wieder allein. Das Kästchen mit den Billardkugeln hatte er auf den Nachttisch gestellt. Der Koffer mit den wenigen persönlichen Dingen, Briefen vor allem und alten Photos, die sich in den Jahren angesammelt hatten, stand noch in dem kleinen Vorraum, der das Hotelzimmer vom Flur abschloß. Arbogast, der die Gardine ein kleines Stück zur Seite hielt, konnte nicht genug davon bekommen, hinauszusehen. Das Zimmer lag an der Frontseite des Hotels, und das Fenster ging zur Straße. Eine Weile hatte Arbogast die Journalisten dabei beobachtet, wie sie ihre Kameras und Scheinwerfer abgebaut hatten, und währenddessen war auch der Widerhall all der Stimmen in seinem Kopf langsam leiser geworden. Jetzt verfolgte er jeden der wenigen Fußgänger, bis sie aus seinem Gesichtsfeld verschwanden. Der ungewohnte Hemdkragen scheuerte, und er öffnete den obersten Knopf. Wenn er sich darauf zu konzentrieren versuchte, was er dachte, gelang es ihm nicht. Er setzte sich auf das Bett und strich über das schwarze kühle Bakelit des Telephonhörers. Diesmal widerstand er der Versuchung abzuheben. Dreimal hatte er es schon getan und sich dann beim Portier entschuldigen müssen.

»Tut mir leid. Ja, ein Versehen. Auf Wiederhören. Nein, es ist wirklich nichts.«

Nur daß da draußen jemand war. Nur daß man selbst hinaus konnte. Arbogast ließ sich in die weiche Daunendecke zurücksinken und sog den Duft des frischen Leinens ein.

43

»Klein hat angerufen!« Fritz grinste. »Arbogast ist gerade schlafen gegangen.«

Sue sah ihn fragend an.

»Er wohnt im HOTEL PALMENGARTEN, und die beiden waren zusammen essen. Klein erzählt, daß Arbogast ihm bei jedem Bissen ganz fasziniert auf den Mund schaute: Er habe so lange niemandem mehr beim Essen zugesehen. Gesprochen hat er wohl wenig und wollte dann auch bald allein sein. Klein hat ihn noch bis zur Zimmertür gebracht, die Arbogast sehr vorsichtig aufgeschlossen hat, um sie dann genauso vorsichtig von innen wieder zu verschließen.«

Sue lag im Bett, hatte zwei hoch aufgetürmte Kissen im Rücken und las. Jetzt legte sie das Buch beiseite. »Ich bin so froh, daß es endlich geklappt hat.«

»Noch ist nichts entschieden. Der Prozeß beginnt ja erst. Aber es sieht gut aus, glaube ich.«

Sarrazin hatte in seinem Arbeitszimmer noch gelesen, als das Telephon geklingelt hatte, und er trug wie oft einen weißen Burnus mit goldener Borte, den er einmal in Tanger erstanden hatte.

»Weißt du noch, wie wir beim Frühstück saßen und ich dir von Bruchsal erzählte?«

Sue nickte. Die Luft war kühler geworden. Ein wenig später knöpfte sie langsam die unendlich vielen kleinen Perlmuttknöpfe auf, und er sah dabei hinaus in die Nacht und witterte dem aasigen Geruch der nassen Lärchennadeln nach, den der Frühsommer auftrieb.

»Kommt Klein uns denn jetzt besuchen, damit wir zusammen feiern können?«

»Ich glaube nicht«, sagte Sarrazin. »Jedenfalls haben wir darüber nicht gesprochen.«

Ihre Hand huschte unter den weißen Baumwollstoff und über seinen Bauch.

»Schade eigentlich.«

44

Hans Arbogast klingelte und wartete dann. Er sah hinab auf die Beete voller gelber Blumen an der Hauswand beidseits der kleinen Treppe. Die Adresse war Lupinenweg 4, eine schmale Straße mit anderthalbgeschossigen Reihenhäusern hinter sehr niedrigen Klinkermauern. Er klingelte nochmals und nahm dann den kleinen Koffer von der linken in die rechte Hand. Beides, den Koffer und die Adresse, hatte er von Ansgar Klein. Es war alles besprochen, auch, daß er um diese Zeit kommen würde. Er wurde unruhig, als sich im Haus nichts rührte, und klingelte nochmals. Über den Himmel glitten kleine Frühlingswolken sehr weiß und schnell. Das Blau dahinter tat ihm noch immer weh in den Augen. Windböen zerrissen lauthals am Dachfirst. Er klingelte noch einmal, wechselte den Koffer zurück in die Linke, und als er doch noch Schritte auf einer Treppe hörte, stellte er einen Fuß auf die oberste Stufe. Er hörte den Schlüssel im Schloß der weiß gestrichenen Holztür, und dann sah er das Gesicht seiner Schwester. So, wie er auf den drei Stufen in den Vorgarten stand, stand sie auf der schmalen Treppe ins obere Stockwerk. Und als balancierten sie beide in derart artistischer Lage, daß keine Zeit für eine lange Begrüßung blieb, reichte Hans Arbogast, statt sie zu umarmen, ihr schnell die Hand. Elke nahm sie und bat ihn herein. Sie stiegen die knarrende Stiege hinauf, die sich mit einem Viertelkreis in den ersten Stock schraubte, und traten dort durch eine Etagentür in einen kleinen, fast quadratischen Flur, von dem vier Türen abgingen. Elke, seine jüngere und doch so großgewachsene Schwester, drehte sich nach ihm um.

»Also Hans: Willkommen erst mal!«

Jetzt lächelte sie, und beinahe hätten sie sich wohl auch noch umarmt. Zuletzt hatten sie sich vor sechs Jahren bei der Beerdigung der Mutter gesehen. Elke war noch immer unverheiratet. Sie wischte sich mit einer schnellen Geste des Ringfingers eine Haarsträhne aus der Stirn. Er wollte nicht darüber nachdenken, warum sie ihn niemals, nicht einmal während der Untersuchungshaft in Grangat, besucht hatte. Die Briefe, die er ihr anfangs schrieb, hatte sie nicht beantwortet. Nach der Scheidung und dem Tod der Mutter war sie allein von der Familie übrig. Er begriff, daß er sich davor fürchtete, sie könnte ihn hassen.

»Küche, Bad, Schlafzimmer, Wohnzimmer!«

Elke deutete einmal ringsum, dann öffnete sie die Tür rechts und führte ihn in den größeren der beiden Räume der Wohnung, der eine zweite Tür zum kleinen Balkon hatte und mit einem Sofa, dem passenden Couchtisch, Wohnzimmerschrank und zwei dünnbeinigen Cocktailsesseln aus grünem Velours möbliert war. Der Schrank stammte aus dem SALMEN. Auch das Bild, eine Landschaft, über dem Sofa und die Tischdecke. Er sah keinen Fernseher.

»Hier wirst du schlafen.«

Er nickte verlegen. »Gut. Und vielen Dank auch.«

»Aber das ist doch selbstverständlich. Möchtest du einen Kaffee?«

Er nickte wieder. Sie tranken Kaffee von dem Service, das er seit seiner Kindheit kannte, und später, als es dunkel wurde, holte sie Gläser und Bier. Viel sprachen sie nicht, doch schließlich fragte sie ihn doch, wie es im Gefängnis gewesen sei. Zuvor aber, warf sie schnell ein, als er gerade über eine Antwort nachdachte, wolle sie erst, daß er ihr von seiner Nacht im PALMENGARTEN berichtete. Er nickte. Der PALMENGARTEN war das beste Hotel Grangats, und als Kinder hatten sie sich manchmal bis in die Lobby vorgewagt. Also erzählte er bereitwillig, wie das Steak geschmeckt hatte und von dem Gefühl frischer Bettwäsche und der Seltsamkeit, die Tür öffnen zu können, wann immer er wollte. Sie beugte sich vor, verschränkte die Arme auf den Knien, und er wußte, daß sie schon immer so dagesessen hatte, wenn er ihr etwas erzählte. Später machte sie Brote und öffnete ein Glas mit Gurken dazu. Wenn sie lachte, mußte er sie die ganze Zeit anschauen, so sehr sah er ihrer beider Kindheit in ihrem Lachen. Am Abend dann klappte sie das kleine beleuchtete Barfach des Wohnzimmerschrankes auf, und sie tranken Mariacron. Elke erzählte, wie Mutter gestorben war. Er nickte und kam schließlich doch noch auf das Gefängnis zu sprechen, schilderte seinen Tagesablauf und versuchte ihr zu erklären, wie das Leben in der Zelle gewesen war. Sie lehnte sich in den Sessel zurück.

»Und was war das Allerschlimmste?«

Er sah sie an. Eine ganze Weile sagte er nichts, bis er es endlich wagte, die Frage zu stellen, die ihn schon den ganzen Tag beschäftigte: »Haßt du mich eigentlich?«

Elke schüttelte den Kopf. Sie suchte nach Worten und sagte schließlich leise: »Deinem Wagen geht es gut!«

»Der ISABELLA?«

»Ja, ich hab sie bei einem Bauern untergestellt, als der SALMEN verkauft wurde.«

»Nein! Das ist nicht wahr! Ich war mir sicher, sie wäre längst verkauft. Gleich morgen sehe ich sie mir an.«

Elke lachte. Doch sofort war sie wieder ernst. Eine schmale Stehlampe mit einem Schirm aus grobem beigen Stoff voller Knoten und loser Fadenenden gab ein sehr gedämpftes Licht.

»Damit du es weißt, Hans: Du bist mein Bruder, deshalb habe ich dich nicht weggeschickt. Aber ich bin mir nicht sicher, was ich von dir halten soll.«

Er sah sie unverwandt an.

Zögernd sprach sie weiter. »Damals konnte ich das gar nicht glauben, wovon alle erzählten und worüber die Zeitung schrieb, was du getan haben solltest. Ich fand das unvorstellbar. Katrin war damals oft bei uns, sie erzählte von den Besuchen in der Untersuchungshaft, und dann war der Prozeß. Ja, du hast recht: Damals habe ich dich gehaßt. Ich dachte, du zerstörst unser aller Leben.«

»Und heute?«

»Ich weiß nicht, was ich glauben soll.«

»Das war auch für mich das Schlimmste all die Jahre im Knast.« Seine Schwester sah ihn fragend an.

»Nicht zu wissen, was wirklich ist.«

Elke nickte. Sie müsse morgen sehr früh zur Arbeit, erklärte sie schließlich, und er fragte nicht, wohin. Gemeinsam brachten die Geschwister das Geschirr in die Küche, sie machte ihm sein Bett auf dem Sofa und gab ihm anschließend Schlüssel für Haus- und Wohnungstür in einem ledernen Mäppchen. Wünschte ihm, schon in der Tür, eine gute Nacht, und er wartete, bis er hörte, daß sie aus dem Bad kam und ihre Schlafzimmertür schloß, bevor er auf die Toilette ging.

Dann öffnete er die Balkontür und trank noch einen Cognac. Die Flüssigkeit hatte nicht mehr die Unerhörtheit des Dujardin, den er gestern im Hotel nach dem Essen getrunken hatte, aber noch immer überflutete der Alkohol seinen Mund mit einem Geschmack, als wolle er ihn ertränken, und er schnappte innerlich für einen Moment nach Luft. Seit er das Gefängnis verlassen und ihn sein Anwalt nach Grangat gefahren hatte, kam er sich vor, als tanze er ohne Unterlaß, und auch, wenn er es wollte, gelänge es ihm nicht, sich normal zu bewegen. Bin aus einer Welt, dachte er, in der eine andere Schwerkraft herrscht. Der Wettlauf zum Mond hatte längst begonnen. Im Film hatte er einen Raketenantrieb gesehen, den man sich einfach auf den Rücken schnallen und dann meterhohe Sprünge machen konnte. Er bemerkte, wie still es hier jenseits der Murg war. Hier schliefen jene, die tagsüber in der Stadt arbeiteten. Gar nicht weit die Schutterwälder Straße, wo er aufgewachsen war und an der auch der SALMEN gelegen hatte. Und der Bahnübergang, an dem er Marie getroffen hatte. Morgen würde er hingehen, beschloß er und goß sich noch einen Cognac ein.

Er mußte lachen, daß er erwartet hatte, Elke als den Twen wiederzusehen, der sie einmal gewesen war. Doch nicht nur die Mode war ihm fremd, häßlich die breiten Revers der Jacketts, die langen Koteletten der Männer, die kurzen Haare der Frauen und ihre Hosenanzüge. All diese neuen Häuser mit den unverkleideten Betonfronten, die er auf der Fahrt durch Grangat gesehen hatte, gefielen ihm nicht. Es schien ihm sogar, als halte man die Zigaretten anders beim Rauchen, und manchmal hatten die Journalisten bei den Interviews auf eine Weise gelacht, die ihm ganz fremd war. Als wäre er aus seiner eigenen Zeit gefallen. Weißt du noch, wie wir einmal von zu Hause wegliefen, um allein zum Rhein zu kommen, hatte er Elke gefragt. Sie hatte nur erinnerungslos den Kopf geschüttelt. Sein Kopf war eine Zelle. Unvergeßlich, hatte er erklärt, sei dieser Ausflug für ihn gewesen.

Neben der Couch der geöffnete Koffer und darin neben den neuen Kleidern, die Klein ihm gekauft hatte, das Holzkästchen mit den Billardkugeln. Blindlings griff er danach, öffnete tastend den hakeligen Verschluß und nahm eine Kugel heraus. Es war die schwarze. Wann, hatte er Klein gefragt, würde der neue Prozeß sein? Und was sollte er machen bis dahin? Die Zeit steht noch immer still, dachte er. Kühl die schwarze Kugel an seiner Schläfe. Träfe sie ihn fester, wäre er tot. Die beiden anderen, dachte er, schlafen in ihrem Samtbett. Er stellte sich vor, wie er die Kugel aus dem Handgelenk über den grünen Filz eines BRUNSWICK schnippte und wie sie, scheinbar ohne Widerstand, Bande um Bande ihre unabänderlichen Linien nach dem Gesetz von Einfallswinkel und Ausfallswinkel zöge, bis sie schließlich langsamer würde wie ein müdes Tier. Es wird Sommer werden, dachte er und überlegte, ob das Schilf am Bahnübergang noch immer so hoch stünde unter den schwarzen Schwärmen der Mücken. Die Frühlingsluft war frisch und wurde kühler und wusch Arbogast schließlich vom Tag ab und in den Schlaf hinein.

45

Der Sommer und auch der Herbst waren vorüber, als sie ein Brief von Ansgar Klein darüber unterrichtete, daß es nun soweit sei. Das Landgericht Grangat habe den Beginn des Wiederaufnahmeverfahrens auf den siebenundzwanzigsten November 1969 festgesetzt. Katja Lavans hatte alle Unterlagen, die sie benötigte, längst beieinander und auch die Auswertungen, Photos und Dias ihrer Versuche in mehreren Ordnern bereit, um sie den Beamten der Reisestelle und dem Prodekan der Medizinischen Fakultät vorzulegen. Den Antrag, als Gutachterin im Fall Arbogast zum Prozeß nach Grangat reisen zu dürfen, hatte sie entsprechend ihrer Absprache mit der Reisestelle gestellt, und sehr bald war dem Gesuch mit dem Hinweis entsprochen worden, sie habe sich spätestens zehn Tage vor Antritt der Reise zur Klärung der Formalitäten nochmals in der Dienststelle einzufinden. Die Reisestelle der Humboldt-Universität belegte zwei kleine Räume im obersten Stockwerk des Hauptgebäudes, und Katja erspähte an den Beamten vorbei ein Stück des klaren Wintertages dort draußen und eine Ecke der Staatsoper.

Katja sah den Widerwillen der Beamten angesichts der Leichenbilder, diesen Schauder vor dem Tod, den sie gut kannte, aber selbst kaum mehr verstand. Sie wußte den Namen von jedem der Toten, die sie in den letzten Monaten zu ihren Experimenten benutzt hatte, wußte die genaue Lebensgeschichte und anhand ihrer Untersuchungen meist mehr über ihre Schmerzen und Besonderheiten zu Lebzeiten als die Angehörigen. Sie hatte die feste Gewißheit, von jedem der Toten so etwas wie eine persönliche Einwilligung zur Mitarbeit erhalten zu haben. Und schließlich wußte sie, daß man diese Verbindung zum Tod spürte und daß ihr das eine gewisse Macht über jene Menschen gab, die sich einbildeten, man könne mit dem Tod verhandeln. Der ältere der beiden Beamten schob die Unterlagen auf dem schmalen Tisch, dessen Plastikfurnier im schrägen Sonnenlicht unangenehm hell glänzte, von sich. Er räusperte sich und nickte Katja zu.

Dann erklärte er ihr, worauf es für sie bei dieser Reise in die BRD anzukommen habe. Daß sie als Reisekader ihr Land vertrete und vor allem das überragende wissenschaftliche Niveau der Humboldt-Universität, das man mit der Bitte um ihr Gutachten in Westdeutschland anerkenne. Katja nickte. Daß sie im Umgang mit der Presse besonders vorsichtig zu sein habe und lediglich ihren fachlichen Standpunkt vertreten solle. Daß sie sich nicht auf einen Systemvergleich einlassen solle. Katja verstand nicht genau, was gemeint war, und wollte nachfragen, als der andere Beamte, der bisher völlig gleichgültig geblieben war, das Gespräch unterbrach. Er war jung und sehr dünn, die Wangenknochen scharfkantig, und an seinem Hals zeichnete sich über dem geschlossenen, aber viel zu weiten Hemdkragen überdeutlich der Kehlkopf ab.

»Nach Ihrer Rückkehr«, sagte er leise, »werden Sie einen Bericht in sechsfacher Ausführung für Ihren Rektor und die anderen staatlichen Organe verfassen, in dem Sie detailliert Ihre Reise darlegen.«

Er nickte ihr zu und lächelte.

»Was nicht heißt, daß wir nicht auch ohne Ihre Mithilfe genauestens über alles informiert würden, was Sie im nichtsozialistischen Ausland tun.«

Nun nickte auch Katja.

»Ich verstehe.«

In die etwas bedrohliche Stille hinein ergriff auch der Prodekan noch einmal das Wort und erklärte, wie stolz die Fakultät auf die Früchte ihrer Arbeit sei, und Katja gab allen zum Abschied die Hand.

Am Freitag, den vierundzwanzigsten November, um elf Uhr fünf, fuhr der D 218 ab Bahnhof Friedrichstraße. Ilse war in der Schule krank gemeldet und zusammen mit Frau Krawein und Bernhard mitgekommen, um sich im Tränenpalast von Katja zu verabschieden. Das Gefühl, mit dem Koffer in der Hand die Personenkontrolle zu passieren und den Parcours aus Sichtschutzblenden, Spiegeln und Neonlicht und dann auf den beinahe leeren Bahnsteig hinaufzukommen und in den Interzonenzug zu steigen, hielt sie fest, als wäre es so kostbar, daß sie unbedingt später noch darüber nachdenken mußte. Sie hatte eine Platzkarte, fand ihr leeres Abteil, stand am Fenster und sah hinaus, während der Zug so langsam wie ein vorsichtiges Tier, das nicht hierhergehörte, mitten durch die Stadt glitt und einfach so über die Grenze hinweg. Seit beinahe zehn Jahren war sie nicht mehr in West-Berlin gewesen, und fast verwunderte es sie, alles wiederzuerkennen. Kurz bevor der Zug in den Bahnhof Zoo kam, setzte sie sich, strich ihr beiges Wollkostüm glatt und zog den Rocksaum über die Knie. Man hatte die Heizung offensichtlich gerade erst angestellt, und während es warm wurde, breitete sich der alte Geruch von kaltem Rauch im Abteil aus und der nach dem dunkelgrün genoppten Lederimitat der Sitze. Der Deckel des Messingaschenbechers klapperte im Takt der Vibrationen des Zuges, bis dieser hielt. Katja Lavans zündete sich eine Zigarette an. Sie sah auf die ganz nahe Fassade des Bundesverwaltungsgerichts und in die Verlängerung der Hardenbergstraße hinein. Stimmen im Gang wurden laut, und eine Gruppe Jugendlicher ging laut lachend vorüber. Einer hatte einen Seesack unter dem Arm und Haare bis über die Schultern. Sie sah einen Jungen mit einer schwarzen Hornbrille. Einen Wildlederblouson. Gelächter aus dem nächsten oder übernächsten Abteil. Zu ihr kam niemand herein. Um elf Uhr achtundzwanzig verließ der Zug den Bahnhof Zoo.

Noch einen Moment sah Katja Lavans in die offenen Flanken der Charlottenburger Wohnquartiere, in jene selbst am Mittag dieses Wintertages schattendunklen Balkone, die zum Greifen nah schienen und ebenso vermüllt wie der Gleiskörper selbst, und in die tiefen Berliner Zimmer mit den großen Gründerzeitanrichten im

Hintergrund und den runden, fast schwarzen Tischen, deren glänzende Politur jedes bißchen Licht fing. Dann lenkten die Gleise den Zug bald schon aus der Stadt hinaus, ab nach Südwesten, und immer parallel zur Avus kamen sie zum Bahnhof Wannsee. Katja Lavans hörte nicht, daß jemand ein- oder ausgestiegen wäre, der Halt nur so etwas wie ein Zögern vor Griebnitzsee, dem Transitbahnhof, wo der Zug wieder in den Osten fuhr. Dort hielt er lange. Vor dem Fenster eine hüfthohe Betonmauer ganz dicht an den Wagen. Die Megaphone, die zusammen mit den Scheinwerfern darauf befestigt waren, wiederholten die immer gleiche Ansage: *Aus- und Einsteigen nicht gestattet!* Die Pathologin zog den Rocksaum über die Knie und saß dann ganz still. Ächzend ruckte der Zug immer wieder vor und zurück. Sie hörte deutlich, man ging außen an den Wagen entlang. Metall schlug klirrend auf Metall, und als sie sich dicht ans Fenster drückte, sah sie Uniformierte, die mit großen Spiegeln die Zugunterseite absuchten. Dann hörte sie Schritte im Wagen, die den Gang entlangkamen, wie die Abteiltüren geöffnet wurden, und Hunde.

Katja Lavans saß am Fenster in Fahrtrichtung. Über ihr in der Ablage der Koffer. Der Grenzer tippte sich mit dem Zeigefinger der Rechten an die Uniformmütze, und schweigend fiel dann seine offene Hand aus diesem Gruß ihr entgegen. In ihrer Handtasche auf dem nächsten Sitz waren der Paß und die Papiere, die man ihr in der Reisestelle gegeben hatte. In ihrem Paß das erforderliche Visum. Sie reichte dem Grenzsoldaten den Paß. Hinter ihm gingen zwei andere vorüber, ein nasser Schäferhund hechelte für einen Moment neben den Beinen herein und sah sie schnuppernd an, bevor er weitergezogen wurde. Der Grenzer wünschte ihr eine schöne Reise und lächelte. Sie lächelte zurück, er tippte wieder an seine Uniformmütze und schloß das Abteil. Es begann leicht zu regnen.

Erst nur in dünnen Böen, dann rann der Regen, wenn der Zug einmal Fahrt aufnahm, in aderndicken Rinnen fast waagerecht über das Fenster. Der Zug brauchte mehr als fünf Stunden bis zum Grenzbahnhof Gerstungen, hielt immer wieder auf freier Strecke oder rollte, klappernd von Schiene zu Schiene, im Schrittempo voran. Man wußte schon, gleich würde es herandonnern, und tatsächlich kam immer irgendwann ein Schnellzug wie aus dem Hinterhalt und brauste, plötzlich laut in der stillen Landschaft, an ihnen vorüber. Dann wurde es wieder ruhig. Einmal sah sie ein Kraftwerk am Horizont, oft in blätterlose Alleen hinein, deren Pflastersteine aufbuckelten wie die Rücken halb vergrabener Tiere. Zumeist aber ging der Blick über nasse, schwarze und unendlich weite Felder, über denen es schließlich dann auch dunkelte. Katja Lavans ging nicht in die Mitropa. Sie hatte Brote in ihrem Koffer, einen Apfel, eine Thermoskanne Tee. Zwischenzeitlich war es sehr warm im Abteil. Wenn der Zug hielt, tickte der Stahl eine Weile, als käme er nur langsam innerlich zur Ruhe.

In Gerstungen kam der Zug um siebzehn Uhr vierunddreißig an. Erst vierundfünfzig fuhr er weiter. Ganz langsam kam die Kontrolle Wagen für Wagen näher. Katja schloß die Augen und wartete, bis die Tür aufgerissen wurde. Diesmal mußte sie ihren Koffer öffnen. Hier war Lokwechsel, und dann wieder in Bebra, nun elektrisch, Fulda um neunzehn Uhr acht. Im Dunkeln ahnte Katja, daß die Landschaft hügeliger wurde, dann wieder flacher, sie kamen nach Hanau und schließlich mit leichter Verspätung zwanzig nach acht in Frankfurt an. Schon als die Gleise den Main überquerten, zog Katja ihren grauen Wollmantel an und ging zur Waggontür. Sie hatte nicht damit gerechnet, daß der Zug mit so einem weiten Schwung in die Stadt einschwenken würde und auf die Bahnhofshalle zu, die sie an Leipzig erinnerte. Ansgar Klein wartete, wie besprochen, am Gleis.

Er begrüßte sie, nahm ihren Koffer und brachte sie durch den Nordeingang zu einem Parkplatz. Als er seinen Wagen startete, einen weißen Mercedes, wie sie registrierte, fragte er: »Und wohin?«

»Wie meinen Sie das?« fragte sie zurück.

»Na, wohin möchten Sie? In welches Hotel kann ich Sie bringen?«

»Haben Sie denn kein Zimmer für mich reserviert?«

Ansgar Klein zog den Zündschlüssel wieder ab und sah sie erst verwundert, dann entschuldigend an.

»Oh je. Verzeihen Sie mir bitte, aber das habe ich glatt vergessen.«

»Können Sie mir sagen, wie ich das von Ostberlin aus hätte machen sollen?«

»Ja, Sie haben natürlich völlig recht. Das tut mir wirklich leid.« Er überlegte einen Moment. »Wissen Sie was: Sie übernachten einfach bei mir.«

»Das geht doch nicht!«

»Natürlich geht das. Ich habe ein Gästebett und mache uns gleich auch noch was zu essen. Ein Hotel haben wir die ganze nächste Woche in Grangat. Einverstanden?«

Katja nickte und lehnte sich wortlos in den roten Ledersitz zurück. Dr. Klein bewohnte seit seiner Scheidung eine kleine Wohnung im Frankfurter Westend. Der Neubau in der Arndtstraße füllte eine Kriegslücke zwischen zwei fünfgeschossigen Gründerzeithäusern aus. Eine große Fensterfront zur Straße und zwei offene, ineinander übergehende Räume, weiße Rauhfaser an den Wänden und ein heller Parkettboden ließen die Wohnung weitläufig und licht erscheinen. Klein öffnete zunächst eine Flasche französischen Rotwein und verschwand dann für einen Moment in der Küche, um mit einem großen Teller zurückzukommen, auf dem viele kleine Pumpernickel mit Gouda waren, Gürkchen und russische Eier mit Salzstangen. In der anderen Hand schwere Kristallgläser. Dann nahm er eine Schallplatte aus dem Regal und legte sie auf. Sorgsam reinigte er das Vinyl mit einer feinen Bürste und strich im Licht eines kleinen roten Lämpchens etwaigen Staub von der Nadel des Plattenspielers ab, bevor er den Tonarm vorsichtig in die erste Rille setzte.

Katja Lavans saß auf dem Sofa und wartete gespannt. Großes Orchester füllte den Raum, Applaus brandete auf, dann wurde es wieder still. Leise setzten die Streicher ein, darüber ein perlendes, noch zögerndes Piano. *Here is a song that was the favourite song of a great friend of mine*, kündigt eine ruhige Frauenstimme an, die sofort zu singen beginnt.

»Gefällt Ihnen das?«

»Was ist es denn?«

»Marlene Dietrich bei ihrem letzten Konzert. Vor fünf Jahren in London.«

Katja Lavans nickte.

Doch bald schon waren sie in ein Gespräch über den Fall vertieft, und nach und nach packte sie ihre Arbeitsergebnisse aus. Bilder und Diagramme häuften sich auf dem gläsernen Couchtisch, und wieder sah sie schweigend zu, wie jemand sich bemühte, diese Bilder richtig zu ertragen. Sie zeigte ihm die Dias, die sie während der Verhandlung vorführen würde, und während Klein sie betrachtete, hatte sie ihrerseits Zeit, ihn anzusehen. Mit seinen feingliedrigen Händen schob er die Bilder ununterbrochen umher und zupfte dabei immer wieder seine weißen Hemdsärmel unter dem Sakko bis zu den Manschettenknöpfen aus Bernstein hervor, die in schmale quadratische Rahmen gefaßt waren. Dann wieder strich er sich über die grauen Stoppeln seines Haarkranzes und über die hohe Stirn. Er beachtete sie nicht, und diese Selbstverständlichkeit gefiel ihr. Seine dünnen Lippen. Inzwischen saß sie auf dem sehr weichen, dunkelblauen Teppich mit dem Rücken am Sofa und beobachtete Klein, wie sie schon viele beobachtet hatte bei ihrem Bemühen um ein Verständnis des Todes, das die Toten jedoch nicht zuließen.

»Verstehen Sie mich bitte nicht falsch, Frau Dr. Lavans, aber die sehen alle so aus, als wohnten sie bei Ihnen. Und als fühlten sie sich da ziemlich wohl.«

Katja Lavans mußte lachen. Sie verstand ihn keineswegs falsch. Und als sie anschließend erklärte, wie sie ihre Experimente durchgeführt hatte, schien es ihr so, als wollte er all die Geschichten wirklich hören, die ihre Toten zu erzählen begannen, wenn man sie nur ließ. Doch schließlich überließ Klein irgendwann Katja Lavans, die nur wenig protestierte, sein Bett, denn natürlich gab es kein Gästebett, sondern nur das Sofa im Wohnzimmer.

46

Sie ging nach dem Aufstehen einfach los. Bevor sie nach Grangat fuhren, mußte sie unbedingt die Einkäufe erledigen, die sie unzählige Male mit Bernhard besprochen hatte, und stellte mit Genugtuung fest, als sie aus dem Haus trat, daß es nicht regnete, denn ihren Schirm hatte sie in Berlin vergessen. So früh am Samstagmorgen waren die Straßen, zumal in der ruhigen Wohngegend des Frankfurter Westens, fast unbelebt, doch je näher Katja Lavans dem Stadtzentrum kam, um so mehr Geschäfte entdeckte sie. Gemeinsam mit Bernhard und dessen Illustrierten hatte sie so etwas wie eine Beschaffungsliste aufgestellt, und sich eigentlich vorgenommen, in eines der großen Kaufhäuser zu gehen. Doch dann stieß sie unterwegs auf eine kleine Boutique, die gerade öffnete, und dort auf Kleider aus reiner Synthetik, die von der Nacht noch kühler waren als sonst und wie Seide über ihre Hand flossen. Nach kurzem Anprobieren entschied sie sich für ein eng anliegendes Etuikleid aus einem hellgrünen Stoff, das knapp über dem Knie endete. Und als sie schon bezahlen wollte, entdeckte sie in der gläsernen Theke auch noch Unterwäsche aus demselben leichten Synthetikmaterial, die sie unbedingt probieren mußte. Die junge Verkäuferin reichte ihr nach und nach einige Büstenhalter und

Höschen in die Umkleidekabine, in der ein Poster hing, das einen roten Londoner Bus zeigte und davor mehrere Models in bunten Regenmänteln.

Als nächstes suchte Katja nach einem Schuhgeschäft und entdeckte in einem kleinen Laden fast augenblicklich ein Paar jener Stiefeletten aus weißem Lack und mit Reißverschlüssen über dem Spann, die sie sich vorgestellt hatte. Dort erfuhr sie auch, wo die nächste Parfümerie zu finden war, ein ganz offensichtlich alteingesessenes Geschäft in einem Haus, dessen Erdgeschoß bis zu den Fenstern der ersten Etage mit schwarzen hochglänzenden Kacheln versehen war, aus denen die Messingeinfassung des Schaufensters sich abhob. Über dem Schaufenster in weißem Neon der geschwungene Schriftzug *Parfumerie Majan*, daneben in Blau und Gold das Emblem von *4711 Echt Kölnisch Wasser*.

Katja Lavans stellte die Tüten mit den Schuhen und Kleidern vor der Verkaufstheke ab. Sie suchte flüssiges Make Up. Die desinteressierte Verkäuferin ließ Katja Lavans mit einigen Proben und einem Spiegel, den sie an einem Periskoparm heranschwenkte, allein. Tag für Tag betrachtete sie fremde Gesichter gründlicher als ihr eigenes. Mit dem kleinen Finger der linken Hand zupfte Katja Lavans an einem Krähenfuß unter ihrem linken Auge. Ihre Tochter war zwölf Jahre alt, in zwei Wochen wurde sie einundvierzig. Sorgsam verteilte Katja Lavans das flüssige Make Up auf ihren Wangenknochen. Phantastisch, dachte sie. Viel besser als Puder. Während sie die Verkäuferin wortlos heranwinkte, um zu bezahlen, sah sie sich noch einmal gründlich in dem Laden um und bemerkte erst da die weiblichen Köpfe aus Styropor, die auf überlangen Schwanenhälsen kleine Mädchenköpfe mit Perücken trugen.

Als sie einer davon über den Scheitel strich, bemerkte sie, daß es sich um ebenso natürliches Haar handelte, das sie Tag für Tag kämmte, zur Seite strich, abrasierte. Und da fiel ihr auch wieder ein, daß sie in Bernhards Magazinen gelesen hatte, wie überaus modern Perücken zur Zeit seien. Eine Frau, die etwas auf sich halte, wirke so immer gut frisiert.

»Dürfte ich diese einmal anprobieren?«

Katja deutete auf eine Perücke mit roten langen Haaren, und die Bedienung kam hinter der Verkaufstheke hervor. Sie nahm einen Kamm, strich Katjas Haar ganz fest zurück und legte dann wortlos ein breites Elastanband um ihren Haaransatz. Zuerst drückte dieses Band ein wenig, doch als ihr dann die Perücke aufgesetzt wurde, fügte sich diese Empfindung zu dem sehr angenehmen Gefühl, angezogen zu sein. Zwar hatte sie gestern im Zug und auch heute morgen noch niemanden bemerkt, der ihr auffällig erschienen wäre, aber während des Prozesses würde das wohl anders sein, und wenn sie sich die Verwirrung etwaiger Überwacher vorstellte, weil sie plötzlich ganz anders ausah, konnte sie ein Lächeln nicht unterdrücken. Die Geste, mit der sie dann das Haar einer Fremden aus dem Gesicht strich, fühlte sich gut an. Doch der Blick in den kleinen Handspiegel, den ihr die Verkäuferin dann vorhielt, erschreckte sie. Maries Haare, dachte Katja, waren rot, und sie konnte den Blick nicht von ihrem Gesicht abwenden.

»Möchten Sie die Perücke auch noch?« fragte die Verkäuferin irgendwann.

Katja Lavans nickte.

Währenddessen hatte Ansgar Klein, der beim Aufwachen neben seiner Uhr, die er über Nacht auf den niedrigen Couchtisch gelegt hatte, einen Zettel Katjas vorgefunden hatte, sie müsse noch einiges besorgen, sei jedoch rechtzeitig zurück, habe längst gefrühstückt. Er packte gerade seinen Koffer und die Akten, die er schon gestern aus dem Büro mit nach Hause gebracht hatte, als es klingelte. Es gab einen Personenaufzug, und so wartete Klein, bis dessen beide Türen sich öffneten. Im ersten Moment glaubte er weniger, einen fremden Menschen vor sich zu haben, sondern daran, so etwas wie eine Absence zu erleben. Denn so ähnlich die Frau, die nun aus dem Aufzug trat und ihm entgegenkam, Katja Lavans sah, so sicher schien sie es doch nicht zu sein.

»Könnten Sie mir etwas Geld leihen, Herr Klein?«

»Ja natürlich. Wofür denn?«

»Für die Perücke, oder fällt Ihnen gar nichts auf?«

»Doch, natürlich. Sie ist wunderbar.«

Katja Lavans hatte lange, in der Mitte gescheitelte rote Haare. Ansgar Klein schloß die Wohnungstür.

»Aber nur aus Interesse: Haben Sie denn gar kein Geld?«

Die Frau, die anscheinend doch Katja Lavans war, obwohl sie zudem ein grünes Etuikleid trug, das sie gestern noch nicht angehabt hatte, blieb vor ihm stehen und sah ihn aufmerksam an.

»Wollen Sie es genau wissen?«

»Ja, wenn es Ihnen nichts ausmacht.«

»Also: Pro Tag darf ich fünfzehn Mark im Verhältnis 1:1 in D-Mark tauschen. Die Valuten des Gutachterhonorars muß ich deklarieren und einzahlen, wenn ich sie in die DDR einführe. Zwei Drittel davon werden sofort in DDR-Mark getauscht und kommen ganz normal auf mein Konto, und das letzte Drittel landet auf einem Valutakonto. Verstehen Sie?«

»Klingt mühsam.«

»Genau. Nach und nach kann ich dann die Freigabe dieser Summe beantragen und die D-Mark in Intershop-Gutscheine tauschen. Und mit denen kann ich dann später irgendwann im Intershop einkaufen.«

»Oh je.«

»Eben. Ich dachte mir, viel besser wäre es doch, das Geld gleich hier auszugeben. Und da meine ganzen Ersparnisse für die Perücke herhalten mußten, würde ich mir gern von Ihnen in Grangat leihen, was ich brauche, bis ich mein Honorar bekomme.«

»Aber gern.«

Während sie sprachen, hatte Katja bereits ihre Sachen geholt und in den Koffer getan, während Ansgar Klein noch immer im Wohnungsflur stand und ihr zusah.

»Ich dachte, wir haben es eilig?«

Sie nahm Klein noch einen Aktenkoffer mit Prozeßunterlagen ab, so daß sie alles mit einemmal im Auto verstauen konnten. Erst als sie tatsächlich im Wagen saßen und losfahren konnten, fiel ihm ein, was er hatte sagen wollen.

»Ich nehme an, wir teilen jetzt ein Geheimnis?«

Katja Lavans lächelte. »Ich habe gewußt, daß ich auf Sie zählen kann.«

Er grinste, startete den Wagen, und noch im Losfahren beobachtete er, ohne mit dem Grinsen aufzuhören, wie sie sich das Haar aus dem Gesicht strich.

»Erzählen Sie mir ein wenig von der Perücke.«

»Ich mußte sie unbedingt haben. Bei uns bekommt man ja so etwas nicht. Zumindest nicht in Rot. Und hier gab es sie bei einem Friseur gleich bei Ihnen um die Ecke. Ein Fachgeschäft. Es ist echtes Haar.«

»Teuer?«

»Sehr: über vierhundert Mark. Wann sind wir in Grangat?« fragte Katja Lavans, als sie bemerkte, daß er sie noch immer von der Seite musterte.

»In drei Stunden etwa.«

Katja beugte sich ein wenig vor, ließ den Zigarettenanzünder einrasten und wartete dann, daß die Spule aufglühte und sie ihre Zigarette, die sie in der Rechten hielt, würde in Brand setzen können.

»Ist Ansgar nicht ein etwas extravaganter Name?«

»Finden Sie?«

»Doch.«

»Mein Vater meinte, einen unauffälligen Namen zu wählen sei ihm einfach zu naheliegend vorgekommen.«

»Wie bitte?«

»Schließlich müsse er ja damit leben, ihn mir gegeben zu haben.«

Katja ließ den Tabak anbrennen und zog den Rauch tief ein. Mit der anderen Hand strich sie sich, nachdem sie den Anzünder wieder eingesteckt hatte, die Haare aus dem Gesicht. Ansgar Klein beobachtete sie dabei aus dem Augenwinkel und stellte verblüfft fest, daß diese Geste bereits wirkte, als wäre sie jahrelang geübt. Schon konnte er sich vorstellen, Katja Lavans nie mit kurzen Haaren gesehen zu haben. Später fragte sie ihn, warum er gerade diesen Wagen fahre, und er erzählte von den Heckflügeln des Dreihunderter und erklärte ihr die Lenkradschaltung.

»Wissen Sie, eigentlich interessieren mich Autos gar nicht so besonders.«

Ansgar Klein nickte und ließ sie nicht aus den Augen, wenn sie ihre Haare zurückstrich. Irgendwann tauchte rechter Hand der Kaiserstuhl auf, und dann schoben sich auch schon von links die Hänge des Schwarzwalds vor. Übermorgen beginnt der Prozeß, dachte Ansgar Klein, und gerade, als er Katja Lavans darauf hinweisen wollte, daß sie bald in Grangat sein würden, fing es an zu regnen, und er mußte den Scheibenwischer in Gang setzen.

47

An die Herren Chefredakteure der Frankfurter Allgemeinen Zeitung lautete das Anschreiben des Briefes, den Professor Dr. Heinrich Maul, Direktor des Instituts für Gerichtliche Medizin der Universität Münster/Westfalen, am 25.10.1969 über Mittag mit seiner Reiseschreibmaschine verfaßt hatte:

Sehr geehrte Herren!

Zu dem Artikel MORDPROZESS ARBOGAST WIRD WIEDER

AUFGEROLLT *darf ich Ihnen mein Gutachten überreichen. Die Stellungnahme zu diesem Gutachten bitte ich der Anlage zu entnehmen. Was die ›Unbescholtenheit‹ des Arbogast anbetrifft, von der im besagten Artikel die Rede ist, so bitte ich, sich in den Akten näher orientieren zu wollen. Meines Wissens ist er wiederholt vorbestraft, darunter auch einschlägig.*

Wenn ich Ihnen meine Unterlagen überlasse, so bitte ich, sie einem souveränen Redakteur zur Bearbeitung zu unterbreiten, der zu erkennen vermag, wie die Dinge eigentlich liegen.

Der Pathologe hatte den Brief und seinen beiliegenden Aufsatz, in dem er ausführlich darlegte, warum die Zulassung eines Wiederaufnahmeverfahrens aufgrund der angeblichen Erkenntnisse von Frau Dr. Lavans ein kapitaler Fehler war, im Kuvert mit zur Rezeption genommen. Nun las er das Anschreiben nochmals durch und unterzeichnete mit *vorzüglicher Hochachtung Professor Maul.* Doch bevor er das Blatt zu den anderen in den Umschlag schob, zögerte er noch. Er kannte das Hotel vom ersten Prozeß gegen Arbogast und hatte die damalige Zeit eigentlich in guter Erinnerung gehabt. Erst die Anwürfe danach hatten ihm die beiden Tage hier und die Befriedigung, einem Prozeß durch sein Gutachten die entscheidende Wendung zu geben, vergällt. Er war, wie er nur allzugut wußte, damals auf dem Höhepunkt seines Renommees gewesen und es war sinnlos, hierher zurückzukommen. Er schraubte den Füllfederhalter nochmals auf. *P. S. Während des Prozesses bin ich in Grangat im* HOTEL PALMENGARTEN *zu erreichen.*

Es hatte sich allerdings viel verändert. Schon vor dem Krieg das beste Haus am Platz, war das HOTEL PALMENGARTEN Ende der 50er Jahre umfassend renoviert worden, man hatte im Entree und in der Lobby hochglanzpolierten grauen Granit verlegt, mit dem die reichverzierten Schmiedearbeiten der Geländer, der Blumenstellagen und des Empfangstresens ebenso wie die altrosa Damasttapeten zwar harmonierten, der dem Haus aber auch eine kühle

Atmosphäre gab. Diese verstärkte sich in dem neu angebauten Speisesaal noch, wo ein nierenförmiger, hellblau hinterfangener Deckenausschnitt, wie Maul kopfschüttelnd bemerkte, die indirekte Beleuchtung verbarg. Der Professor entschloß sich, seinen Nachmittagskaffee hier lieber nicht zu nehmen, zumal die Zahl der Journalisten und Photographen, deren Gepäck die Lobby und auch den Speisesaal schon zu blockieren drohte, noch immer zunahm. Sicherlich waren die SPIEGEL-Reportagen dafür verantwortlich, daß diesmal offenbar nicht nur die regionalen, sondern auch die überregionalen Zeitungen über das Wiederaufnahmeverfahren berichteten. Und im Gegensatz zum ersten Prozeß ließ sich als Tenor der Vorberichte, wie Professor Maul sehr wohl wußte, die Erwartung der notwendigen Korrektur eines Justizirrtums ausmachen. Dementsprechend gelöst schien ihm auch das Kommen und Gehen in der Lobby. Und daß man ihn offensichtlich schnitt, bemerkte er auch.

Es war, als hätte man einen Zirkel der Nichtbeachtung um ihn geschlagen, in dem die fremden Stimmen und das Gelächter unangenehm widerhallten. Später fragte er sich, warum er dennoch so lange dort an der Rezeption stehenblieb, als warte er auf etwas, und vor allem, warum er das Hotel nicht längst verlassen hatte, bevor Ansgar Klein und Katja Lavans im Entree erschienen.

Sofort wurde photographiert, und die Bilder, die am Dienstag dann in den Zeitungen erschienen, dokumentierten die heikle Begegnung, bei der Ansgar Klein und Heinrich Maul einander zunächst begrüßten und der Anwalt dann die Pathologin vorstellte. Nicht erkennen ließ sich aber auf den Bildern, daß die beiden für einen Moment dabei in den Innenraum jenes Zirkelschlages der Nichtbeachtung hineingerieten, der Maul umgab, und daß es Katja Lavans so vorkam, als fehle ihr darin die Luft zum Atmen. Während Klein einige Belanglosigkeiten mit Maul austauschte, brachte sie es kaum über sich, dem Professor die Hand zu geben. Und sie sah tatsächlich, wie sehr er ihr Unwohlsein genoß. Sein Lächeln, das die Photographien dieses Moments zeigen, bleibt unverständlich ohne jene Atmosphäre, die ihn dabei umgab.

48

»*Grangat hat etwa 24000 Einwohner und liegt an den rebenbedeckten Vorbergen des Schwarzwalds und am Rande der fruchtbaren Rheinebene.*« Katja Lavans nickte, zündete sich eine Zigarette an, und Ansgar Klein las weiter aus dem kleinen mintgrünen Baedeker von 1956 vor: »*Als Tor zum mittleren Schwarzwald ist die von den Zähringern gegründete und 1173 erstmals erwähnte alte Reichsstadt Grangat Straßen- und Eisenbahnknotenpunkt. Die Stadt erlebte ihre Blüte im 15. und 16. Jahrhundert, wurde 1689 von den Franzosen fast völlig niedergebrannt, gehörte 1701–77 zur Markgrafschaft Baden, war dann reichsfrei unter den Vögten des Hauses Österreich und kam 1802 wiederum zu Baden. Die Industrie umfaßt Gerbereien, Spinnerein, Leinwebereien, Fabriken für Emaille und Glas.*«

Sie standen auf der Langen Straße und hatten gerade das alte Landgericht gesucht, in dem seinerzeit der Prozeß gegen Arbogast stattgefunden hatte. Seit fünf Jahren stand der schlichte Barockbau mit dem großen zweiflügligen Holztor leer, der Neubau mußte ganz in der Nähe sein. Doch längst war es dunkel, wurde empfindlich kalt, und statt sich anhand des kleinen Stadtplans des Reiseführers zu orientieren, las Ansgar Klein weiter: »*Die Hauptverkehrs- und Geschäftsstraße ist die Hauptstraße, die von Nord nach Süd verläuft. Die Altstadt südlich des Bahnhofs ist von hübschen Anlagen umgeben, am Markt ist das 1741 von Mathias Fuchs erbaute Rathaus erwähnenswert, auf der Nordseite im Volutengiebel eine Statue Granos, des legendären Gründers der Stadt.*«

»Ich bekomme langsam Hunger, könnten wir nicht zu Abend essen?«

»Gern.« Ansgar sah auf. »Gehen wir zurück.«

»Ich möchte aber nicht ins Hotel.«

»Maul?«

Katja Lavans nickte. »Suchen wir uns doch hier irgendwo ein Lokal. Was schreibt denn Ihr Reiseführer über die hiesige Gastronomie?«

»*Erwähnenswert ist weiterhin der Neptunbrunnen von Nepomuk Speckert und die Einhornapotheke vom Beginn des 18. Jahrhunderts.*«

»Es reicht!« Katja Lavans ließ die Zigarette fallen und trat sie mit dem Fuß aus.

»Silberner Stern, Hauptstraße 29. Das muß hier gleich nebenan sein.«

Klein zeigte in eine der niedrigen Gassen hinein, und tatsächlich waren sie schnell auf der sich weit auf den Markt öffnenden Hauptstraße, standen dort nach wenigen Schritten an dem erwähnten Neptunbrunnen und schließlich vor dem breiten und behäbigen Gasthaus zum Silbernen Stern, das aus allen seinen kleinen Fenstern leuchtete. Die Wirtsstube mit den blanken Holztischen und einer umlaufenden Bank, die nur vor dem hohen grünen Kachelofen haltmachte, dessen Hitze bis zum Eingang ausstrahlte, war wie jeden Abend gut besucht. Gleichwohl fand sich noch ein kleiner Tisch ganz nah beim Ofen. Dunkle Holztäfelung umlief den Raum ebenso wie die Bank, auf der sie beide nebeneinander sitzen mußten, weil sich kein freier Stuhl mehr fand, für den auch nicht genügend Platz gewesen wäre. Katja Lavans mußte lächeln, als der Anwalt meinte, so bestehe zumindest keine Gefahr, daß sich Professor Maul zu ihnen setze.

Sie tranken Klingelberger, wie der sehr duftige Riesling hier hieß, und aßen dazu beide eine Zwiebelsuppe nach Elsässer Art,

Katja Lavans dann Weinbergschnecken und Ansgar Klein einen Strammen Max. Der Anwalt fragte nach dem Leben im Osten, und sie erzählte von Berlin, von Ilse und der Scheidung, bald jedoch vor allem vom Institut, und er fragte so, wie zunächst alle fragen, ob ihr die Toten nicht angst machten und was sie, Katja Lavans, dabei fände, wenn sie in ihnen nach den Ursachen des Todes suche. Lächelnd nickte sie die allzuoft gehörten Fragen weg und rauchte dabei. Schilderte ihm dann, wie vertraut ihr Marie Gurth geworden sei, und fragte, was er denn nun wirklich von Hans Arbogast halte?

»Wie soll ich die Frage verstehen?«

Katja Lavans mußte lachen. »Unverfänglich, Herr Anwalt, ganz unverfänglich.«

Klein fühlte, wie er rot wurde. Immer, wenn er in solchen Situationen nicht aufpaßte, unterliefen ihm derartige Peinlichkeiten.

»Verzeihen Sie bitte.« Er versuchte ein Lächeln.

Sie lächelte amüsiert zurück und trank ihm zu.

»Schon gut. Aber auf meiner Frage bestehe ich. Was für ein Mensch ist das?«

Ansgar Klein berichtete von seinen Besuchen in Bruchsal und daß er im Laufe der Jahre mehr und mehr den Eindruck gehabt habe, Hans Arbogast entferne sich aus der Realität.

»Es war höchste Zeit, verstehen Sie!«

Katja Lavans nickte. »Und wie hat er sich körperlich verändert? Auf den Bildern vom ersten Prozeß sieht er sehr jung aus.«

»Man hat immer gesagt, er sehe gut aus.«

»Das meine ich nicht.«

»Er hat sich eigentlich kaum verändert. Er wirkt immer noch jugendlich. Nur bewegt er sich seltsam langsam. Irgendwie so, als wolle er mit dem Kopf und den Ellbogen in der kleinen Zelle nicht anstoßen.«

Ansgar Klein nahm, während er langsam den letzten Schluck trank, den Blick nicht vom Glas. Auch die Pathologin trank aus.

Aus dem Augenwinkel sah Klein, wie sie die Haare mit jener Geste aus dem Gesicht strich, deren Entstehen er sozusagen begleitet hatte.

»Wenn ich bei meinen Versuchen die jungen Frauen mit ihrem Kopf auf den kalten Stein gelegt habe, konnte ich manchmal nicht anders, als mir vorzustellen, wie das wohl ist: Wenn der Tod einen wegreißt aus der Wärme. Als ob in einem alles zerbräche. Ich weiß nicht, ob das nur entsetzlich ist. In der Literatur findet man Berichte von Patienten, die zwar vor allem von allergrößtem Schmerz, aber auch oft von einer Empfindung größter Entspannung berichten. Alles öffnet sich. Nichts hat mehr eine Funktion. Nie mehr, endgültig. Ist es nicht das, was wir in der Liebe immer zu spüren hoffen?«

Jetzt sah Ansgar Klein sie wieder an. Er hatte es stets vermieden, im Zusammenhang mit Arbogast an Liebe zu denken. Das war natürlich, wie er jetzt überlegte, absurd. Und doch war er versucht, seinem Instinkt zu folgen. Wieder strich sich Katja Lavans das Haar aus dem Gesicht.

»Wissen Sie«, begann er langsam und wußte erst, als er zu sprechen begann, daß er jetzt etwas sagen würde, was er sich bis zu diesem Moment selbst nicht eingestanden hatte: »Ich war mir eigentlich die ganzen Jahre nie ganz sicher, was sich wirklich damals abgespielt hat. Und im Gegensatz zu Ihnen habe ich es, glaube ich, gar nicht so genau wissen wollen. Verstehen Sie?«

Katja Lavans nickte langsam, sagte aber nichts.

Bald danach gingen sie ins Hotel zurück, und als Klein später in der Nacht darüber nachdachte, wußte er nicht zu sagen, ob die Pathologin ihm noch geantwortet hatte. Die Stadt war völlig still und der tiefe Nebel zu einer hauchdünnen Eisschicht auf dem Trottoir kristallisiert, die jeder Schritt mit leisem Knirschen zertrat. Hier war Arbogast zu Hause. Zunächst schien es ihm beinahe so, als warte die Stadt auf den Beginn des Prozesses, dann, daß es wohl bald schneien würde. Sie kamen am Schillerplatz vorüber und am Krankenhaus.

Die große Glastür des Hotels war schon verschlossen, sie mußten läuten, der Nachtportier kam nur langsam aus dem kleinen Raum hinter dem Tresen hervor, und während sie wartend nebeneinander standen, kam es ihm plötzlich vor, als gehörten sie zusammen. Im selben Moment sah Katja ihn von der Seite an und lächelte. Der Portier ließ sie ein, und sie folgten ihm schweigend zur Lobby, als spielten sie ein Liebespaar, ließen sich die Schlüssel geben, nahmen zusammen den Paternoster in den dritten Stock und sahen zu, wie die Stockwerke an der offenen Kabine vorüberglitten. Katja Lavans drückte ihre Zigarette in dem kleinen Messingaschenbecher unter der Schalttafel aus. Während der graue Linoleumboden ihres Flures aus Augenhöhe vor ihre Füße hinabruckte, wurde ihm klar, daß es Eifersucht gewesen war, die ihn so hatte über Arbogast sprechen lassen. Ihre Zimmer lagen nebeneinander, und während er noch zögernd überlegte, wie er sich verabschieden sollte, griff Katja Lavans ihm schon mit der Linken ins Nackenhaar und küßte ihn. Ohne nachzudenken schloß er die Augen und erwiderte den Kuß. Er umarmte sie nicht dabei, hörte aber so lange nicht auf, sie zu küssen, bis ihre Lippen sich schließlich lösten, wieder zu sprechen begannen und ihm eine gute Nacht wünschten. Ihr Atem dicht an seiner Haut. Erst da ergriff er ihre Hand, und sie ließ sie ihm für einen Moment.

49

Ansgar Klein schlief in dieser Nacht nicht besonders gut. Lange bevor es Morgen wurde, lag er schon wach, und als er dann früh in den Speisesaal kam, vor dessen großen Panoramafenstern der Nebel aus dem dämmernden Park aufstieg, entdeckte er zu seiner Überraschung an einem der hinteren Tische in dem ansonsten noch völlig leeren Raum Fritz Sarrazin, der gerade ein Ei aufschlug. Ihm gegenüber saß Hans Arbogast, mit dem Klein sich für diesen Morgen verabredet hatte und der sofort aufsprang und den Anwalt begrüßte. Obwohl sie die letzten Monate oft Kontakt gehabt hatten, empfanden alle drei dieses Wiedersehen als Lohn ihrer Bemühungen, und Arbogast bedankte sich nochmals bei dem Anwalt und dem Schriftsteller. Schließlich nahm Sarrazin das unterbrochene Gespräch wieder auf, fragte Arbogast nach Bruchsal und erzählte von eigenen Eindrücken bei seinem Besuch der Strafanstalt. Mit halbem Ohr hörte der Anwalt zu und sah dabei in den Nebel hinaus, der sich nicht heben wollte. Direkt vor dem Fenster war ein riesiger Rhododendron, dessen nacktes Astwerk tief über den Boden reichte und an manchen Stellen ans Glas.

Sarrazin schob ihm eine aufgeschlagene Illustrierte über den Tisch. Aus dem Schwarz einer Doppelseite leuchtete jenes Bild der nackten Marie Gurth im Brombeergesträuch hervor, das Ansgar Klein so lange schon kannte. DER FALL ARBOGAST. ANALYSE EINES FEHLURTEILS lautete die Schlagzeile. Daneben das nachdenkliche Konterfei Sarrazins, der ihn gerade über den Tisch weg angrinste.

»Na, was sagen Sie?«

»Bombastisch. Haben sie den Text komplett genommen?«

»Wie wir ihn abgesprochen hatten.«

Klein las. *In der bewegten Geschichte deutscher Schwurgerichtsprozesse nimmt der Fall des Hans Arbogast eine Sonderstellung ein. Der Schuldspruch war für jeden objektiven Beobachter von Anfang an unhaltbar.* Die Kellnerin fragte, was er zu trinken wünsche, er schlug die BUNTE zu und reichte ihr eine farbige Blechdose, die er mitgebracht hatte. Widerwillig hörte sie seinen Erläuterungen zu, wie der Tee zuzubereiten sei, und er war froh, als sie in die Küche gegangen war und er aufhören konnte, freundlich zu sein. Nach der ersten Tasse Tee würde er sich mit Arbogast unterhalten können und im Laufe des Tages mit Sarrazin nochmals ausführlich den morgigen Prozeßbeginn vorbereiten, aber noch driftete er immer wieder in seine Müdigkeit zurück, von einer ruhelosen Nervosität grundiert, die sich erst in heftigem Herzklopfen verlor, als er im Augenwinkel sah, wie Katja Lavans die Tür zum Speisesaal hinter sich schloß und zu ihnen herüberkam.

»Es freut mich wirklich sehr, Sie endlich persönlich kennenzulernen, Herr Arbogast.«

Hans Arbogast war aufgestanden und schüttelte Katja Lavans die Hand. Hinter ihm trieb das blinde Gewölk des Nebels unvermindert gegen die Fensterfront. Auch Ansgar Klein war aufgestanden. Er stellte Fritz Sarrazin vor, der direkt vor der Pathologin saß und sie nun ebenfalls begrüßte. Klein bemerkte, daß sie dasselbe cremefarbene Wollkleid trug wie am Abend zuvor. Es schien ihm, als beachte sie ihn überhaupt nicht. Man setzte sich wieder. Er schob die Illustrierte zur Seite. Die marmorne Fensterbank trug Kakteen, Weihnachtssterne und einen Gummibaum, dessen Luftwurzeln nach allen Richtungen in den Raum tasteten. Sarrazin erkundigte sich nach ihrer Reise von Ostberlin hierher und welchen Wagen sie fahre.

»Ich habe gar keinen Führerschein.«

Arbogast schüttelte den Kopf und sagte, beinahe am meisten habe er sich in all der Zeit im Gefängnis darauf gefreut, wieder mit seinem Auto fahren zu können.

»Gibt es denn«, begann Katja Lavans da und zögerte, wie alle bemerkten, einen langen Moment, bevor sie weiterfragte, »jenen Wagen noch?«

»Natürlich! Der stand die ganze Zeit gut eingeölt und mit Decken geschützt in einer Scheune. Übrigens gar nicht weit von hier.«

»Und wie war es, wieder damit zu fahren?«

»Das fragen Sie? Bei diesem Auto?«
»Ich kenne mich mit Autos so überhaupt gar nicht aus.«
»Es ist eine Isabella.«
»Klingt hübsch.« Katja Lavans lachte.
Fritz Sarrazin warf ein, daß das wirklich ein schöner Wagen und sehr schade sei, daß Borgward keine Autos mehr baue. Arbogast konnte den Blick nicht von der Pathologin wenden. Seit er ihr Gutachten kannte, hatte er sich vorzustellen versucht, wie sie aussehen mochte. Doch hatte er niemals erwartet, bei ihr den Geruch jener Zeit wiederzufinden, die man in ihn einsperrte, als man ihn einsperrte. Und je länger er sie ansah, um so größer wurde seine Verwunderung. Als verberge sich jenes Geheimnis in der Weise, wie sie ihre Haare zurückstrich. Er fiel Sarrazin, der gerade erklärte, was die Isabella für ein Wagen sei, scharf ins Wort.

»Wenn Sie wollen«, sagte er, »kann ich sie Ihnen zeigen.«
»Sie meinen jetzt gleich?«
»Warum nicht?«
Ansgar Klein sah, wie sehr das Angebot sie überraschte, das er selbst im höchsten Maße geschmacklos fand. Was fiel Arbogast ein, so etwas vorzuschlagen? Katja zögerte und strich sich die Haare aus dem Gesicht. Sie registrierte, daß Angst in ihr aufstieg. Sein Blick war so starr. Sarrazin bemerkte, wie genau der Anwalt sie in diesem Moment der Stille musterte.

»Ja, warum eigentlich nicht?« sagte sie schließlich sehr langsam. Sie sah sich lächelnd in der Runde um.

»Schließlich bin ich hier ja sozusagen auf Urlaub. Und in der Fremde kann man tun und lassen, was man will, oder nicht?«

50

Arbogast schob den Torflügel weiter auf, so daß etwas vom milchigen Licht dieses nebligen Sonntags in die Scheune fiel. Der Boden bestand aus feuchten, schwarzen Ziegeln, und es roch muffig. Unterhalb des ehemaligen Heustocks rechter Hand, auf dem allerlei Gerümpel lag, konnte man unter alten grünen Zeltplanen der US-Armee die flachen Konturen eines Wagens erkennen.

»Darf man hier rauchen?«

»Nein, aber machen Sie ruhig.«

Arbogast trat, die Hände in den Taschen seines kurzen Mantels, neben sie und grinste. »Und? Bereit?«

Katja Lavans nickte. Es war kalt. Unter der Plane dort wartete der Wagen wie eine ihrer Leichen im Labor. Arbogast schlug den Stoff zurück, und zuerst sah man eine dunkelrote Tür, den charakteristischen Knick in der Seitenlinie und dann den Chromschwung zum Dach des Coupés. Und die Weißwandreifen. Die beiden mit verchromten Lidern versehenen Scheinwerfer sahen zur Tür des Schuppens. Arbogast entfernte die Planen auf der gegenüberliegenden Seite. Die Pathologin trat näher. Der Blick ins Innere war von Kondenswasser verstellt. Es war kein Staub oder Dreck auf der Karosserie, der Lack glänzte und fühlte sich kalt und glatt an. Sie folgte den Chromleisten mit den Fingern, dem Schriftzug BORGWARD am vorderen, dem Chromflügel auf dem hinteren Kotflügel. Sie stellte sich vor, wie der Wagen sich unter ihren Händen bewegte, umfaßte die hintere Dachsäule wie einen Muskel, den sie unter der Haut spürte, mit der anderen Hand den Türgriff.

»Darf ich?«

Hans Arbogast richtete sich jenseits des Wagens auf und nickte über das Dach hinweg. Sie trat die Zigarette aus und öffnete die Tür. Die Luft roch nicht ungewöhnlich. Sie setzte sich auf den Beifahrersitz und zog die Tür vorsichtig zu. Das war der Ort. Alles war kalt:

die Polster, das Metall, der schwarzweiße Synthetikstoff der Türverkleidung. Auch die Stille war kalt, und Katja Lavans fror. Sie stellte sich vor, wie es wäre, wenn Arbogast sie umarmte. Drückte sich fest in das Polster. Hielt den Atem an. Hatten sie Radio gehört? Schließlich der leblose Körper auf der schmalen Rückbank. Sie war nicht groß gewesen. Auf den Photographien hatte sie keine Angst entdeckt. Nie sieht man die Angst. Katja Lavans erinnerte sich, wie sie den Kopf einer jungen Frau auf den Ziegel gelegt hatte. Auch da war es kalt gewesen. Kälte, dachte sie, macht mir wohl nicht sehr viel aus. Die kalte Haut der jungen Frau auf dem Ziegel. Was machte ihr etwas aus? Die Tote war dreiundzwanzig Jahre alt gewesen, dunkelhaarig und ziemlich hager. Leuchtgas. Die andere war älter. Beide Frauen zwei Schläfer, die ganz in sich versunken doch um die Nähe des andern wissen. Wie es wohl ist, gewürgt zu werden, fragte sie sich und bemerkte ganz gedankenversunken nicht, daß Hans Arbogast neben dem Wagen stand und wohl nicht wußte, was er tun sollte. Nun aber öffnete er doch die Fahrertür und setzte sich neben Katja Lavans. Beide sprachen nicht.

Nur einmal zog Katja Lavans den Aschenbecher auf, um die Asche ihrer Zigarette abzustreifen, und sah die Stummel darin, mehrere lang schon weiß vergilbte Filter einer unkenntlichen Marke, an denen sie gleichwohl eine hellrote Lippenstiftspur zu entdecken meinte. Langsam schob sie die metallene Schublade wieder zu.

»Herr Arbogast?«

Hans Arbogast drehte sich zu ihr um.

»Was ich nicht begreife, ist, warum der Wagen noch immer hier in der Scheune steht. Ich dachte, Sie hätten ihn seit Ihrer Entlassung wieder gefahren.«

Arbogast schüttelte den Kopf.

»Überhaupt nicht?«

»Nein.«

»Ich verstehe.«

Katja Lavans nickte, lehnte sich im Sitz zurück und schloß die Augen. Ihre Zigarette hielt sie so lange senkrecht und ohne zu rauchen zwischen Daumen und Zeigefinger, bis die Glut schließlich von selbst erlosch.

51

Am nächsten Tag, dem siebenundzwanzigsten November, regnete es von früh morgens an, und immer, wenn der D-Zug an einer der Stationen von Freiburg nach Grangat hielt, hörte Paul Mohr, wie die kleinen harten Tropfen, die auf den Kämmen der Böen stetig gegen das Glas getrieben wurden, so vernehmlich knackten wie Schrotkörner, die man auf einen Teller schüttet. Und obwohl es nur dünne Spitzen waren, stachen sie ihn auf dem Weg vom Bahnhof zum Gericht auch sehr kalt in die Haut. Er hatte keine Zeit mehr, den Koffer im Silbernen Stern abzugeben, wo er für die Woche des Prozesses ein Zimmer reserviert hatte, und so nahm er ihn mit und wechselte den Griff immer wieder von einer Hand in die andere. Er erinnerte sich sehr genau an den ersten Prozeß, der damals noch im alten Landgericht stattgefunden hatte. Im neuen Gebäude, einem dreigeschossigen Flachbau in einer Grünanlage an der Moltkestraße, befand sich nicht nur das Gericht, sondern auch die meisten anderen Ämter der Stadt. Auf dem schmalen Betonplattenweg durch das zertrampelte Grün drängten sich die Journalisten noch stärker, als er es erwartet hatte. Mehrere Kameras standen dreibeinig auf der nassen Erde und zielten mit ihren Objektiven auf den Eingang, neben dem eine flache Skulptur aus dünnen Stahlbändern den Umriß einer überlebensgroßen Menschengruppe an die Wand zeichnete. Er hatte nicht gefrühstückt, und ihm war kalt.

»Paul?«

Paul Mohr war nicht überrascht, ihre Stimme zu hören. Natürlich hatte er gehofft, Gesine hier zu treffen, und doch hatte er Herzklopfen, als er sich jetzt nach ihr umdrehte. Für einen Moment schien es ihm wirklich, als sähe sie noch ganz genauso aus wie vor vierzehn Jahren. Der Journalist zögerte.

»Hallo!« sagte er dann: »Hallo, Gesine.«

»Schön, daß du gekommen bist!« erwiderte sie leise.

Er musterte sorgsam die Spuren des Alters in ihrem Gesicht, die denen in seinem eigenen, wie er dachte, glichen. Dabei schüttelten sie einander lange die Hand, und so sehr freute es ihn, sie wiederzusehen, daß es beinahe schmerzte, nun so nah vor ihr zu stehen. Er verstand nicht, warum er nie versucht hatte, den Kontakt zu ihr wieder aufzunehmen. Sie trug einen kurzen Mantel aus schwarzem Lack, mit breiten Revers und hochgestelltem Kragen, den der Gürtel eng schnürte. Die Kamera mit dem lichtstarken Teleobjektiv hielt sie wie damals mit beiden Händen vor dem Leib. Er lächelte und wußte nicht weiter.

»Blödes Wetter.«

»Ja.«

»Ich wohne wieder im SILBERNEN STERN«, sagte er, ohne zu wissen warum. Doch sie nickte lächelnd. Wieder schwiegen sie und standen einfach voreinander.

»Kommst du mit hinein?« fragte er schließlich.

»Ich darf nicht.«

»Wie: Du darfst nicht?«

»Ich bin für Dienstag als Zeuge geladen, und Zeugen dürfen vor ihrer Aussage nicht am Prozeß teilnehmen.«

»Und was will man von dir?«

»Ich denke, es geht um die Photos.«

»Ja, ich verstehe. Aber vielleicht könnten wir uns nachher sehen?«

»Komm doch nach der Verhandlung bei mir vorbei.«
»Gern! Ist der Laden noch da, wo er früher war?«
Sie lachte. »Ja.«

Paul nickte Gesine zu, die ihre Kamera fest mit beiden Händen hielt, aus dem Nicken wurde eine Art wortloser Gruß, und er drängte sich durch den Journalistenpulk in das Landgericht hinein. Gesine blieb, wo sie war, machte einige Bilder und wartete, bis wenig später der weiße Mercedes von Ansgar Klein auf dem reservierten Parkplatz hielt und Arbogast und sein Anwalt ausstiegen. Sofort schwenkten die Kameras herum und filmten, wie Klein in einer Traube von Reportern mit Blitzlichtgeräten und Mikrophonen zum Kofferraum seines Wagens ging, über dem Arm die Robe, und Aktenbündel hervorzog, von denen ihm Arbogast einige abnahm. Gemeinsam gingen sie dann hinein, und die, die einen der wenigen freien Plätze im Sitzungssaal II des Landgerichtes Grangat hatten reservieren können, folgten ihnen.

Die achtzig Sitzplätze des mit hellem Palisander getäfelten Gerichtssaales waren vollständig von Zuschauern und Vertretern der Presse besetzt, die auch den Raum vor der Schranke ausfüllten, da der Richter das Filmen und Photographieren bis zur Vereidigung der Geschworenen erlaubt hatte. Man betrat den Saal durch eine Tür seitlich hinter den Zuschauern, und ein Gerichtsdiener brachte Arbogast und Klein nach vorn zum Tisch der Verteidigung, der sich an der linken Seite unterhalb des kopfhohen Fensterbandes befand, das dem Saal Tageslicht gab. Die Kopfseite bildete die erhöhte Richterbank, auf der rechten Seite befand sich, der Verteidigung gegenüber, der Tisch der Anklagevertretung, dahinter das Podium der Zusatzrichter und Ergänzungsgeschworenen, die im Notfall für eines der regulären Mitglieder des Gerichts einspringen konnten. Hinter der Richterbank eine große Uhr, die nur aus einem Strahlenkranz von zwölf Messingrechtecken und zwei Zeigern bestand, flankiert von den beiden Türen zum Richterzimmer. Vor den hohen Fenstern sah Arbogast die kahlen Äste einer Reihe von Pappeln, bevor er sich setzte. Er trug einen dunkelblauen Anzug mit weißem Hemd und eine leuchtend rote Krawatte.

Es war neun Uhr dreißig. Hans Arbogast war, auch wenn er sich bemühte, gelassen zu wirken, aufgeregt. Er hatte schlecht geschlafen und ertrug die Ruhe nur schwer, mit der Klein die Akten vor sich ordnete, dann aus seiner Tasche eine silberne Thermoskanne hervorholte, die er aufschraubte, um sich sehr hellen Tee in den ebenfalls silbernen Schraubdeckel zu gießen. Am Tisch gegenüber hatten zwei Staatsanwälte Platz genommen und ebenfalls ihr Aktenmaterial ausgebreitet. In der ersten Reihe und fast in Rufweite sah Arbogast Fritz Sarrazin, der ihm lächelnd zunickte. Er trug unpassenderweise einen beigen Leinenanzug und zu einem schwarzen Hemd eine rote Fliege, was nicht nur wegen der Jahreszeit hier in Grangat sehr auffällig war. Neben dem Schriftsteller saß Katja Lavans, die Pathologin aus Ostberlin. Er musterte ihr Wollkleid mit den breiten Trägern, unter dem sie eine grasgrüne Bluse trug, deren Kragenspitzen tief herabstachen, und sie erwiderte seinen Blick. Langsam strich sie sich die langen Haare aus dem Gesicht und nickte ihm zu. Überrascht huschte sein Blick weiter durch den Raum.

Manchen der Journalisten meinte er zu kennen. Immer wieder rief man seinen Namen, schaute er dann auf, grellten die Blitzlichtwürfel, und mit einemmal entdeckte er, halbblind noch von dem weißen Licht, eben darin wie in einer Gloriole und ziemlich nah an seiner Seite des Saales, Pfarrer Karges. Arbogast erschrak. Und gerade, als der Geistliche sah, daß er ihn sah, und ihm mit einem dünnen Lächeln zunickte, als wünsche er ihm Glück, bemerkte Arbogast, daß jemand das Pappschild RESERVIERT FÜR DIE STAATSANWALTSCHAFT von dem Sessel nahm, den man auf der gegenüberliegenden Seite des Saales neben die Stuhlreihen der Zuschauer gestellt hatte.

Arbogast beugte sich zu Klein und zischte so leise, daß es die Journalisten nicht hören konnten: »Er ist da. Maul ist tatsächlich gekommen.«

Ansgar Klein sah sich um und fixierte den alten weißhaarigen Mann, der gerade das Schild wegnahm, sich schwerfällig in den Sessel fallen und die Pappe auf den Boden gleiten ließ. Der Blick des Pathologen schien, weitsichtig, keinen Halt zu finden, während er sich umsah, und Klein meinte zu bemerken, daß seine Linke, obwohl er sie mit der Rechten im Schoß festhielt, zitterte. Der Anwalt war froh, zwei Reihen dahinter Henrik Tietz zu entdecken. Der Journalist des SPIEGEL trug ein hellbraunes Cordjackett und eine sehr schmale Krawatte.

»Nur keine Aufregung, Herr Arbogast.« Klein sprach sehr leise. Noch immer wurden sie photographiert.

»Das sagen Sie so leicht! Am liebsten würde ich ihm eine reinhauen!«

»Unsinn! Sie werden sich jetzt zusammenreißen! Gleich beginnt die Verhandlung, und es würde mir gar nicht gefallen, wenn morgen in allen Zeitungen Photos zu sehen wären, die Sie mit wütendem Gesicht zeigen. Also beherrschen Sie sich bitte. Darüber, wie man es kommentierte, wenn Sie ihn wirklich schlügen, will ich gar nicht nachdenken. Haben Sie mich verstanden?«

»Klar.« Arbogast nickte, ohne den Anwalt anzusehen.

Der lehnte sich in seinem Stuhl zurück und schloß die Augen. Er war wütend über die Sonderbehandlung, die man offensichtlich Professor Maul angedeihen ließ, und überlegte, warum der Pathologe wohl gekommen sein mochte. Mit beiden Händen hielt Klein das Satinrevers der Robe fest, die er sich gerade übergeworfen hatte. Darunter trug er, wie immer vor Gericht, einen schwarzen Anzug mit weißem Hemd und weißer Krawatte. Ansgar Klein wußte, daß er jetzt photographiert wurde, und er wußte auch, daß er eitel war. Aber das machte nichts. Alles kam nun auf die Öffentlichkeit an. Daß er nach der Ablehnung des ersten Wiederaufnahmeantrags nicht aufgegeben hatte, war ungewöhnlich bei einem Fall, der kein Geld brachte und bei dem es die ganzen Jahre letztlich nur darum gegangen war, Gutachter zu gewinnen und Gutachter zu verunsichern. Und sie zu bewegen, umsonst tätig zu werden. Nun würde sich zeigen, ob seine Vorarbeit gut genug gewesen war. Klein nippte an der Tasse Tee, der schon recht bitter geworden war. Tee, gleich welcher Provenienz, ließ sich seltsamerweise in Thermoskannen nicht aufbewahren, worunter der Anwalt bei jedem Prozeß von neuem litt. Ansgar Klein war nicht nervös. Meist fuhr er allein zu den Prozessen. Er haßte Hotelzimmer. Gleich würde es beginnen.

Er atmete einige Male tief ein und aus und beugte sich dann, ohne die Augen zu öffnen, wieder zu Arbogast.

»Wissen Sie eigentlich, was eine Gerichtsverhandlung so besonders macht?« flüsterte er und spürte das Kopfschütteln seines Mandanten.

»Die Hauptverhandlung, die jetzt gleich beginnen wird, hat zwei Grundsätze: sie ist mündlich und unmittelbar. Das bedeutet, daß alles, was für einen Fall von Belang ist, jeder Beweis und jede Zeugenaussage, hier und jetzt zur Sprache kommen muß. Es ist wie Theater, nur wirklich.«

In diesem Moment öffnete sich die eine der beiden Türen hinter der Richterbank, und Richter und Geschworene betraten den Raum. Alle standen auf, und Arbogast sah, daß Klein sich das schwarze Barett aufsetzte.

»Soll ich Ihnen sagen, was da drin ist?« flüsterte er schon im Aufstehen und zeigte auf einen kleinen grauen Pappkarton, der zwischen den Akten stand. Wieder schüttelte Arbogast den Kopf.

»Ein Kälberstrick!« sagte der Anwalt und grinste ihm zu.

Arbogast sah seinen Anwalt überrascht an. Neun Personen standen nun hinter dem Richtertisch, in der Mitte die drei Richter in ihren samtbesetzten Roben, ihnen zur Seite jeweils drei Geschworene. Daneben, ganz am Rand des Richtertisches, stand noch ein junger Mann. Der Vorsitzende in der Mitte ließ einen Moment verstreichen, bis es völlig still im Saal wurde. Erwartung war nun zu spüren. Arbogast wurde wieder unruhig.

»Hiermit wird das Wiederaufnahmeverfahren Aktenzeichen 25/380-1955 in der Sache Bundesrepublik Deutschland gegen Hans Arbogast eröffnet. Die Beteiligten können sich setzen.« Der Richter räusperte sich.

»Guten Morgen«, fügte er hinzu, als das Stühlerücken aufgehört hatte, sah sich im Saal um und teilte den Journalisten mit, daß das Photographieren und Filmen im Gerichtssaal nur so lange erlaubt sein würde, bis die Geschworenen vereidigt waren. »Bitte haben Sie Verständnis für diese Maßnahme.«

»Es gibt«, flüsterte währenddessen der Anwalt, »zwei grundverschiedene Modelle des Geschworenengerichts: In Amerika entscheidet die Jury der Geschworenen am Ende der Verhandlung völlig eigenverantwortlich, ob der Angeklagte schuldig ist. Währenddessen aber hat sie kein Fragerecht. Und auch der Richter selbst moderiert das Verfahren nur. Den Hauptteil der Arbeit machen Verteidiger und Staatsanwalt. Bei uns ist das anders. Hier entscheidet das Gericht, das aus den Geschworenen und Berufsrichtern besteht, gemeinsam. Und alle können immer mit Fragen in den Ablauf eingreifen.«

Arbogast nickte, und sie sahen schweigend zu, wie die Geschworenen vereidigt wurden. Es waren Menschen aus der Umgebung: ein Schreiner, ein Landwirt, der Bürgermeister eines kleinen Ortes, ein Amtsgehilfe, ein Küfermeister und der Direktor eines mittelständischen Unternehmens in Grangat. Ansgar Klein musterte sie genau, obwohl er wußte, daß sie während des ganzen Prozesses kein Wort sagen würden. Wie stets bei Prozeßbeginn mußte er an jenen Augenblick denken, wenn sich am Ende alle zur Beratung ins Richterzimmer zurückziehen würden. Für ihn war das immer ein unheimlicher Moment. Wie oft war er sich sicher gewesen, den Verlauf eines Prozesses hinreichend beeinflußt zu haben, und dann war nach jener ominösen, der Öffentlichkeit entzogenen Beratung ein Urteil gesprochen worden, das zuvor unmöglich schien.

»Kennen Sie die Richter?« flüsterte Arbogast.

Klein beugte sich zu seinem Mandanten. »Den Vorsitz hat Landgerichtsrat Horst Lindner, der zweite Mann hier in Grangat. Eigentlich hätte sein Chef das übernehmen müssen, aber der kneift und hat sich krank gemeldet. Das ist die Chance für Lindner, sich zu profilieren. Wollen Sie wissen, worin das Problem unseres Systems besteht?«

Wieder nickte Arbogast.

»Das Problem«, flüsterte Klein weiter, »besteht in der Spannung zwischen Fragen und Urteilen. Während in Amerika Fragen und Urteil strikt getrennt sind, richtet der Richter bei uns selbst über das, was er zuerst erfragt hat. Das kann Probleme ergeben, wie Ihr Fall ja gezeigt hat, wenn man erst hineinlegt, was man dann finden will.«

Der Richter hatte inzwischen die Vereidigung der Geschworenen abgeschlossen, und die Journalisten verließen den Raum. Es wurde still, und als der Platz zwischen der Richterbank, Anklagevertretung und seinem Tisch sich leerte, sah Arbogast plötzlich genau in der Mitte des freien Raumes einen Stuhl, der an drei Seiten von einer niedrigen Balustrade umgeben war. Davor ein kleiner Tisch mit einem Mikrophon, einer Karaffe Wasser und einem Glas.

»Für die Anklagevertretung sind Oberstaatsanwalt Dr. Bernhard Curtius anwesend und Staatsanwalt Günter Frank von der Staatsanwaltschaft Grangat, für die Verteidigung sehe ich Herrn Rechtsanwalt Dr. Ansgar Klein.« Horst Lindner machte eine Pause und zeigte auf den Stuhl vor der Richterbank. »Dürfte ich Sie dann jetzt nach vorn bitten, Herr Arbogast?«

Als Hans Arbogast aufstand und zu jenem Stuhl hinüberging,

fiel Katja Lavans plötzlich der typisch schleppende Gang des langjährigen Zuchthäuslers auf, den auch der elegante Anzug des großgewachsenen Mannes nicht verdecken konnte. Ihr kam wieder in den Sinn, was der Anwalt über die Veränderungen Arbogasts erzählt hatte, seine Autoaggressionen im Gefängnis, die Verschlossenheit und der zunehmende Realitätsverlust während der Haft. Sie beobachtete ihn genau, wie er sich setzte und das Jackett glattzog, und wartete gespannt auf seine Aussage.

Sie war froh darüber, daß es nun begann. Seit dem Frühstück hatte sie schon den anwesenden Kollegen Auskunft über ihr Gutachten erteilen und sich dann bemühen müssen, auf die suggestiven Fragen der Presse nach ihrer Reise durch den Eisernen Vorhang keine Antwort zu geben, die ihr zu Hause schaden würde. Außerdem war sie Professor Maul möglichst ausgewichen, was ohne den Beistand Sarrazins kaum gelungen wäre, der ihr sehr charmant nicht von der Seite wich. Arbogast hatte sie nur kurz gesehen, und sie wußte nicht, ob die Stille, die sie immer wieder um ihn wahrnahm, sich nur ihrer Einbildung verdankte. Der Richter bat ihn nun um die üblichen Angaben zu seiner Person, und Katja Lavans sah, wie er tief durchatmete und die Lippen mit der Zunge befeuchtete. Immer und immer wieder hatte sie sich bei ihren Experimenten, wenn sie das kalte Fleisch berührte, seine Hände vorzustellen versucht und seinen Blick. Sie sah, wie er sich nun die Haare nach hinten strich.

Bevor er anfing zu sprechen, erinnerte er sich mit aller Genauigkeit an den Beginn jener ersten Verhandlung vor vierzehn Jahren, und wieder stach ihm der Schmerz darüber die Kehle hinauf, daß er unwiederbringlich ein völlig anderer geworden war. Und eben so, nämlich als trüge er seine Biographie wie eine Prothese, die nur mühsam die Verstümmelungen der Zeit ausglich, begann er sein Leben zu erzählen. Er sei am neunundzwanzigsten April 1927 in Grangat geboren, habe hier seine Kindheit verbracht und auch die Volksschule besucht.

Der Richter nickte dem Referendar am Rande des Richtertisches zu, der daraufhin begann, die Daten Arbogasts mitzuschreiben.

»Sprechen Sie ruhig weiter!«

»Meine Eltern wollten, daß ich auf die Höhere Schule gehe, obwohl ich eigentlich gern Koch geworden wäre. Mein Vater hat mir schließlich nach dem Abitur aber gestattet, eine Metzgerlehre zu machen.«

»Nach dem Krieg?«

»Ja.«

Dann habe er zunächst die familieneigene Gaststätte Zum Salmen geführt, weil seine Mutter wegen ihrer Angehörigkeit zur NS-Frauenschaft Berufsverbot hatte.

»Wie aktiv war Ihre Mutter denn in der Partei?«

»Ach, gar nicht. Sie hat im Winter Pullover gestrickt, das ist alles.« Arbogast schwieg und trank einen Schluck Wasser.

»Sprechen Sie weiter.«

Da er nicht genug verdient habe, sei er Fuhrunternehmer, Steinbruchbesitzer und Verkaufsfahrer geworden. Diese geschäftlichen Unternehmungen hätten aber stets mit finanziellen Verlusten geendet. So habe er schließlich wieder im Gasthaus der Mutter gearbeitet und daneben noch eine Vertretung für Billardtische der Marke Brunswick übernommen. Im Oktober 1951 habe er geheiratet, und der Sohn Michael sei wenige Wochen später zur Welt gekommen. Seine Frau Katrin sei die Tochter des Mathematiklehrers Teichel vom Schillergymnasium in Grangat.

»Ihre Frau kannten Sie noch von der Schule?«

»Ja. Wir waren seit dem Abitur miteinander befreundet.« Seine Frau habe sich während seiner Haft von ihm scheiden lassen.

»Wann war das?«

»1961.«

»Und was machen Sie jetzt beruflich?« wollte Staatsanwalt Frank wissen.

Arbogast wandte sich nach rechts zum Tisch der Anklagevertretung. »Ich bin seit meiner Entlassung ohne Arbeit. Einmal hatte ich fast schon eine Stelle, aber als der Arbeitgeber doch noch von meiner Verurteilung und dem bevorstehenden Prozeß hörte, hat er die Hände über dem Kopf zusammengeschlagen und mich davongejagt.«

»Gibt es noch weitere Fragen?«

Der Richter wandte sich zu seinen Beisitzern, zu Curtius und schließlich zu Ansgar Klein. Er nickte dem Referendar zu: »Haben Sie soweit alles? Dann können wir ja mit der Verlesung der Anklage fortfahren. Vielen Dank, Herr Arbogast.«

Während Hans Arbogast zu seinem Platz zurückging, schaute Fritz Sarrazin zu Ansgar Klein hinüber und sah, daß der Anwalt offensichtlich mit seinem Mandanten zufrieden war. Nun richteten sich alle Blicke auf den Staatsanwalt, der mit der Verlesung der Anklage begann, die nun zum zweiten Mal auf Mord lautete. Sarrazin registrierte die Unruhe von Katja Lavans, aber auch, daß das Publikum während der Schilderung der Tatumstände noch ruhiger als zuvor schien. Der Oberstaatsanwalt Dr. Bernhard Curtius, ein ruhiger Mittfünfziger mit großer Brille und hohem Haaransatz, sprach nicht nur bedächtig, sondern mit kunstvollen Pausen, die möglichst viel Raum für die Vorstellung dessen ließen, was man doch nur unzureichend beschreiben kann. Das Gericht folgte aufmerksam der Anklageschrift, wobei es dem Vorsitzenden noch mehr als seinen Beisitzern, Landgerichtsrat Severin Manoff und dem unauffälligen Philipp Müller, gelang, sich vom Vortrag des Anklagevertreters zu lösen. Es schien Sarrazin, als sähe der Richter immer wieder zu Arbogast hinüber, um zu überprüfen, welche Wirkung die Schilderungen der Tat bei ihm hatten. Mehr aber, als daß der Angeklagte sich bemühte, ruhig zu bleiben, vermochte zumindest Sarrazin nicht aus seinen Zügen zu lesen.

»Möchten Sie sich zu den gegen Sie erhobenen Vorwürfen äußern, Herr Arbogast?« fragte Lindner, als der Staatsanwalt sich gesetzt hatte.

»Ja«, sagte Hans Arbogast leise.

»Dann kommen Sie doch bitte wieder vor und erzählen Sie einfach von dem Tag, an dem das Unglück geschah. Denn ein Unglück«, setzte der Richter hinzu, »war es auf jeden Fall.«

Arbogast nickte und setzte sich wieder auf den Stuhl in der Mitte des Raumes. Sarrazin registrierte, daß Katja Lavans sich auf ihrem Stuhl vorbeugte, als wolle sie jener leisen Stimme näher sein, mit der Arbogast, stockend zunächst, zu erzählen begann.

Am ersten September 1953, einem Dienstag, habe er zunächst in Grangat zu tun gehabt. Am frühen Nachmittag sei er dann in Richtung Freiburg gefahren, um dort wegen einer Lieferung Billardtische vorzusprechen. Sie habe an der B 3 gestanden, am alten Bahnübergang südlich von Grangat, und gewinkt.

»Sie sah gut aus, sehr hübsch, eine nette, junge Frau, und trug ein eisblaues Kleid.«

»Sie nahmen sie mit und schlugen ihr eine Spritztour in den Schwarzwald vor?«

»Ja genau. Über Münchweier fuhr ich bis nach Schönwald, und auf der Rückfahrt haben wir dann in Triberg, im Hotel Über'm Wasserfall, ein Abendessen bestellt.«

»Was haben Sie gegessen?«

»Wir hatten beide erst Flädle-Suppe und dann Rindsrouladen mit Kartoffelpüree und Kohlrabi. Zum Nachtisch gemischtes Eis mit Sahne. Sie wissen schon: in diesen spitzen silbernen Bechern.«

Der Richter nickte. »Und haben Sie etwas getrunken?«

»Ja, sicher. Sie ein Viertele Wein, einen Trollinger, und ich zwei Bier. Nach dem Essen habe ich mir einen Cognac bestellt und da sagte sie: ›Ich will auch einen!‹«

Arbogast schwieg einen Moment und lächelte in sich hinein. Katja Lavans stellte sich den Moment vor, in dem Marie sich gefühlt haben mußte, als lasse sich das Leben mit einem Cognac greifen. Zuvor, fuhr Arbogast fort, habe Frau Gurth geäußert, daß sie kein Geld besitze und ihm ihre Handtasche für sechs Mark verkaufen wolle. Sie hatte, dachte die Pathologin, keine Wahl. Er sei, setzte Arbogast hinzu, auf das Angebot eingegangen.

»Und das war die Tasche, die Sie später Ihrer Frau mitgebracht haben?«

»Ja.«

»Wie ging es dann weiter? Sie haben nochmals gehalten?«

»Ja. In Gutach, im ENGEL.«

»Warum eigentlich?«

Arbogast lächelte und wiegte den Kopf. »Ich glaube, wir wollten nicht zurück.«

»Ich verstehe.«

Der Vorsitzende sah sich nach beiden Seiten zu seinen Beisitzern um, und tatsächlich ergriff Severin Manoff das Wort: »Was haben Sie dort konsumiert?«

»Sie trank ein Cola. Ich noch ein Bier.«

Manoff nickte. Paul Mohr, der nur noch ziemlich weit hinten im Zuschauerraum einen Platz bekommen hatte, weil keiner der für die Presse reservierten mehr frei gewesen war, als er hereinkam, verdoppelte mit seinem Kugelschreiber die Linien auf dem linierten, doch ansonsten leeren Blatt seines Blocks, und die Striche gruben sich immer tiefer ins Papier, je weiter die Erzählung Arbogasts fortschritt. Marie Gurth habe auf dem Weg zum Auto seinen Arm genommen und im Hinblick auf das schöne Wetter gesagt: *Wenn Engel reisen, dann lacht der Himmel.*

»Was meinte sie wohl damit?« fragte wieder Severin Manoff, und Arbogast zuckte mit den Schultern.

»Erzählen Sie weiter.«

Sie habe dann im Auto den Anfang gemacht mit Schmeicheleien.

»Wie meinen Sie das?«

Küsse, Liebkosungen, Streicheln eben. »Wie es so üblich ist.«
Er sei daraufhin zwischen Gutach und Hausach von der Straße abgefahren und habe auf einer Wiese gehalten.
»Und dann?«
»Frau Gurth fing an, sich auszuziehen.«
Bis hierher hatte Arbogast ohne größere Stockungen erzählt, wenn auch seine Stimme immer leiser geworden war. Jetzt aber schwieg er.
»Einen Moment bitte, Herr Arbogast!«
Der Vorsitzende beriet sich kurz mit den beiden anderen Richtern und wies dann auf die bevorstehende Schilderung des intimen Beisammenseins zweier Menschen hin. Das Gericht habe sich gleichwohl entschlossen, die Öffentlichkeit nicht auszuschließen: »Ich bin der Auffassung, daß Erwachsene im Jahre 1969 deshalb den Saal nicht zu verlassen brauchen. Anwesende Jugendliche fordere ich aber auf, bitte hinauszugehen.«
Zwei Halbwüchsige standen auf und verließen den Saal. Lindner sah sich noch einmal genau im Zuschauerraum um und nickte Arbogast dann zu.
»Das erste Zusammensein war kurz und normal«, fuhr dieser fort, dann hielt er wieder inne.
Klein beobachtete seinen Mandanten, der wartend auf seine Hände hinabsah. Dabei lächelte Arbogast, als sei er inmitten dieser weit über hundert Menschen, die ihn von allen Seiten anstarrten und kein Wort und keine Regung von ihm versäumen wollten, allein. Die Vergangenheit umgab ihn und plusterte sich im Gerichtssaal weit und schillernd auf, und dem Anwalt schien es, als verstünde er zum ersten Mal, wie es Arbogast ergangen sein mochte in jener Zelle, randvoll mit dem, was gewesen war.
»Ich war der Meinung, wir ziehen uns wieder an und fahren heim«, sagte Arbogast kaum hörbar.
Ansgar Klein sah im Augenwinkel, wie Katja Lavans den Rük-

ken seines Mandanten mit Blicken abtastete. Langsam strich sie sich die langen Haare aus dem Gesicht. Klein mochte den Gedanken, als einziger im Saal zu wissen, daß sie eine Perücke trug.

Der Staatsanwalt räusperte sich. »Dürfte ich Ihnen, Herr Arbogast, kurz vorlesen, was nach Meinung des Gutachters im ersten Prozeß, Herrn Professor Dr. Maul, dann weiter geschehen ist?«

Ansgar Klein schreckte überrascht aus seinen Gedanken auf, und sein Blick huschte hinüber zum Staatsanwalt. Curtius zog einen Akt zu sich heran und fixierte dabei den Angeklagten, in dessen Körper plötzlich Bewegung kam. Klein überlegte, ob es Sinn machte, Einspruch gegen die Verlesung zu erheben, und entschied sich dann dagegen.

»*Der Angeklagte*«, las der Staatsanwalt, »*hat möglicherweise der Frau Gurth zunächst Schläge auf Nase und Gesicht verabfolgt, worauf diese wohl die Flucht ergriffen hat. Der Angeklagte ist wahrscheinlich hinterhergerannt und hat ihr auf den Kopf geschlagen. Nach diesen Schlägen ist sie zusammengesunken, worauf er ihr die Schlinge um den Hals gelegt und kräftig zugezogen hat. Der Angeklagte hat dann die Frau umgedreht und gänzlich entkleidet. Er hat ihr in die rechte Brust und in den Bauch gebissen. Anschließend hat er noch während des drei bis acht Minuten dauernden Todeskampfes und vielleicht noch nach dem Tode den Verkehr mit ihr ausgeübt.*«

Die Stille im Publikum war mit einem Mal vorüber. Man flüsterte miteinander, Stühle wurden gerückt, und Sarrazin schien es, als folgten all die Geräusche der Unruhe, mit der Arbogast nun auf seinem Platz hin und her rutschte und versuchte, sich an sich selbst festzuhalten. Denn daß er litt, sah man überdeutlich. Da war sie also, die erfundene Vergangenheit, an der Arbogast sich wundgerieben hatte. Sarrazin registrierte, daß auch Klein auf das äußerste angespannt war, und im selben Moment, als sich dann Arbogast plötzlich umdrehte und aufsprang, war auch er schon auf den Beinen.

Als habe er die ganze Zeit dessen Blick im Rücken gespürt, fixierte Hans Arbogast im Zuschauerraum Professor Maul und schrie: »Nun reden Sie doch endlich!«

Immer wieder schrie er, vornübergebeugt und beide Hände zu Fäusten geballt, Maul solle sich endlich zu einem Fehlurteil bekennen. Nur mühsam gelang es Klein, ihn zu beruhigen. Zitternd schwieg er schließlich, und Klein legte ihm den Arm um die Schulter.

»Sehen Sie mich an!« sagte Arbogast dann leiser zu Professor Maul, der bewegungslos in seinem Sessel saß: »Ich habe wegen Ihres Gutachtens sechzehn Jahre im Gefängnis gesessen. Sie haben mein Leben zerstört!«

»Setzen Sie sich bitte wieder, Herr Arbogast.« Der Richter sprach ruhig auf ihn ein. »Herr Arbogast, glauben Sie bitte nicht, daß wir Sie hereinlegen wollen.« Und mit einem Blick auf den Staatsanwalt fügte er hinzu: »Allerdings ist es verständlich, daß er sich wehrt bei dem Einsatz, um den es hier geht.«

Dieser Ansicht sei er auch, warf Ansgar Klein ein und bat, man möge seinen Mandanten doch zuerst einmal seine Version der Ereignisse schildern lassen, bevor man ihn mit jenem Gutachten konfrontiere.

»Bitte fahren Sie fort, Herr Arbogast. Sie hatten vorhin berichtet, daß Sie mit der Toten intimen Verkehr hatten und danach annahmen, man fahre nun wieder zurück.«

Arbogast trank einen Schluck Wasser und atmete tief ein und aus, bevor er weitersprach.

»Ja. Wir gingen ins Auto zurück und haben zunächst eine Zigarette geraucht. Dann aber hat es Frau Gurth erneut nach Zärtlichkeiten verlangt, und wir sind noch einmal ausgestiegen. Sie hat sich dann umgedreht, und es kam zu einem Verkehr von hinten.«

»Sie meinen: anal?« fragte Lindner.

Arbogast schüttelte widerwillig den Kopf.

Der Staatsanwalt assistierte dem Richter: »Im Obduktionsbericht wird auf Verletzungen hingewiesen, die einen Analverkehr sehr wahrscheinlich erscheinen lassen.«

»Nein!« Arbogast schüttelte immer heftiger den Kopf. »Wir haben es ganz normal gemacht.«

»Und wie erklären Sie sich dann diese Verletzungen?«

»Das könnte vielleicht später im Auto passiert sein, als ich sie saubermachte.«

»Moment«, unterbrach der Richter. »Zunächst sind wir noch auf der Wiese. Was geschah dort?«

»Wir liebten uns sehr heftig.«

»Was soll sich das Gericht vorstellen unter: heftig?«

Arbogast zögerte, und in diesem Moment standen Katja Lavans plötzlich wieder alle Details des Obduktionsberichts vor Augen. Jede Bewegung und jede Geste, jeden Kuß meinte sie zu schmecken, und schmerzhaft spürte sie die verzweifelten Versuche der beiden, einander zu halten. Die Pathologin schloß die Augen und bemerkte nicht, daß Ansgar Klein sie unumwunden ansah. Er musterte ihr Gesicht und mußte sich dabei eingestehen, daß er seinem Mandaten ihre Anteilnahme nicht gönnte. Schon ihr gestriges Interesse an seinem Wagen hatte ihn gestört. Und ihre Neugier stieß ihn ab. Mit geschlossenen Augen wartete sie, daß er weitersprach, und Klein sah, wie Arbogast sich langsam die Haare zurückstrich, als überlege er, welche Sprache noch tauglich sein könnte für das, was vor so vielen Jahren geschah und seitdem seine Erinnerungen bestimmte.

»Marie bewegte sich viel mehr als beim ersten Mal. Sie hob mir ihre Brust zum Mund und wollte erst, ich solle daran saugen, und bat dann, sie zu beißen.«

»Und Sie sind ihrer Bitte nachgekommen?« fragte Ansgar Klein.

»Ja. Währenddessen küßte sie mich überall, biß mich auch in den Hals und zerkratzte mir den Rücken.«

»Das heißt, was Sie beide taten, geschah mit gegenseitigem Einverständnis?« fragte der Anwalt.

»Ja, natürlich.«

»Und dann?« wollte Lindner wissen.

»Dann drehte Marie sich auf den Bauch, und ich drang in sie ein. Wobei ich sie kaum halten konnte.«

»Aber letztlich gelang es Ihnen, sie festzuhalten.«

»Ja, ich hatte eine Hand an ihrer Hüfte und die andere an ihrem Hals.«

»Haben Sie sie dabei gewürgt?«

»Nein, ich hielt sie nur fest, denn sie bewegte sich immer mehr. Und dabei sackte sie dann plötzlich in meinen Händen zusammen.«

»Was heißt: sie sackte zusammen?«

»Sie sackte buchstäblich unter mir zusammen. Ich habe mir zuerst gar nichts dabei gedacht und gewartet, daß sie weitermacht. Dann ist es mir wie auf einen Schlag gekommen: Da ist irgend etwas passiert!«

»Und dann?«

»Als sie sich überhaupt nicht mehr rührte, habe ich mein Ohr auf ihre Brust gelegt. Aber da war kein Herzschlag zu hören!«

Dann habe er Wiederbelebungsversuche angestellt, erklärte Arbogast, indem er die Arme der Frau mehrmals gegen ihre Brust gepreßt habe. Der Vorsitzende bat einen Referendar aus dem Zuschauerraum, nach vorn zu kommen und sich auf den Boden zu legen, und ließ Arbogast die Atemübungen an ihm vorführen. Arbogast kniete am Boden neben dem jungen Mann.

»Ich hielt sie für tot. Ich weiß, es war ein Fehler, daß ich nicht zur Polizei fuhr oder zu einem Arzt.«

»Sie können wieder gehen«, sagte der Richter zu dem Referendar, der aufstand und sich den Staub aus den Hosen klopfte, bevor er auf seinen Platz zurückkehrte. Arbogast ließ den Blick nicht von Lindner.

»Aber ich wurde kopflos. Ich halte mich für einigermaßen intelligent, aber was man in einem solchen Fall macht, weiß man vorher nicht.«

»Was exakt haben Sie getan?«

»Zuerst habe ich Frau Gurth ins Auto getragen und auf den Beifahrersitz gelegt. Dann habe ich alle Kleider eingesammelt und mich angezogen und die Leiche auf den Rücksitz gelegt und mit ihrem Unterrock zugedeckt. Dann bin ich in Richtung Grangat weitergefahren. Ihre übrigen Kleider habe ich wenige hundert Meter später aus dem Fenster geworfen. Nur die Handtasche, die ich hinter den Sitz gestellt hatte, habe ich dabei vergessen. Bei Gengenbach hatte ich dann die Idee, die Leiche zwischen Kaltenweier und Hohrod zu deponieren, wo man schon einmal eine Tote gefunden hat. Doch kurz vor Grangat roch es plötzlich stark nach Kot im Auto, und ich habe angehalten. Marie hatte sich eingenässt und auch sonst besudelt, wenn Sie verstehen, was ich meine, Herr Richter.«

Lindner nickte. »Wir verstehen, was Sie meinen. Erzählen Sie weiter.«

»Ich habe also den Unterrock zerrissen und sie mit den Fetzen gesäubert. Und schließlich bin ich weitergefahren, durch Kaltenweier hindurch in Richtung Hohrod auf der B 15. Bei der Abzweigung nach Duren bin ich an den Straßenrand gefahren. Ich habe Marie herausgezogen und die Böschung hinuntergleiten lassen.«

Arbogast nickte zu seinen eigenen Worten und schwieg. Leise setzte er nach einer Weile hinzu, er sei dann über Kaltenweier nach Grangat gefahren. An der Tankstelle Kühner habe er getankt und sei auf dem Parkplatz an der Kunstmühle ein paar Stunden im Auto sitzen geblieben.

»Ich war einfach fertig. Ich blieb drei bis vier Stunden im Wagen.«

»Und haben geschlafen?« fragte der Richter.

»Nein!«

Der Richter wartete, ob Arbogast noch etwas hinzufügen würde.

»Verbessern Sie mich«, forderte er ihn schließlich auf, »damit es nicht hinterher heißt, der schläft seelenlos den Schlaf der Gerechten.«

Arbogast schüttelte den Kopf. Zwischen zwei und drei Uhr sei er zu Hause angekommen. Er habe die Handtasche der Frau Gurth seiner schlafenden Frau als Geschenk auf den Nachttisch gelegt und sei selbst auch eingeschlafen.

»Warum um Gottes willen haben Sie das gemacht?«

Arbogast schüttelte den Kopf. »Ich weiß es nicht.«

Lindner nickte. »Und wie ging es dann weiter?«

»Am Samstag las ich die Vermißtenmeldung in der Zeitung. Am Montag bin ich dann zur Polizei.«

»Warum?« fragte Curtius.

»Ich dachte, es ist besser, wenn ich helfe.«

»Ist es nicht so, daß Sie Angst hatten, die Handtasche könnte Sie irgendwann verraten?«

»Nein, ich wollte mich an der Aufklärung beteiligen.«

Mehr sagte Arbogast nicht. Der Richter nickte und sah sich um, ob jemand Fragen hatte. Schließlich ergriff der Staatsanwalt das Wort.

»Das wundert mich aber schon, daß Sie sagen, Sie hätten sich bei der Aufklärung beteiligen wollen. Die Protokolle machen da einen ganz anderen Eindruck. Bei der ersten Vernehmung behaupteten Sie damals, Frau Gurth lediglich mitgenommen und ihr die Handtasche abgekauft zu haben. In der zweiten Vernehmung stritten Sie ab, mit Frau Gurth auch nur das geringste zu tun gehabt zu haben, um in der dritten Vernehmung dem Oberstaatsanwalt zu gestehen, daß Marie Gurth in Ihrer Gegenwart plötzlich gestorben sei. Und schließlich erklärten Sie, sie sei unter Ihrer tätlichen Einwirkung, wenngleich ohne Vorsatz, gestorben. Dieses Geständnis widerriefen Sie dann aber später, da es angeblich erpreßt worden sei. Wie paßt das alles zu Ihrer heutigen Erklärung, Sie hätten damals bei den Ermittlungen hilfreich sein wollen?«

»Ich war von Anfang an der Mörder! Jedes Wort, das ich sagte, wurde mir im Mund umgedreht.«

»Und die erwähnten Protokolle Ihrer Vernehmungen? Das sind doch Ihre Aussagen!«

»Die sind in dieser Form nicht von mir.« Der Oberstaatsanwalt Oesterle habe ihn bei den Vernehmungen nicht einmal ausreden lassen. »Der Mann hat mich so fertiggemacht, daß ich nicht mehr wußte, was falsch und richtig ist.«

»Noch Fragen dazu?« wollte der Richter wissen. »Herr Staatsanwalt? Herr Dr. Klein?« Doch beide schüttelten den Kopf.

»Gut. Morgen um acht Uhr dreißig wird das Verfahren mit der Beweisaufnahme fortgesetzt. Ich erkläre die Sitzung für beendet.«

52

Als Ansgar Klein seine Akten zusammengepackt hatte und den Gerichtssaal verließ, waren die meisten Zuschauer und Journalisten schon gegangen. Der Saal befand sich im ersten Stock des Gerichtsgebäudes, und im lichten Treppenhaus, in dem am Morgen kein Durchkommen gewesen war, hielt sich nun beinahe niemand mehr auf. Vor allem Professor Maul war gegangen, wie Klein beruhigt feststellte, und auch Karges war nicht mehr zu sehen. Nur unten, neben dem Eingang, warteten Sarrazin, Katja Lavans und Arbogast auf ihn. Noch auf der Treppe sah Klein, daß sich die Pathologin angeregt mit seinem Mandanten unterhielt, und beschloß, lieber allein im Hotel essen zu wollen. Einen Moment lang stand er noch bei den anderen, dann verabschiedete er sich. Man war überrascht, und besonders Katja Lavans sah ihn fragend an. Schon im Gehen, erklärte er, noch arbeiten zu müssen. Im selben Moment verließ auch Paul Mohr das Gericht und hielt dem Anwalt die Tür. Ob er nach seinen Eindrücken vom ersten Prozeßtag fragen dürfe, sprach ihn der Journalist an, der sich für gewöhnlich eines Kürzels bediente, das Klein von den vergilbten Zeitungsausschnitten wohlbekannt war, die sich in der Pressemappe des ersten Arbogast-Prozesses befunden hatten. Er schreibe für die Badische Zeitung.

Ansgar Klein nickte und blieb vor dem Gerichtsgebäude stehen. Die Geschichte dieses Falles führe wieder einmal vor Augen, daß es unbedingt einer Reform der Strafprozeßordnung bedürfe, die seiner Meinung nach auch mit hundertprozentiger Sicherheit kommen werde. Denn die Zeiten hätten sich – Gott sei Dank! – geändert. Sein Mandant sei ein Symbol für die Risiken einer unflexiblen Justiz, und er hoffe, daß Hans Arbogast nun endlich, nach so vielen Jahren, Gerechtigkeit widerfahre.

»Eine letzte Frage, Herr Rechtsanwalt: Was halten Sie davon, wie die Staatsanwaltschaft Professor Maul, den Gutachter des ersten Prozesses, hier hofiert?«

»Mir scheint dies höchst unangemessen. Aber mehr möchte ich, wie Sie sicher verstehen werden, dazu jetzt nicht sagen.«

Ansgar Klein nickte Paul Mohr zu, der sich für das Interview bedankte. Gedankenverloren ging er noch ein ganzes Stück hinter dem Journalisten her, der denselben Weg zu haben schien, und erst als Paul Mohr schließlich in die Kreuzgasse einbog, blieb Klein einen Moment stehen, um zu überlegen, wo er war und wie er am besten zurück ins Hotel kam. Dabei sah er gerade noch, wie der Journalist die Tür zu einem Laden mit der Leuchtschrift Photo Kodak aufdrückte.

Es war noch immer dieselbe Glocke. Paul wartete vor der Glastheke und sah sich um. Dann erlosch das rote Licht über dem schweren Vorhang rechter Hand, er wurde beiseite geschoben und Gesine Hofmann kam aus dem Labor.

»Schön, daß du gekommen bist!«

»Danke für die Einladung! Nach vierzehn Jahren! Wir haben uns ja wirklich seit damals nicht wieder gesehen.«

»Ja, das stimmt.«

»Und hier ist alles noch wie immer!«

Gesine lächelte und sah sich in dem kleinen Laden um, als bemerke sie das erst in diesem Augenblick.

»Ich habe das Mittagessen schon vorbereitet. Komm!«

Gesine forderte ihn mit einem kleinen Winken auf, ihr zu folgen, und verschwand hinter der Theke durch eine schmale Tür. Dahinter waren Regale auf beiden Seiten eines ohnehin schon schmalen Flures, die mit allem möglichen Photobedarf bis zur Decke gefüllt waren. Der Flur endete an einer engen Stiege, die in das erste Stockwerk hinaufführte. Von einem kleinen Vorraum, dessen Dielenboden bedrohlich in einer Ecke absackte, gingen mehrere weißgestrichene Kassettentüren ab, und diejenige zur Küche stand offen. Dorthin folgte Paul der Photographin, die sofort das Gas unter zwei verschieden großen Töpfen entzündete, während er sich umsah. An einer Seite waren der Gasherd und ein altertümlicher Spülstein, an der gegenüberliegenden Wand ein großer Küchenschrank, dessen Glastüren gehäkelte Bordüren verschiedenster Form und Farbe zierten. Über dem kleinen Tisch hing ein besticktes Leintuch. FÜNF SIND GELADEN / ZEHN SIND GEKOMMEN / GIESS WASSER ZUR SUPPE / HEISS ALLE WILLKOMMEN. Auf dem Fensterbrett eine hölzerne Kaffeemühle. Ein Geruch von Zwiebeln. Alles hier, wurde Paul plötzlich klar, war seit Jahren unverändert.

»Und deine Mutter?« fragte er.

»Die ist gestorben.«

Paul nickte.

»Setz dich doch schon mal«, forderte Gesine ihn über die Schulter auf, während sie rührte und abschmeckte. »Essen ist gleich fertig.«

Paul Mohr nickte und blieb stehen.

53

In diesem Moment klopfte es an der Zimmertür des Anwalts, und man brachte ihm die gewünschten belegten Brote und dazu ein großes Glas Wasser. Ansgar Klein stellte das Tablett auf der unbenutzten Bettseite ab, wo es langsam, gleichförmig und sehr tief in der hohen Daunendecke versank, während er noch die Liste der Zeugen durchging, die morgen aussagen würden. Die entsprechenden Akten hatte er auf dem kleinen Schreibtisch unter dem Fenster aufgeschlagen. Das Zimmer war zugig und der graue Linoleumboden kalt, auf dem mehrere dünne Teppiche lagen, die unter jedem Schritt verrutschten. Ansgar Klein trug eine graue Strickjacke mit Schalkragen über dem weißen Hemd. Die Krawatte hatte er abgelegt. Neben dem grauen Aktendeckel lag ein DIN-A5-Block, dessen weiße unlinierte Blätter am oberen linken Rand seinen Namen trugen. Mehrere Seiten mit Notizen, daneben aufgeschraubt der alte englische Schellack-Füller, den ihm sein Vater geschenkt hatte. Ansgar Klein fröstelte und ging ins Bad, um sich heißes Wasser einzulassen, wobei er zunächst im Vorübergehen die Brote registrierte, die er vergessen hatte, und dann, als er wieder aus dem Bad kam, in dem nun das Wasser laut in die Wanne stürzte, erneutes Klopfen an seiner Tür.

Der Anwalt öffnete und war überrascht, Fritz Sarrazin im Flur zu sehen. Ohne eigentliche Begrüßung kam er herein und begann, seinen Eindruck des heutigen Verhandlungstages zu schildern. Als

Klein ins Bad ging, um das Badewasser abzustellen, folgte ihm Sarrazin, füllte nach kurzem Überprüfen das saubere Zahnputzglas mit Wasser, kam wieder zurück ins Zimmer, setzte sich an den kleinen Schreibtisch und prostete Klein zu.

»Gutes Nachtessen! Tiptop!«

Langsam trank er einen Schluck und machte eine kleine Pause, bevor er das Thema wechselte.

»Man konnte heute beinahe den Eindruck gewinnen«, sagte er dann, »als ob du Frau Lavans aus dem Weg gehst. Oder täusche ich mich da?«

Die folgende Pause war lang. Sarrazin leerte in einem ganz eigenen Rhythmus mit kleinen Schlucken das halbe Glas.

»Nein, da täuschst du dich natürlich nicht.«

Klein hatte sich auf das Bett gesetzt, da es keinen zweiten Stuhl in dem kleinen Raum gab. Jetzt nahm er das Glas vom Tablett und trank auch. »Es tut mir leid, ich weiß, das ist ziemlich albern.«

»Wir sind auf Katja Lavans angewiesen.«

»Ja, ich weiß.«

»Außerdem halte ich sie für eine ziemlich kluge Frau.«

»Ja.«

»Und charmant ist sie auch.«

»Ja.«

»Eifersüchtig?«

»Nein, natürlich nicht.«

»Mit Verlaub: Das glaube ich dir nicht.« Sarrazin lachte vergnügt.

»Ich mache mir Sorgen um sie.«

»Wegen Arbogast?«

Ansgar Klein zögerte lange mit der Antwort. Seit Arbogast die Pathologin zum ersten Mal gesehen und den Blick nicht mehr von ihr gelassen hatte, fühlte er sich unwohl. Und es schien ihm, als lasse sich dies nicht nur damit erklären, daß er sich in jenem Moment seine eigene Faszination eingestehen mußte. Er trank noch einen Schluck, stellte das Glas vorsichtig wieder auf dem Tablett ab und sah nicht hoch, während er es langsam zwischen Zeigefinger und Daumen drehte.

»Arbogast ist unschuldig.« Nun war Sarrazin wieder ernst.

»Ja.« Der Zweifel in der Stimme des Anwalts war tonlos. Er spürte Sarrazins Blick und vermied es, ihn anzusehen.

»Also bist du doch eifersüchtig«, folgerte Sarrazin, und Klein, wenn auch zögernd, nickte.

54

»In der Sache Bundesrepublik Deutschland gegen Hans Arbogast, Aktenzeichen 25/380-1955, setzen wir das Verfahren fort. Wir treten heute in die Beweisaufnahme ein. Wir rufen zunächst die Zeugin Katrin Teichel.«

Der Beamte, der neben dem Ausgang wartete, ging hinaus, um Hans Arbogasts ehemalige Frau hereinzuholen. Langsam und mit kaum hörbaren Schritten kam Katrin Teichel nach vorn. Sie trug ein dunkelblaues Kostüm und eine weiße Bluse. Sie hatte zugenommen und schien blaß. Sie benutzte keinen Lippenstift, aber hell durchscheinenden Lidschatten. Ihre Haare hatte sie hochtoupiert. Sie wolle, sagte sie, kaum daß sie saß, von ihrem Zeugnisverweigerungsrecht Gebrauch machen und lieber nicht aussagen. Richter Lindner nickte und bat sie, ihm nur Namen, Alter, Wohnort, Berufs- und Familienstand zu nennen, was sie tat. Sie vermied jeden Blick zu Arbogast hinüber, der sie indessen unverwandt ansah.

»Dann entlasse ich Sie hiermit, Frau Teichel, Sie können gehen. Hatten Sie Auslagen? Hier ist eine Bescheinung, damit gehen Sie zur Gerichtskasse und lassen sich die Kosten erstatten.«

Lindner füllte, während er sprach, ein Formular aus, das er der geschiedenen Frau des Hans Arbogast vom Richtertisch hinunterreichte.

»Herr Richter?«

»Ja, was ist denn?«

»Darf ich hierbleiben und weiter teilnehmen?«

»Natürlich, Frau Teichel, nehmen Sie doch im Zuschauerraum Platz. Als nächsten Zeugen rufe ich Jochen Gurth.«

Hans Arbogast folgte Katrin neugierig mit den Augen, um zu sehen, wohin sie sich setzte. Und da bemerkte er auch, daß der Sessel, den man gestern für Professor Maul aufgestellt hatte, nicht mehr da war. Sein Blick eilte durch die Bankreihen, um zu sehen, ob der ehemalige Gutachter noch am Prozeß teilnahm, und er entdeckte ihn recht weit hinten im Saal. Als ihre Blicke sich trafen, sah er schnell weg und nach vorn, wo inzwischen der Ehemann der Toten Platz genommen hatte und die Fragen nach seiner Person beantwortete. Der fünfundvierzigjährige Jochen Gurth lebte als Ingenieur in Braunschweig. Er hatte wieder geheiratet. Auf die Aufforderung des Gerichts erzählte er, wie er 1952 zusammen mit Marie aus Berlin in den Westen floh. Damals waren sie seit fünf Jahren verheiratet und hatten zwei Kinder im Alter von drei und vier, die sie bei der Großmutter ließen. Zum Zeitpunkt des Todes seiner Frau waren sie bereits ein Jahr im Flüchtlingslager Ringsheim. Wegen des Lagerlebens habe seine Frau Depressionen gehabt und daran gedacht, zu den Kindern zurückzukehren. Nein, erklärte Jochen Gurth auf die entsprechende Frage Ansgar Kleins, seine Frau habe keine großen häuslichen Pflichten gehabt. Ja, sie sei sehr lebenslustig gewesen.

»Sie war eine feurige Liebhaberin – vergleichsweise.«

»Hatten Sie denn das Gefühl, daß Ihre Frau Ihnen nicht ganz treu war?«

»Ja, sicher!« Sie habe wiederholt Schwarzwaldfahrten per Anhalter unternommen. Daß seine Frau im September 1953 am Anfang einer Schwangerschaft gestanden sei, habe er jedoch nicht gewußt.

»Am ersten September 1953 besuchte mich Marie während der Mittagspause bei meiner Arbeitsstätte in Grangat. Auf dem Weg zur Kantine sah ich, wie sie aus einem fremden Auto ausstieg und den Fahrer wegschickte. Wir haben zusammen gegessen, und ich machte ihr den Vorschlag, am Abend gemeinsam mit mir den Zug nach Ringsheim zu nehmen. Marie wollte aber nicht warten. Lieber wollte sie versuchen, als Anhalterin zurückzukommen. Ich habe ihr dann noch ein paar Mark gegeben, damit sie Kaffee trinken konnte. Von da an habe ich meine Frau nicht mehr gesehen.«

»Und warum gingen Sie erst vier Tage später zur Polizei?«

»Ich nahm an, Marie sei nach Stuttgart gefahren, um sich eine Stellung zu suchen.«

»Und wie kamen Sie darauf?«

»Kurz zuvor war ein Mann aus Stuttgart im Lager, der ihr eine Stelle anbot.«

Der Richter überlegte, wie weiter zu fragen wäre, und auch der Staatsanwalt musterte den Zeugen nur. Jochen Gurth war schmächtig und nicht sehr groß. Er trug einen dunklen Anzug und hatte die Hände im Schoß gefaltet. Er habe, setzte er leise hinzu, allerdings auch nicht ganz ausgeschlossen, daß seine Frau nach Berlin zurückgefahren oder ganz einfach durchgebrannt sei. Erst als er am fünften September, einem Samstag, eher zufällig einen Blick in die Zeitung geworfen und dort den Bericht über den Fund einer unbekannten Frauenleiche gelesen habe, sei ihm bei der Beschreibung der Toten der Verdacht gekommen, es könne sich um seine Frau handeln.

Ansgar Klein bemerkte, mit welcher Intensität Hans Arbogast den Mann seiner ehemaligen Geliebten musterte. Was Jochen Gurth jetzt sagte, war alles, was Arbogast jemals vom Leben Maries erfahren würde. Langsam ließ der Anwalt seinen Blick durch den Saal schweifen. Egal, welches Gericht tagte: Eine Verhandlung hatte immer denselben blutigen Ernst. Und steckte auch jedes Wort in einer anderen Vergangenheit, entschieden doch schließlich alle über eine Wirklichkeit, die es zuvor nicht gegeben hatte. Nein, Ansgar Klein schüttelte den Kopf, er hatte keine Fragen an Herrn Gurth.

Richter Lindner rief nach und nach die in den Zeugenstand, die damals die Leiche gefunden und geborgen hatten, Jagdaufseher Mechling zuerst, einen schmalen Greis, der, wie Klein bemerkte, seine Aussage in fast denselben Worten wie beim ersten Prozeß machte und in dem hiesigen Dialekt, dessen Satzmelodie immer etwas nach oben geht, wie verwundert oder auch ein wenig entrüstet.

Nach Mechling sagte der ehemalige Chef der Freiburger Mordkommission aus, Kriminalhauptkommissar a. D. Rudolf Hinrichs. Bei seinem Eintreffen an der Fundstelle sei die Leiche bereits von einem Arzt begutachtet worden. Es sei nicht ausgeschlossen, daß die Leiche in eine andere Lage gebracht worden sei. Die Photos seien erst hinterher gemacht worden. Hinrichs erklärte, daß neben der Frau ein abgebrochener Zweig gelegen sei. Ob von diesem aber eventuell die von dem Gutachter Maul auf den Photos entdeckten Strangulierungsmerkmale herrührten, wisse er nicht. Als letzter Zeuge des Vormittags wurde Kriminaloberkommissar Willi Fritsch gehört, der Hans Arbogast zuerst befragt hatte, als er sich der Polizei stellte. Der Angeklagte habe, sagte Fritsch, zunächst nur angegeben, eine Anhalterin mitgenommen und ihr eine Handtasche abgekauft zu haben.

Am Nachmittag rief Richter Lindner dann den Heidelberger Oberstaatsanwalt Ferdinand Oesterle in den Zeugenstand, der seinerzeit die Anklage vertreten hatte. Nachdem die Personalien aufgenommen waren, begann diesmal Ansgar Klein mit der Befragung.

»Stimmt es, daß Sie anläßlich einer Ehrung zu Ihrem sechzigsten Geburtstag auf die Frage eines Journalisten erklärt haben: *Ich bin nach wie vor überzeugt, daß Arbogast den Mord begangen hat.*«

Oesterle war ein knochiger, großer Mann mit einer breiten Hornbrille, der fast siebzig sein mußte. Seine weißen Haare zeigten deutlich die Vergilbungen des starken Rauchers. Er trug eine schmale schwarze Krawatte und hatte einen Daumen in die Uhrentasche seiner Weste gehakt. Er atmete flach, und seine Stimme war dunkel und knarzend.

Er zögerte nicht. »Ja, das stimmt. Und das bin ich auch heute noch.«

Ansgar Klein war von dieser Antwort wirklich überrascht. So viel war seitdem geschehen, daß es ihm in der Vorbereitung mitunter schwergefallen war, sich den ersten Prozeß gegen Hans Arbogast vorzustellen, doch nun war ihm mit einem Mal das Klima der 50er wieder gegenwärtig. Wie mißtrauisch man gegenüber der Geschichte Arbogast gewesen sein mußte. Unwillig hatte man ihre Witterung aufgenommen. Der unvermeidliche Ekel. Klein verstand, wie bereitwillig Professor Maul Gehör gefunden haben mußte. Arbogast wurde unruhig. Bisher war er den Vernehmungen aufmerksam, doch fast regungslos gefolgt. Nun begann er sich im Zuschauerraum umzusehen und darauf zu lauern, was geschehen würde. Den Blick Oesterles mied er.

»Hätten Sie, als der Obduktionsbericht vorlag«, versuchte Ansgar Klein zu beschwichtigen, »den Aktendeckel dieses Falles nicht einfach schließen müssen?«

Ferdinand Oesterle schüttelte nur knapp den Kopf. Nach der Sektion habe ihm ein Pathologe erklärt, er habe noch nie einen Frauenkörper mit einer so großen Zahl von Verletzungen gesehen. Er habe bei all seinen Ermittlungen das Opfer stets vor Augen gehabt.

»Vielleicht auch bei Ihren Vernehmungen. Stimmt es nicht, daß Sie zu Hans Arbogast gesagt haben: *Sie können hier nicht raus, ehe Sie nicht ein Geständnis abgelegt haben, und wenn Sie schwarz werden!*«

»Nein! Ich bestreite entschieden, den Angeklagten bedrängt zu haben. Die Vernehmungen fanden in aller Ruhe statt. Im übrigen gab der Verdächtige immer nur soviel zu, wie man ihm nachweisen konnte.«

Da hielt es Arbogast nicht mehr aus. »Sie haben mein Geständnis erpreßt!« Mit beiden Händen hielt er sich an der Tischkante.

»Daran ist kein wahres Wort!« entgegnete Oesterle kühl und ohne ihn anzusehen.

»Wenn Sie das auf Ihren Eid nehmen, schwören Sie einen Meineid!« schrie Arbogast und sprang auf. Der Richter gemahnte ihn zur Ruhe, und auch Klein redete auf ihn ein, bis er sich wieder setzte.

»Sie haben hier nicht das Wort, Herr Arbogast«, ermahnte ihn Lindner, »und wenn Sie nicht still sind, muß ich Sie von der Verhandlung ausschließen. Mein Vorschlag wäre, daß Ihr Verteidiger nun die Vorwürfe gegen die Vernehmungsmethoden, die wir gestern ja auch schon gehört haben, vortragen wird. Wären Sie damit einverstanden?«

Arbogast nickte und versuchte, ruhiger zu atmen. Wieder lagen seine Hände ineinander, als hielten sie sich so.

»Die Zeiten haben sich geändert«, begann Ansgar Klein erneut. »Meinen Sie nicht, daß man damals vielleicht etwas zu sehr davon überzeugt war, es nur mit einer Perversion zu tun haben zu können?«

Oesterle schüttelte entschieden den Kopf. »Nein, das glaube ich ganz und gar nicht.«

Ohne hinzusehen spürte Klein die Unruhe Arbogasts und hörte, wie sein Mandant ganz leise vor sich hinzumurmeln begann. Er legte ihm die Hand auf den Unterarm, bis das Murmeln aufhörte.

»Herr Oesterle, mein Mandant behauptet, Professor Maul habe im Prozeß ein blutiges Hemd vorgezeigt. Stimmt das?«

»Das war nicht der Fall. Von einem Hemd habe ich erstmals in dem Artikel von Herrn Sarrazin in der BUNTEN gelesen«, entgegnete Oesterle und deutete mit dem Kopf hinter sich in den Zuschauerraum, wo er Sarrazin wußte.

»Aber in den Ermittlungsakten findet sich ein Hemd, das beim BKA auf Blutspuren untersucht worden ist.«

»Das ist meinem Gedächtnis völlig entrückt.«

»Auch in der Anklageschrift von 1955 ist ein Hemd als sogenanntes Überführungsstück angeführt«, schaltete sich Richter Lindner ein.

»Das mag sein. Ich habe nur eine entfernte Erinnerung an dieses Hemd.«

»Können Sie ausschließen, daß das Hemd damals im Prozeß auftauchte?«

»Ich halte es für völlig ausgeschlossen, daß dieses Hemd im Gerichtssal vorgezeigt wurde.«

»Sie sind hier nicht mehr Oberstaatsanwalt, sondern Zeuge, der nackte Tatsachen zu berichten hat!« entgegnete Ansgar Klein schroff.

»Das weiß der Herr Oberstaatsanwalt«, kommentierte Lindner. »Er kennt die Strafprozeßordnung.«

»Nur hält er sich nicht daran.«

»Das sind innere Tatsachen, die ich gerade vorgetragen habe, und das darf ich als Zeuge.«

»Keine weiteren Fragen!« Klein warf sich verärgert zurück in seinen Stuhl.

Der Richter nickte auffordernd dem Staatsanwalt zu.

»Wie kamen Sie eigentlich auf die Idee, es könnte sich bei dem Mörder von Marie Gurth um denselben handeln, der auch jenen anderen Mord begangen hatte, bei dem die Leiche im Straßengraben gefunden wurde?« wollte Dr. Curtius wissen.

»Das ist doch eine psychologische Tatsache, die jeder kennt: Der Täter kehrt an den Tatort zurück.«

»Dann kann man die Kripo ja abschaffen und Männer mit Käschern am Tatort aufstellen, das ist billiger!« murmelte Klein laut genug, daß das Publikum es hören konnte. Man lachte.

»Nun muß ich Sie ermahnen, Herr Verteidiger, bitte sachlich zu bleiben.«

»Man muß auch mich einmal verstehen. Vier Jahre habe ich kämpfen müssen – und das kostenlos. Die Praxis habe ich liegengelassen, um diesem armen Teufel aus dem Zuchthaus zu helfen. Und alles, weil man damals hundsmiserabel ermittelte und sich auf solche Binsenweisheiten verließ.«

»Das ist eine böswillige Unterstellung. Der Mann war sehr wohl hochverdächtig.« Oesterle wandte sich zum ersten Mal dem Verteidiger zu. »Auch wenn Arbogast eine Tötungsabsicht stets bestritt, hat er doch zugegeben, die Frau von hinten am Hals gepackt zu haben. Das habe er, sagte er mir damals, auch bei anderen Frauen so gehalten, weil sie dann lebhafter geworden seien.«

»Sie haben nicht das Wort, Herr Zeuge!«

Klein schüttelte nur den Kopf, und auch der Staatsanwalt winkte ab, als der Richter ihn ansah. Ferdinand Oesterle wurde entlassen.

Als letzte Zeugin rief man schließlich noch Gesine Hofmann herein, die vor allem Auskunft über die Umstände geben sollte, unter denen sie damals photographiert hatte. Sie erzählte, wie ihre Mutter sie damals in aller Herrgottsfrühe geweckt hatte, weil die Polizei einen Photographen brauche, und wie sie abgeholt und zu der Stelle an der Landstraße hinausgefahren worden sei, wo man sofort im dunklen Dornengestrüpp jenen weißen Körper gesehen habe.

»War der Anblick sehr schockierend für Sie?«

»Nein, gar nicht.« Gesine schien verwundert über die Frage zu sein.

»Berichten Sie ein wenig von Ihrem Eindruck.«

»Sie war so schön.«

Als stünde ihr dieses Urteil nicht zu, vergewisserte Gesine sich mit einem raschen Seitenblick, wie Arbogast sie ansah, und sein

Blick schien ruhig und wohlwollend. Er wußte, wie Marie gewesen war.

»Wie meinen Sie das?« fragte vorsichtig Richter Lindner.

Gesine Hofmann sah ihn mit ihren grünen, sehr hellen Augen einen Moment lang an, bevor sie antwortete, das könne sie nicht so genau sagen. Es sei kalt gewesen und naß, und doch habe Marie so ruhig dagelegen, als mache ihr all das nichts aus.

»Keine Zeit hatte Macht über sie.«

»Zu jenem Zeitpunkt waren Sie siebzehn?«

»Ja, das stimmt. Kurz vorher hatte ich Geburtstag.«

Sie nickte ernst. Arbogast sah sie mit einem wachen Interesse an, wie er es in der ganzen Woche noch niemandem entgegengebracht hatte. Gebannt musterte er ihren so beweglichen Mund, der immerzu ein Lächeln annehmen zu wollen schien und dann wieder einen ganz anderen Ausdruck. Auf ihrer Wange war dünner Flaum.

»Es scheint mir etwas ungewöhnlich, daß man jemanden in Ihrem Alter diese Bilder machen ließ.« Der Staatsanwalt wippte einen Bleistift zwischen Zeige- und Mittelfinger.

»Mein Vater hat hier in Grangat dreißig Jahre lang alles gemacht, was mit Photographieren zu tun hatte, aber damals war er schon sehr krank. Kurz nach dem Prozeß ist er dann ja auch gestorben. Deshalb hat man an diesem Morgen mich geholt.«

»Wegen Ihres Vaters?«

Gesine nickte wieder.

Als man sie wenig später entließ und der Richter die Sitzung auf den Mittwoch vertagte, sah Hans Arbogast ihr so lange nach, bis sie durch die Tür des Sitzungssaals verschwunden war. Vor dem Gericht sprach Paul Mohr sie an und schlug ihr vor, zusammen im SILBERNEN STERN zu Abend zu essen, doch sie wollte lieber nach Hause, begleitete Paul aber noch zum Hotel. Bis zum Abend schrieb Paul Mohr an seinem Prozeßbericht, den er dann telephonisch in die Redaktion durchgab, bevor er in die Wirtsstube hinunterging und noch mit anderen Journalisten zusammensaß, während um Viertel vor zehn die Verfilmung eines Romans von Françoise Sagan im Ersten begann, die Gesine Hofmann unbedingt hatte sehen wollen, deren Anfang sie aber verpaßte, weil sie sich in der Küche gerade einen Tee machte und Brote mit Wurst. Als sie einige eingemachte Gurken auf den Teller legte, die sie zuvor halbierte, hörte sie, wie die Titelmusik einsetzte. Gesine hatte den Fernsehschrank in dem kleinen Wohnzimmer gegenüber dem Sofa der Mutter noch kurz vor ihrem Tod gekauft. Nach der Tagesschau hatte man Brandts Regierungserklärung übertragen. Seit ihre Mutter tot war, sah sie viel fern. In einem Monat, in einem Jahr hieß der Film, in dem Gesine vor allem die junge Hannelore Elsner wegen ihrer schwarzen Brauen und geschminkten Augen auffiel, die ziemlich stark mit ihren blondgefärbten Haaren kontrastierten. Gesine gefiel vor allem die Szene, in der sie einfach mitten im Zimmer auf einem Flokati-Teppich saß und mit bewegungslosen Lippen rauchte. Gesine rauchte nicht.

55

»Die äußeren Umstände der Obduktion waren damals sachlich sehr schlecht.«

»Was meinen Sie damit?«

»Die Obduktion fand in einem Nebenraum der Leichenhalle statt. Wir hatten ungünstige Lichtverhältnisse, keinen Protokollführer und waren nicht mit den Instrumenten und Untersuchungsmöglichkeiten ausgestattet, die einem Gerichtsmediziner heute zur Verfügung stehen.«

Professor Dr. Bärlach hielt einen Moment inne. Dann setzte er hinzu: »Es war eine Strafe für den Obduzenten, so zu arbeiten.«

Bärlach, der seinerzeit wissenschaftlicher Assistent in Freiburg gewesen war und die Obduktion mit dem Amtsarzt Dr. Dallmer durchgeführt hatte, erklärte, ihnen sei damals nicht ganz klar gewesen, woran Frau Gurth gestorben sei. Sie hätten in der Augenbindehaut keine Blutungen gefunden, die sonst ein sicheres Kennzeichen für einen Würge- oder Strangulationstod seien. Nur blutunterlaufene Stellen am Hals.

»Was halten Sie von dem Gutachten Professor Mauls?«

»Ich denke, daß die Festellung von angeblichen Schnür- und Würgespuren ein Fehler war.«

Bärlach war der erste, der an diesem Mittwochmorgen befragt wurde. Nach ihm rief das Gericht Dr. Dallmer in den Zeugenstand. Alle Obduzenten, erklärte der ehemalige Amstarzt, seien überrascht gewesen, als plötzlich die große Wende durch das Gutachten Professor Mauls eingetreten sei, nachdem dieser eine Erdrosselung als erwiesen angesehen habe.

»Was meinen Sie damit, es habe Sie überrascht?«

»Ganz einfach: Es hat uns vom Stuhl gerissen, als wir von der Kälberstrick-Theorie Professor Mauls erfuhren – wie Zieten aus dem Busch.«

»Danke für Ihre Aussage, Sie können gehen.«

Am Nachmittag folgten dann die mit Spannung erwarteten Gutachten der beiden Schweizer. Dr. Max Wyss, der Leiter des Wissenschaftlichen Dienstes der Stadtpolizei Zürich und einer der bekanntesten europäischen Kriminalwissenschaftler, hatte die Photos der toten Marie Gurth mit Hilfe eines Tastgerätes der Eidgenössischen Technischen Hochschule untersucht.

»Die ganze Diskussion hätte sich erledigt, wenn man seinerzeit einen Tesa-Streifen auf den Hals der Getöteten gelegt und dann abgezogen hätte. Dann könnten wir sogar sagen, ob es eventuell ein Strick aus Hanf oder Sisal war. Das hat man nicht getan.«

»Ist denn diese Methode üblich?« wollte der Staatsanwalt wissen.

»Heute nutzt sie jeder. Und ich habe diese Methode der Spurensicherung mit Tesastreifen fünf Jahre vor der Tat veröffentlicht.«

»Ich verstehe.«

»Man kann es doch in einem Rechtsstaat nicht einem Angeklagten zur Last legen, wenn ein Beweismittel fehlt.«

»Könnten Sie jetzt etwas zu den Photos sagen?«

Der Informationsgehalt von Photographien könne leicht fehlgedeutet werden. Man müsse genau prüfen, ob sie eventuell Kunstprodukte als Fehlerquellen enthielten. »Ich will es deutsch sagen: zum Beispiel Fliegendreck.«

So habe er beispielsweise festgestellt, daß auf einem Photo vom Rücken der Frau Gurth dunkle Stellen zu entdecken seien, die eindeutig von Kratzern im Negativ herrührten. So etwas gälte es auszuschließen, weshalb er die Bilder mit einer Maschine untersucht habe, die an der ETH entwickelt worden sei.

»Es handelt sich um eine absolut zuverlässige elektronische Maschine, bei der jegliche subjektive Komponente ausgeschlossen ist, nämlich einen sogenannten ISODENSITRACER, mit dem die verborgenen Informationen von Photos deutlich gemacht werden können. Damit habe ich kontrolliert, ob in diesem Graugemüse von Photomaterial irgendwo die Melodie eines Strickes verborgen ist.«

Dr. Wyss führte seine Auswertungen auf einer Leinwand im Schwurgerichtssaal vor und zeigte Vergleichsbilder von einwandfrei festgestellten Spuren eines Strickes bei einem Selbstmörder.

»Und zu welchem Ergebnis sind Sie gekommen?«

»Ich habe keine versteckte Struktur nachweisen können, die sich als Abdruck eines Strickes aus Faser oder Metall interpretieren ließe.«

»Und wie deuten Sie die Spuren am Hals, die auf den Bildern zu sehen sind?«

»Es ist denkbar, daß es ein Zweig war, der die Druckstellen am Hals von Frau Gurth hervorrief. Mein Apparat sagt nicht das Gegenteil. Ich würde mich aber hüten, hierüber eine positive Aussage zu machen.«

»Vielen Dank, Dr. Wyss. Ich bitte jetzt Professor Dr. Kaser in den Zeugenstand.«

Kaser, Ordinarius für Geodäsie und Photogrammetrie an der ETH, stimmte Wyss zu: »Die Photos der Leiche ergeben nicht den geringsten Hinweis, daß Marie Gurth mit einem Kälberstrick oder mit einem strickähnlichen Werkzeug erdrosselt worden ist.«

Er wies darauf hin, daß zwischen der Spur am Kinn der Getöteten und einer anderen Stelle in der Nähe des Ohres keine Verbindung bestehe. Eine wissenschaftliche Interpretation ergebe, daß ein am linken Halsteil erkennbares, ypsilonförmiges Mal durch die Lage der Toten an der kleinen Böschung entstanden sein könne.

»Um zu solchen Spuren zu kommen, wie sie am Hals festgestellt wurden, hätte ein Strick noch irgendeinen Seiltrick ausführen müssen.«

Kaser griff Maul direkt an. Bei den Bildern von 1953 handle es sich um durchweg amateurhafte Aufnahmen von schlechter Qualität, sie seien amateurhaft gemacht, kopiert und vergrößert worden. Zunächst hätte kein Wissenschafter diese Bilder zur Grundlage eines Gutachtens machen dürfen, vor allem aber habe Maul die Photos bei Veröffentlichungen auch noch manipuliert. So habe er eine Schnittspur mit einem Aufkleber überdeckt und die Druckstelle am Hals durch mehrere Pfeile markiert.

»Das ist ungeheuerlich und in der Sprache der Techniker Camouflage, vom Standpunkt der wissenschaftlichen Photointerpretation aus etwas Grauenhaftes.«

Nach Professor Kaser hörte das Gericht an diesem Tag noch zwei weitere Gutachter, zunächst Dr. Kantuczyk von der TH Karlsruhe, der die Photos auf Veranlassung der Grangater Oberstaatsanwaltschaft mit einem neuen Verfahren untersucht hatte. Er gab an, das Material sei allerdings so schlecht gewesen, daß er nur ein Bild habe auswerten können. Man habe es 1953 versäumt, Aufnahmen allein vom Hals der Frau zu machen. Im Abdruck des Mals am Hals von Frau Gurth habe er gewisse Feinstrukturen entdeckt, die in verschiedenen Richtungen verlaufen würden. Doch könne er keine Deutungen dieser Strukturen geben, sondern müsse dies den gerichtsmedizinischen Gutachtern überlassen. Auch Privatdozent Dr. Peter Schäfer aus Grevenbroich wollte sich nach seiner Auswertung der Photos hinsichtlich der Veränderungen am Hals der Toten nicht festlegen. Er meinte jedoch, die Male könnten durch Zweige des Gebüsches entstanden sein, in dem Frau Gurth gelegen habe.

Als letzter an diesem Tag sagte Otto Junker aus, der über siebzigjährige frühere Justizangestellte, der seinerzeit bei Arbogasts polizeilichen Vernehmungen im Herbst 1953 Protokoll geführt hatte. Es schien ein wenig so, als müsse er sich bei jeder Frage mühsam an das Gewesene erinnern, und entsprechend langsam antwortete er. Dabei zwinkerte der gedrungene, beinahe kahle Mann mit beiden Augen ins Leere. Ja, Oberstaatsanwalt Oesterle habe Arbogast immer wieder bedrängt, er solle endlich eingestehen, daß er Frau Gurth umgebracht habe. Arbogast aber habe ein solches Geständnis nie abgelegt. Nein, er könne heute nicht mehr sagen, ob Herr Oesterle sich geweigert habe, auf Wunsch von Arbogast einzelne Passagen des stenographisch aufgenommenen Protokolls zu streichen. Oesterle habe das Protokoll aufgrund der Aussagen von Arbogast selbst diktiert.

»Es war eine harte Vernehmung.« Junker räusperte sich. »Oesterle hat auf alle Fälle das Geständnis einer Tötungsabsicht haben wollen.«

Es begann zu dämmern, und je länger die leise und langsam vorgetragene Aussage Otto Junkers dauerte, um so stiller wurde es im Sitzungssaal. Noch hatte man die Lampen nicht eingeschaltet, doch schon lag die Bank mit dem Verteidiger und Hans Arbogast unter den hohen Fenstern im Schatten des frühen Abends, da bemerkte Katja Lavans plötzlich, wie das diffuse, schon ganz schüttere Licht wieder zu glimmen begann. Im selben Moment sah sich auch Hans Arbogast zu den Fenstern um und hoch in den eben noch regendunklen Nachmittagshimmel, der mit einemmal strahlte wie weißes Papier. Das feinnervige Birkengeäst war nun weiß konturiert, und Schneeflocken schraffierten noch einmal Helligkeit in die Wolken.

»Wollen wir einen Ausflug mit der ISABELLA machen?« fragte Hans Arbogast sie leise beim Hinausgehen, nachdem der Vorsitzende Richter die Verhandlung für diesen Tag beendet hatte, und Katja Lavans nickte ihm über die Schulter hinweg zu, als plötzlich Pfarrer Karges ganz nah vor ihnen stand und sie angrinste. Vor Schreck erstarrte Arbogast einen langen Moment mitten im dichten Gedränge. Hell strahlte der weiße Kragen der Soutane über dem schwarzen Rock. Er solle doch nicht glauben, daß er aufhöre, ihn zu betreuen, begann Karges. Schließlich sei das seine Aufgabe als Hirte, und er betrachte ihn nun einmal als Teil der Herde. Der Geistliche musterte ihn sichtlich vergnügt.

»Aber trotzdem«, nickte er ihm zu, »Spaß wünsche ich, viel Spaß!«

56

Kaum waren sie aus Grangat heraus, wuchs die dünne Schneedecke schon über der Straße zusammen. Von den leeren Weinhängen knirschte der erste Frost dieses Jahres, und als die B 33 hinter Gengenbach über die Murg wechselte, öffnete sich vor ihnen das Tal weiß in die beginnende Nacht hinein. Es hatte wieder aufgehört zu schneien, und der Himmel war nahezu klar. Katja Lavans zündete sich eine Zigarette an. Sie mußte nicht fragen, wohin sie fuhren.

Der Motor der ISABELLA, der zu Beginn noch einige Zündaussetzer gehabt hatte und innerorts etwas unruhig gelaufen war, klang nun völlig ruhig. Arbogast steuerte den Wagen geradezu bedächtig und so, als wäre jeder Schaltvorgang und jedes Lenkmanöver Teil einer lange einstudierten Choreographie, die er in Gedanken immer und immer wieder durchgegangen war. Als die Nacht dann den Schnee endgültig gelöscht hatte und das Weiß nur mehr in den milchigen Phiolen der Scheinwerferkegel schwappte, sah Katja Lavans Arbogast zu, wie er sich beim Gangwechsel mit der ganzen Schulter über den Getriebetunnel schob und mit großen Bewegungen am Lenkrad umgriff, wenn sie wieder eine Engstelle in einem der kleinen Orte durchfuhren. Während sein Blick im Gerichtssaal, wie sie die Tage über beobachtet hatte, keinen Moment in seiner ängstlichen Aufmerksamkeit nachließ, leerte er sich nun immer mehr und strich ganz ruhig über die Straße hin.

Wie die letzten Tage trug er auch heute einen schwarzen einreihigen Anzug mit weißem Hemd, und wenn ihnen ein Wagen entgegenkam, strahlte die schmal gebundene rote Krawatte im Scheinwerferlicht. Und wie die letzten Tage im Gerichtssaal hörte sie nicht auf, ihn zu betrachten, musterte sein etwas grobes, längliches Gesicht mit dem starken Kinn und den ein wenig wulstigen Lippen und wie hinter der Haut seiner Wangen die Kiefermuskeln spielten, als beiße er ständig die Zähne aufeinander. Seine Lider strichen so langsam über die Augäpfel, daß es ihr vorkam, als lächle sein Blick. Sie sprachen nicht, das Radio war ausgestellt, und es war still bis auf das Motorengeräusch. Katja genoß die Fahrt über die leere Landstraße inmitten des nächtlichen Schnees und vergaß darüber die Zeit. In den Ortschaften, wenn Arbogast zurückschaltete, versuchte sie, in die erleuchteten Fenster zu sehen, in Hofeinfahrten und enge Gassen, und erhaschte auch den Blick auf eine Kirchturmuhr, ohne sich zu merken, wie spät es war. Einmal faßte Arbogast sich ins Haar und hielt sich einen Moment lang den Nacken so, wie er es in den letzten Tagen immer wieder getan hatte, wenn ihn etwas ergriff. Seine Hände sind sehr groß, dachte sie, und im selben Moment fuhren sie über eine Brücke, und da wußte sie: Jetzt sind wir an der Stelle vorüber, wo es geschehen ist.

Kurz darauf tauchten einige Häuser an der Landstraße auf, Arbogast nahm den Fuß vom Gas, blinkte und lenkte den Wagen auf den Parkplatz neben einem Gasthaus. Sie folgte ihm, als er ausstieg. Es war kalt, und sie schlug das Revers ihres Jacketts über dem roten Wollpullover zusammen, den sie, mit dem dunkelblauen Hosenanzug, gestern gekauft hatte. Während sie noch daran dachte, wie sehr ihr die großen goldenen Knöpfe gefielen, schreckte sie aus ihren Gedanken auf, weil Arbogast stehengeblieben war und etwas sagte, das sie nicht verstand. Sein Atem war eine weiße Puderwolke. Als sie die Leuchtreklame sah, wußte sie sofort, wo sie waren. Sie las: ZUM ENGEL.

»Hierher wolltest du doch, oder?«

Sie registrierte, daß er sie mit einemmal duzte, und konnte sich den aggressiven Unterton seiner Frage nicht erklären. Der Ausflug war seine Idee gewesen. Sie überlegte, ob sie das Schweigen während der Fahrt vielleicht hätte brechen sollen. Natürlich, dachte sie, hatte sie hierher gewollt. Oder wollte sie doch etwas anderes?

»Ja.«

Sie strich ihre Haare zurück. Es war windig und ihr war kalt. Sie zündete sich eine Zigarette an. Von der Neonreklame war in den Akten keine Rede gewesen.

»Und warum?«

Obwohl sie es besser wußte, zuckte sie mit den Achseln. Sie wollte, wie sie sich längst eingestanden hatte, einmal an einer Geschichte teilhaben, von der sie wieder nur die Kehrseite des Todes kannte. Und nach allem, was sie für Marie getan hatte, glaubte sie geradezu einen Anspruch darauf zu haben.

»Hast du seit damals eine Frau gehabt?« fragte Katja Lavans also.

Zum ersten Mal spürte er, wie die Schwerkraft des Gewesenen zunahm und die Gegenwart immer stärker anzuziehen begann. Sehr nahe baute er sich vor ihr auf und einen Moment lang schien es, als wolle er sie schlagen.

Besänftigend griff sie seinen Arm. »Mir ist ziemlich kalt.«

Sie schnippte die Zigarette ins Dunkel.

»Dann laß uns weiterfahren«, sagte er und sie gingen zum Wagen zurück.

Ein wenig vorgebeugt ließ er den Wagen an und sah dabei herüber zu ihr. »Als wir uns hier zum ersten Mal küßten, verschwand alles. Zum ersten Mal verschwand alles andere. Ich hatte das vorher nie erlebt.«

Katja Lavans nickte. Sie war froh, daß der bedrohliche Moment vorüber war, und während Hans Arbogast zurück auf die Straße schwenkte, rutschte sie tiefer in den Sitz.

»Ich verstehe«, sagte sie.

Er sah sie fragend von der Seite an.

»Schau auf die Straße!« Sie lachte.

»Ich habe ihre Photos gesehen. Ich weiß, sie war glücklich. Und ich habe viele tote Frauen gesehen.«

»Heißt das, du glaubst mir, daß ich sie nicht umgebracht habe?«

Katja Lavans sah aus dem Beifahrerfenster, antwortete nicht, und es dauerte eine ganze Weile, bis die unangenehme Stille ihres Schweigens im Motorengeräusch untergegangen war. Das Tal verengte sich währenddessen zusehends, und der beinahe volle Mond erschien am Rand des klaren Himmels. Der Wald rückte nah an die Straße heran, und Arbogast hatte in den engen Kurven mit dem Schalten zu tun. An mancher Stelle glitzerte der Asphalt. Wenn die Straße einmal für einen Moment etwas weniger kurvenreich war, ließ er seine rechte Hand vom Schalthebel leicht gegen ihren Oberschenkel fallen und schmiegte sie so an ihr Bein, als läge sie da nur wie selbstvergessen und einer Gewohnheit folgend. Katja Lavans erwiderte zwar den leichten Druck zunächst nicht, rückte aber auch nicht ab. Große Schwarzwälder Bauernhäuser schoben sich oft bedrohlich an die Straße heran. Die wenigen Lichter schimmerten unterhalb der riesigen Dächer wie die Positionslampen kopfüber mit leuchtendem Kiel im Mondlicht kreuzender Klipper.

Sie dachte daran, wie sie behutsam die wachskalte Haut auf die feuchten Ziegel gebettet hatte. Morgen würde sie den Richtern und Schöffen erläutern, warum er unschuldig war, und sich dabei in seinem Leben bewegen, als wäre es ihr eigenes Tagebuch, und doch würde er niemals begreifen, was sie bei ihren Versuchen empfunden hatte. Kalt wie die Vergangenheit ist die Haut der Toten. Wäre sie wirklich gern an ihrer Stelle gewesen? Hatte sie Angst? Sie klopfte eine Zigarette aus der Packung und zündete sie an.

Sie schloß die Augen. Und öffnete sie wieder, als Arbogast langsam durch einen Ort fuhr und die Straße entlang eines tief einschneidenden Baches steil bergauf führte. Auf halber Höhe hielt Arbogast schließlich an einer Spitzkehre.

»Ist das Triberg, wo ihr damals zu Abend gegessen habt?« fragte sie.

»Ja. Da oben ist das Hotel.«

Katja Lavans kurbelte das Fenster herunter und blies den Rauch in die Nacht. Der Ort lag recht dunkel, und man hörte, wie das Wasser des Baches über die Steine den Berg hinabstürzte. Den Wasserfall, den es hier gab, hörte man nicht. Aus dem Hotel über ihnen am Hang fiel einiges Licht zwischen die Bäume.

»*Die Bäche, die von dort kommen*
Sind kalt, daß sie keiner erträgt
Kennst du das?«

»Nein, was ist das?«

»Ein Gedicht. Es handelt vom Schwarzwald.«

»Von hier?«

»Ja, von dort oben.« Sie spähte hinaus in die Nachtluft und

schloß für einen Moment die Augen, während sie den Schnee witterte und den nassen Waldboden.

»Und wie geht es weiter?«

Wir aber haben uns unten
In kältere Betten gelegt.

Katja versuchte, sich an die Verse zu erinnern, die sie noch in der Schulzeit auswendig gelernt hatte.

»Von wem ist das?« wollte Arbogast wissen.

»Von Brecht.«

»Dem Kommunisten?«

»Ja. Der kommt sozusagen aus dem Schwarzwald.«

»Wirklich? Ist der nicht in die Ostzone gegangen nach dem Krieg?«

»Ja.«

»Und du? Gehst du wieder rüber?«

Die Pathologin schnippte die Kippe nach draußen und zuckte mit den Achseln. Alle fragten das, und sie wußte längst nicht mehr, was sie antworten sollte. Natürlich: Es gab Ilse.

»Ich habe eine kleine Tochter.«

»Und wie alt ist die?«

»Ilse ist zwölf.«

Arbogast nickte, als verstünde er, was in ihr vorging. Alle meinten sie zu verstehen, wenn sie das fragten. Natürlich würde sie zurückkehren zu ihr. Man hatte sie überhaupt nur reisen lassen, weil man das wußte. Doch manchmal schien es ihr, als warteten viel zu viele Tote auf sie. Arbogasts Blick huschte immer wieder über den Ort hinweg und hinein in den Wald. Wie sehr wünschte sie sich, jetzt seine Erinnerungen ebenso sezieren zu können wie alles andere Gewebe.

»Aber der Brecht ist tot.«

»Ja, der ist tot.«

»Trotzdem ein schönes Gedicht.«

»Es geht noch weiter. Ich hab nur den Schluß vergessen.«

Wie immer verscheuchte Katja Lavans den Gedanken an die Rückfahrt. Ob sie nicht in dem Hotel zu Abend essen könnten, dann werde sie sich zu erinnern versuchen.

»Lieber nicht.«

»Aber mit Marie warst du da oben?«

Arbogast nickte, und sie sahen beide hinauf zu der erleuchteten Fensterreihe im unteren Stockwerk des alten Hotels.

»Hast du keinen Hunger?«

»Doch, aber alle würden uns anstarren.«

»Du hast recht.«

Sie beugte sich zum Fahrersitz herüber und stützte mit einem breiten Lächeln ihren Arm auf seinem Rückenpolster ab.

»Bist ja mein berühmtester Fall«, sagte sie, strich die Haare aus dem Gesicht und ließ sich von ihm küssen.

Und während sie die Augen schloß, kam es ihr vor, als sei sie seine Verbündete, seltsam ihm verschworen, und teile sein Geheimnis. Seine Lippen spielten nur langsam mit den ihren. Er küßte, wie sie es erhofft hatte, wie jemand, der sich in der Gewalt hat. Sie atmete in seinen Atem hinein. Sie wußte: Wenn er Marie doch ermordet hatte, wüßte er es vermutlich nicht einmal. Wenn ihr Nacken sich für jenen winzigen Moment auf ungewöhnliche Weise versteift hatte in seinem Griff, hatte er es sicher nicht einmal bemerkt. Sie hätte sich nicht gewehrt. Ganz im Gegenteil, dachte sie und hielt den Atem an. Seine Lippen zögerten, dann lösten sie sich von den ihren. Das Gewesene, dachte er und bekam Angst, zieht die Gegenwart an. Er hielt ihr Gesicht. Er strich ihr mit der flachen Hand über die geschlossenen Lider, und es dauerte noch einen Moment, dann atmete sie aus.

Da war er schon dabei, den Wagen wieder anzulassen. Er wendete, und sie fuhren zurück. Wieder sprachen sie wenig, und es kam ihr vor, als dauere die Rückfahrt viel länger als der Hinweg. Sie rauchte langsam eine Zigarette, und als sie die Kippe aus dem Fenster warf, sah er im Rückspiegel, wie die Funken auf der trockenen Fahrbahn zerstoben. Wenig später sagte Arbogast, ohne den Blick von der Straße zu nehmen, hier sei es gewesen. In diesem Moment kreuzte die Straße hinter einem Ort gerade wieder die kleine Brücke, im Rückfenster Bäume und Sträucher entlang eines kleinen Flusses, den man nicht sah. Wiesen im Mondlicht, die Straße gefroren, niemand unterwegs außer ihnen.

Wieder fiel seine Hand vom Schalthebel auf ihren Sitz und schmiegte sich an ihren Oberschenkel. Katja Lavans strich die Haare aus dem Gesicht und schloß die Augen. Irgendwann glitt sein Handrücken die Seitennaht ihrer Hose auf und ab, als folge er unruhig einer Spur. Nur wenn Arbogast schalten mußte, setzte die Berührung für ebenden Moment aus, in dem das Getriebe die Kardanwelle vom Motor trennte, dann liebkoste er sie wieder mit jenem Gleichmut, mit dem er auch fuhr, bis sie schließlich das angenehme Gefühl hatte, selbst eingespannt zu sein in die Fortbewegung des Borgward. Doch irgendwann verlangsamte sich die Fahrt, der Wagen rollte im Leerlauf und blieb schließlich stehen. Katja hatte die Augen noch immer geschlossen. Was sie empfand, war wie ein Echo jener Empfindungen, wenn sie Theremin spielte und dabei auf unsichtbare Weise mit jeder Regung ihrer Hände dem Gerät verbunden war, das sie doch niemals berührte. Als formte eine lebendige Gestalt die Luft, entstanden die Töne dabei. Wäre sie doch einmal nur auf der Seite der Lebendigen. Wieder lag ihr Gesicht in seiner Hand, und wieder ließ sie sich küssen. Zum ersten Mal registrierte sie seinen Geruch.

»Du kannst die Augen aufmachen«, sagte er leise, »wir sind da.«

Seine Stimme flüsterte ganz dicht an ihrem Ohr, sie hörte sein Lächeln darin, vertraute ihm und öffnete die Augen. Nur langsam verstand sie, daß sie wieder zurück in der Scheune waren. Einige Balken warfen dunkle Schatten, denn etwas vom Mondlicht drang durch die Ritzen zwischen den Holzschindeln herein. Sein Körper war über ihr und bedeckte sie mit Schwärze. Sie umarmten sich und küßten einander, seine Hände überall, unter dem Pullover und in der Hose, sie hielt sich dicht an ihn, und trotzdem war es bald schon zu eng und sie stiegen aus.

Die feuchten Ziegel des Scheunenbodens glänzten schwarz. Es roch modrig und war kalt. Doch war Kälte nichts, was sie auf irgendeine Weise hätte stören können. Sie konnte es nicht erwarten, endlich nackt zu sein, schloß wieder die Augen und stützte sich auf die Motorhaube, während er sie auszog. Beugte sich vor, bis sie mit dem Gesicht auf dem warmen und trockenen Blech lag, und rollte ihm ihr Becken so heftig entgegen, daß sie immer wieder aus dem Rhythmus kamen. Schließlich griff sich seine Hand ihren Hals und er zwang sie in einen Takt. Sie spürte ihn wie ein sehr schönes Tier in sich und wurde für einen Moment ganz ruhig. Hellsichtig sah sie das Gebälk und die Mondschatten in der Scheune, roch den Modergeruch um sie her, und tief atmete sie die Kälte ein. Dann grub ihr seine Hand alle Luft ab, und gleich würde sie kommen, gleich. Einmal nur, dachte sie, sei der Tod egal. Sie hatte die Tote ganz sanft auf die Seite gedreht. Sie hat schöne Schultern, hatte Katja Lavans gedacht. Ihr durchs kurze Haar gestrichen. Mit einer Hand den Kopf vorsichtig angehoben und ihr den Ziegelstein untergeschoben. Im Hals war der Schmerz. Nur einmal sei der Tod egal, dachte sie, während ihre Lust immer weiter wuchs. Marie, dachte sie und griff nach der Hand, in der ihr Hals lag. Kein Atem mehr, dachte sie, schloß die Augen und kam. Sie hörte gar nicht mehr auf zu kommen, und für einen Augenblick war tatsächlich alles ganz einfach. Das lackierte Blech kühlte in Sekundenbruchteilen aus und umfaßte ihre pochende Stirn, während die Erregung schnell zu einem glühenden, stecknadelkopfkleinen Schmerz schrumpfte. Doch auch das verlor sich. Auch das war dabei zu vergehen. Nur einen Moment noch, murmelte es in ihr, dann war es vorüber. Matt würgte sie gegen die Hand an, die ihren Hals umklammerte, spürte gleichförmig und von sehr weit, daß Arbogast noch immer in sie stieß, und stieß ihn weg.

Sie wußte nicht und verstand auch später, wenn sie darüber nachdachte, niemals, warum sie sich in jenem Moment plötzlich aufbäumte, seine Hand von ihrem Hals riß und zu schreien versuchte. Sie brachte zunächst keinen Ton hervor, wand sich jedoch so lange unter ihm, bis sie ihm entglitt. Nur einen Moment Atem, dachte sie, nur einen Moment. Er griff nach ihrer Schulter, doch immer wieder schüttelte sie seinen Griff ab, bis er sie an ihren Haaren zu halten versuchte und ihr die Perücke vom Kopf riß. Überrascht hielt er inne und starrte sie an. Sie sieht aus wie ein Engel, dachte er. Und sie atmete trotz der schmerzenden Luftröhre ein, spürte die kalte Luft in ihren Lungen, mußte würgen und preßte, an einen Kotflügel gestützt, etwas Galle hervor. Sie ließ ihn nicht aus den Augen, während sie nach Luft rang. Doch er rührte sich noch immer nicht.

»Du Schwein!« keuchte sie schließlich. »Was bist du für ein Schwein.«

»Jetzt verstehe ich«, sagte er wie verträumt, »warum du Rot trägst. Marie hat gesagt, Rothaarige tragen nie rote Sachen.«

Noch immer hielt er die Perücke in der Hand, als hielte er sie, und blinzelte ins Dunkel. Sie sah, wie seine Kiefer mahlten, doch er sagte nichts mehr. Sie gestattete sich noch einen Moment, ihn anzusehen, dann hatte sich ihr Atem so weit beruhigt, daß sie sich anziehen konnte und ging. Er reagierte nicht, als sie ihm die Perücke aus der Hand nahm.

57

Im Badezimmer war über dem Waschbecken eine schmale Porzellanablage montiert, auf der ihre Zahnbürste in einem Glas stand, Zahnpasta und die Kosmetik, die sie in Frankfurt gekauft hatte. Darüber ein etwa vierzig Zentimeter breiter Spiegel und über dem Spiegel eine Neonröhre, die einen winzigen kalten Lichtbalken quer über ihre beiden Pupillen legte, während sie sich ansah. In dem kalten Licht hallte das gleichmäßige Gluckern, mit dem wie in einer weit entfernten Höhle Wasser ohne Unterlaß in den undichten Spülkasten der Toilette tropfte. Das hörte Katja Lavans erst, nachdem sie sich lange das Gesicht mit heißem Wasser und Seife gewaschen und dann den Wasserhahn abgedreht hatte.

Als sie auf ihr Zimmer kam, hatte sie zunächst versucht, ein Telephonat anzumelden und Bernhard anzurufen. Eine halbe Stunde saß sie rauchend auf dem Bett und strich die Zigarette in den kleinen Glasaschenbecher ab, den sie aufs Kopfkissen gestellt hatte. Dann, als es endlich klingelte und sie den Hörer ans Ohr riß, war es eine junge Frauenstimme der Vermittlungsstelle Hamburg, die ihr mitteilte, alle Leitungen seien belegt und der Versuch, den Gesprächsteilnehmer in Ostberlin zu erreichen, für diesen Abend aussichtslos. Katja Lavans hatte die Telephonschnur um ihre Hand gewickelt, sich bedankt und aufgelegt.

Bernhards Stimme wäre eine große Hilfe gewesen. Sie wußte nicht, ob sie ihm erzählt hätte, was geschehen war. Aber ihm einfach zuhören zu können, hätte ihr gutgetan, und vielleicht hätte sie es ja doch über sich gebracht, über die Toten zu sprechen. Bernhard wußte, was Marie geschehen war, er kannte die Experimente, die Katja im letzten halben Jahr an der Charité durchgeführt hatte, und auch die Bilder davon. Sie sah sich an und überlegte, ob Arbogast sie verletzt hatte. Befeuchtete ihre Lippen und strich ihr Haar aus der Stirn und hinter das Ohr. Sie schämte sich, ihm vertraut zu haben, weil Marie ihr vertraut war. Nur deshalb war sie hier. Doch während er Maries lebendige Schönheit erlebt hatte, kannte sie nur ihr Abbild im Tod. Langsam strich sie sich durchs Haar, zupfte den Pony und die Spitzen über den Ohren zurecht und ordnete ihre Frisur, die unter der Perücke die letzten Tage verschwunden gewesen war. Die Erinnerung an die langen roten Haare in seiner Hand war ihr ekelhaft. Doch auch, was sie jetzt sah, war ihr fremd. Sie kannte dieses Licht zu gut, als daß sie über ihr Spiegelbild erschrocken wäre im surrenden Neon. Aber die kalte Angst, die sie in den eigenen Augen sah, war ihr neu.

58

Am Donnerstag gegen acht Uhr war es noch dämmrig im Saal, kühl und morgenfeucht. Es hatte aufgehört zu schneien. Ansgar Klein hatte seinen Mandanten sehr früh abgeholt, und unbehelligt von der Presse, die sich vor dem Eingang erst zu postieren begann, warteten sie eine ganze Weile am Tisch der Verteidigung, während der Raum sich langsam füllte. Klein wollte an diesem Morgen früher im Gerichtssaal sein, weil er einen Diaprojektor auf dem Tisch vor sich postieren und anschließen mußte. Arbogast hatte das Verlängerungskabel getragen, das bis zur einzigen Steckdose neben der Richterbank reichte. Nun sah Klein seine Notizen durch, Arbogast rückte an seiner Krawatte und sah ins Leere. Schließlich holte der Anwalt wie jeden Tag die Thermoskanne aus seiner Tasche hervor, schraubte sie auf und goß sich den sehr hellen grünen Tee, den man inzwischen im Hotel zu seiner vollen Zufriedenheit bereitete, in den Schraubdeckel. Erst als die Verhandlung beinahe schon beginnen sollte und der Anwalt Katja Lavans nicht entdeckte und die Gutachterin auch die nächsten Minuten, während man schon mit dem Erscheinen der Richter rechnete, nicht kam, wurde Klein unruhig und fragte Arbogast, ob er wisse, wo die Gerichtsmedizinerin sein könne. Doch der schüttelte nur den Kopf.

»Haben Sie nicht gestern zusammen einen Ausflug gemacht?«

»Doch.«

Arbogast sah ihn ausdruckslos an und Klein begann, sich Sorgen zu machen, was wohl geschehen sein mochte, daß Katja Lavans sich anschickte, zur Erstattung ihres eigenen Gutachtens zu spät zu kommen. Es war ein Fehler gewesen, sich nicht im Hotel verabredet und sie, wie die letzten Tage auch im Wagen mitgenommen zu haben. Er hätte bei ihr anklopfen müssen, als sie nicht beim Frühstück gewesen war. Doch gerade in dem Moment, als Richter und Geschworene den Saal betraten und alle aufstanden, entdeckte Klein im allgemeinen Stühlerücken Katja Lavans. Sie huschte zögerlich herein, wobei er überrascht feststellte, daß sie statt der rothaarigen Perücke der letzten Tage nun wieder ihr echtes Haar zeigte. Und als sich ihre Blicke trafen, war Klein von dem gänzlich fremden Ausdruck ihres Gesichtes beunruhigt. Im Augenwinkel registrierte der Anwalt zugleich, daß Fritz Sarrazin, der neben sich wie jeden Tag einen Platz für die Pathologin freigehalten hatte, die Überraschung in seinem Gesicht bemerkte und sich umsah.

Nicht auszudenken, wenn sie nicht gekommen wäre, beruhigte sich der Anwalt und ließ, als alle sich setzten, die Gutachterin nicht aus dem Blick. Es gab keinen Sitzplatz mehr. Offensichtlich traute sie sich nicht nach vorn zu Sarrazin und hockte sich statt dessen, fast in der letzten Reihe, auf eine Stuhllehne. Immer wieder zupfte sie sich im Haar. Er konnte sich die Nervosität, die sie plötzlich ergriffen zu haben schien, nicht erklären und mochte nicht glauben, daß sie mit dem Gutachten zu tun hatte. Der Richter eröffnete die Verhandlung.

»In der Sache Bundesrepublik Deutschland gegen Hans Arbogast, Aktenzeichen 25/380-1955, setzen wir das Verfahren fort. Ich sehe, Verteidigung und Staatsanwaltschaft sind vollständig erschienen. Das Gericht ruft als Gutachter Frau Dr. Katja Lavans.«

Ansgar Klein hielt den Atem an, denn für einen Moment schien es fast so, als überlege sie, den Saal zu verlassen, doch dann atmete sie, soweit Klein das auf die Entfernung erkennen konnte, tief durch und kam nach vorne, während der Staatsanwalt das Wort ergriff: »Ich möchte dem Gericht mitteilen, daß Herr Professor Maul einem Teil der Prozeßbeteiligten eine von ihm ausgearbeitete Dokumentation zugeschickt hat.«

Der Richter war überrascht. »Heute?«

»Gestern. Alle Wissenschaftler versicherten mir allerdings, daß sie sich diese Dokumentation nicht angesehen beziehungsweise sie sofort an Professor Maul expediert haben.«

»Haben Sie diese Schrift auch erhalten, Frau Dr. Lavans?« Lindner war verärgert.

Katja Lavans blieb stehen. Als hätte sie nicht zugehört und wisse nicht, wovon die Rede war, schien sie einen Moment lang zu überlegen. »Nein, Herr Richter, ich nicht«, sagte sie leise, und sah auf ihre Hände.

Ansgar Klein stand auf. »Ich möchte zu Protokoll geben, daß ich diesen Beeinflussungsversuch der Gutachter in diesem Verfahren durch Professor Maul schärfstens mißbillige.«

Richter Lindner forderte den protokollierenden Referendar auf, dies entsprechend zu vermerken, und wandte sich dann wieder der Pathologin zu.

»Nennen Sie bitte dem Gericht Ihren Namen.«

Ganz kurz sah sie sich nach Arbogast um.

»Mein Name ist Dr. Katja Lavans. Ich bin Gerichtsmedizinerin an der Humboldt-Universität in Ostberlin.«

»Ihr Alter?«

»Einundvierzig. Ich wurde am 9. September 1928 geboren.«

»In Berlin?«

»Ja.«

»Familienstand?«

»Geschieden.« Katja Lavans' rechte Hand hob sich, als wollte sie sich ihre Haare aus dem Gesicht streichen, zögerte dann einen Moment, glitt über die rechte Schläfe in ihren Nacken und blieb dort einen Moment liegen.

»Ich habe eine zwölfjährige Tochter.«

Ihr Blick wischte über das Parkett, als nähme er einen Anlauf. Dann sah sie Arbogast an. Ansgar Klein sah ihren Blick. Er suchte im Gesicht seines Mandanten eine Reaktion, tastete fragend seine Züge ab und sah schließlich in ihrem Blick, daß auch sie nicht fand, was er selbst darin suchte. Arbogast rührte sich nicht. Immer wieder griff Katja Lavans sich mit der Linken in den Nacken. Fritz Sarrazin, der ihr im Rücken saß und nur an der Unruhe des Anwaltes bemerkte, daß etwas nicht stimmte, registrierte die Anspannung, mit der sie sich selbst so festhielt.

»Ist alles in Ordnung, Frau Dr. Lavans?« fragte der Richter, als sie nicht aufhörte, Arbogast anzustarren. Ihr Blick zuckte nach vorn und sie nickte.

»Gut.« Der Richter lächelte ihr zu. »Heute ist der Tag der Gerichtsmedizin. Frau Dr. Lavans, ich muß Sie darauf hinweisen, daß Sie vor Gericht sind. Ein Gutachten ist hier wie eine Zeugenaussage zu werten. Sie sind also verpflichtet, die Wahrheit zu sagen. Wenn es das Gericht als notwendig erachtet, müssen Sie unter Eid aussagen. Mit einer wissentlichen Falschaussage machen Sie sich strafbar.«

»Ja, ich weiß.«

Katja Lavans nickte und zögerte noch einen Moment, bevor sie begann. »Lassen Sie mich vorweg sagen: Mit großer Freude habe ich dieses Gutachten nicht gemacht, da ich zu einem anderen Ergebnis komme als ein Kollege, der allgemein sehr geschätzt wird.« Ihre Stimme gewann langsam an Festigkeit, während sie sprach.

»Andererseits schien es mir aber unbedingt geboten, mitzuhelfen, ein Fehlurteil zu korrigieren, das sich einem höchst fragwürdigen Gutachten verdankt. Es besteht kein Zweifel, daß sich der ganze Fall Arbogast den damals Untersuchenden besonders dramatisch dargeboten hat. Einige Zeit vor dem Auffinden der Leiche der Marie Gurth war in der Nähe eine andere Leiche aufgefunden worden, und jetzt die einer jungen Frau mit Bißringen in der rechten Brust. Umstände, die einem Täter, der vorbestraft war, zum Nachteil gereichen mußten. Stammten aber die Bißringe vom Angeklagten? Niemand hat sich bemüht, die Identität zu sichern. Und wenn sie vom Angeklagten stammten, so wird die Frage nach ihrer Intensität zu beantworten sein. Waren sie nur oberflächlicher Natur? Lag hier ein Roheitsakt vor, der auf eine niedrige Gesinnung schließen läßt? Dies wird man von vornherein nicht sagen dürfen. Gebissen wird im Rahmen des Liebesaktes sicher häufiger, als gewöhnlich angenommen, aber auch aus Haß und Wut, und nicht nur Sexualpartner beißen einander, sondern es sind auch Mütter bekannt geworden, die ihre Kinder beißen, wie das vergleichsweise Verhaltensforscher bei Tieren beobachten. Sie kennen das Sprichwort: *Ich habe dich zum Fressen gern.*«

Katja Lavans machte eine Pause und trank einen Schluck. Sie sprach nun deutlich und klar. Zwar vermied sie es, zu Arbogast hinüberzusehen, und ihr Blick pendelte zwischen den Richtern und Geschworenen. Vor sich auf dem kleinen Tisch hatte sie einen Block, den sie nun, am Ende ihrer Einleitung, aufschlug. Klein sah von der Seite, daß sie eine Reihe von Stichpunkten notiert hatte.

»Das Urteil von 1955 legt gerichtsmedizinische Befunde zugrunde, die zum Teil gar nicht erhoben oder aber unter der Mitwirkung von Sachverständigen fehlgedeutet worden sind. Eine besondere Reserve in der Begutachtung wäre erforderlich gewesen, da kein Gerichtsmediziner am Tatort und auch keiner bei der Obduktion anwesend war. Dementsprechend wurden kardinale Fehler gemacht.

So bedeutet die Tatsache, daß die Leiche mit dem Kopf tiefer lag, daß etwaige Blutungen, seien sie vital oder postmortal, stärker fortschreiten als bei Horizontallage. Seziert man die Halsweichteile, so ist gerade hier eine Sektion in Blutleere für die Befunderhebung eine CONDITIO SINE QUA NON, wie es übrigens Herr Professor Maul in seinem eigenen Lehrbuch als Vorbedingung verlangt. Das Sektionsprotokoll belegt, daß das nicht der Fall war. Ein weiterer Fehler war, Analverkehr als gesichert anzusehen. Die Kotspuren wurden durch den Nachweis von Fleischfasern, Stärke, Pflanzenfetten und so weiter identifiziert. Ich vermute, ein Vergleich mit Gulaschsoße käme zu demselben Ergebnis. Doch darauf wird noch gesondert eingegangen.

Und schließlich lehrt die Erfahrung, daß bei Erwürgen und Erdrosseln, wie es das Urteil annimmt, immer Bindehautblutungen nachzuweisen sind. Diesbezüglich kann auf Bschorr 1967 verwiesen werden. Unter der Mitwirkung des Sachverständigen Professor Maul hat das Urteil von 1955 dagegen unterstellt, daß deswegen bei der Toten keine Bindehautblutungen vorhanden waren, weil das Strangwerkzeug, der Kälberstrick, so rasch zugezogen worden sei, daß Stauungsblutaustritte nicht mehr hätten auftreten können. Bei raschem Zuziehen aber und bei Anwendung der nötigen, die Blutzufuhr zum Gehirn drosselnden Gewalt durch ein Drosselwerkzeug wäre eine zirkuläre Drosselmarke zu erwarten gewesen. Eine solche liegt auch nicht annähernd vor. Weiter hat das Urteil ein Lungenödem unterstellt, aber blutigen Schleim in den Luftwegen auf Schläge gegen die Nase zurückgeführt. Das aber ist nicht statthaft, da es sich um eine typische Leichenerscheinung handelt.«

Die Pathologin hatte das Sektionsprotokoll hervorgezogen und blätterte darin. »Die Ursache solcher Spekulationen findet sich wohl in Ziffer neun des Sektionsprotokolls, ich zitiere: *Aus dem rechten Ohr entleert sich flüssiges Blut.*«

Sie machte eine Pause und sah die Richter an.

»Wie einer der jetzt nochmals vernommenen Beamten ja erst gestern bekundete, entleerte sich beim Umwenden und beim Abtransport der Leiche Blutflüssigkeit aus der Nase. Wo wird sie bei Rückenlage einer Leiche hinlaufen? In die Ohrmuscheln! Später wird die Leiche gesäubert und photographiert, dann wird seziert und bei der äußeren Besichtigung ebendieses Blut im Ohr gefunden.« Katja Lavans schüttelte den Kopf: »Das sind Anfängerfehler!«

Sie warf das Protokoll auf den kleinen Tisch zu ihren Notizen, und Ansgar Klein befürchtete einen Moment lang, es würde die Wasserkaraffe treffen.

»Außerdem ist mir unverständlich, wie die damaligen Gerichtsmediziner und der Gutachter der Staatsanwaltschaft behaupten konnten, die Verletzungen seien ausschließlich vitaler Art, das heißt, zu Lebzeiten entstanden.«

»Einen Moment bitte!« Der Vorsitzende nutzte die Pause, die Katja Lavans zu ebendiesem Zweck gelassen hatte, für eine Frage: »Können denn Blutungen noch nach dem Tode entstehen?«

»Ja natürlich, das gehört seit 1896 und den Arbeiten von Schulz zum klassischen Schrifttum der Gerichtsmedizin und gilt als gesichertes Wissen! Daß Leichenblut auch noch nach Stunden gerinnungsfähig ist, war Gegenstand der Dissertation von Theo Steinburg, Rostock 1937, *Entstehung einer Strangfurche beim Fortschaffen einer Leiche,* und ist zuletzt von Schleyer in seiner Habilitationsschrift *Gerinnungsfaktoren im Leichenblut* festgestellt worden. Die Schrift ist 1950 bei Schmorl und Seefeld in Hannover gedruckt worden und sollte demnach beim ersten Prozeß bekannt gewesen sein.«

»Und wie unterscheidet man Verletzungen nach dem Tode von solchen zu Lebzeiten?«

»Überhaupt nicht. Wenn eine Einwirkung auf einen Körper in den ersten Stunden nach dem Tode erfolgt, ist es später nicht möglich festzustellen, ob diese Einwirkung zu Lebzeiten oder postmortal erfolgt ist. Insofern muß es als bedenklich angesehen werden, aus Vertrocknungen im Halsbereich auf einen Drosselungsvorgang zu schließen, da die bewußten Marken durchaus nach dem Tode entstanden sein können, denn schließlich war die Leiche massiven Einwirkungen ausgesetzt: Wiederbelebungsversuchen, einem Transport im Auto, dem Sturz eine Böschung hinab, Lagerung in Gestrüpp und Dornen, Witterungseinflüssen.«

»Könnten Sie noch mit einem Wort erläutern, was man unter Vertrocknungen versteht?« bat Ansgar Klein.

»Vertrocknungen an Leichen entstehen primär durch Abschürfungen, wie sie natürlich auch für Erdrosseln typisch sind. Nur: daß auch schon relativ geringe Schürfvorgänge Vertrocknungen auslösen, verzeichnet bereits Johann Ludwig Casper in seinem *Atlas zum Handbuch der gerichtlichen Medizin*, Hirschwald Verlag Berlin 1860, der darauf hinweist, schon das Abreiben der Haut mit einem groben Flanell könne eine Vertrocknung bewirken.«

»Das ist aber keine ganz neue Quelle«, bemerkte der Richter.

»Wohl wahr«, entgegnete Lavans etwas gereizt. »Alles, was ich hier sage, hätte schon vor dreißig Jahren gesagt werden können. Aber ich denke, das spricht weniger gegen meine Analyse als gegen die Schlüsse, die man im ersten Prozeß aus den Fakten gezogen hat.«

»Fahren Sie bitte fort, Frau Dr. Lavans.«

»Die Leiche der Verstorbenen ist zu einem Zeitpunkt beginnender Totenstarre von der Straße aus in das Brombeergesträuch geworfen worden und kam dort, wie die entsprechenden Photos zweifelsfrei belegen, auf Ästen zu liegen. So kann die Aufliegestelle durchaus Y-förmig gewesen sein wie bei einer Astgabel. Durch die beginnende Totenstarre kam es dann zu kleinen Stellungsänderungen, die vor allem bei dem Wetter an diesem Tag die Vertrocknungen noch verstärkt haben werden, denn Feuchtigkeit und Nässe begünstigen diesen Vorgang, und der Wetterdienstbericht des Tatzeitpunktes verzeichnet Morgentau und geringe Niederschläge.«

»Diese Vorgänge vermuten Sie.«

»Nein. Wenn man durch eine gute Schule gegangen ist, weiß man das. Aber um hier den Beweis erbringen zu können, daß durch Auflegen von Leichen mit dem Hals auf Kanten Vertrocknungen und auch aufgegabelte Vertrocknungen zustande kommen können, habe ich an der Charité mit dem dort vorhandenen Leichenmaterial eine Versuchsreihe durchgeführt, deren Ergebnisse ich photographiert habe und nun dem Gericht gern vorführen würde.«

Der Richter sah sich um, und als die Beisitzer und auch die Staatsanwaltschaft nickten, bat er die Gutachterin, ihre Bilder zu zeigen. Der Raum wurde verdunkelt, Ansgar Klein schaltete den Projektor ein und zeigte das erste der Dias, die ihm die Pathologin gegeben hatte. Er projizierte an die Seitenwand hinter dem Tisch der Anklagevertretung. Alles im Saal reckte die Köpfe. Katja Lavans erinnerte sich an den Abend vor kurzem in Frankfurt, als sie dem Anwalt ihre Arbeit gezeigt hatte, wie an ein sehr fernes Erlebnis. Er wird mich nicht mehr mögen, dachte sie bitter, und begann mit ihren Erläuterungen.

»Hier handelt es sich um den ersten Vertrocknungsversuch aus einer Serie, die laufend fortgesetzt wurde. Die Leichen lagen zwischen zwölf und vierzehn Stunden auf, Marie Gurth selbst lag etwa fünfundvierzig Stunden im Freien. Zunächst hier die Leiche einer dreiundzwanzigjährigen Frau. Fünf Tage nach ihrem Tod wurde die bei zehn Grad Celsius aufbewahrte Leiche mit dem Hals auf die Kante eines Ziegelsteins aufgelegt und für zwölf Stunden so belassen. Nach drei Stunden erfolgte die Photographie in schwarz-weiß auf einer Photoplatte im Format 13 x 18 und mittels 6 x 6 Farbbild. Das Photogramm zeigt eine y-förmige aufgegabelte Vertrocknung. Die Aufgabelung liegt hinter dem Ohr.«

Ansgar Klein ließ die Pathologin nicht aus den Augen, und als sie ihm zunickte, schob er den Schlitten weiter und zeigte das zweite Bild.

»In diesem Versuch wurde folgendermaßen verfahren: Sieben bis acht Stunden nach dem Tod wurde die Leiche mit der linken Halsseite für vierzehn Stunden auf einen mit nassem Stoff überzogenen Ziegelstein gelegt und verblieb in der gegebenen Stellung. Danach wurde die Leiche in Rückenlage gebracht und eine Photolampe mit zweihundert Watt in einer Entfernung von einem Meter aufgestellt. Dadurch wurde die Vertrocknung stärker. Die Wärmestrahlung dauerte dreißig Minuten. Dieses Bild zeigt das Ergebnis. Auch hier sind Aussparungen in der Vertrocknung zu sehen. Ich bin der Meinung, daß auf diese Weise die verschiedensten Vertrocknungen mit oder ohne Aussparungen zustande gebracht werden können. Hier sehen Sie noch einige Versuche.«

Ansgar Klein zeigte die restlichen Bilder. Danach ließ der Richter die Jalousien wieder öffnen und Katja Lavans fuhr fort.

»Nun hat die Verstorbene eine besondere Anamnese gehabt, die nicht ohne Bedeutung ist. Nach Auskunft bei einer Berliner Dienststelle, die wir eingeholt haben, hat Frau Gurth 1948 eine Lues durchgemacht, die mit sechs Salversan-Wismut-Kuren behandelt worden ist, und darüber hinaus wurde bei der Obduktion ein ABORTUS INCOMPLETUS mit fünfmarkstückgroßem Mutterkuchen festgestellt.«

»Das heißt: Abtreibung?«

»Ja. Und zwar mens drei.«

»Also dritter Monat?«

Katja Lavans nickte.

»Das sind in bezug auf Herz und Kreislauf keine indifferenten Umstände. Es muß daher auf den histologischen Befund verwiesen werden, der im Herzmuskel erhoben wurde. Hier liegt ein alter Herzbefund neben einer frischen Entzündung vor. Außerdem wäre es für die Obduzenten angezeigt gewesen, auch die Frage der Luftembolie zu überprüfen, wie es bei jeder Frau im gebärfähigen Alter der Fall sein muß, denn die Bedingungen für das Eintreten einer Luftembolie waren immerhin gegeben: Muttermund offen, Plazentareste, Fötalreste und vor allen Dingen die Knieellenbogenlage der Frau Gurth, die – siehe Amreich 1924 – wegen der Eröffnung der Venen besonders disponierend sein soll.«

Die Pathologin wartete einen Moment, ob Zwischenfragen kamen, bevor sie fortfuhr.

»Der Angeklagte hat in allen Vernehmungen erklärt, daß Marie Gurth beim zweiten Geschlechtsverkehr, der A TERGO ausgeführt wurde, plötzlich zu Tode gekommen sei. Zunächst bedarf hier die Frage des Analverkehrs einer besonderen Begutachtung. Es wird auf Ziffer acht und Ziffer dreißig des Sektionsprotokolls verwiesen. *Nach Auseinanderdrücken der Gesäßbacken steht der After offen*, heißt es dort. Hier liegt nichts Außergewöhnliches vor. Grotesk aber wirkt die Hypothese, daß die Kotleere des Enddarms durch die Stempelwirkung des Penis zustande gekommen sein könnte. Dabei handelt es sich um eine grobe Unkenntnis der Physiologie und der Anatomie. Ganz im Gegenteil spricht die Kotleere vielmehr nicht unerheblich gegen einen Erstickungstod, bei dem Abgang von Stuhl und Urin ein häufiges Zeichen ist. Durch eine Manipulation beim Säubern, wie sie der Angeklagte beschrieb, können sehr wohl kleine Schleimhautdefekte entstanden sein. Insofern spricht nichts gegen die Aussage des Angeklagten.

Hinzu kommt die Möglichkeit des akuten kardialen Überanstrengungstodes und vor allem der Valsalva-Mechanismus bei Preßatmung, der mit einem starken Blutdruckabfall einhergeht. Die Verstorbene gehörte dem dafür prädestinierten asthenischen Typ an, war sehr zart und nur einsfundfünfzig groß. Seit dem 17. Jahrhundert sind entsprechende Todesfälle beim Beischlaf bekannt. Wie häufig und in welchem zeitlichen Zusammenhang, mag man der Arbeit von Ueno, *On the so called coition death,* Nihon University Press 1965, entnehmen.«

Katja Lavans studierte für einen Moment ihre Notizen.

»Diese Art des Todes«, fügte sie dann noch an, »kommt übrigens häufiger extramarital vor als in der Ehe.«

Sie nickte dem Richter zu und legte ihren Notizblock wieder neben die Karaffe mit dem Wasser. Dann trank sie das halbvolle Glas leer und goß es wieder voll.

Ansgar Klein nutzte die Pause, stand auf, ging um den Tisch herum und zog aus einem Aktenstapel jenen kleinen Karton hervor, den er schon die ganze Woche mit in den Gerichtssaal gebracht hatte.

»Wissen Sie, was dies ist, Frau Dr. Lavans?« Der Anwalt öffnete den Karton und nahm so, daß jeder es sehen konnte, ein Stück Seil heraus. Katja Lavans schüttelte den Kopf.

»Das ist ein Kälberstrick.«

Im Zuschauerraum entstand Gemurmel. Die Geschworenen und auch Hans Arbogast beugten sich vor, um besser sehen zu können. Klein reichte der Pathologin das Seil, und sie betrachtete es genau.

»Glauben Sie, daß Marie Gurth mit so etwas erdrosselt wurde?«
»Nein.«

Katja Lavans gab den Strick zurück, und der Anwalt setzte sich wieder.

»Und was«, fragte der Richter, »war dann Ihrer Einschätzung nach die tatsächliche Todesursache, Frau Dr. Lavans?«

»Meiner Ansicht nach trat der Tod durch ein Versagen des vorgeschädigten, das heißt versagensbereiten Herzens ein, da mit hoher Wahrscheinlichkeit eine Entzündung des Herzmuskels vorlag. Hinzu kam noch die Kreislaufbelastung durch den Intimverkehr.«

»Das heißt: Nach Ihrem Dafürhalten gab es an der Leiche keine Befunde, die beweiskräftig wären für einen gewaltsamen Angriff auf die lebende Frau?«

»Nein.«

»Und alles, was an der Toten für Gewaltanwendung spricht, ist mühelos als nach dem Tode entstanden, also etwa beim Verstecken der Leiche im Gebüsch, zu erklären?«

»Ja. Nach dem Tod ist eben noch nicht alles tot.«

»Die Todesursache ist also Herzversagen?«

»Ja.«

»Kann man Gewalttod ausschließen?«

»Ja, ich würde sagen, es ist ausgeschlossen, daß ein gewaltsamer Angriff auf den Hals der Frau Gurth erfolgt ist, der zum Tode geführt hat!«

Der Richter nickte und bedankte sich bei Katja Lavans für ihre Ausführungen. Er rief dann den Direktor des Gerichtsmedizinischen Instituts in Köln, Dr. Günther Monsberg, in den Zeugenstand. Monsberg, den die Staatsanwaltschaft benannt hatte, übte vor allem Kritik an der unzulänglichen Obduktion der Leiche.

»Man hat uns etwas im Stich gelassen.«

»Wie meinen Sie das?«

»Ich habe mir zunächst nicht vorstellen können, daß ein ausgebildeter Pathologe dieses Obduktionsprotokoll diktiert hat.« Es sei in Art und Sprache wenig exakt.

Darüber hinaus bestätigte Monsberg sowohl, daß Blutungen bei Leichen keine neue Erkenntnis, sondern altes Wissen seien, als auch die Einschätzung von Katja Lavans, daß es keinerlei Anzeichen für eine Gewalteinwirkung zu Lebzeiten gebe. In solchen Fällen sei es unbedingt erforderlich, daß der Gerichtsarzt zuerst zur Fundstelle gerufen werde und daß vor dem Eintreffen keinerlei Veränderungen an der Leiche vorgenommen würden.

»Was hier von Frau Dr. Lavans gesagt ist, unterstütze ich vollinhaltlich in jedem Wort.«

Danach vertagte das Gericht sich auf den Nachmittag, an dem als letzter Professor Schmidt-Wulfen aussagte, der seinerzeit zusammen mit Professor Maul das Gutachten erstellt und schon damals die postmortale Entstehung der Verletzungen für möglich gehalten hatte. Auch ihm sei bekannt, daß Blutungen noch nach dem Tode auftreten könnten. Er halte es allerdings durchaus für denkbar, daß mit Frau Gurth »noch zu Lebzeiten etwas geschehen ist«.

»Wie meinen Sie das?« wollte Ansgar Klein von dem Ordinarius der Gerichtsmedizin an der Universität Freiburg wissen. Schmidt-Wulfen, ein schwerer, nahezu kahler Mann mit dunklem Tweed-Anzug, schob die Revers beiseite und hakte beide Daumen in die Armausschnitte seiner Weste.

»Ich halte Gewalteinwirkung in der Halspartie durchaus für möglich. Nur läßt sie sich nicht beweisen.«

Im Publikum kommentierte man diese Aussage mit Gemurmel, und für einen Moment zuckte der Blick Arbogasts hoch und traf sich mit dem des Pathologen. Schmidt-Wulfen hielt ihm interessiert so lange stand, bis Arbogast wegsah. Dann entließ der Richter den Pathologen aus dem Zeugenstand, bedankte sich anschließend bei allen Gutachtern für ihre Mitarbeit und erteilte dem Staatsanwalt das Wort.

»Nach Lage der Dinge halte ich es nicht mehr für nötig, nochmals näher auf die Persönlichkeit Hans Arbogasts, das heißt auf eine nähere Erörterung seiner Vorstrafen, einzugehen.«

Dr. Ansgar Klein stimmte dem zu und wandte sich dann auch an die Sachverständigen: »Im Namen meines Mandanten danke ich Ihnen dafür, daß Sie unentgeltlich tätig geworden sind.«

Als man im Publikum daraufhin applaudierte, gemahnte Richter Lindner zur Ruhe. So etwas sei nun mal nicht erlaubt in einem Gerichtssaal. »Ich beende hiermit die Beweisaufnahme. Morgen werden die Schlußvorträge gehalten.«

59

Soweit Fritz Sarrazin am Freitag die Zeitungen schon gelesen hatte, die er sich jeden Morgen vom recht gut sortierten Bahnhofskiosk ins Hotel bringen ließ, war die Anerkennung für das Gutachten von Katja Lavans allgemein, und das GRANGATER TAGEBLATT, über das er sich besonders amüsiert hatte, nahm er mit in den Gerichtssaal, um der Pathologin, während sie auf das Gericht warteten, die entscheidende Passage vorzulesen.

»Es ist für einen Schweizer schon immer etwas irritierend, wenn sein Land ständig klein genannt wird.«

»Ist es doch auch!«

»Ach, kommen Sie! Fangen Sie jetzt nicht auch noch an. Das Ihre ist nicht viel größer. Hören Sie lieber zu, wie man Sie lobt: *Vor diesem Tag der Gerichtsmediziner registrierten Prozeßbeobachter die beschämende Tatsache, daß die Kriminalwissenschaft der kleinen Schweiz im Grangater Gerichtssaal Triumphe feierte, denen die Bundesrepublik Deutschland mit ihrem Bundeskriminalamt und ihren Landeskriminalämtern nicht viel entgegenzusetzen hatte. Gleichgültig, welche Auswirkungen der gestrige Tag auf den Fall Arbogast haben wird: Nun hatte die Gerichtsmedizin Deutschlands, die Gerichtsmedizin aus beiden Teilen Deutschlands, eine große Stunde.* Na, was meinen Sie? Da wird man doch stolz auf Sie sein in Berlin.«

»Hört die Signale! Geben Sie mir mal den ganzen Text.«

Sarrazin reichte Katja Lavans die Zeitung, und die Pathologin las, bis die Richter und Geschworen hereinkamen.

»Ich führe die Verhandlung fort und erteile dem Staatsanwalt das Wort zum Schlußvortrag.«

Oberstaatsanwalt Dr. Curtius stand auf und begann sein Plädoyer mit einer grundsätzlichen Erklärung. Presseberichte wie in der BUNTEN, die Beweiswertungen enthielten, stellten seiner Ansicht nach eine empfindliche Störung der Strafrechtspflege dar, weil sie die Unbefangenheit der Prozeßbeteiligten beeinträchtigen könnten. Dann räumte er ein, daß durch die Gutachten der Sachverständigen die Einlassungen Arbogasts, er habe der Flüchtlingsfrau Marie Gurth keine Gewalt angetan, nicht widerlegt worden seien.

»Zugleich aber möchte ich meiner festen Überzeugung Ausdruck verleihen, daß die Verurteilung des Jahres 1955 das Ergebnis ernsten Ringens um die Erkenntnis des Richtigen war und daher niemandem der Vorwurf der Leichtfertigkeit oder gar der Böswilligkeit gemacht werden kann. Gleichwohl ist der Nachweis, daß Frau Gurth erwürgt oder erdrosselt worden sein könnte, nicht zu führen.«

Er beantrage Freispruch: »Ich sehe mich nicht in der Lage, die Verurteilung des Angeklagten unter irgendeinem strafrechtlichen Gesichtspunkt zu beantragen.«

Der Richter nickte Dr. Curtius zu.

»Ich danke dem Staatsanwalt. Und bitte nun den Verteidiger, seinen Schlußvortrag zu halten.«

Ansgar Klein eröffnete sein Plädoyer mit einem Dank an den Vorsitzenden, Landgerichtsrat Horst Lindner, für die faire und sachliche Führung der Verhandlung, die von dem Willen getragen gewesen sei, die Wahrheit zu finden und Arbogast endlich Recht und Gerechtigkeit widerfahren zu lassen. Vom Vorwurf gegen seinen Mandanten sei nichts übriggeblieben. Der Fall Arbogast sei eine ernste Warnung vor der Todesstrafe und werde Rechtsgeschichte machen, weil dabei grundsätzliche Fragen angesprochen worden seien, die bei einer Strafrechtsreform beachtet werden müßten.

Der Fall Arbogast werde aber auch Bedeutung für das Gebiet der Gerichtsmedizin haben. Er bedaure, daß der Gutachter des ersten Prozesses, Professor Dr. Heinrich Maul, nicht die menschliche Größe aufgebracht habe, seinen Irrtum einzugestehen. Um so mehr sei den anderen Wissenschaftlern zu danken, die der Wahrheit und Gerechtigkeit, aber auch dem Ansehen der Wissenschaft gedient hätten. Er beantragte, das am siebzehnten Januar 1955 gegen Hans Arbogast wegen Mordes gefällte Schwurgerichtsurteil aufzuheben und die Kosten des Verfahrens der Staatskasse aufzuerlegen, wobei eine Entscheidung über eine Entschädigung Arbogasts gesondert vom Gericht zu treffen sei.

Ansgar Klein setzte sich, der Richter dankte auch ihm für sein Plädoyer und erteilte dem Angeklagten das letzte Wort. Hans Arbogast stand auf und schien sich einen Moment den Satz wieder ins Gedächtnis rufen zu müssen, den er sich bereitgelegt hatte. Ein Lächeln zitterte ihm um den Mund, während er sprach.

»Ich bitte das Gericht, mir das Recht zu geben, auf das ich sechzehn Jahre habe warten müssen. Ich danke meinem Verteidiger, der sich selbstlos zur Verfügung gestellt hat.«

»Hiermit schließe ich die Sitzung. Die Kammer zieht sich nun zur Beratung zurück. Der Termin der Urteilsverkündung wird für Montag neun Uhr festgesetzt.«

Sobald die Türen des Gerichtssaals geöffnet wurden, kamen Photographen und Kameramänner herein, umlagerten den Tisch der Verteidigung und baten Hans Arbogast immer wieder, sich bei seinem Verteidiger zu bedanken, bis er schließlich nur lächelnd den Kopf schüttelte und sich wieder setzte. Das Licht der Photolampen wischte über die Wände. Arbogast wartete, daß Klein die Akten sortiert hatte, um dann hinunter in die kleine Eingangshalle zu gehen, wo Sarrazin und Katja Lavans wie an jedem Tag in dieser Woche schon auf sie warten würden. Doch zuvor stellte sich ihm noch Paul Mohr vor und fragte, ob er später Zeit für ein kurzes Interview habe. Bei ihm war die Photographin, die damals die Bilder von Marie gemacht hatte. Sie wolle sich, sagte Gesine, nur nochmals dafür entschuldigen, daß ihre Bilder daran beteiligt gewesen seien, ihn für so lange Zeit ins Gefängnis zu bringen.

»Wissen Sie, es war entsetzlich, diese Photos zu machen.«
Ja, das verstehe er.
»Wirklich?«
Ehrlich gesagt habe sie ganz fest darauf vertraut, bei ihm Verständnis zu finden, denn schließlich teilten sie beide ja die Erinnerung an Marie Gurth. Wieder nickte Arbogast. Unterdessen hatte Ansgar Klein seine Akten beieinander, und sie schlenderten gemeinsam aus dem Gerichtssaal hinaus, der sich schnell leerte, denn die meisten Journalisten hatten es eilig, zum Bahnhof oder zu ihren Wagen zu kommen, um bis zur Urteilsverkündung am Montag nach Hause zu fahren. Ob sie sich denn nicht einmal außerhalb des Gerichts treffen könnten, fragte Arbogast. Vielleicht am Samstag? Gesine nickte und gab ihm zum Abschied die Hand. Bis Samstag dann, sagte sie, und gerade, als sie sich abwandte, sah Arbogast Paul Mohr im Gespräch mit Pfarrer Karges, der ihm freundlich zunickte.

»Herr Arbogast!« wandte sich Paul Mohr an ihn, »Hochwürden erzählt gerade davon, wie er Sie in Bruchsal betreut hat.«

Als Arbogast mit den Schultern zuckte, als verstehe er nicht, lachte Karges laut und schob den Kopf ganz nah an ihn heran: »Meine Gratulation, Arbogast. Mir scheint, du bist wirklich dabei, wieder unschuldig zu werden!«

Paul Mohr war überrascht, wie wütend Arbogast den Geistlichen ansah. Zwar war auch ihm Karges schon die ganze Woche über aufgefallen, und von Kollegen wußte er, daß der Pfarrer öffentlich vehement die Haltung des ehemaligen Oberstaatsanwaltes vertrat, Arbogast dürfe nicht freigesprochen werden. Doch wenn man nachfragte, blieb es bei Andeutungen darüber, daß alle Gefangenen in Bruchsal ihm früher oder später ihr Herz ausschütteten. Niemand sei ohne Schuld. Derartiges hatte Paul Mohr nicht weiter ernst genommen, aber nun beobachtete er zum ersten Mal jene bestimmte Härte im Blick Arbogasts, von der man im SILBERNEN STERN etwa zwar erzählte, die er hier vor Gericht aber nicht gezeigt hatte.

Und auch jetzt sah Hans Arbogast den Geistlichen zwar lange an, erwiderte jedoch nichts und folgte schließlich dem Anwalt, Fritz Sarrazin und Katja Lavans schnell hinaus, die gerade zusammen das Gerichtsgebäude verließen.

Mit jedem Tag der Woche und je näher der Prozeß dem erhofften Ende kam, hatte sich in Klein ein stärkeres Gefühl von Erschöpfung eingestellt, als verschwände schleichend nun etwas aus seinem Leben, das darin zu einem notwendigen Teil geworden war. Müde stellte er die schwere Aktentasche auf den schneenassen Waschbetonplatten ab und streckte sich. Sarrazin nickte ihm lächelnd zu.

»Essen wir im Hotel zusammen?«

Klein massierte sich die Schläfen. »Gern.«

»Eigentlich könnten wir doch schon einmal ein bißchen feiern, oder?«

Katja Lavans schlug frierend die weißen Lacklederstiefel gegeneinander und hielt ihren Mantel, der aus demselben Material war, mit beiden Händen am Hals zusammen. Ansgar Klein sah sie fragend an und schien etwas sagen zu wollen.

»Kommen Sie auch, Hans?« fragte Sarrazin.

Arbogast nickte, und so wandten sich alle vier nach rechts, um in Richtung des HOTELS PALMENGARTEN zunächst ein Stück der Moltkestraße zu folgen.

Der Speisesaal war noch recht leer, nur zwei Tische mit einem alten Ehepaar und einer Familie mit drei Kindern besetzt, die alle blaue Pullover trugen. Ansgar Klein bestellte Rotwein, man aß das Tagesgericht, Hirschgulasch mit Klößen, Sarrazin sprach mit dem Anwalt nochmals über den Prozeßtag und die Plädoyers, und Katja Lavans, die nah am Fenster saß, sah aus dem Augenwinkel zu, wie vor der Scheibe die Äste des Rhododendron vom Wind verwirbelt wurden und immer wieder einmal zusammen mit dünnem Schnee gegen das Glas schlugen. Sie war erleichtert, daß Arbogast noch immer ihren Blick ebenso mied wie sie den seinen, und versuchte statt dessen, mit Ansgar Klein ins Gespräch zu kommen, der sie jedoch seit Sonntag gerade genug beachtete, um nicht völlig unhöflich zu erscheinen.

Fritz Sarrazin schien das zu bemerken und verwickelte daraufhin, als man die Teller gerade abgetragen hatte, Arbogast in ein Gespräch. Er bestellte Cognac, bot seinem Tischnachbarn eine Zigarre an und lehnte sich so weit in seinem Stuhl zurück, daß der weiße Tisch ihn und seinen Gesprächspartner von der Pathologin und dem Anwalt trennte wie eine weite Schneelandschaft. Kaja Lavans rauchte, sah aus dem Fenster und spürte, während sie überlegte, was sie sagen könnte, wie die Zeit rasend schnell verging. Klein trank seinen Cognac. Er hat sich anderes ausgemalt, dachte sie und an den Abend in Frankfurt, der erst eine Woche zurücklag und doch viel länger schon vergangen und durch das abgetrennt war, worüber sie nicht zu sprechen vermochte. Weil ich nicht sicher bin, dachte sie. Immer wieder hatte sie sich das die letzten Tage gesagt: Du bist nicht sicher. Doch das half nichts, jenes Erlebnis zerfraß dennoch von seinem winzigen Gegenwartspunkt aus unaufhaltsam, was ansonsten gewesen war, und auch, was noch hätte sein können.

Katja Lavans drückte die Zigarette aus. In das Schweigen hinein ließ sich Sarrazin nach vorn fallen und griff in demselben Moment, als Katja Lavans ihn wieder in die Mitte des Tisches schob, nach dem Aschenbecher, um die hohe graue Haube seiner Zigarre abzustreifen.

»Aber glauben Sie nicht«, setzte er fragend das Gespräch mit Arbogast fort, »daß Ihnen diese Erfahrung nicht auch nützlich sein könnte? Immerhin haben Sie eine Ausbildung abgeschlossen.«

»Ja, das kann schon sein.«

Unwillkürlich sahen Lavans und Klein zu Arbogast hinüber und warteten, was er sagen würde, doch er schwieg.

»Glauben Sie, Sie werden wieder heiraten?«

Katja Lavans nahm, um die Frage zu stellen, die noch unangebrannte Zigarette wieder aus dem Mund. Arbogast zuckte mit den Achseln. Wenig später verkündete Sarrazin, alle einladen zu wollen, und rief nach der Saaltochter, wie er die Bedienung nannte.

60

Auch an diesem Abend sah Gesine Hofmann fern. Sie hatte sich eine Kartoffelsuppe gemacht, die sie im Wohnzimmer auf dem Sofa aß, während im dritten Programm eine Reportage mit dem Titel AUSVERKAUF DER NATUR übertragen wurde, deren Bilder sie jedoch so sehr schockierten, daß sie den Teller immer wieder wegstellen mußte und überlegte, den Apparat auszuschalten. Dann schloß sie die Augen und dachte an ihre Verabredung. Sie hatte Paul nicht gesagt, wen sie am Samstagabend traf, und nun stellte sie sich vor, wie sie mit Arbogast sprechen würde, und der kleine Raum über dem Laden war dunkel bis auf das blaue Licht, das voll toter Fische schimmerte, bis sie es abschaltete. Währenddessen musterte Fritz Sarrazin von seinem Hotelzimmer aus den leuchtenden Schnee im Park. Er hatte sich noch einen Whiskey bestellt, und als er das Glas auf einem kleinen Tablett entgegengenommen hatte, zog er die Schuhe aus, setzte sich aufs Bett und ließ sich mit zu Hause verbinden. Es war noch nicht besonders spät. Es läutete fünfmal, bis Sue abhob, und durch die Stille des Hotels hörte Katja Lavans das Klingeln des Telephons im selben Augenblick, als es an ihrer Tür klopfte. Im Pyjama kam sie aus dem Bad und ging ein wenig ängstlich nachsehen, wer da wäre.

Sie traute sich nicht, irgend etwas zu sagen, und auch Ansgar Klein blieb zunächst einfach zwischen Tür und Angel stehen.

Dann aber trat er vorsichtig einen Schritt an sie heran und schien ihr Gesicht in beide Hände nehmen zu wollen, wobei die Erinnerung sie für einen Moment zu überwältigen drohte und sie sich beherrschen mußte, seine Hände nicht wegzuschlagen. Doch sie hielt still und ließ es geschehen. Irgendwann bat sie ihn herein, ohne aber im Nachhinein sagen zu können, daß ihre Umarmung aufgehört hätte. Er zog sich wortlos aus, sie schlüpften ins Bett, und als sie am nächsten Morgen aufwachte, lag sie noch immer so in seinem Arm, wie sie eingeschlafen war. Die ganze Nacht blieb ihr heller Schlaf am Rande des Traums, und sie vergaß nie, daß er sie in den Armen hielt, und spürte dabei, wie es immer kälter wurde und schließlich wieder hell vor dem Fenster, ohne daß sie davon aufgewacht wäre. Doch schon das Zucken ihrer Lider auf seiner Haut reichte aus, daß er erwachte und sich räkelte. Sie trank seinen Geruch. Die Morgenluft lag noch kalt auf den Kissen. Sein Mund war so dicht an ihrem Ohr, daß sie nicht nur seinen warmen Atem spürte, sondern auch die Vibration der Stimme. Sie schloß die Augen vor dem hellen Licht.

»Kannst du eigentlich ein Gedicht auswendig?« fragte sie leise.
»Ja, aber nur ein einziges.«
»Sag es mir!«
»Nein, lieber nicht.«
»Warum?«
Er zuckte mit den Schultern.
»Nun mach schon.«
Er atmete tief und räusperte sich. Und flüsterte dann:
»*Animula vagula blandula,*
hospes comesque corporis,
quae nunc abibis in loca
pallidula rigida nudula
nec ut soles dabis iocos.«
Sie mußte daran denken, wie sie den einen Vers von Brecht rezi-

tiert hatte, den sie wußte, und jene Scham stieg ihr in die Wangen, daß jemand sie nun auf eine bestimmte, unerträgliche Weise kannte, und es gelang ihr nicht, ihre Stimme so ruhig klingen zu lassen, wie sie es gern gehabt hätte.

»Kommt *Animula* von *Anima*, der Seele?«

»Ja. Ein Kosewort.«

»Ein Kosewort für Seele?«

Er bemerkte einen fremden, metallenen Klang in ihrer Stimme.

»Was ist los?«

»Wieso?« Sie erstarrte an seiner Schulter.

»Ich wüßte gern, wovor du Angst hast.«

Sie befreite sich aus der Umarmung, drehte sich um und sah ihn an, als erwartete sie, er könne es erraten, doch sein Blick blieb abwartend.

»Nein«, sagte sie dann, »es ist nichts. Ich bin traurig, das stimmt. Vielleicht, weil ich bald zurück muß.«

Er nickte und sah sie noch immer forschend an. Sie kannte diesen Blick von anderen. Keiner hatte je erraten, was sie nicht verraten wollte. Sie wußte, ihre Angst war viel zu groß. Eigentlich schade, dachte sie, doch niemals würde sie erzählen, was ihr geschehen war. Es sei denn, er sähe es ihr an. Doch da gab er bereits auf.

»Wollen wir heute im Bett bleiben, was meinst du?«

Sie lachte, und es klang beinahe unbedarft.

»Unbedingt. Aber vorher bekäme ich gern noch das Gedicht zu Ende übersetzt. *Animula*, sagtest du, ist ein Kosewort. Also *Seelchen*?«

»Ja, *Seelchen* ist schön. *Schweifendes, zärtliches Seelchen, Gefährtin meines Leibes, gehst weg jetzt an jene fahlen, erstarrten Orte, du kleine Nackte, wirst nicht mehr spielen mit mir.*«

»Der Tod«, sagte sie selbstvergessen.

Sie wußte, was sie eigentlich immer gewußt hatte: Niemals würde es aufhören. Nicht für mich, dachte sie. Manchmal, wenn sie einen der Toten zur Seite drehte, kam es vor, daß er leise stöhnte. Gewiß nichts als Luft, die entwich. Das Gesicht wie schlafend auf dem Ziegel. Das kurze Haar. Immer, wenn sie über die kalte Haut strich, verschwand ihre Angst.

»*Nec ut soles dabis iocos.*«

»Von wem ist das Gedicht?«

»Kaiser Hadrian. Hundertachtunddreißig nach Christus.«

»Und der Himmel war leer.«

Wieder hatte ihre Stimme, wie sie wußte, diesen metallenen Klang, doch diesmal würde er es falsch verstehen und sie nicht weiter fragen. Und vielleicht würde ja doch, irgendwann, die Erinnerung verblassen.

»Ja.«

61

Am späten Samstagvormittag klingelte Fritz Sarrazin im Lupinenweg an der Tür von Arbogasts Schwester, die ihn zuerst einen langen Moment nicht erkannte. Als er jedoch sagte, wer er war, ließ sie ihn freundlich herein und forderte ihn gleich auf, hinaufzugehen ins Wohnzimmer im ersten Stock. Hans Arbogast stand überrascht vom Sofa auf, als er hereinkam. Sie schüttelten sich die Hand und standen dann einen Moment ratlos voreinander. Sarrazin nahm einen der beiden Sessel, und Arbogast setzte sich wieder auf die Couch, auf der auch die aufgeschlagene Zeitung lag. Auf dem Couchtisch eine Kaffeekanne und eine Tasse. Arbogast war unrasiert und trug einen blauen Trainingsanzug, dessen Reißverschluß ziemlich weit offen stand. Man sah das weiße Unterhemd, das er darunter trug. Er war barfuß. Im selben Moment, in dem er sagte, er frühstücke heute etwas später als sonst, hörte man Schritte auf der Treppe, dann kam Elke Arbogast herein und brachte noch ein Gedeck.

»Sie trinken doch einen Kaffee mit?« wollte Arbogast wissen.

»Gern.«

Die Schwester goß ihm ein, bevor sie mit einem Nicken ging, das bedeutete, er solle es sich schmecken lassen. Er hörte die knarrenden Stufen.

»Milch und Zucker?« fragte Arbogast.

»Danke.«

Arbogast grinste ihn an. »Danke ja oder danke nein?«

»Ich trinke ihn schwarz.«

Auf dem Couchtisch lag ein dünnes Heft im Format DIN A4, eine alte, schon sehr abgestoßene Broschur, die Sarrazin zu sich heranzog, während er den heißen Kaffee schlürfte. Auf dem Umschlag war die Abbildung des majestätischen Hauptes eines afrikanischen Elephanten zu sehen, KRÄMER ERNST WILH. ELFENBEINWARENFABRIK stand als Titel darüber, darunter in einer kleineren Schrifttype KATALOG ÜBER FEINE ELFENBEIN-WAREN UND BILLARDZUBEHÖR. Sarrazin blätterte das Heft durch und sah sich die Bilder an, die Schachspiele zeigten, Billardkugeln, Serviettenringe, kleine Statuetten und Schuhlöffel.

»Das mit den Billardtischen haben Sie gern gemacht, oder?«

Arbogast nickte. »Das können Sie mir glauben. Die Billardtische, die ich hatte, waren die besten. BRUNSWICK, nach einem jungen Schweizer Tischler, der sich in Amerika John Moses Brunswick nannte. 1845 hat er seinen ersten Billardtisch gebaut. Heute ist BRUNSWICK die größte Billard-Firma auf der ganzen Welt, und deren Billardtische sind internationaler Standard.«

»Und wie kamen Sie an die ran?«

»Im letzten Kriegsjahr hatte die Firma hundertjähriges Jubiläum, da bauten sie den ANNIVERSARY, und zwar noch bis Ende der 50er. Und mit den Amis kam der dann auch nach Europa, ich hab einen gesehen und mich sofort um den Vertrieb bemüht. Spielen Sie Pool?«

Sarrazin schüttelte den Kopf und trank dann.

»Der ANNIVERSARY ist ein wundervoller NINE FOOT TABLE«, schwärmte Arbogast und zog aus einem Stapel Illustrierten neben dem Sofa ein dünnes Heft hervor, in dem er blätterte, bis er ein Photo des Tisches fand. »Schauen Sie mal!«

Sarrazin besah sich das Bild.

»Wollen Sie denn damit jetzt wieder anfangen?«

»Das ist vorbei.«

»Und warum?«

»Ist eben so.«

»Und nun?«

»Ich weiß nicht. Im Zuchthaus habe ich ja diesen Kursus in Betriebswirtschaftslehre gemacht. Vielleicht ergibt sich damit irgendwas.«

»Haben Sie sich denn eigentlich wieder daran gewöhnt, draußen zu sein?«

Arbogast sah Sarrazin lange an, der ins Licht blinzelte. »Ich glaube, ich verstehe nicht ganz, wie Sie das meinen.«

Sarrazin nickte. Die Balkontür glänzte in der Wintersonne. Auf dem Fensterbrett daneben standen zwei kleine Kakteen unter den Gardinen. Die Tapete zeigte ein verschränktes, kleinteiliges Linienmuster, das sich auf hellem Gelb wiederholte. Im Regalfach des Wohnzimmerschrankes ein Dutzend Bände READERS DIGEST und ein mehrteiliges Nachschlagewerk von Bertelsmann.

»Ich weiß«, flüsterte Arbogast, »daß ich nur dank Ihnen heute frei bin, und ich werde niemals vergessen, was Sie für mich getan haben.«

Sarrazin lächelte und blinzelte dabei in die Sonne, die nun immer stärker in das zuvor verschattete Fenster fiel.

Er legte eine Hand über die Augen, um Arbogast trotz der gleißenden Helligkeit ins Gesicht sehen zu können.

»Wissen Sie, wie man früher Billardkugeln machte?«
Sarrazin schüttelte den Kopf. »Nein, das weiß ich nicht.«
Arbogast holte ein schmales Holzkästchen unter der Couch hervor, das von einem kleinen Messingscharnier verschlossen wurde. Er stellte es auf den Tisch, ohne es zu öffnen.

»Elfenbein wächst in Jahresringen wie Bäume«, begann er, und seine flüsternde Stimme verfiel in einen sehr angenehmen Singsang. »Genau im Zentrum eines jeden Stoßzahnes verläuft eine Blutbahn, die ihn versorgt. Bei totem Material ist das dann ein schwarzer Punkt. Und dieser Punkt markiert bei der Verarbeitung die exakte Mitte. Daran wird der Ball fixiert, wenn er geschliffen wird. Es ist notwendig, ihn perfekt rund zu schleifen, damit er exakt rollt.«

Arbogast sprach so leise, daß man jedes Geräusch in dem kleinen Haus hören konnte und vor allem aus der Küche, wo Elke Arbogast hörbar zu tun hatte. Sarrazin sah zu, wie Arbogast das Kästchen öffnete. Drei Kugeln lagen darin in blauem Samt, eine schwarze und zwei von so cremehellem Weiß, daß er unwillkürlich an sehr helle Haut denken mußte. Arbogast strich mit dem Zeigefinger leicht über die glänzenden Bälle.

»Doch weil Elfenbein ein natürliches Material ist, variiert seine Dichte.« Er sah nun Sarrazin wieder direkt in die Augen.

»Das kann man von außen nicht sehen, und das kann man nicht einmal spüren, wenn man das Material zuschneidet. Erst wenn die Kugel fertig geschliffen ist, kann man überprüfen, ob ihr Schwerpunkt wirklich im Zentrum liegt, und nur dann hat der Ball einen perfekten Geradeauslauf.«

Fritz Sarrazin nickte. Er verstand nun, worauf Arbogast hinauswollte. Von unten hörte man, wie ein Bad eingelassen wurde. Wasser stürzte dröhnend in eine Wanne, Leitungen in der Wand knackten. Arbogasts Blick war starr. Er war nicht hier.

»Es gibt nur ganz wenige, wirklich zentrierte Elfenbeinkugeln auf der Welt«, flüsterte Arbogast weiter. »Einmal möchte ich eine solche Kugel über den Filz rollen lassen, die perfekte Bewegung in meiner Hand spüren. Die Linie, die eine solche Kugel zieht, stelle ich mir vor wie einen unerträglichen Moment von Schönheit. Verstehen Sie, Herr Sarrazin: Man sähe die im Knochen selbst verborgene göttliche Harmonie.«

Sarrazin nickte noch einmal. Er verstand nur zu genau, daß Hans Arbogast vom Tod sprach.

62

Sie hatten im Bett gefrühstückt. Katja hatte die Decke bis zum Hals gezogen, und Klein mußte öffnen, als es klopfte. Der Etagenkellner schob den Servierwagen an ihre Seite des Bettes, die Nelke zitterte in der schmalen silbernen Vase, der Kaffee duftete, und der Morgen verging, während sie wieder einschliefen. Ihr Kopf an seiner Brust. Sie wachte davon auf, daß seine Hand ihren Rücken streichelte. Es war sehr hell im Zimmer, und noch bei geschlossenen Augen tanzte das Licht des Wintermittags ihr über die Lider. Seine Hand strich in großen langsamen Bewegungen ihren Rücken hinab und wieder hinauf. Sie spürte, daß er dabei so ruhig und tief atmete, als schlafe er noch, und im Gleichklang dieses Atems und seiner Hand hatte die Angst eine kleine Weile keine Chance. Mit zitternden Lidern öffnete sie ihre Schenkel ein wenig und ließ zu, daß seine Finger ihr Geschlecht ertasteten. Doch dabei stieg die Angst langsam wieder in ihr hoch wie ein träges Meer, bis sie die Beine verschränkte und sich zur Seite drehte.

»Laß mich, bitte! Ich kann nicht.«

Sie spürte, daß er nickte. Seine Hand lag auf ihrer Hüfte, und so etwas wie ein Traum holte sie nochmals für kurze Zeit ein, und im warmen Licht auf ihrem Gesicht schien es ihr einen Moment lang, sie sei am Strand. Sie drehte sich dem Licht zu, als sonne sie sich, und verkroch sich dabei wieder in seiner Schulter. Der Schlaf, der dort auf sie gewartet haben mußte, nahm sie umstandslos wieder auf, bis er irgendwann etwas sagte.

»Küßt du mich?« fragte er.

Unter seiner leisen Stimme zerrann der Sand, ohne daß sie wußte, wie lange sie geträumt haben mochte. In seine Armbeuge hinein schüttelte sie den Kopf.

»Küß mich!« flüsterte er, und seine Lippen streichelten dabei ihr Ohr.

Doch sie schüttelte nur den Kopf und vergrub sich zwischen Schulter und Kissen. Vorsichtig zog er den Arm unter ihr weg, und im selben Moment, als sie hörte, daß er ins Bad ging, war sie hellwach. Sie registrierte, daß der helle Mittag lang vorüber sein mußte, sah die Reste des Frühstücks auf dem Servierwagen, dessen weißes Leinen wie die Stofftapeten mit den hellrosa Girlanden bereits wieder verschattet war. Sie hörte ihn urinieren, zündete sich eine Zigarette an, stand auf und ging ans Fenster. Das Zimmer sah in den Park und auf den weißen, makellosen Schnee hinab. Ein Weg umlief, von Schritten geschwärzt, den verborgenen Rasen, und direkt unter ihrem Fenster war der alte, riesige Rhododendron, in dessen gewachsten Blättern schon der Nachmittag glänzte. Hier bin ich sicher, dachte Katja Lavans und blies den Rauch gegen das Fensterglas, auf dem ein grauer Schimmer zurückblieb. Sie hörte, daß die Badezimmertür geöffnet wurde, und als sie sich umsah, stand er mit einem Handtuch um die Hüfte im Türrahmen und betrachtete sie lächelnd.

Sie drehte sich wieder zurück zum Fenster und sagte, sie gehe jetzt baden.

»Tu das«, nickte er.

Als sie hörte, wie er sich aufs Bett setzte, durchquerte sie unter seinen Blicken das Zimmer. Fast hätte sie lachen müssen, schloß aber schnell die Badezimmertür und öffnete den Heißwasserhahn. Sie ließ etliches von dem grünen Badesalz, das in einem Fläschchen auf dem Wannenrand stand, ins Wasser rieseln. Solange die Wanne volllief, stand sie vor dem Spiegel und betrachtete, bis er endgültig mit Dampf beschlug, sich selbst. Dann glitt sie in das heiße Wasser und schloß die Augen. Die letzten Kristalle des Badesalzes schrammten an ihrem Hintern über die Emaillierung. Noch nie hatte sie in einer so großen Wanne gebadet. Sie tauchte bis zur Nasenspitze unter und ein in das Reich der Installationen, von überall summte und plätscherte es im Hallraum des Wassers, und es schien ihr, als wäre sie mit allen Badezimmern verbunden. Sie verlor sich lange in den Geräuschen des Hotels und vergaß ihre Angst wieder. Die Hitze ließ ihr Gesicht pochen und stach ihr in die Haut.

Als sie wieder aus dem Badezimmer kam, ein Handtuch um den Kopf und ein ebenso weißes Badetuch um die Brust geschlungen, saß Ansgar Klein an dem weißgoldenen Empire-Schreibtisch und telephonierte. Neben sich hatte er eine Kladde und machte Notizen, die Schreibtischlampe und einen der kleinen Miniaturlüster neben dem Bett waren angeschaltet. Katja legte sich in dessen Lichtkegel und nahm einige der Zeitungsberichte zum Prozeß vor, die Klein immer von Sarrazin bekam und die sich neben dem Bett stapelten. Auch als er sein Telephonat längst beendet hatte, las sie weiter und bemerkte erst viel später, daß er am Schreibtisch saß und schrieb. Sie las, ohne darauf zu achten, was es war, und vergaß dennoch mehrmals die Zigarette im Aschenbecher. Einmal stand er auf und öffnete das Fenster ein wenig. Als würden sie sich schon ganz lange kennen, sah sie nicht einmal von den Zeitungen hoch. So verging der Nachmittag und sie dachte an nichts außer daran, keine Bilder von Arbogast zu betrachten. Dann war es Nacht vor dem Fenster und sie räusperte sich.

»Was schreibst du?«
»Briefe.« Er sah sich nicht um.

»An wen?«

»Klienten. Die Kanzlei in Frankfurt geht weiter.«

Katja nickte und dachte an Ilse.

»Hast du Angst davor, zurückzufahren?« Sie war völlig überrascht. Es war tatsächlich, als hätte er ihre Gedanken gelesen. Er sah sie neugierig über die Schulter an.

»Wenn du mich so fragst: Nein. Ilse ist schließlich dort.«

»Aber?«

Sie zuckte mit den Achseln. »Die Zeit war so kurz. Ich weiß doch gar nicht, was ich alles dafür eintausche.«

Er grinste. »Die Freiheit?«

»Quatsch!« Katja Lavans mußte lachen.

»Mich?« Plötzlich war Ansgar Klein ernst.

Das Lachen verebbte in ihrem Gesicht und sie sah weg, zündete sich eine Zigarette an und sog den Rauch tief an.

Er rief leise ihren Namen.

»Ich«, sagte er dann sehr langsam, »würde dich gern wiedersehen.«

Jetzt war sie es, die grinste. »Ich hab Hunger!«

Klein nickte.

»Essen wir hier?«

Sie lachte. Eine gute Idee! »Ganz egal, was!«

Wieder nickte er und griff nach dem Telephon. Schon während er wählte, war sie wieder in die Lektüre eines Artikels versunken, von dem sie keine Zeile mehr wußte, als es an der Tür klopfte. Er sagte, sie solle Platz machen, und stellte ein riesiges Tablett zwischen die Decken. Es gab Leber mit Zwiebeln und Kartoffelpüree.

»Katja?«

»Ja?«

»Was ist eigentlich geschehen?«

Sie zuckte nur die Achseln und aß weiter.

»Arbogast?«

»Es ist nichts.«

»Vielleicht wäre es besser, wenn ich es wüßte.«

»Ich will nicht darüber sprechen.«

»Immerhin bin ich sein Anwalt.«

»Nein!« Sie warf die Gabel in den Teller und lief zum Fenster.

Warten, daß die Zeit vergeht. Sie sah hinaus in den Schnee, der nun im Glanz der Lichter aus dem Speisesaal strahlte. Die Zeit war ein Gefängnis. Sie wußte, daß Klein sie anstarrte, doch es war ihr egal, daß sie nackt an einem Hotelfenster stand.

»Setz bitte die Perücke noch mal auf.«

»Du spinnst«, sagte sie, ohne sich umzusehen.

»Bitte, nur noch einmal. Für mich!«

Sie sah hinaus und spürte seine Blicke. Dann hörte sie seine Gabel auf dem Teller und es ärgerte sie, daß er aß. Schnell lief sie ins Bad.

Sie bemühte sich, die Perücke, die in einem Beutel unter dem Waschbecken lag, aufzusetzen, ohne sich dabei im Spiegel zu betrachten. Das war ihr in dieser Woche immer besser gelungen, und als sie das feste Netz wieder auf ihrem Kopf spürte, erinnerte sie sich für einen Moment mit Wehmut daran, wie sehr sie das komfortable Gefühl der langen Haare genossen hatte. Dann aber überschwemmte der Ekel ihrer Erinnerung diese Empfindung wieder, plötzlich war es eng und stickig im Bad, und sie riß die Tür auf.

»Und jetzt?«

Überrascht stellte sie fest, daß es dunkel im Zimmer war. Zunächst sah sie nur sich selbst im Spiegel des Kleiderschrankes, wie sie in der erleuchteten Badezimmertür stand mit langen roten Haaren. Mit jener Bewegung, an die sie sich mehr als an alles andere gewöhnt hatte, strich sie sich die Haare langsam aus dem Gesicht. Erst da bemerkte sie Ansgar Klein, dessen Gesicht gerade noch in dem schmalen Lichtkorridor lag, der aus dem Bad ins Zimmer fiel.

Er betrachtete schweigend ihre Silhouette und bat sie, sich noch einmal das Haar aus dem Gesicht zu streichen. Dann stand er auf und tat es selbst. Er war ganz vorsichtig dabei, und sie rührte sich auch nicht, als er schließlich die Perücke mit beiden Händen an den Schläfen nahm und nach hinten abstreifte. Er löste Haarnadel für Haarnadel und so das Band, das ihre echten Haare hielt. Sorgsam legte er das Band, die Nadeln und die Perücke auf den kleinen weißgoldenen Schreibtisch neben der Tür zum Bad, löschte das Licht und sie gingen ins Bett.

Ansgar Klein schlief schnell ein, und während der Anwalt ruhig und immer tiefer atmete, mußte sie seltsamerweise an Max denken, und wie er lachte. Mit geschlossenen Augen runzelte sie die Stirn und kuschelte sich fester in das Kissen. Wieder und wieder lachte Max in ihre Träume hinein, und später hatte sie den Eindruck, als hätte dieses Lachen die ganze Nacht nicht aufgehört, so unruhig und leicht war ihr Schlaf. Schweißnaß und frierend wachte sie schließlich auf, und als sie sich über den Anwalt beugte und auf dessen Reisewecker sah, ein kleines Lederetui, das man so auseinanderklappte, daß sich drei Flächen wie ein kleines Zelt ineinander verkanteten, von denen eine das Zifferblatt hielt, hinter dem sich das Uhrwerk befand, war es gerade halb sechs.

Sie versuchte, wieder einzuschlafen, doch langsam kroch die Dämmerung herein, und das blaue Licht machte sie noch wacher. Eine Weile stand sie dann am Fenster und sah zu, wie der blaue Schnee langsam bleichte, und beschloß irgendwann, daß sie es nicht mehr aushielt. Vielleicht bin ich es nicht mehr gewohnt, neben einem Mann zu schlafen, dachte sie, warf sich einen der Morgenmäntel über, die im Bad hingen, nahm sich die dunkelroten Lederschlappen Kleins und schlich leise durch das schlafende Hotel hinab in den Speiseraum. Alles war still, nur aus der Küche hörte sie schon verhaltenes Geklapper und sah durch eine offene Tür helles Licht. Der Nachtportier sah müde auf, als sie ihn leise um eine Tasse Kaffee bat.

»Wenn es keine Mühe macht: Ich bin im Speisesaal.«

Er nickte, sie bedankte sich und raffte den Morgenmantel über der Brust zusammen. Die Lampen im Speisesaal waren noch aus, und sie hatte schon die Hand an dem Drehschalter neben der Tür, als sie eine Gestalt in dem schneeblauen Licht an einem der großen Fenster sah. Sie wußte sofort, daß Fritz Sarrazin dort in einem seiner hellen Anzüge saß, der in dem diffusen Nachtlicht schimmerte. Er hatte einen kleinen Block vor sich und machte Notizen. Daneben ein Glas, in dem ein Büschel frischer Pfefferminzblätter schwamm. Erst als sie sich an den Tisch setzte, sah er auf und wünschte ihr überrascht einen guten Morgen.

»Sind Sie oft so früh unterwegs, Frau Lavans?«

»Eigentlich nicht.«

Er musterte sie.

»Sie müssen mich mal im Tessin besuchen. Wissen Sie, an der einen Seite meines Gartens gibt es eine alte Bruchsteinmauer mit einem Tisch und Stühlen davor. Es ist etwas abseits vom Haus, aber dort gibt es die allererste Sonne des Tages. Wenn wir jetzt da säßen, wäre uns sicher wärmer.«

»Klingt gut. Arbeiten Sie dort auch so früh am Morgen schon?«

»Manchmal, ja. Ist eine gute Zeit, wenn man nicht schlafen kann. Das kommt so mit dem Alter. Aber dieser Platz, Frau Lavans, würde Ihnen wirklich gefallen. Da wächst ein Granatapfel und ein Feigenbaum. Und zwei alte Weinstöcke hat es da auch, seltsamerweise Muskateller. Kennen Sie Muskateller?«

Katja schüttelte den Kopf. »Haben Sie die Mondlandung gesehen?«

»Nein.« Sarrazin schüttelte den Kopf. »Wir haben keinen Fernseher.«

»Schade. Es hätte mich interessiert, wie sie Ihnen gefallen hat.«

»Soll ich Ihnen sagen, was ich wirklich gern wüßte?«

Sie sah ihn fragend an.

»Ob es Ihnen gutgeht.«

Während sie überlegte, was sie Sarrazin antworten sollte, entdeckte sie Ansgar Klein am Eingang, auch er im Bademantel, wenn auch in Socken. Einen Moment lang stand er vor ihnen, und alle drei mußten grinsen.

»Ich habe Frau Lavans gerade eingeladen, meinen Granatapfel zu besichtigen. Erinnerst du dich an den Platz bei der Mauer?« begrüßte Fritz Sarrazin den Anwalt.

»Allerdings. Und ich kann dir nur raten, die Einladung anzunehmen, Katja.«

»Wenn das mal so einfach wäre!«

»Aber vielleicht kommt ihr alle beide einmal? Ich würde euch gern wiedersehen!«

Man nickte und schwieg. Alle dachten daran, daß ihr Aufenthalt hier sehr bald schon zu Ende sein würde. Der Nachtportier, der Katja den Kaffee brachte, versprach, die Frühstücksbestellung der drei an die Küche weiterzugeben.

»Und«, fragte der Anwalt schließlich Sarrazin leise, »was hältst du nun von unserem selbstlosen Einsatz für die gute Sache?«

Sarrazin zog die Augenbrauen hoch. »Ist die denn strittig?«

Klein reagierte nicht.

Sarrazin nickte langsam und sah sie beide an, als wären sie alle drei Verschwörer.

»Nun«, fuhr er fort und machte nach jedem Wort, wie es Katja erschien, eine sehr lange Pause, »haben wir es vielleicht mit einem Mord zu tun, der heutzutage keiner mehr sein darf? Versteht ihr?«

Er nahm den Block und schlug eine neue Seite auf. »Ich habe Arbogast gestern besucht, und ich denke schon, daß jenes Geschehen damals so etwas wie ein Unfall war. Zugleich aber auch ein Ausbruch, eine Art von Ladungsübertragung, ein Gewitter, ein letzter Rest des Krieges, der sich plötzlich entlud.«

»Was hat der Krieg damit zu tun?«

»Er hat ihn in sich.«

»Und?«

»Ich glaube, damals haben das alle empfunden. Man kannte die Witterung nur zu gut. Die Geschworenen, die Richter, die Presse, alle wußten: Das muß weg. Das durfte es nicht mehr geben. Die Angst war zu groß. Dann zivilisierte man sich. Und heute ist die Angst verschwunden. Man hat sogar vergessen, daß es sie gab.«

Katja sah hinaus in den weißen Schnee, der den Rasen bedeckte, und trank ihren Kaffee. Selbst auf den wächsernen Blättern des Rhododendrons lag dünner weißer Schnee. Langsam war es lauter geworden im Hotel, von der Lobby her hatten sie eine Weile schon Stimmen gehört, und nun kamen die ersten Gäste herein. Man brachte das Frühstück und sie aßen. Sarrazin und Klein sprachen leise weiter, während es Tag wurde. Sie konnte nicht mehr zuhören. Die Angst war fast verschwunden.

63

Wie jeden Morgen hatte sich Professor Maul ein Kännchen Kaffee aufs Zimmer bringen lassen und verließ dann das Hotel. Der Bahnhof war am Sonntagmorgen um diese Zeit verlassen, und er war sich sicher, niemand als den Schalterbeamten zu treffen, der wortlos die braune Pappe des Billets durch die Drehmechanik unter der Glasscheibe hebelte. Doch als Maul auf den Bahnsteig kam, den der Wind einseitig mit dem dünnen Pulverschnee eingedeckt hatte, trat auf halbem Weg Pfarrer Karges aus dem Windschutz einer Litfaßsäule hervor, als hätte er dort auf ihn gewartet. Er hatte den katholischen Priester, der ihn nun mit einer leichten Verbeugung grüßte, die letzten Tage auch schon im Gerichtssaal bemerkt. Gern ging Maul auf ihn zu.

»Sie fahren ebenfalls schon heute, Herr Professor?«

Ein wenig verärgert, daß man sich ihm nicht vorstellte, setzte der Pathologe doch seinen Koffer ab und nickte leicht.

»Vernünftig«, fuhr der andere fort. »Es ist sowieso aussichtslos.«

»Wo Sie recht haben, haben Sie recht!« stimmte Professor Maul dem Priester zu, der nicht aufhörte zu grinsen.

»Dann fahren wir also ein Stück zusammen, Herr Professor?« nickte Karges. »Sie wissen gar nicht, wie sehr ich Ihre Arbeit schätze! Ich habe so viele Fragen!«

64

Sorgfältig drückte Hans Arbogast die Tür der Scheune zu und legte das Schloß vor. Die roten Nummernschilder, die er sich für ein paar Tage besorgt hatte, um die ISABELLA fahren zu dürfen, klemmte er dabei unter den Arm. Jetzt, wo es schneite, blieb der Wagen in der Scheune. Am Rand der Fußwege häufte sich der schmutzige Schnee. Der Himmel hing den ganzen Tag schon tief über der Stadt, der Rauch der Kohleöfen zog nicht ab, und Bleidunst lag auf den Straßen. Immer wieder hatten ihn in dieser Woche die Journalisten gefragt, was er beruflich vorhabe, und stets hatte Ansgar Klein für ihn geantwortet, seine berufliche Zukunft sei gesichert. Im Frühjahr, mußte er seiner Schwester versprechen, würde er den Wagen verkaufen. Ein Auto konnte er sich nicht leisten, solange er keine Arbeit hatte. Hans Arbogast blieb einen Moment unter der Neonreklame PHOTO KODAK stehen und betrachtete die Photoapparate und Alben im Schaufenster, Hochzeitsbilder und Porträts und eine großformatige Winterlandschaft mit einem Schwarzwaldhof. Er überlegte, wo die Aufnahme wohl gemacht worden war, als er die Tür aufstieß und unter der lärmenden Glocke hineinging. In der

Ecke ein Holzofen, dessen Rohr über die Glasvitrinen hinwegreichte. Er hörte, wie draußen ein Moped vorüberknatterte, dann Schritte eine Treppe herab. Die Tür hinter der Verkaufstheke öffnete sich und Gesine kam herein.

»Bin ich zu früh?«

Gesine schüttelte den Kopf. »Nein, keineswegs. Ich habe oben nur ein bißchen aufgeräumt.«

»Nochmals vielen Dank, daß Sie mir die Bilder von Marie zeigen wollen. Das bedeutet mir wirklich viel.«

»Ja.« Gesine überlegte einen Moment. »Ich glaube, ich verstehe, was Sie meinen. Kommen Sie!«

Sie ging zu dem schweren Vorhang, der das Labor abteilte, und hielt ihn auf. Sie hatte die Mappe auf einem kleinen Tisch neben dem Entwickler schon bereitgelegt und suchte nun die Negative heraus. Arbogast, der noch nie ein Photolabor gesehen hatte, schaute sich neugierig um, während sie den weißen Kittel überstreifte. Doch nicht die Wannen und Geräte oder die Regale mit den Materialien interessierten ihn schließlich, sondern eine Maske, die an der Wand über dem Fixierbad hing. Es war eine alte Schwarzwälder Maske aus bemaltem und poliertem Holz, wie er sie von den Fastnachtsumzügen seit seiner Kindheit kannte. Ein Frauengesicht mit jenem typisch hohen Ansatz der schwarzen Perücke, in die rote Schleifen geflochten waren, die Augenbrauen zwei schwungvoll glänzende Striche und die Nase schön geformt. Kein Blick in den leeren Höhlen, und auch der Mund lächelte leicht über dem Nichts.

»Die sieht aus wie ein Engel«, sagte Arbogast.

Gesine sah sich überrascht nach ihm um. »Mein Maskottchen?« Sie lachte. »Wenn ich den ganzen Tag hier stehe, wünsche ich mir manchmal, auch nichts mehr zu sehen.«

Arbogast nickte und beugte sich nah an die Maske heran. Ihre hölzerne Haut glänzte wächsern fahl und war an manchen Stellen etwas abgestoßen. Ein rosa Fleck Puder saß auf jeder Wange, und neben den äußeren Augenwinkeln war ein kleines rotes Ornament aufgemalt, das wie ein Halbmond mit einer stilisierten Blüte aussah, dessen Spitzen nach innen ragten. Gesine löschte das Licht.

»Jetzt habe ich alle Negative beisammen.«

Einen langen Moment blieb es dunkel und Arbogast bewegte sich nicht, dann begann ein roter Schein sich langsam gegen die Dunkelheit durchzusetzen, und nach und nach sah er wieder die Konturen der Tische, das Regal. Gesine, deren Kittel bleich im Rot schimmerte, hantierte am Entwickler.

»Ich habe noch nie jemandem alle Bilder gezeigt. Wissen Sie, es hat mich sehr berührt, was Sie im Gerichtssaal erzählt haben. Es tut mir so leid für Sie. Irgendwie habe ich das Gefühl, dabeigewesen zu sein.« Und sie setzte sehr leise hinzu: »Damals konnte ich nicht aufhören abzudrücken.«

Ein Lichtquadrat flammte auf. Gesine stellte scharf und trat dann zur Seite. Neugierig betrachtete Hans Arbogast die Projektion des Negativs. Maries Gesicht lag eingeschlossen im weißen Licht des Gebüschs und war so schwarz, als hätte die Zeit selbst es verdorren lassen. Fast nur Umriß, erkannte er doch ihre Züge geisterhaft darin. Gesine, die endlich den Eindruck jener Bilder mit jemandem teilen konnte, schob schweigend immer neue Bilder in den Schlitten des Vergrößerers. Der Abhang neben der Straße. Der Förster, der die Böschung hinabzeigt. Polizisten. Marie, wie sie im Brombeergebüsch schläft. Er war vor kurzem am Abend einmal dort gewesen, nichts erinnerte an sie. Und außer in seiner Vorstellung existierte auch kein Bild, wie er sie aus dem Auto holte und dabei ein letztes Mal umarmte, bevor sie langsam hinabglitt in das dunkle Gras. All die Jahre in der Zelle hätte er nie gedacht, daß er, in Freiheit, sie nun suchen mußte. Die Berührung ihrer nur wenig zu kalten und doch eisigen Haut. Ihre Stimme ganz dicht an seinem Ohr. *Wie schon einmal du mich fandest, komm doch wieder her und hole mich.* Sie auf der Bahre. Die nackte Marie.

Arbogast sah zu, wie Gesine Bild um Bild einlegte. Kurz nur verschwand sie dabei im Dunkel, dann erschien sie wieder, und immer wieder im Licht Maries. Irgendwann spürte sie seinen Atem in ihrem Nacken. Zuerst nur einen Hauch, dann die Wärme ganz nah, und dann hörte sie, wie er atmete. Im selben Moment schlug die Glocke im Laden an, und ärgerlich erkannte sie die Stimme dessen, der nach ihr rief.

»Gesine?« rief Paul Mohr.

65

Der Gerichtssaal war am Montag wegen Überfüllung gesperrt. Als die Beamten gegen neun Uhr die Türen schließen wollten, mußten sie die Menge zunächst zurückdrängen, die vom Sitzungssaal durch das ganze Treppenhaus bis hinab zum Eingang des Landgerichts reichte. Mikrophonangeln, Handscheinwerfer und Kameras über den Köpfen zitterten langsam ein Stück beiseite, als die beiden Türen zugedrückt wurden. Arbogast legte seine linke Hand in die Schale der rechten, während ihn Ansgar Klein aufmerksam von der Seite musterte. Schließlich öffneten sich die beiden Türen hinter der Richterbank, alle standen auf und das Schwurgericht kam herein. Landgerichtsrat Horst Lindner nickte in den Saal und öffnete die Akte.

»Im Namen des Volkes ergeht folgendes Urteil: Der Angeklagte wird freigesprochen. Das entsprechende Urteil des Schwurgerichts Grangat vom siebzehnten Januar 1955 wird aufgehoben. Die Aberkennung der bürgerlichen Ehrenrechte wird ebenfalls aufgehoben. Über eine zu leistende Entschädigung für die zu Unrecht erlittene Untersuchungs- und Strafhaft ergeht ein besonderer Bescheid. Sie können sich setzen.«

Lindner wartete, bis es wieder ruhig im Saal war.

»Das Schwurgericht ist der Meinung, daß für eine vorsätzliche Tötung oder eine Mißhandlung der Frau Gurth durch Hans Arbogast kein begründeter Verdacht mehr besteht.«

Lindner machte eine Pause und setzte dann hinzu, es sei nicht Aufgabe des Schwurgerichts, darüber zu befinden, ob das Wiederaufnahmerecht und das Haftentschädigungsrecht noch zeitgemäß seien. Dies würde auch die Kompetenz eines Schwurgerichts überschreiten. Das Verfahren gegen Hans Arbogast habe aber gezeigt, wo mögliche Lücken des Rechtssystems lägen, und er persönlich könne nur sein Bedauern gegenüber Hans Arbogast für das erlittene Unrecht ausdrücken.

»Das Gericht hat über sieben Stunden beraten. Es hatte dabei nur strafrechtliche Gesichtspunkte zu prüfen und nicht etwa Fragen der Moral oder der Sittlichkeit. Es besteht kein Anlaß, Hans Arbogast ob seines Verhaltens vom ersten September 1953 zu loben. Er hat in der Voruntersuchung nicht immer die Wahrheit gesagt und ist wahrscheinlich zu feige gewesen, alles ehrlich zu offenbaren. Zwar ist Arbogast schon zu glauben, daß der Staatsanwalt Oesterle mit ihm nicht in einer weltmännisch gelösten Art, sondern möglicherweise hart und intensiv gesprochen hat, doch wo kommt man in der Verbrechensbekämpfung hin, wenn gegenüber einem dringend Tatverdächtigen nicht auch eine harte Sprache erlaubt ist?«

Arbogast wurde bei diesen Erklärungen immer unruhiger, und Ansgar Klein faßte ihn schließlich am Arm und redete leise auf ihn ein, damit er den Richter nicht unterbrach.

Andererseits, fuhr Lindner fort, habe Arbogast trotz energischer Vernehmungen die Tat stets bestritten. Alle Sachverständigen seien sich einig, daß kein Beweis geführt werden könne, wonach die bei Frau Gurth entdeckten Verletzungen zu Lebzeiten zugefügt worden seien. Außerdem sei in diesem Zusammenhang bemerkenswert, daß beispielsweise unter den Fingernägeln der Leiche keine

Abwehrspuren zu entdecken gewesen seien. Auch das entspräche den Aussagen Arbogasts.

Dagegen sei das Gericht jedoch davon überzeugt, daß Arbogast mit der Frau, wenn vielleicht auch ungewollt, widernatürlichen Verkehr gehabt habe.

Arbogast sah zu Boden, und Lindner hielt wieder für einen Moment inne. Dann fixierte er das Publikum. In den letzten Tagen hätten zahlreiche Briefe das Gericht erreicht, und er könne nur sagen, daß man sich bemüht habe, nach bestem Wissen und Gewissen zu entscheiden.

»Ob wir uns geirrt haben, weiß allenfalls Herr Arbogast.«

Lindner ließ seinen Blick durch den Zuschauerraum schweifen und sah dann für einen langen Moment Hans Arbogast an. Mit einem Nicken bedankte er sich bei Beisitzern und Geschworenen und erklärte die Verhandlung für beendet.

Sofort gingen die Türen auf, und die Journalisten, die draußen hatten warten müssen, stürmten herein und umringten den Anwalt und seinen Mandanten. Mühsam verabredete Klein mit Katja Lavans, die in dem Getümmel aus Blitzlichtern und Mikrophonangeln nicht herankam, daß sie sich am Wagen treffen würden, während er sich mit Arbogast einen Weg nach draußen bahnte. Der Anwalt nutzte dabei die Gelegenheit, der Presse mitzuteilen, daß Frau Dr. Lavans vom Institut für Gerichtliche Medizin an der Ostberliner Humboldt-Universität ihn beauftragt habe, Strafantrag wegen Verleumdung gegen Professor Maul zu stellen. Maul habe nach den Plädoyers am Freitag gegenüber dem Chefredakteur einer Zeitung in Münster erklärt, Frau Dr. Lavans habe ein Gefälligkeitsgutachten erstattet. Der Strafantrag werde nur zurückgenommen, wenn sich Professor Maul in einer schriftlichen Erklärung entschuldige.

Wie lange denn die Pathologin noch im Westen bleibe? Katja Lavans befinde sich noch bis zum Wochenende in der Bundesrepublik. Klein und Arbogast hatten den Fuß der Treppe erreicht. Ein

Reporter fragte nach der Lehre, die man aus dem Fall Arbogast ziehen müsse, und der Anwalt forderte eine Reform des hundert Jahre alten Wiederaufnahmerechts.

»Nach einem aus dem Jahr 1898 stammenden Gesetz können beispielsweise Personen, die in Wiederaufnahmeverfahren freigesprochen werden, höchstens eine Haftentschädigung von 75.000 DM erhalten. Das ist lächerlich für sechzehn verlorene Jahre!«

»Herr Dr. Klein, einen Moment noch. Nachrichtenagentur UPI. Was ist Ihr persönliches Resümee dieses Falles?«

»Ich habe eine Flut von Bittschriften aus deutschen Strafanstalten bekommen. Wenn nur ein Bruchteil dieser Hilferufe begründet ist, dann kann man nicht mehr schlafen. Es packt einen das Grauen.«

Im Eingangsbereich des Gerichtsgebäudes löste sich der Trubel schnell auf, und als sie ins Freie kamen, entdeckte Klein auch Katja wieder, die bereits am Wagen auf ihn wartete. Sarrazin stand bei ihr und verabschiedete sich gerade. Lachend winkte er dem Anwalt über die Menge hinweg zu und bedeutete ihm mit einer Geste, er werde ihn anrufen. Ansgar Klein hob die Hand zum Gruß und schaute zu, wie Sarrazin Katja umarmte, dann drehte er sich zu Hans Arbogast um, der ihm die ganze Zeit nicht von der Seite gewichen war, um sich von seinem Mandanten zu verabschieden. Noch einmal grellten die Blitzlichter auf, als der Anwalt Hans Arbogast die Hand reichte, doch die Herzlichkeit, um die er sich hatte bemühen wollen, gelang ihm nicht. Nur ein kurzer Händedruck und der Wunsch, Arbogast möge von nun an mehr Glück haben im Leben.

Paul Mohr, der schneller als die meisten anderen das Gericht verlassen hatte und nun etwas abseits stand, beobachtete, wie Klein sich abwandte und zu einem weißen Mercedes hinüberging, vor dessen Beifahrertür Katja Lavans wartete. Man photographierte, wie der Anwalt den Wagen aufschloß, die beiden einstiegen und davonfuhren, ohne sich nochmals umgesehen zu haben. Auch

Hans Arbogast sah ihnen in seinem schmalen dunkelblauen Mantel und den neuen, schwarzglänzenden Schuhen nach. Er blieb noch eine ganze Weile vor dem Gericht stehen. In welche Richtung er sich auch umsah, immer fing ihn ein Blitzlicht ein.

66

Katja Lavans und Ansgar Klein verließen Grangat, überquerten die Murg und bogen dann auf die Autobahn ein. Der Hundskopf verlor sich im Rückspiegel. Rechter Hand reihten sich die Schwarzwaldvorberge nordwärts. Es schneite, und die Scheibenwischer tanzten vor den nicht endenden Fluchtpunkten anstürzender Flokken. In Frankfurt wartete der Schnee im gelben Licht, und die Scheinwerfer der anderen Wagen waren längst hinter einer weißen Schlafhaut verschwunden.

Die Pathologin blieb noch bis zum Ende der Woche. So als wäre dies schon eine langjährige Gewohnheit, verließen sie die Wohnung kaum. Katja Lavans erzählte viel von ihrer Tochter Ilse. Wenn Ansgar Klein sie auf eine bestimmte Weise berührte, schien es ihm, als erstarre sie für einen Moment, doch dann löste sich diese Starre wieder. Manchmal lachte sie dann, aber nicht fröhlich. Ein paarmal gingen sie gemeinsam einkaufen, Geschenke für Ilse vor allem und das, was Bernhard ihr aufgetragen hatte, aber auch einen Mantel und Parfüm. Ihr Zug, der D201, fuhr um zweiundzwanzig Uhr vierunddreißig. Es war kalt an diesem Samstagabend und zugig im Bahnhof unter dem Neonlicht. Regenschwaden wehten immer wieder unter das gläserne Gewölbe. Vereinzelte Tauben flatterten auf und setzten sich wieder. Beide hatten es die ganze Zeit vermieden, darüber zu sprechen, ob sie sich wiedersehen würden, aber sie küßten sich lange, bevor Katja einstieg.

Ab Bebra gab es einen Schlafwagen bis Berlin, und glücklicherweise war sie allein im Abteil. Um ein Uhr zehn erreichten sie in Gerstungen die Grenze, wo der Zug eineinhalb Stunden stand. Sie schlief nicht und hörte die Hunde und Männer, die mit Stangen gegen die Radreifen schlugen. Grenzer polterten durch die Gänge, sie wurde zum ersten Mal kontrolliert, man durchmusterte gründlich ihren Koffer und die neue Tasche. Dann setzte sich der Zug langsam wieder in Bewegung, und Katja hielt, als er losfuhr, den Atem an. Doch das ging nicht lange, um sieben Uhr zwanzig waren sie am Zoo, und um fünf nach neun hielt der Zug am Bahnhof Friedrichstraße. Ihr gesamtes Gepäck wurde erneut durchsucht.

Als Katja Lavans die Kontrollstelle verließ, hätte sie weinen mögen, denn es war, als ob nicht nur die Dinge, sondern auch ihre Erinnerungen nun durch eine Schleuse gegangen waren, in der sie das Arom, das ihr so kostbar war, unwiederbringlich verloren hatten. Doch dann lief schon Ilse auf sie zu, langsam gefolgt von der winkenden Frau Krawein, der Nachbarin, bei der ihre Tochter die letzten beiden Wochen verbracht hatte.

67

Für einen Moment sah Fritz Sarrazin zu den Bergen hinüber. Unten im Tal glitzerte der See in der Sonne. Sein Blick huschte über den Frühstückstisch, verfing sich in den Haaren seiner Frau und folgte den Revers ihres offenen Morgenmantels. Er fragte sich, wie es wohl Ansgar Klein erging, und ließ zu, daß die Zeitung auf seinen Knien zusammenraschelte. Zu Weihnachten hatte Katja Lavans eine Karte geschrieben. Fritz Sarrazin schloß die Augen. Die Wärme pulsierte ganz leicht und windstill auf seiner Haut, und die Berge machten jene Geräusche der Stille, die man lange nicht hört.

Wie jeden Tag würden sie in der Dämmerung nach Bissone hinuntergehen, um nach der Post zu sehen und in der Albergo Palma einen Aperitif zu nehmen. Der Tod, dachte er, würde ihn bereit finden. Er nahm die FRANKFURTER ALLGEMEINE ZEITUNG wieder hoch, spannte sie zwischen seinen Händen auf und las die Meldung noch einmal, auf die er unter der Rubrik DEUTSCHLAND UND DIE WELT gestoßen war.

Der 42 Jahre alte Hans Arbogast, der über 14 Jahre lang unschuldig wegen eines angeblichen Frauenmordes im Zuchthaus saß und im vergangenen Jahr freigesprochen wurde, hat sich mit der Ehefrau eines Münchner Kabarettisten befreundet. Nach einem mehrwöchigen Aufenthalt in München, während dem Arbogast nach Angaben des Leiters des MÜNCHNER RATIONALTHEATER, *Rainer Uttmann, als Berater für das »Knast«-Programm des politischen Kabaretts fungierte, reiste der ehemalige Häftling mit der 27 Jahre alten Ehefrau des Kabarettisten Jürgen Froehmer ab. Dieser soll erklärt haben, er gebe seinen Eigentumsanspruch auf seine Frau auf. Uttmann bezeichnete den Vorgang als bestes Beispiel zur Resozialisierung eines Gefangenen.*

»Hör mal, Sue. Das muß ich dir vorlesen!«

Sie schaute von der TIMES OF INDIA hoch und lächelte ihn an. Immer verlor er sich zu sehr in der Wärme ihres Blicks.

»Nun lies schon!« sagte Sue ungeduldig.

Fritz Sarrazin räusperte sich und strich die Zeitung glatt, bevor er zu lesen begann. Für einen langen Moment kam ihm das Bild Marie Gurths noch einmal in den Sinn, wie sie in jener kalten Nacht im Brombeergestrüpp lag neben der Straße.

Es gäbe diesen Roman nicht ohne das Zutun all derer, die halfen, seine Geschichte zu entdecken. Daher gilt mein Dank zunächst Otto Prokop, der sie mir bei einem Besuch in der Charité schenkte. Bei Jürgen Busche bedanke ich mich ebenso wie bei der Heimatstadt meines Helden dafür, mir ihre Archive geöffnet zu haben. Für ein geduldiges Privatissimum gilt mein Dank Klaus Lüderssen, Klaus Hübner für seine Supervision, Jürgen Marten, Karl Ehmann, Ansgar Fürst und Horst Dierksmeier für ihre Erinnerungen, Anna Zecher für die Beratung in Kostümfragen, Ulrich Bönecke für Auskünfte zur PAN AM und Rüdiger Rehring für Einblicke in die Justizvollzugsanstalt Bruchsal. Gennaro Ghirardelli schulde ich Dank für einen Namen. Burkhard Spinnen und Denis Scheck für etwas abseitigere Dinge, Harald Taglinger, Claudia Grässel, Julia Katz und Ursula Koch für ihre genaue Lektüre, Helmut Krausser für sein ernstes Interesse und Jana Hensel für ihre kluge Begleitung. Gottfried Honnefelder danke ich für den Ansporn einer Wette und Christian Döring für die nicht nachlassende Auseinandersetzung. Besonderer Dank gilt Ricco Bilger, Carlo Schmidt, Arnold Steiner und der Gemeinde Leuk für ihre Gastfreundschaft. Zugeeignet aber ist dies Buch der Liebe, in der allein es entstand.

Frankfurt im Mai 2001,
T. H.